| 中国当代研学丛书 |

文化

从唐代传奇到《红楼梦》

石麟 | 著

中央编译出版社
Central Compilation & Translation Press

图书在版编目(CIP)数据

从唐代传奇到《红楼梦》/石麟著. —北京:中央编译出版社,2020.3
ISBN 978-7-5117-3800-4

Ⅰ. ①从…
Ⅱ. ①石…
Ⅲ. ①小说研究—中国
Ⅳ. ① I207.4

中国版本图书馆 CIP 数据核字(2020)第 004766 号

从唐代传奇到《红楼梦》

出 版 人:葛海彦
责任编辑:刘　溪
责任印制:刘　慧
出版发行:中央编译出版社
地　　址:北京西城区车公庄大街乙 5 号鸿儒大厦 B 座(100044)
电　　话:(010)52612345(总编室)　　(010)52612339(编辑室)
　　　　　(010)52612316(发行部)　　(010)52612346(馆配部)
传　　真:(010)66515838
经　　销:全国新华书店
印　　刷:三河市华东印刷有限公司
开　　本:710 毫米×1000 毫米　1/16
字　　数:260 千字
印　　张:14.5
版　　次:2020 年 3 月第 1 版
印　　次:2020 年 3 月第 1 次印刷
定　　价:95.00 元

网　　址:www.cctphome.com　　邮　箱:cctp@cctphome.com
新浪微博:@中央编译出版社　　　　微　信:中央编译出版社(ID: cctphome)
淘宝店铺:中央编译出版社直销店(http://shop108367160.taobao.com)(010)55626985

本社常年法律顾问:北京市吴栾赵阎律师事务所律师　闫军　梁勤
凡有印装质量问题,本社负责调换,电话:(010)55626985

Contents

目　录

第一篇　唐宋小说及其影响 ... 1

理智·感情·欲望
　——唐人传奇与宋元话本若干女性形象谈片 ... 3

唐宋传奇与明清小说 ... 14

唐宋传奇与《西游记》 ... 22

唐人传奇和《柳毅传》 ... 29

尺水兴波，传奇写照
　——《酉阳杂俎》中的豪侠传奇 ... 33

触目惊心，神乎其技
　——《原化记》中的豪侠传奇 ... 35

第二篇　《三国》与《水浒》 ... 37

《三国志通俗演义》中的曹操及其三大"敌人" ... 39

谁知落凤坡前丧　独显南阳一卧龙
　——三国文化专家石麟话说悲情庞统 ... 49

从"大白脸"的孙权说起
　——略论《三国演义》中的孙权形象及其用人方式 ... 53

宋江三论 ... 60

宋江的文化遭遇 ... 69

人间天堂，可能容得寸心否？
　——从消逝于苏杭一带的梁山好汉说起 ... 79

  关于几位梁山好汉的绰号 ·· 87
  金本《水浒》的历史地位 ·· 95

第三篇　明清其他小说 ·· 107
  《西游记》的多重文化意蕴 ·· 109
  论"三言"的历史地位和作用 ·· 119
  两难境界中的挣扎
    ——"二拍"谈片 ·· 129
  《坚瓠集·异侠借银》鉴赏 ·· 137
  《廿载繁华梦》第一回鉴赏 ·· 139

第四篇　小说发展史与《红楼梦》 ·· 145
  明代四大奇书的历史地位 ·· 147
  刘备·宋江·作者心态 ·· 157
  历史·现实·理想
    ——罗贯中奠定的历史小说写作模式 ···························· 164
  市井家庭小说的叙事结构与其他 ·· 174
  "景仰关公"的文化现象溯源 ·· 183
  《西游记》及其三种续书的哲理蕴涵 ···································· 192
  贾宝玉·杜少卿·谭绍闻
    ——《红楼梦》《儒林外史》《歧路灯》中的"败家子"比论 ············ 205
  黛玉品格及其文化承载 ·· 215

第一篇 01
唐宋小说及其影响

理智·感情·欲望[1]

——唐人传奇与宋元话本若干女性形象谈片

在唐人传奇和宋元话本小说中,有大量描写男欢女爱的名篇佳作。如唐人传奇中的《任氏传》《柳毅传》《霍小玉传》《李娃传》《莺莺传》《飞烟传》以及宋元话本中的《风月瑞仙亭》《刎颈鸳鸯会》《崔待诏生死冤家》《小夫人金钱赠年少》《闹樊楼多情周胜仙》等等,都是这方面的代表作。然而,上述作品中的女主人公在对待两性关系的态度上,却有着十分明显的差别。这种差别主要表现为三大层次——理智、感情、欲望。本文所要探讨的,就是这些差别的具体表现及其原因。

一

上述唐人传奇中的女性形象主要是在感情和理智之间徘徊,她们很少有将欲望置于感情或理智之上的。进而言之,如果按照从感情至上到理智主导的顺序排列这些女主人公,则是这样一种序列:《飞烟传》之步飞烟——《霍小玉传》之霍小玉——《莺莺传》之崔莺莺——《任氏传》之任氏——《柳毅传》之龙女——《李娃传》之李娃。

步飞烟爱上赵象,是出于三方面的原因。其一,赵生之有才有貌。正如飞烟所言:"我亦曾窥见赵郎,大好才貌。"其二,丈夫武公业之粗鄙。"盖鄙武生粗悍,非良匹耳。"其三,赵生的执着追求。"于南垣隙中窥见飞烟,神气俱丧,废食忘寐。"后又题诗达意,表示爱慕之情。而飞烟对赵象追求的心灵反馈,又可分为三个阶段。一开始是"但含笑凝睇而不答",继而"吁嗟良久"并赞扬赵郎才貌,最终以诗束酬答。经过两人反反复复的传书递束和门媪的穿针引线之后,他们终于勇敢地偷偷生活在一起。在这一"偷情进行曲"中,感情至上始终是步飞烟所鸣奏的主旋律。除了一开始的"含笑凝睇而不答"带有稍纵即逝的少许理智约束以外,步飞烟几乎越来越放纵感情潮水的奔流。直到他们的偷情被丈夫武公业发现以后,

---

[1] 原载《湖北师范学院学报(哲学社会科学版)》2010 年第 1 期。

步飞烟"色动声颤,而不以实告"。当她被绑在柱子上"鞭楚血流"时,从她的内心深处只发出冷静而热烈的呼喊:"生得相亲,死亦何恨!"最终,这位在情感面前失去理智的女子在喝过一杯纯情般的清水之后,竟至带着那样一种幸福而又痛苦的心情离开了那缺乏真情的世界。步飞烟为情而生,为情而死,那么决绝、那么执着,她应该算得上唐人传奇小说中首屈一指的情爱精灵,一个为了感情几乎将理智丧失殆尽的情爱精灵。

  与步飞烟相比,霍小玉则是一个爱之至深、恨之至切的复仇女神,因为她碰到了一个负心的男儿。一开始,霍小玉对李十郎可谓一往情深,初次见面居然当面赞扬十郎容貌:"见面不如闻名,才子岂能无貌?"在她的心目中,早已倾倒于李十郎之才,熟读李十郎诗篇,如今见其人,更是为对方的才调风神所感动。在霍小玉的情感世界里,从此只容得下一个李家儿郎而不及其他。"如此二岁,日夜相从"。然而,霍小玉并没有完全沉湎于情感世界之中,她还有着对自己与情郎悬殊社会地位的一种担心。她甚至在极端欢娱的时刻将这种忧虑说出了口:"妾本倡家,自知非匹。今以色爱,托其仁贤。但虑一旦色衰,恩移情替,使女萝无托,秋扇见捐。极欢之际,不觉悲至。"李十郎的一阵海誓山盟,终于使这位在情感爆发的同时稍有理智的女子暂时放弃了内心的担忧。然而,悲剧的发生是不以主人公的意志为转移的,那海誓山盟的李十郎终于抛弃了霍小玉。尽管这是一种迫于家世利益、母亲严命的不得已的抛弃,但那是李十郎的问题;从霍小玉的角度来说,只有一种感受——被抛弃。其实,霍小玉并没有像现代女性那样让李十郎"一辈子只爱我一个"的奢望,她只是非常理智地希望李十郎能爱她八年。到情郎另娶高门时,她就"舍弃人事,剪发披淄"去当尼姑。但李十郎不能做到,李十郎没有做到。霍小玉愤怒了,一个柔弱多情的妓女愤怒了。这种愤怒,是又一种情感的大爆发,是爱之深而恨之切的复杂情感的大爆发。当黄衫客将李十郎裹挟到霍小玉面前的时候,霍小玉对心上的爱人兼仇人发表了爱情的终结陈词和复仇的誓言公告:"我为女子,薄命如斯!君是丈夫,负心若此!……李君李君,今当永诀!我死之后,必为厉鬼,使君妻妾,终日不安!"霍小玉用生命的余热铸成的情场诀别辞,究竟是发自感情还是源自理智?今天谁也说不清楚。或许有人会认为霍小玉此时只有对李十郎的恨,出自理智的冷静的恨。其实不然,霍小玉是恨李十郎,但这却是一种热烈的恨,是一种混合着情感和理智甚或以情感为主的恨。她所恨者,并非整个的李十郎,而是李十郎辜负她的那一个侧面。有两个事实可以证明这一点:其一,当李十郎为霍小玉之死而"缟素""哭泣"的时候,作为鬼魂的霍小玉却打扮得楚楚动人地向李十郎表达了最后的爱情:"愧君相送,尚有余情。幽冥之中,能不感叹。"其二,霍小玉所报复的只是李十郎的妻妾,而不是李十郎本身,她没有像此前此后许许多多的复仇女子那样一定要勾去负心汉的"狗命"。尽管她的报复最终也导致了李十郎的难堪和痛苦，但毕竟较之"七窍流血"或"雷打火烧"的索命行为要宽松几许。这是否也能从另一个角度说明霍小玉在李十郎对她尚有"余情"的同时，也对这位情人兼仇人的郎君留有少许"余爱"？总之，一个完完全全的痴情女去痛恨那不能完全痴情于自己的负心汉，这是霍小玉对李十郎期望值过高的结果，这也正是霍小玉的真正的痴情之处。从这个意义上讲，霍小玉终究是一个情感大于理智的女人。

　　如果说，霍小玉碰到的李十郎可以被看做是一个迫不得已的"被动"的负心汉的话，那么，崔莺莺所碰到的张生则是一个有理论武器的"主动"负心汉。张生称莺莺为"尤物"，说她"不妖其身，必妖于人"。而张生的朋友们也将张生对莺莺始乱终弃的行为称之为"善补过"。对这些，在那爱情悲剧刚刚开始的时候，女主人公莺莺是不可能预知的，她只能够按照自己固有的心理来对待身边的一切。当张生恃恩向莺莺表情达意时，莺莺的表现是非常沉着、非常理智的："张生稍以词导之，不对，终席而罢。"而后，张生在红娘的"启发"下，以情词诱莺莺，莺莺却也回以极富诱惑性的情词："待月西厢下，迎风户半开。拂墙花影动，疑是玉人来。"这当然应该看做是莺莺情感波澜的荡漾，因为她毕竟是豆蔻年华的少女，而张生又"性温茂，美风容"，更兼他有恩于崔家母女。然而，当张生跳墙赴约时，莺莺却对大胆的情郎进行了义正辞严的指责和批判。莺莺的此番表演，应该看作她情感与理智冲突的外化。她爱张生，却又不得不戴上冷冰冰的道德面具。然而，这冷冰冰的面具终究挡不住心头奔流的爱的热潮。当张生已经绝望时，莺莺却主动来到他身边，向那恩爱冤家奉献了自己。令人不解的是，莺莺与张生幽会时以及此后的某些行为并没有按照人们所习惯的才子佳人的恋爱模式发展，而是有很多特异之处：首次与情郎相会，居然"终夕无一言"；仅仅幽会一次后，居然"十余日杳不复知"；张生问莺莺对爱情之感受，回答竟是"我不可奈何矣"；明明"甚工刀札，善属文"，而恋人"求索再三，终不可见"；明明精通音律"独夜操琴，愁弄凄恻"，情郎可以偷听，然"求之，则终不复鼓"；……似乎她对张生的感情永远在若有若无之间。其实，这正是莺莺在进入爱情的魔幻空间以后并没有完全着魔而保持着清醒的理智的一种表现。她这种在感情和理智的折磨中万分痛苦的心境，在与"愁叹"不已的张生诀别时终于以特有的方式缓缓道来："始乱之，终弃之，固其宜矣。愚不敢恨。必也君乱之，君终之，君之惠也。则没身之誓，其有终矣，又何必深感于此行？"莺莺早就料到了这一天，早就料到了这"始乱终弃"的结局。这便是莺莺的过人之处、特异之处。然而，特异的莺莺最终仍然没有摆脱感情与理智的双重折磨，在十分清楚自己的悲剧结局的同时，继续演绎着这爱情的悲剧。当别离后的张生对她鱼雁相投时,她仍然给张生寄书、寄物、寄情。当张生另有所娶、自身也别许他人以后,莺莺虽没有与登门拜访的旧情人见面,但却写下了两首悲痛缠绵的辞章。在情感与理智的冲突中,清醒明白的莺莺到底没能摆脱情爱的魔障,仍然挣扎于无边的情网之中。

唐人传奇中另一个在情感与理智的旋涡中挣扎的悲剧女性是任氏。作者在开篇处就点明:"任氏,女妖也。"但他又在作品的结末处有一段发人深省的议论,对任氏进行了高度的赞扬和由衷的肯定:"嗟乎!异物之情也有人道焉!遇暴不失节,徇人以至死,虽今妇人,有不如者矣。"这实际上正是一种对女主人公感情与理智的双重评判。通观全篇,任氏的表现的确经得起这种赞扬和肯定。任氏与郑生的相会应该说是十分"开放"的,始于一见钟情,继而眉目送情,继而口舌调情,继而通名定情,最终一夜娱情。其间,当然是感情在起主导作用。然而,这一位在狐妖名义掩盖下而颇具市井妇女性格的任氏之理智不久就从情感的覆盖下重新钻出。当郑生明确了任氏的狐女身份且再次邂逅时,任氏悲哀地表示出"异类"的自卑:"背立,以扇障其后。"幸而郑生并未嫌弃这狐妖,二人终结连理。任氏是那么真挚地爱着郑生,这是一种情感和理智相混合的爱。正因如此,当这种"爱"受到外力的侵扰时,任氏的反抗也是情感与理智的融合。面对富家公子韦崟的暴力凌辱,任氏是反复抗拒,当力不从心时,她干脆停止了行动上的反抗,而在一声长长的叹息之后对韦崟进行了义正辞严的理喻。无论从哪方面而言,郑六都远远不及韦崟,而任氏偏偏就爱郑六,其奈她何?这是一种深沉的爱,一种在旁人看来无法理解的爱,一种混杂着感情与理智的爱。这种爱,在这里形成了弱者对付强者的巨大力量。这一股不可抗拒的力量,终于感动和折服了那骄横的韦氏富家儿郎,从而将幸福交还给郑家穷小子。任氏的胜利,是弱者的胜利,是一个弱者在炽热的情感和冷静的理智双重作用下的伟大胜利。然而,任氏后来到底离开了她曾经热爱过的情人。但那是一种多么伟大的离开啊!为了满足情人"专其夕"的要求,为了满足情人"将之官,邀与任氏俱去"的要求,总之是为了满足情人的一种情感要求,任氏"不得已,遂行"。为什么不得已?因为"有巫者言某是岁不利西行"。最终,巫者的预言兑现了,美丽的狐妖任氏葬身犬腹。那是一幅多么凄惨的图景啊:"回睹其马,啮草于路隅,衣服悉委于鞍上,履袜犹悬于镫间,若蝉蜕然。唯首饰坠地,余无所见。"毫无疑问,任氏是为情而死的。她那与生俱来的情愫,终于使她冲越了理智的樊篱,向着以命徇情的悲剧道路上迈进。

我们再来看《柳毅传》。就该篇龙女对柳毅的爱情而言,理智的成分明显多于情感的成分。当她请柳毅帮她传递家书时,并没有什么感情因素起作用。即便是柳毅半开玩笑半认真地说"他日归洞庭,幸勿相避"时,她回答"宁止不避,当如亲戚耳"的话,也不能当做爱情话语来解读。因为龙女此时对柳毅惟感恩而已,况且,"亲戚"又是一个比"夫妻"大得多的概念。后来,当钱塘君帮侄女提亲遭到柳毅拒绝时,书中没有写龙女的态度,不知是悲伤还是遗憾,总之肯定是不高兴的。直到柳毅离别龙宫时,龙女也只是奉母亲之命"当席拜毅以致谢",仍然是一种非常理智的礼节性行为。然而,如果由此而断定龙女最后与柳毅的结合是纯然理智型的,那却是一个错误的结论。龙女对柳毅还是有感情的,这感情主要体现在与柳毅结婚生子后的一"笑"一"哭"之中。龙女的"笑",主要是由于她与柳毅所生之子已经满月,并深知柳毅有"爱子之意",即便是因为儿子的关系也不可能再拒绝她了,这是一种放下思想包袱后的欢娱的"笑",属于情感的范畴。而她的"哭",却是唯恐得不到柳毅的真心相爱的一种"市爱"行为,而且是一种非常复杂的思想指导下的市爱。龙女的"因呜咽,泣涕交下"以及伴随眼泪而说出的两段话的内涵是十分丰富的:这里有作为"他类"唯恐"人类"不予接受的自卑感,也有受人深恩以身相报的报恩情结,还有遭到柳毅拒绝后的委屈心理,甚至还有略带捕风捉影意味的重提旧话的挑逗,最终乃至涉及寿万岁而成仙的美好前景的诱惑。所有这些,不可否认带有相当成分的情感因素,但说到底,从龙女"伪装"嫁给柳毅直到此时将一切和盘托出,以作最后的情感决战,却毫无疑问是龙女的"理智"之花所开出的"成功"之果。较之上述几位女性形象,龙女应该是颇能理智地把握自己的命运、前途、婚姻、幸福的女人。

然而,最能理智地决定自己一切的则是李娃。一开始,李娃对荥阳生也是一见钟情的。当他们初次见面时,生"累眄于娃,娃回眸凝睇,情甚相慕"。而当荥阳生登门访艳时,李娃先是"大悦",接着公然表态留客:"宿何害焉?"一夜之后,当荥阳生向李娃进一步表达心中的爱恋之情时,李娃的回答简洁明快:"我心亦如之。"尤其是当荥阳生床头金尽时,作者又将李娃与姥儿进行了对比性的描写:"姥意渐怠,娃情弥笃。"然而,李娃不是一个沉溺于孽海情天的情痴情种,而是一个饶有社会经验的名妓花魁。她在对荥阳生具有相当爱恋的同时,又对这种狎客与妓女的交往及其结局充满了理智的思考。在李娃的生活字典里,感情归感情,理智归理智,决不能因感情而丧失理智。李娃或许也不愿意这样,但生活逼迫她必须这样,也必然这样。因此,她居然能在假惺惺的感情的掩盖下,与姥儿合谋用"倒宅计"诓骗了那曾经与自己卿卿我我一年多时间的情郎,竟至将荥阳生逼向了生活的绝路。《李娃传》中最为后人称道也最"感人"的片段是李娃在漫天大雪之中将饥寒交迫且不复人形的荥阳生用绣襦抱回家中,然而,平心而论,李娃在抱回荥阳生时,内在的驱动力主要不是儿女温情,而是良心发现。请看李娃的失声长恸:"令子一朝及此,我之罪也。"这是一种出自道德的自责,严格而言,它不属于感情的范畴。至于李娃与鸨儿的那一段长长的对话,其中心思想无非是要对荥阳生赎罪并进行补偿。那么,李娃补偿荥阳生的方式是情感型的还是理智型的呢?答案自然是后者。这时的李娃,俨然是荥阳生努力攻书直上青云的策划者和监护人。她补偿荥阳生及其家族的主要方式就是将"有情郎"培养成"新进士"。李娃终于取得了成功,她自己不仅得到了荥阳生家族的承认,而且还被封为汧国夫人。这一切,毫无疑问都是李娃以她不同寻常的理智换取的。由此我们可以断言,在上述诸女性人物形象中,李娃是最具理性精神的一个。

通过以上简单的巡阅,我们已经可以看到唐人传奇小说爱情名篇中的诸女性形象是呈现出了多么五彩缤纷的光芒,在感情与理智之间,她们每个人都有自己的选择,而每一个选择都是那么理由十足。进而言之,她们不同的选择又充分地显示了各自不同的个性特征。因此,从整体上讲,她们都是成功的艺术形象。尤其是较之她们各自的对象——小说中的那些男主人公如赵象、李十郎、张生、郑六、柳毅、荥阳生而言,她们一个个更显得精光四射。她们,论感情比"他们"更有感情,论理智比"他们"更有理智,这真是一群令人侧目的女子啊!

二

较之唐人传奇中的女性形象,宋元话本中的女性则更多地在感情与欲望的旋涡中浮沉。她们中间,极少有像李娃那样理性化的女子。《风月瑞仙亭》中的卓文君、《刎颈鸳鸯会》中的蒋淑珍、《崔待诏生死冤家》中的璩秀秀、《小夫人金钱赠年少》中的小夫人、《闹樊楼多情周胜仙》中的周胜仙,她们与上述唐人传奇作品中的女性形象相比,无论是在性格内涵还是表现形态上都呈现出极大的差异性。然而,就话本小说内部而言,那些女性的性格行为却具有极大的同一性。

首先,话本小说中的女主人公多半是主动接近男性,有的甚至是一种性挑逗。其次,她们与男性交往的终极目的是追求欲望满足,为此甚至达到了不顾一切的地步。最终,即便在现实的悲惨世界中无法通畅地实现爱欲,也要将爱欲的结晶带到另一个世界,做人风流,做鬼也风流。因此,上述话本小说除了《风月瑞仙亭》是一个令男女主人公满意的结局之外,其他诸篇均为悲剧结局。

卓文君"自见了那秀才,日夜废寝忘飡,放心不下",并且定下诱惑的妙计,"主意已定",不怕"有亏妇道"。她在与司马相如琴挑心许之后,旋即于瑞仙亭中"倒凤颠鸾",随即按照卓文君的预谋"如今收拾此(些)少金珠在此,不如今夜与先生且离此间,"二人"别往居处"私奔而去。卓文君,大概可以算得上上述话本小说诸女性中间少见的带有稍许理性色彩的人物。因为她毕竟是一位千金小姐(小说中没有说她是寡妇),并且她与司马相如的私奔是以"若得如此之丈夫,平生足矣"为前提的,而她之所以看中司马相如,乃是因为两个原因,一是"其人俊雅风流",二是"日后必然大贵"。前者可满足爱欲,后者则可保障终身。如此带有理智与爱欲相混杂特征的女性,可以看作是从唐人传奇小说向宋元话本小说对追求爱情女性描写的一种过渡。

除了卓文君,其他女性却不是这样。

相比较而言,"家下有十万贯家财"的张员外的小夫人对主管张胜的爱情表达是最为委婉的,那就是送她许多财物,并且是有区别地赠送:"李主管得的是十文银钱,张主管得的却是十文金钱。"还有暗地里专门送给张主管的"一包衣装"和"一锭五十两大银"。何以如此?因为李主管已经"五十来岁"了,而张主管却只有"三十来岁"。至于小夫人爱上张主管的原因则更简单,因为她的丈夫张员外已"年逾六旬",小夫人早有怨言在心:"我怎地一个人,许多房奁,却嫁一个白须老儿。"白须老儿自然不能满足"小如员外三四十岁"的小夫人的欲望,但张主管可以解决,因此小夫人要向年轻的张主管伸出"罪恶"而又"勇敢"的爱情之手。由于张主管母亲的管教,小夫人的"罪恶"思想没有在现实世界中付诸行动,她终于没有成为一个性满足者,并且带着这种遗憾走到了另一个世界。然而,可怕而又可贵的是,小夫人的罪恶并没有因为生命的终结而终结,反倒是变本加厉,居然以"鬼"的身份跑到"人"的世界中来寻求爱欲。经过她的精心策划、乔装打扮、花言巧语乃至巨资利诱,她终于得到了张主管的收留。然而,由于张主管的"至诚",小夫人终于没有完成与心上人"跨世界"的人鬼之恋,在真面目被识破以后,只好悄然离去。小夫人的爱欲追求虽然在做人做鬼两重世界中都失败了,但她那种"生前甚有张胜的心,死后犹然相从"的爱恋却作为一段不朽的情结留在了人间并传之久远。

璩秀秀的表现,则比小夫人要"泼辣"和"刁蛮"得多。她利用崔宁忠厚老实的主观因素和大火后救她到家中的客观条件,一再挑逗那青年男子走向爱欲之路,直至将心中所想和盘托出:"比似只管等待,何不今夜我和你先做夫妻。"当男方还在犹豫不决而回答"岂敢"时,这位大胆的女性居然对那七尺男儿进行威胁:"你知道不敢!我叫将起来,教坏了你,你却如何将我到家中?我明日府里去说。"最终逼得崔宁与她"当夜做了夫妻"。这真是一种奇妙的结合。崔宁所享受到的,是一种带有刁蛮气味但却十分充盈的爱。然而,秀秀对于崔宁的爱,并没有在人间得到顺利的发展,因为她们的爱冲撞了郡王的权威。结果,一个被官府打作男囚,一个则被郡王打成女鬼。但,秀秀,即便是成了鬼的秀秀,她仍然需要爱欲,她要永远和那可人的"冤家"生活在一起。于是,一场人鬼之恋终于在这对原本是市井夫妻的苦人儿之间演出,尽管那男儿并不知道女人已变成了鬼。后来,当人鬼之恋也不能为"人类世界"所容纳的时候,璩秀秀,作为女鬼的璩秀秀便只好采取断然手段了:"双手揪住崔宁,叫得一声,匹然倒地","一块儿做鬼去了"。因为只有都成了"鬼",他们才能"平等"相爱。对此,秀秀是不管崔宁的态度的,她从头至尾表现了她的"泼辣"和"刁蛮"。

同样是为了满足爱欲,周胜仙的表现不像璩秀秀那么"刁蛮",但其"泼辣"劲头却一般无二。并且在泼辣之外,更带有万分执着和几分狡黠。为了让眼儿里的情哥哥了解自己的基本情况,她"眉头一纵,计上心来",借着与卖糖水的吵嘴而"泄露"了自己所有的少女隐秘资料。后来,当周胜仙的父亲不同意她嫁给范二郎时,这位爱得热烈的女子竟然"一口气塞上来,气倒在地"。"因没人救,却死了"。周胜仙与许多封建时代的苦难妇女一样,没有得到想要得到的爱情,却为这情欲丧了性命。但她却又有与许多苦难妇女不一样的地方,她居然将这一缕情根咬住不放,从阳世带到黄泉,又从黄泉带回阳世。当她被盗墓贼蹂躏而还阳之后,心中想念的仍然是范二郎。这位由"尸体"刚刚变成"活人"尚且赤身裸体躺在墓穴中的女子对盗墓者说出了这样的话:"哥哥,你救我去见樊楼酒店范二郎,重重相谢你。""若见得范二郎,我便随你去。"如此执着的爱,真为世间罕见!然而,更执着的还在后面。当周胜仙被心上人误以为"鬼"而被打死之后,她又来到监牢对梦中的范二郎说:"奴两遍死去,都只为官人。今日知道官人在此,特特相寻,与官人了其心愿。"什么心愿?曰:两情相悦也,两性相交也!果然,范二郎在周胜仙的感召和带动下,"忘其所以,就和她云雨起来。枕席之间,欢情无限"。情欲,可以生人;情欲,可以死人;情欲,还可以让"人"与"鬼"生生死死、死死生生。所有这些,都在情欲之精灵周胜仙那儿得到了充分的证明。

如果说上述诸女性还是在情感与欲望相结合的状况下进行着生生死死的挣扎的话,那么,蒋淑珍的追求则基本上呈现出一种纯然的欲望状态。作品一开始就交代了这位女性"心中只是好些风月","每兴凿穴之私,常感伤春之病"。正是出于这样一种思想基础,所以她在未结婚的豆蔻年华就将一个"未曾出幼"(未成年)的男孩"相诱入室,强合焉"。禁果一旦偷尝,就处于难以自拔的状态:"此女欲心如炽,久渴此事,自从情窦一开,不能自已。"后来,她的父母为了遮丑,将其嫁给一个"只图美貌,不计其他"的"四十多岁"的男人。十多年后,在这位年过五旬的丈夫被蒋淑珍"彻夜弄疲惫了"的情况下,那女人又和夫家西宾勾搭上了。丈夫气死之后,她重新嫁人。当新的丈夫出远门时,她又和"对门店中一后生"眉来眼去,并对丈夫"有不悦之意"。最终,与那极善风月的后生苟合,并产生了欲望快感:"本妇平生相接数人,或老或少,那能造其奥处?自经此合,身酥骨软,飘飘然,其滋味不可胜言也。"最后,蒋淑珍正与相好的幽会时,终于被丈夫双双杀死。在唐人传奇和宋元话本的众多追求爱情的女性形象中,蒋淑珍毫无疑问是最特别的一个。她的特别就在于,她在追求爱欲时已经完全丧失理智,甚至连温柔委婉的感情面纱也被她扯得粉碎。作者将蒋淑珍的偷情称之为"刎颈鸳鸯会",的确如此,她宁可刎颈也要做鸳鸯。蒋淑珍虽然受到了来自传统道德方面的指责,她甚至不能被一般的人群所接受,但她的胆大包天、她的直截了当、她的斩钉截铁,直至她的舍命沉溺于爱河,却无论如何会给人们留下深刻的印象。

由上可见,宋元话本中的那些追求爱情的女性形象,在很大程度上可以说是丧失理智、颇有感情、沉溺爱欲的。她们的表现与唐人传奇中的那些女子有极大的不同,有的甚至完全相反。尤其是将其中的两极——极端理智的李娃和沉溺爱欲的蒋淑珍放在一起,更能看出她们之间巨大的差别。但是,无论她们之间的差别有多大,有一点却是全体共同的,几乎所有故事中的女主人公都比男主人公更有个性,更积极主动,更愿意为达到自己的愿望而燃烧生命之火,甚至将自己燃烧干净!

三

本文最后的问题:为什么唐人传奇小说中的那些女性与宋元话本中的那些女性有着如此明显的"团体性"差异?

首先,从创作主体来看,唐人传奇所表现的是文人意识,而宋元话本则是市民趣味。

封建时代的中国,是一个典型的男权社会。其间的文学创作,基本上都是以男性视角作为叙述的出发点的。而创作主体的这种男权思想,又往往通过作品中的男主人公的思想行为或明或暗地表现出来。正是在这一问题上,上述唐人传奇作品和宋元话本作品体现了极大的差别。唐人传奇中的男主人公,基本上都是文士,他们身上所体现的正是一种典型的文人意识。而宋元话本作品中的男主人公,除了过渡性的作品《风月瑞仙亭》中的司马相如是一个文人(但也曾下海)以外,其他的都是市井细民,而且更多的是生意人。文人在男女爱欲问题上,多半要求女性要温柔、含蓄、高雅一点,这样,妇女们自然就显得要理智一些,重"情"一些;而市民则不管这些,泼辣、直接、粗俗一点没有关系,哪怕将爱的要求赤裸裸地表现出来,或许更令男人惬意。男主人公的态度实际上体现了作者的一种潜意识,而这种潜意识在作品中的"回应"就是女性各自的不同表现。

进而言之,唐人传奇中男女爱欲小说所体现的文人意识和宋元话本中男女爱欲小说所体现的市民趣味还有更深层的原因。

从故事的生成环境来看,唐人传奇是封闭性的,而宋元话本则是开放性的。

唐人传奇和宋元话本所述故事的生成环境都是城市，甚或是大都市，这一点是毋庸置疑的。但唐代的大都市与宋代的大都市却有着城市格局方面的巨大差异。唐代的城市格局是封闭型的"坊市分离制"，且实行宵禁，人们只能在"坊""里"之中渡过那漫长的夜晚。其间，主要的娱乐生活就是小范围的聚会，听听"说话"，看看小型"堂会"式的表演。这一点，在元稹的《酬翰林白学士代书一百韵》中的诗句"光阴听话移"的自注中说得很清楚："尝于新昌宅说一枝花话，自寅至巳，犹未毕词也。""新昌宅"即当时白居易在京师"新昌里"中的居所，"一枝花"即京城名妓李娃的外号。当时，说"一枝花话"的究竟是谁，这并不重要，但有一点是非常明确的：既然是在家里说书，规模肯定不大。更有意思的是，传奇小说《李娃传》的作者白行简就是白居易的弟弟，由此亦可见得唐人传奇小说的生成环境主要是在那封闭型格局的大都市的文人小圈子之中。由这样一种文化圈子所培育出来的女性形象当然是理智型或感情型的了。

宋代的城市格局却是开放型的，看看张择端的《清明上河图》就可知其大概。流线型的街道，街道两边是各种建筑：店铺、酒肆、茶楼、妓院……当然还有专门从事精神娱乐活动的瓦舍勾栏。这里不仅没有宵禁，相反却有夜市。孟元老《东京梦华录》、耐得翁《都城纪胜》、西湖老人《西湖老人繁胜录》、吴自牧《梦粱录》、周密《武林旧事》等书籍对此都有颇为详细的记载。无论是"东京"开封还是临安（杭州），都是一个个开放型的包容量极大的欲望蒸腾的市民生活、娱乐场所。诞生于其间的话本小说不可能不带有市民趣味，这些说话艺人口中塑造的妇女形象当然不会像唐人传奇作品中那么性格内敛，她们当然更愿意将自己的爱恋火辣辣地表达出来。

第三，从作品女主人公的性格走向来看，唐人传奇是闺阁化的，宋元话本的则是市井化的。

上述唐人传奇作品中的女性形象，按其社会身份而言，主要有两大类：闺阁女子和市井女子。前者如步飞烟、龙女、崔莺莺，后者如李娃、霍小玉、任氏。然而，这里的几位市井女子全都带有闺阁化的意味。那两位京城名妓李娃和霍小玉，她们的身份虽然是那么卑贱，但她们的生活小环境却是那样的悠闲，她们的文化品格却是那样的高雅，从人物性格的角度看，与千金小姐几无二致。而典型的市井女子任氏，自从嫁给书生以后，俨然是一闺中少妇，有着十分丰富的带有文化意味的情感生活。与之相反，上述宋元话本中的女主人公几乎全都是市井妇女，只有一个富家女儿卓文君，不料也留下了"当垆卖酒"（经商于市井）的佳话。闺阁化的女子与市井化的女子的追求当然不一样，一个更重视精神生活，一个更重视感官享受。这样，理智，感情，欲望的区别就在她们之中自然而然地出现了。

第四,从深层的写作方式来看,唐人传奇是历史化的,而宋元话本则是生活化的。

唐人传奇作家有着十分明确的"翼史"意识,如宋代赵彦卫在其《云麓漫钞》中说传奇小说"可见史才、诗笔、议论"。唐人传奇作品有很多命名为"某某传",正是这种写作心态的体现。而这种作为"史"的补充的作品,其中的主人公当然带有更多的"规定性"和"传统性",其中某些女性过分地向着情感方向"奔逸",已属离经叛道,它不能允许太多的欲望表现。而宋元话本则不然,它的第一要义是满足听众,是经济收入,是上座率。而广大的、以市民为主体的听众或观众是颇为讨厌"规定性"和"传统性"的,他们比较喜欢故事中的人物按照生活的本来面目率意地表现"个别性"。这样,宋元话本小说的鼓吹者们就不得不将自己作品中的主人公,尤其是女主人公塑造成极其"生活化"的角色。她们的爱欲总是那么明白无误地表现出来,有时甚至丧失理智、超越感情,从而成为与唐人传奇作品中女主人公迥然有异的一群。

综上所述,唐人传奇和宋元话本中的诸多女性,是她们各自时代的女儿,是她们各自作者的女儿,也是她们各自读者的女儿,因此,她们必然会"爱"得不一样。

唐宋传奇与明清小说[①]

唐宋传奇小说对明清小说具有多层次的影响,选材立意、布局谋篇、情节结构、人物造型、审美趣味、语言表达……几乎是全方位的。前辈学者曾对这一问题多有探究,如谭正璧先生之《三言两拍资料》就是其中的佼佼者。

一、人物造型

我们且从唐人沈亚之的传奇小说《冯燕传》说起。

冯燕是一个"意气任侠"之人,因杀人而隐藏于滑镇军中。随后却发生了一件令人意想不到而且无法理解的事:"他日出行里中,见户旁妇人翳袖而望者,色甚冶。使人熟其意,遂室之。其夫,滑将张婴者也。婴闻其故,累殴妻,妻党皆望婴。会从其类饮,燕因得间,复偃寝户,拒寝户。婴还,妻开户纳婴,以裾蔽燕。燕卑踏步就蔽,转匿户扇后,而巾堕枕下,与佩刀近。婴醉目瞑,燕指巾令其妻取。妻即以刀授燕。燕熟视,断其颈,遂巾而去。"这位被人视为侠士的冯燕,做的却是一件极伤感情而讲道义的事。他与张婴的妻子私通,在险些被张婴发现时,冯燕要女人拿过头巾来遮蔽自己,女人误会了,以为"奸夫"要杀"本夫",便递过头巾边的佩刀。不料,奸夫并未杀本夫,而是在盯着女人看了半天之后,毅然决然地将"淫妇"杀了。这里,对女人的所作所为作何评价是另一回事。仅从冯燕的角度看问题,他是极其有"理"而无"情"的,而且是一种站在大男子立场上极端贱视妇女的有"理"无"情"。那红杏出墙的女人与冯燕幽会多次,而且还因此饱受丈夫的毒打,应该说,她对冯燕付出了很多。而冯燕在关键时刻,为了维护自己的心中的"道义",或者说为了使自己的侠士心态不受到伤损,竟然杀掉了自己心爱而且也爱着自己的女人。在冯燕看来,所有的过错,包括通奸的事实、背叛伦理的行为以及杀人的念头这些罪责,统统该由那淫妇承担。奸夫无罪,而当奸夫杀死淫妇后则不仅无罪反而是一种人格完善、道德完美。这样一种行为逻辑,是封建时代专

[①] 原载《明清小说研究》2008年第3期。

属于男权拥有者的。然而,这却是一种非人道的、令人感到不寒而栗的行为逻辑。如果这种行为逻辑所体现者也能够称之为"侠"的话,那只能是侠文化的堕落。

更为可怕的是,冯燕这种有"理"无"情"的人格追求不仅得到沈亚之的表彰,而且还被此后的小说家不厌其详地"复制"。

宋人张齐贤的传奇之作《洛阳缙绅旧闻记·向中令徙义》中,就有一位与冯燕心态相近似的人物。该篇写道:"向中令讳拱……年二十许,胆气不群,重然诺,轻财慕义,好任侠,借交亡命,靡所不为。尝与潞民之妻有私,后半岁,向谓所私之妇曰:'多日来不见尔夫,何也?'妇笑曰:'以我与尔私,常磨匕首欲杀我,惧尔未得其便。会尔久不及我家,与邻人之子谋,许钱数十千,召人杀之。邻家之子曰:'若我杀之,汝肯嫁我乎?'念夫常欲杀己,恨无逃避之路,遂许之。会夫醉卧城外,邻家子潜杀而埋之,惧为人觉,且潜遁矣。向曰:'邻家子今安在?'妇人曰:'在某所。'向密寻而杀之,回责所私妇人曰:'尔与人私而害其夫,不义也。尔夫死,盖因我,我不可忍。'遂杀其妇人,掷首级于街市。"这位向拱的"侠义"行为较之冯燕而言似乎要合情合理一些,因为那淫妇毕竟先将本夫害死,而且,除了向拱之外,女人还利用了一位"准奸夫"邻家子。这样的女人,较之冯燕所交往者似乎更为恶毒,因而向拱站在"第四者"的立场,将准奸夫与淫妇先后杀掉,也就更为符合封建时代男子汉们的道德准则了。然而,就其本质而言,向拱与冯燕并没有什么不同,他们都是披着侠义道德外衣的极端男权主义者。

在明清的拟话本小说中,至少有两篇作品中的男主人公与冯燕、向拱同类。一个是《型世言》第五回《淫妇背夫遭诛,侠士蒙恩得宥》中之耿埴,另一个是《欢喜冤家·铁念三激怒诛淫妇》中之铁念三。

明末陆人龙的《型世言》是一部竭尽全力鼓吹封建伦理道德的作品,书中的作品绝大部分写忠孝节义,其第五篇所表彰的就是耿埴(谐音"耿直")这位侠士。更有意味的是,该篇的"头回"所讲即冯燕故事,可见陆人龙深受沈亚之的影响。当然,白话拟话本的描写较之文言传奇小说更为细腻,其间也加了不少细节描写,但其核心思想却是没有变化的。我们只要摘取其中两个片段便可看到耿埴是如何"耿直"了。片段之一:"耿埴便戏了脸,捱近帘边道:'昨日承奶奶赐咱表记,今日特来谢奶奶。'脚儿趄趄便往里边跨来。邓氏道:'哥,不要啰唣,怕外厢有人瞧见。'这明递春与耿埴,道内里没人。耿埴道:'这等咱替奶奶栓了门来。'邓氏道:'哥不要歪缠。'耿埴已为他将门掩上,复进帘边。邓氏将身一闪,耿埴狠抢进来,一把抱住,亲过嘴去。"片段之二:"这边耿埴一时恼起,道:'有这等怪妇人,平日要摆布杀丈夫,我屡屡劝阻不行,至今毫不知悔。再要何等一个恩爱丈夫,他竟只是嚷骂。这真是不义的淫妇了,要他何用!'常时见床上挂着一把解手刀,便擘在手要杀邓氏。邓氏不知道,正揭起了被道:'哥快来,天冷冻坏了。'那耿埴并不听他,把刀在他喉下一勒,只听得跌上几跌,鲜血迸流。"耿埴就这样杀死了他百般勾引而到手的女人。邓氏较之前面两个淫妇死得更冤,她并没有雇凶杀夫,甚至连杀夫的刀子都没有递过去,只不过有"要摆布杀丈夫"的念头而已。然而,就在她向着情人问寒问暖的时候,"耿直"的英雄奸夫向她还以冷飕飕的风刀霜剑。

到了更晚一点的《欢喜冤家·铁念三激怒诛淫妇》中,奸夫铁念三(真名沈成)与本夫崔福来被写成"同伍伙伴",而且"赁下一间平房,二人同住","两个人也是志同道合",竟成为异姓兄弟。更有甚者,崔福来的妻子香娘还是铁念三"介绍"的。就是这样一种亲近关系,使得铁念三与"嫂嫂"香娘勾搭成奸:"铁念三大喜,近前抱住,云雨一番。两个起来,俱净了手脚,闭好门儿,重新坐在一条凳上,搂了吃酒。说说笑笑,调得火热,把念三做了亲老公一般看待。"后来,那香娘也起了谋害亲夫的念头,并说给铁念三知道,铁念三就对她毫不留情了:"'我想,这不过五两银子讨的,值得什么,不如杀了淫妇,大家除了一害,又救了哥哥一命,有何不好。'正在踌躇之际,香姐只想那样文章,去把他那物摸弄,激得念三往床下一跳,取了壁上挂的刀,一把头发扯到床沿,照着脖子一刀,头已断了,丢在地下。"勾搭"嫂嫂"成为淫妇而后杀之,让"哥哥"做了王八而后保护之,这就是铁念三与众不同的怪异逻辑。其实,这种"情爱"逻辑也并不奇怪,因为那女人"不过五两银子讨的,值得什么"?铁念三的心里话已对此做出了"合情合理"的解释。

从冯燕到向拱,再从耿埴到铁念三,也许还有诸如"铁念四"之类,他们都是奸夫,却为了王八而杀淫妇,可以称之为"冯燕现象"。从社会学的角度看,冯燕现象的底蕴是将女性作为羔羊而献上道德的祭坛;从文学的角度看,冯燕现象则是枯燥的道德说教对鲜活的文学创作的侵蚀和干扰。但无论如何,唐宋传奇中的人物造型影响了明清小说,却是一个最基本的事实。

唐宋传奇在人物造型方面对明清小说的影响绝非一个"冯燕",对读一下唐人戴孚《广异记·崔敏殻》与清人蒲松龄《聊斋志异·席方平》中的主人公,唐人皇甫枚《三水小牍·游氏子》之主人公与《聊斋志异·青凤》中的耿去病,都可以看出他们之间的一脉相承。还有一种现象,就是某篇唐宋传奇作品中的某位人物形象,影响了明清小说作品中的一群人物的塑造,这大概又有点"一传十十传百"的几何级数繁殖意味了。如张鷟《朝野佥载·柴绍弟》对后世通俗小说中"神偷"的影响,康骈《剧谈录·田膨郎》对《三侠五义》中黑妖狐智化等"侠盗"的影响,王仁裕《王氏见闻·沈尚书妻》对《醒世姻缘传》和《聊斋志异》等作品中诸多妒悍妇人的影响,张世(士)南《游宦纪闻·张锄柄》中之半仙半僧人物对《济公全传》等作品中仙僧的影响等,可谓不胜枚举。总之,明清小说中许多生动活泼的人物形象往往都能在唐宋传奇小说中找到他们的"老祖宗"。

二、情节设置

《水浒传》中有一个非常有趣的情节,那就是在李逵杀虎一节中描写老虎回家居然是屁股先进洞,这样,就给黑旋风以可乘之机,十分顺利地杀死了这只倒霉的老虎。请看该书第四十三回的描写:"那母大虫到洞口,先把尾去窝里一剪,便把后半截身躯坐将入去。李逵在窝内看得仔细,把刀朝母大虫尾底下,尽平生气力,舍命一戳,正中那母大虫粪门。李逵使得力重,和那把刀靶也直送入肚里去了。那老大虫吼了一声,就洞口带着刀,跳过洞边去了。"

读了上面这段故事后,人们自然会想到一个问题:老虎回家时屁股先进洞,施耐庵或罗贯中是怎么知道的?我想,施、罗二公不太可能亲自钻进老虎洞中去体验生活。那么,这种写法又从何而来呢?读读唐人戴孚的《广异记·勤自励》,答案就在其中。该篇叙"复员军人"勤自励在赶往岳父家拯救被迫改嫁的妻子时,路遇倾盆大雨,他只好躲到路边的大树洞里。不久,有一虎将一物丢进洞中,然后离去。勤自励仔细一看,原来此物竟是自己的妻子。当夫妻二人正在抱头痛哭时,老虎突然又回来了,于是,发生了下面精彩的一幕:"顷之,虎至。初大吼叫,然后倒身入孔。自励以剑挥之,虎腰中断。恐又有虎,故未敢出。寻而月明后,果一虎至,见其遇毙,吼叫愈甚。自尔复倒入,又为自励所杀。"

非常清楚,《水浒传》中李逵杀虎一节,就是从《勤自励》中这一片段发展演变而成的,只不过《水浒传》中的描写更为细腻、也更为精彩一些罢了。

在情节设置方面,唐宋传奇对明清小说尤其是《聊斋志异》影响极大。为了加深认识,不妨再看几例:《广异记·张鱼舟》对多篇小说中人救虎、虎报恩情节的影响,薛用弱《集异记·卫庭训》对《聊斋志异·陆判》基本情节的影响,陈邵《通幽记》之《李威》《王垂》均对《聊斋志异·画皮》故事情节有影响,佚名《会昌解颐录·刘立》对《聊斋志异》之《莲香》《粉蝶》均有影响,张读《宣室志·王先生》和柳祥《潇湘录·襄阳老叟》均对《聊斋志异·崂山道士》有影响,李隐《大唐奇事记·冉遂》对《聊斋志异·苏仙》有影响。

三、片段描写

从片段描写的角度看问题,唐宋传奇影响明清小说的例证就更多了。聊看几例:袁郊《甘泽谣·魏先生》中,有魏先生与李密二人纵谈天下君王一段:"先生曰:'吾子无帝王规模,非将帅才略,乃乱世之雄杰耳!'李公曰'为吾辨析行藏,亦当由此而退。'先生曰:'夫为帝王者,笼罗天地,仪范古今,外则日用而不知,中则岁功而自立。……故凤有爪吻而不施,麟有蹄突而永废者,能付其道而永自集于时者,此帝王规模也。'"读了这一段,谁都会联想到《三国志通俗演义》中许邵说曹操"子治世之能臣,乱世之奸雄"和曹操、刘备二人"青梅煮酒论英雄"这样两个片段。毫无疑问,《三国志通俗演义》中那两段经典的描写正是从《甘泽谣》中学过去的。这绝非笔者胡言乱语,因为在《魏先生》篇中,魏先生还对李密说了这么一句:"宁我负人,曹操岂兼于天下?"

还有一串连锁影响的例证,首先是唐人皇甫枚《三水小牍·夏侯祯》中的一段描写:"汝州鲁山县西六十里小山间,有祠曰女灵观,其像独一女子焉。低鬟嚬蛾,艳冶而有怨慕之色。……咸通末,县主簿皇甫枚因时祭,与友人夏侯祯偕行。祭毕,与祯纵观。祯独眷眷不能去,乃索卮酒酹曰:'夏侯祯少年未有匹偶,今者仰觌灵姿,愿为庙中扫除之隶。'既舍爵,乃归。其夕,夏侯生惝悦不寐,若为阴物所中。其仆来告,枚走视之,则目瞪口噤,不能言矣。谓曰:'得非女灵乎?'祯颔之。"后来,经过向神灵请罪,"奠讫,夏侯生康豫如故。"

这种书生轻薄女性神灵而遭到惩罚的片段,到了宋人洪迈《夷坚志·花月新闻》一篇中却是另一种情调:"(姜)廉夫之祖寺丞未第时,肄业乡校,尝偕同舍生出游。入神祠,睹捧印女子,塑容端丽,有惑志焉。戏解手帕系其臂为定,才归即被疾。同舍生谓其获罪于神,使备牲酒往谢,于是力疾而行。奠享礼毕,诸人驰马先还,姜在后失道。"后来,这位姜姓书生被一剑仙化作绝色女子所迷,而此女子原先的相好上门寻仇。幸得一道士相救,杀了姜生的情敌,姜生方与女子终得团圆。

我们舍弃《花月新闻》中后面一段故事不议,仅就其开篇处而言,它所写的仍然是一个与《夏侯祯》相同的片段。这种片段的核心意思是男人不能戏侮女性神灵,否则,总会有大大小小的灾祸降临。更令人注目的是,这种惩戒轻薄男儿戏侮女神的片段到了《封神演义》之中,则演变成一个极具宿命意味的惊天动地的大事件了。

明代章回小说《封神演义》第一回"纣王女娲宫进香"写道:"纣王正看此宫殿宇齐整,楼阁丰隆,忽一阵狂风,卷起幔帐,现出女娲圣像,容貌端丽,瑞彩翩跹,国色天姿,婉然如生;真是蕊宫仙子临凡,月殿嫦娥下世。……纣王一见,神魂飘荡,陡起淫心。自思:朕贵为天子,富有四海,纵有六院三宫,并无有此艳色。王曰:'取文房四宝。'侍驾官忙取将来,献与纣王。天子深润紫毫,在行宫粉壁之上作诗一首:'凤鸾宝帐景非常,尽是泥金巧样妆。曲曲远山飞翠色;翩翩舞袖映霞裳。梨花带雨争娇艳;芍药笼烟骋媚妆。但得妖娆能举动,取回长乐侍君王。'"商纣王这种轻薄的行为,自然引起了女娲娘娘的愤怒:"娘娘猛抬头,看见粉壁上诗句,大怒骂曰:'殷受无道昏君,不想修身立德以保天下,今反不畏上天,吟诗亵我,甚是可恶！我想成汤伐桀而王天下,享国六百余年,气数已尽;若不与他个报应,不见我的灵感。'"随即,女娲娘娘派了千年狐狸、九头雉鸡、玉石琵琶三个妖精去坏商纣王的天下。娘娘曰:"三妖听吾密旨:成汤望气黯然,当失天下。凤鸣岐山,西周已生圣主。天意已定,气数使然。你三妖可隐其妖形,托身宫院,惑乱君心;俟武王伐纣,以助成功,不可残害众生。"商纣王一首用意轻薄的作品,居然断送了成汤六百年江山,这真可谓是戏言招巨祸了。

调戏轻薄的言行固然可能招来巨祸,但有时也能导致一段美好姻缘。《生绡剪》第五回《七条河芦花小艇,双片金藕叶空祠》对于书生轻薄女神的结局作出了另一种格调的描写。(《生绡剪》一书乃多人创作,"七条河"一篇的作者是"浮萍居士"。)该篇写书生袁青霞有着特殊的情调,终至发展到戏侮女神塑像:"原来这个七娘子,是这七条河上一个女神。十年前,袁青霞为探亲苕上,经过于此,泊舟宿歇。正是上元灯夜,祠中花灯最盛,游观士女最多。青霞也上崖入祠游玩。未几,游人尽散,花灯亦撤。一祠明月,蔼然笼罩。青霞近睹女神之像,见他艳逸非常,遂扒在台上,捧了这个泥塑女神,亲了一个嘴儿,口里念道:'形驱若不仙凡隔,打叠衾裯梦里来。'题罢,不觉的欣欣自乐,就除那臂上幼时所系的双片南金挂在帐上,向女冲道:'小生袁晓,借此灯月为媒,赠卿作记。'"后来,青霞与七娘子竟做了一番梦中情侣。醒来后,青霞大彻大悟,云游访道而去。这篇拟话本小说大致上是将《花月新闻》的模式与唐人沈既济小说《枕中记》的模式相结合,才写出这"情了为佛"的故事。

唐宋传奇的片段描写影响明清小说创作的例子还有不少,如薛用弱《集异记·汪凤》中一段描写对《水浒传》开篇洪太尉误走妖魔大有影响,再如高彦休《阙史·薛氏子》、冯翊子《桂苑丛谈·张祜》以及《洛阳缙绅旧闻记·白万州遇刺客》中假豪侠而为欺骗事,则共同对《儒林外史》中娄家兄弟和马二先生的故事产生影响。

四、基本构思

有些唐宋传奇作品的基本构思,对明清小说的创作亦有极大的启发,有的甚至形成一种"母题"形式。如《潇湘录·王常》写一豪侠遇到神仙而得法术,并以此经世致用,这对明清章回小说方汝浩之《禅真逸史》和李百川之《绿野仙踪》等作品的基本构思产生了较大的影响。

诸如此类在基本构思方面对后世作品产生影响的情况在唐宋传奇中大量存在。因涉及一部作品的基本构思,无法例举原文,只好将相关的作品罗列如下:

李朝威《柳毅传》和裴铏《传奇·张无颇》对《聊斋志异·西湖主》均有影响,

李玫《纂异记·刘景复》对《聊斋志异·画壁》的影响,陈翰《异闻集·独孤穆》对《聊斋志异·聂小倩》的影响,王仁裕《玉堂闲话·刘崇龟》对《聊斋志异·胭脂》的影响。

钱易《乌衣传》中异国之游乃《镜花缘》前半部艺术构思之源头,吕夏卿《淮阴节妇传》中谋杀朋友而夺其妻最终女子报仇的构思则影响了雷燮《奇见异闻笔坡丛脞·池蛙雪冤录》、张应俞《杜骗新书·青蛙露出谋娶情》和《欢喜冤家·陈之美设计骗多娇》等多篇小说,《夷坚志·王从事妻》乃《石点头·王孺人离合团鱼梦》之本事,罗烨《醉翁谈录·伴喜》乃《欢喜冤家·香菜根乔装奸命妇》之本事,宋代佚名《苇航纪谈·漆匠章生》乃《西湖二集·天台匠误招乐趣》之本事,罗大经《鹤林玉露·玉山知举》即《石点头·感恩鬼三古传题旨》之源,周密《齐东野语·吴季谦改秩》乃《西游记》陈光蕊被害及"江流儿"故事蓝本,《夷坚志·张客奇遇》影响了王同轨《耳谈·穆小琼》与《醉醒石》第十三回《穆琼姐错认有情郎,董文甫枉做负恩鬼》)。

五、细微末节

唐宋传奇不仅在整体构思方面极大地影响了明清小说创作,即便在看似无关紧要的细微末节处,我们亦可感觉到前者对后者无微不至的"关照"。

我们先来看看《夷坚志·半山两道人》中的一段描写:"遂约联诗句,要叠字三个,而续以七言一句。黄衣曰:'觉觉觉,三个葫芦一个药。'青衣曰:'喜喜喜,一团秋水清无底。'胡曰:'悦悦悦,日月星辰无间别。'因更迭酬咏不止。"看到这样的绝妙好辞,读者们会很快联想到《红楼梦》中薛蟠等人的"女儿悲""女儿愁""女儿喜""女儿乐"的更加绝妙的好辞吧。

再如周密《齐东野语·沈君与》中写二士人作"螃蟹诗"相互嘲讽:"时贾收耘老隐居苕城南横塘上,沈尝以诗遗之蟹曰:'黄秔稻熟坠西风,肥入江南十月雄。横跪蹒跚钳齿白,圆脐吸胁斗膏红。蘸须园老香研柚,羹藉庖丁细擘葱。分寄横塘溪上客,持螯莫放酒杯空。'耘老得之,不乐曰:'吾未之识后进轻我。'且闻其不羁,因和韵诋之云:'彭越孙多伏下风,蜘蛛奴视敢称雄。江湖纵养膏腴紫,鼎镬终烹爪眼红。嘲称吴儿牙似镀,劈斯湖女手如葱。独怜盘内秋脐实,不比溪边夏壳空。'"这种嘲讽式的吟咏,使人情不自禁想起《红楼梦》中薛宝钗之"螃蟹诗",不过那里换成了冰雪美人对世情的嘲讽而已。

诸如此类的例子俯拾皆是。如刘斧《青琐高议·程说》篇中有"赤发短臂鬼",而《水浒传》中则有"赤发鬼"。如宋代佚名《开河记》中有"铜汁灌之口,烂其肠胃",章炳文《搜神秘览·孔之翰》中亦有相近描写,至《聊斋志异·续黄粱》则述之更详:"少间,取金钱堆阶上,如丘陵。渐入铁釜,熔以烈火。鬼使数辈,更以杓灌其口,流颐则皮肤臭裂,入喉则脏腑腾沸。"《夷坚志·杨靖偿冤》中有"花石纲"及"行贿"事,这自然让人想起《水浒传》中杨志的遭遇。

唐宋传奇对明清小说创作的影响是巨大的,以上所言,仅仅是其中一些最为明显的例证。还有很多隐形例证,只有待来日再作专门的探讨。

唐宋传奇与《西游记》①

唐宋传奇小说不仅具有自身的辉煌,而且还对中国古代文学产生了巨大的影响。这种影响可分为两大方面:一是对后世传奇小说自身的影响,二是对其他文学样式,尤其是通俗文学样式之通俗小说的影响。我们这里主要谈谈唐宋传奇对章回小说《西游记》的影响。

关于唐宋传奇小说对《西游记》的影响,前人已经有不少研究成果。如唐代李公佐《古岳渎经》中水怪"无支祁"与孙悟空形象构成之关系,如宋代周密《齐东野语》中《吴季谦改秩》篇与陈光蕊赴任及江流儿故事之关系等。这里,仅将笔者一些新的读书心得贡献出来,以搏方家学者一哂。

唐人牛僧孺《玄怪录·郭元振》中写道:"乌将军者,能祸福人,每岁求偶于乡人,乡人必择处女之美者而嫁焉"。后来,这位"猪精"碰上了英雄郭元振。郭表面上对其恭敬有加,并进献鹿脯,实际上却在算计他,乘机断其一腕。尔后,又率众循血迹直捣猪精巢穴,以烟火熏之,并围歼"无前左蹄,血卧其地,突烟走出"之大乌猪精。粗粗一看,这位乌将军颇似《西游记》中通天河的灵感大王,但并非金鱼精,而是乌猪精。与灵感大王相比,其共同之处为:是一方"镇神","能祸福人",且要乡人供奉。所不同者,金鱼精是要吃进贡的童男童女,而乌猪精却是"岁配以女,才无他虞",是要美女供其淫欲。仔细想想,并联系上面所言郭元振借进鹿脯而斩其左腕,此乌将军则更像《西游记》中的猪八戒。这两个"猪精",有两大共同点。其一,贪吃。猪八戒之贪吃四海皆知,而乌将军亦因贪吃鹿脯而痛失前蹄。其二,好色。猪八戒的好色无人不晓,而乌猪精也因好色而丢掉了性命。有此极相同之两点,认此乌猪精乃猪八戒"祖先"之一,恐不为过。且《西游记》作者将乌将军一分为二,将其"能祸福人"而勒索百姓进贡的一面属之灵感大王,而将其贪吃好色的一面放到了猪八戒身上。

无独有偶,在唐代陈邵《通幽记·东岩寺僧》篇中又有一猪精,亦与女色有些

---

① 原载《明清小说研究》2005 年第 4 期。

干系。该篇叙博陵崔简,好异术,于天宝二年至成都。有吕谊者,以厚礼求助,谓自己的独生女儿于"闺帷之中,一夕而失"。崔简知有魅,飞符招之,反被"东山上人"派金刚拒之。及崔简挫败金刚后,书中写道:"久之,无所见,忽有一物,猪头人形,著豹皮水裤",前来为"东山上人"通问候求见。当崔简迫使"东山上人"交出吕谊之女时,又是"猪头负女至,冥然如睡"。最后,吕家小姐叙述被摄过程时,又说:"初睡中,梦一物猪头人身摄去,不知行进近远,至一小房中,见胡僧相陵。"可见,这里的"猪头人身"者,实乃胡僧"东山上人"所役使的猪精。他自己虽没有淫女之心,但却是胡僧掠夺民女的帮凶,而且所用的手段,与《西游记》中猪八戒摄高翠兰的手法极其相似。再联系《西游记》中的猪八戒当了和尚仍然好色的描写,焉知不是作者将此篇中的"东山上人"与"猪头人形"主仆合二为一幻化而成?

事不过三,晚唐裴铏《传奇》中有一篇《高昱》,再次写到猪精。不过,这里的猪精却是雌性,且有三个。它们能化作"俱衣白,光洁如雪,容华艳媚,莹若神仙"的美女,于昭潭之清水芙蓉上夜话,自言分别习儒、释、道三教。而所谓"习"者,"食"耳。第二天,果然有一僧、一道、一儒先后溺于昭潭。后来,此三猪精被神术之士唐勾鳌"丹笔素字"的符所迫,现出原形,乃"三白猪寢于石榻","忽惊起,化白衣美女",在唐勾鳌的威逼之下,沿流往东海而去。这里的猪精虽与猪八戒"男女有别",但亦有共同点:居于水中,且水下很有神通,可化为鱼。当他们离开昭潭时,"有黑气自潭面而出,须臾,烈风迅雷,激浪如山。三大鱼,长数丈,小鱼无数周绕,沿流而去"。《西游记》中的猪八戒不也是天蓬元帅出身,水下功夫了得,并曾经化为鱼吗?且看第七十二回:"不知八戒水势极熟,到水里摇身一变,变做一个鲇鱼精。……水上盘了一会,又盘在水底,都盘到了。"如此看来,《高昱》篇中的三美"猪精",虽算不上猪八戒的嫡祖嫡亲,然做几个猪"姑奶奶"也还合适。

不仅猪八戒如此,就是从一些小小的神祇、一些次要人物的身上,也能看到传奇小说对《西游记》的巨大影响。在《西游记》中,常常出现两大类群体性神祇。一是山神土地之类,因为自身神通太小而无力拒妖,只好向孙悟空报告妖精来历、行止。一是天上神将,在必要的时候成批出现,帮助孙悟空捉拿妖怪。上述两类神祇,在唐传奇戴孚的《广异记·长孙无忌》中均可见其痕迹。该篇写到长孙无忌家的美人为狐精所魅,唐太宗以诏书召术者相州崔参军治之。"崔设案几,坐书一符,太宗与无忌俱在其后。倾之,宅内井灶门厕十二辰等数十辈,或长或短,状貌奇怪,悉至庭中。崔呵曰:'诸君等为贵官家神,职位不小,何故令媚狐入宅?'神等前白,云:'是天狐,力不能制,非受赂也。'崔令捉狐去,少顷复来,各著刀箭,云:'适已苦战被伤,终不可得!'言毕散去。"看了这一帮小神的表演,多么像《西游记》中的山神、土地、值日功曹啊!他们忠于职守却又无能为力,既受妖精的欺凌,又受尊神的责备。孙悟空不是常常喊道"且伸过孤拐来,让老孙打三百棒"以消心头之气吗?较之于唐传奇而言,《西游记》写这些"职方""值日"小神,不过将其权利稍有廓大而已。唐传奇中的井神、灶神、门神、厕神,变成了山神、土地,管辖范围扩大了;唐传奇中的十二辰变成了值日功曹,值班时间加长了,如此而已。因为这些传奇小说写的是发生在一"家"中的妖精之事,而《西游记》则写的是发生在更广阔的"社会"上的妖精的事,故不得不扩而大之。至于《长孙无忌》篇中帮助崔参军治狐的神将的描写,我们且往下看:"崔又书飞一符,天地忽尔昏暝,帝及无忌惧而入室。俄闻虚空有兵马声,须臾,见五人,各长数丈,来诣崔所,行列致敬。崔乃下阶,小屈膝,寻呼帝及无忌出拜庭中。诸神立视而已。崔云:'相公家有媚狐,敢烦执事取之。'诸神敬诺,遂各散去。帝问何神,崔云:'五岳神也。'又闻兵马声,乃缠一狐坠砌下。"这些五岳之神较之刚才提到的灶井门厕之神可神气多了,因为他们是天下最大的山神——五岳之神。因而,他们可缠妖精而坠阶下。这些尊神,在《西游记》中便演变成为帮助孙悟空擒妖的天兵天将、二十八宿、水德火德之类了。它们均为天庭职掌一方的藩镇,或管理一事的有司,有职有权,乃天下所共尊之神,自然与护佑一家之神不可同日而语。

《西游记》第十三回写唐僧遇到三个妖精,将其随从吃掉。这三个妖精的模样,在事后唐僧对化作老者的太白金星回忆时说得很清楚:"贫僧鸡鸣时,出河州卫界,不料起得早了,冒霜拨露,忽失落此地,见一魔王,凶顽太甚,将贫僧与二从者绑了。又见一条黑汉,称是熊山君;一条胖汉,称是特处士;走进来,称那魔王是寅将军。他三个把我的从者吃了,天光才散。"而老叟则明确告诉唐僧:"处士者是个野牛精,山君是个熊罴精,寅将军者是个老虎精。"这段描写,直接源自《广异记》中之《张铤》篇。该篇云:"吴郡张铤……归蜀。行次巴西,会日暮",被"巴西侯"遣人请去。随后,他见到了"衣褐革之裘,貌极异"的巴西侯及其众宾客:"六人皆黑衣"的六雄将军,"衣锦衣,戴白冠"的白额侯,"衣苍"的沧浪君,"被斑文衣,似白额侯而稍小"的五豹将军,"衣褐衣,首有三角"的巨鹿侯,"衣黑,状类沧浪君"的玄丘校尉,最后,又来一卜者,"被黑衣,颈长而身甚广",自称"洞玄先生"。当夜,于酒筵间,白额侯曾戏对张铤说:"君之躯可以饱我腹。"而巴西侯又杀洞玄先生,然后众怪酣饮尽醉。翌日天将晓时,张铤醒来,"见己身卧于大石龛中,其中设绣帷,旁列珠玑犀象。有一巨猿状如人,醉卧于地,盖所谓巴西侯也。又见巨熊卧于前者,盖所谓六雄将军也。又一虎顶白,亦卧于前,所谓白额侯也。又一狼,所谓沧浪君也。又有文豹,所谓五豹将军也。又一巨鹿、一狐,皆卧于前,盖所谓巨鹿侯、玄丘校尉也,而皆冥然若醉状。又一龟,形甚异,死于龛前,乃向所杀之洞玄先生也。"结果呢?张铤驰告里中人,里人数百围歼众兽。将《西游记》第十三回的片段与《张镒》篇相比,因袭痕迹宛然。其共同之处是:人遇众怪,险些被吃(或随从被吃),而这些精怪均作人形,但又带有动物自然属性的特征。并且,他们的名字,也如同谜语一般,暗示他们的身份、原形。所不同者,《西游记》中只是突出唐僧"初出长安第一场苦难",故而未写三个精怪被消灭的过程,《张镒》篇则是为了"传奇",故而必须交代这些精怪的下场。但无论如何,两处都成功塑造了具有一定美学价值的人兽合一的精怪。

《西游记》中多次描写"斗法",其中最著名的如"小圣施威降大圣"中二郎神与猴王赌变化,"车迟国猴王显法"和"心猿显圣灭诸邪"中孙悟空与虎力、鹿力、羊力三妖斗法。这样一些描写,亦来自民间关于僧道仙妖斗法的故事,唐人传奇中就有不少这样的描写。薛用弱《集异记·茅安道》中写道士茅安道为救二徒,施展法术,"欣然遽就公之砚水饮之,而噀二子,当时化为双黑鼠,乱走于庭前。安道奋迅,忽变为巨鸢,每足攫一鼠,冲飞而去。"这一段描写中道士所化之巨鸟,《西游记》中的孙行者也变过多次。一次是在车迟国,当鹿力大仙剖腹剜心与孙悟空赌法力时,"行者即拔一根毫毛,吹口仙气,叫'变!'即变着一只饿鹰,展开翅爪,嗖的把他五脏心肝,尽情抓去,不知飞向何方受用。"(第四十六回)此处虽非行者所变,然毫毛乃其身上"克隆"之物,与他亲身所变也差不多。下面再看孙行者亲自变成大鸟二例。一例是在濯垢泉,当蜘蛛精七姐妹洗澡时,只见:"好大圣,捏着诀,念个咒,摇身一变,变作一个饿老鹰。……呼的一翅,飞向前,轮开利爪,把他那衣架上搭的七套衣服,尽情雕去。"(第七十二回)另一例是在无底洞,当女妖耗子精向唐僧求爱献酒时,孙悟空变作小虫钻入酒杯,妖精见是只虫儿,用小指挑起,往下一弹,"行者见事不谐,料难入他腹,既变做个饿老鹰。……飞起来,轮开玉爪,响一声掀翻桌席,把些素果素菜,盘碟家火,尽皆摔碎,撇却唐僧,飞将出去。"(第八十二回)由此可见,《西游记》中的孙悟空虽多次变成大鸟——鹰,但其渊源却在唐人小说《茅安道》中道士所变之巨鸢。

《西游记》中还有一个很精彩片段,即第六回的"小圣施威降大圣",而其中最令人眼花缭乱的则是二郎神与美猴王赌变化一段。请看:大圣变作麻雀,二郎就变作饿鹰儿;大圣变作大鹚老,二郎又变成大海鹤;大圣变作鱼儿,二郎即变作鱼鹰儿;大圣变作小蛇,二郎又变作灰鹤……这一场变化比赛,既充满童心童趣,又体现了"一物降一物"的哲理,其审美效果可谓雅俗共赏、老少皆宜。然就其渊源,仍在唐人传奇小说中。且看裴铏《传奇·樊夫人》一篇中的描写:当樊夫人与其丈夫刘纲斗法戏耍时,"庭中两株桃,夫妻各咒一株,使相斗击。良久,纲所咒者不如,数走出篱外。纲唾盘中,即成鲤鱼;夫人唾盘中,成獭,食鱼。"两相比较,《樊夫人》描写单调,《西游记》描写繁复。然而,细腻的描摹正来自那简明的勾勒。《西游记》这一段变化比赛,正是从《樊夫人》篇中借鉴并发扬光大的。

尽人皆知,《西游记》中有一段"老龙王拙计犯天条"的故事。叙的是泾河龙王与术士袁守诚赌赛,"行雨差了时辰,少些点数"。(第九回)故而犯了天条,被玉帝遣人曹官魏征斩首,老龙王向唐太宗求救而终无效。据载,这一段材料来自《永乐大典》中"魏征梦斩泾河龙"条目。有关专家因此推断《西游记》作者曾参考《永乐大典》所引用的某部"西游记话本"。这种推断的可能性是存在的,但因材料缺乏,终不能论定,令人遗憾。有趣的是,在晚唐五代杜光庭的《神仙感遇传·释玄照》一篇中,却写了一个与此内容相同而立意相反的故事。该篇叙释玄照修道于嵩山,讲法华经以利于人,时有三叟虚心听讲。忽一日,三叟对玄照说:"弟子龙也……得闻法力,无以为报,或长老指使,愿效微力。"玄照因当地大旱,令三龙"可致甘泽,以救生灵"。三叟谓雨可下,但犯天条,须求一人救之,此人乃"少室山孙思邈处士"。玄照乃先代为求之,孙思邈慨然允诺。后三龙降雨,果犯天条,遂化为三獭,遁入孙思邈宅后沼池之中,为天神以赤索系之出。孙思邈自承其责,并委婉求情。因孙思邈以医术救人无数,"道高德重""名已籍于帝宫",故天神遂"解而释之,携索而去。"将此两段故事稍作对读,便可见得《西游记》中"老龙王拙计犯天条"是对《释玄照》情节的反其意而用之。二处均写龙王行雨犯天条,然泾河龙为一己之私忿,境界极低;而三老叟却为一方黎民造福,境界颇高。故而其结局迥异,泾河龙求人主救之而不果,三老叟求医者相助而成功。这立意相反而内容相同的故事,又一次证明了《西游记》对唐人传奇小说的借鉴。

不仅唐人传奇小说对《西游记》影响甚巨,宋代的传奇之作也对《西游记》卓有影响。

众所周知,《西游记》第五十三回、五十四回有一大段关于"女儿国"的故事,写得风光迤逦,饶有趣味。但创造"女儿国"的专利绝非属于《西游记》作者。追根溯源,"女子国"最早的记载在《山海经》之中,而且不止一处。《山海经·海外西经》载:"女子国在巫咸北,两女子居,水周之。一曰居一门中。"《山海经·大荒西经》也记载说:"有女子之国。"另外,在《淮南子·墬形训》中也有"山气多男,泽气多女"和"女子民"的说法。此后,《三国志·魏志·东夷传》亦载:"耆老……又言:'有一国亦在海中,纯女无男。'"而《后汉书·东夷传》所载则更为详细一些:"耆老……又说:'海中有女国,无男人。或传其国有神井,窥之辄生子。'"如果将这些记载视为《西游记》中女子国的源头,那应该是没有问题的。但是,这些只不过是《西游记》女子国之"远源",而其"近源"却在一篇宋人传奇小说中。

宋人刘斧《青琐高议》卷三有《高言》一篇,该篇副标题为"杀友人走窜诸国"。在主人公高言逃窜的许多国家中,就有一个"女子国"。该篇写道:"闻东南有女子国,皆女子,每春月开自然花,有胎乳石、生池、望孕井,群女皆往焉。咽其石,饮其水,望其井,即有孕。生必女子。"这种描写,应对《西游记》中"女儿国"的幻造有直接影响。且看《西游记》第五十三回,当唐僧与八戒喝了莫名其妙的"河水"之后,"疼痛难禁,渐渐肚子大了。用手摸时,似有血团肉块,不住的骨冗骨冗乱动"。当地的老婆婆针对这一症状,解释了其中的原因:"我这里乃是西梁女国。我们这一国尽是女人,更无男子,故此见了你们欢喜。你师父吃的那水不好了,那条河,唤做子母河。我那国王城外,还有一座迎阳馆驿,驿门外有一个'照胎泉'。我这里人,但得年登二十岁以上,方敢去吃那河里水。吃水之后,便觉腹痛有胎。至三日之后,到那迎阳馆照胎水边照去。若照得有了双影,便就降生孩儿。你师吃了子母河水,以此成了胎气,也不日要生孩子。"这两段描写有许多相似之处。其一,女子国或女儿国全国之人尽皆女子。其二,女子在没有男性的前提下要想传种接代必须饮一种水:或咽胎乳石饮生池水,或饮子母河之水。其三,检验是否怀孕还必须到规定的地方去"照影",大致相当于今天的"透视"。这种地方或者叫做"望孕井",或者叫做"照胎泉"。所不同者,《西游记》在此基础上增加了破解胎儿之法——喝"解阳山""破儿洞""落胎泉"的水,而《青琐高议》中却没有这些描写。之所以如此,是因为高言并没有喝生池水,不需要"落胎",而唐僧和老猪却非"破儿"不可。进而言之,《青琐高议》对"女子国"的描写非常简明,《西游记》中关于"女儿国"却十分详细,整整"描写"了两回书。这是由于两部作品的文学体裁不同所决定的。

然而,从更深层的文化角度看问题,我们可以发现"女儿"与"水"的关系不仅"源远",而且"流长"。上文所引的所有关于女儿国的记载或描写,都与"水"紧密相关。《山海经》所谓"两女子居,水周之"。《淮南子》所谓"山气多男,泽气多女"。此后,《三国志》所谓"有一国亦在海中,纯女无男"。《后汉书》所谓"海中有女国"。可见女子国的臣民全都生活在"水中央",她们的魂灵也由"水"(泽气)构成。更有甚者,就连她们传种接代的方式也是饮"水",或饮生池水(《青琐高议》),或饮子母河之水(《西游记》)。如果我们将欣赏视点向后延伸,还可看到《西游记》以后的若干"女儿国",以及这些女儿国的臣民们与水之关系。《红楼梦》中的大观园是一个人间的"女儿国",其中居民除了"男人的一半是女人"的贾宝玉以外,全部都是女性。而这些女性是由什么构成的呢?贾宝玉的回答坚定而明确:"女儿是水作的骨肉,男儿是泥作的骨肉。"(第二回)这难道不是"山气多男,泽气多女"的翻版吗?再往后,《镜花缘》中的女儿国,也正是在汪洋大海之中。书中写道:林之洋等人"行了几日,到了女儿国,船只泊岸"。(第三十二回)等到他们离开女儿国时,又是"三人一齐趱行,越过城池,来至船上,见了多九公,随即开船"。(第三十七回)这难道不是"水周之""海中有女国"的"宛在水中央"情结的扩展和延伸吗?所不同者,《山海经》等书中的"女子国"是"纯女无男",而《镜花缘》中的"女儿国"却是"阴阳倒置"。然而,有遗传就有变异,只有"变异"了,才能更好地"遗传"。但无论怎样变来变去,最本质的东西是不会变的,那就是:"女人"离不开"水"。

由上可见,越是具有文化意味、审美意味的东西,就越发会永存于天地之间,为众口所传,为众笔所书。唐宋传奇如此,《西游记》如此,二者之关系亦如此。

唐人传奇和《柳毅传》[①]

中国古代小说有诸多品种,从最大的层面划分,则可分为以文言为主体的和以白话为主体两大类。传奇小说是属于文言小说这一系统的。

传奇小说产生于唐代,这是中国古代文言小说创作的第一个高潮,另一个高潮是清代初年以《聊斋志异》为代表的文言小说创作。唐人传奇小说从六朝志怪小说发展演变而来,入唐以后,又分为三个发展阶段。

第一,初盛唐阶段。这是唐人传奇小说的起步阶段,其主要特点是刚刚完成从六朝志怪向唐人传奇的过渡。这一阶段的代表作有王度的《古镜记》、张鷟的《游仙窟》、无名氏的《补江总白猿传》。这些作品从不同的角度体现了从志怪向传奇的过渡,如《古镜记》是通过一柄古镜为线索将若干个神异的小故事连缀在一起,形成一个篇幅较长的作品。它所体现的便是一种"情节结构"方面的过渡,因为六朝志怪小说多半是篇幅短小的,相比较而言,唐人传奇小说的篇幅则要宏大得多。再如《游仙窟》一篇,写得文采斐然,甚至有大量的篇幅用骈文写成。它所体现的便是一种"文学语言"方面的过渡,因为六朝志怪小说的语言多半是比较枯淡的,而唐人传奇小说的语言则显得是那么生机勃勃、五彩缤纷。至于《补江总白猿传》所体现的过渡的痕迹更多,完整的故事、曲折的情节、生动的语言,尤其是颇为丰满而复杂的人物形象塑造,更是为六朝志怪小说所缺乏而为唐人传奇小说所擅长。篇中的白猿形象,既是妖精,又具有英雄气质甚至带有几分悲剧英雄人物的意味。

第二,中唐阶段,这是唐人传奇小说创作的高潮阶段。一些优秀的作品如雨后春笋一般涌现出来。其中,著名的单篇作品有陈玄佑的《离魂记》、沈既济的《任氏传》《枕中记》、许尧左的《柳氏传》、白行简的《李娃传》、李朝威的《柳毅传》、元稹的《莺莺传》、李景亮的《李章武传》、蒋防的《霍小玉传》、李公佐的《南柯太守传》《庐江冯媪传》《谢小娥传》、陈鸿的《长恨传》《东城老父传》等。含有传奇小

[①] 原载《中华活页文选》2004年第4期。

说的作品集在当时虽然不多,但也有牛肃《纪闻》、戴孚《广异记》、郑还古《博异志》、牛僧孺《玄怪录》、李复言《续玄怪录》、薛用弱《集异记》、皇甫氏《原化记》等。这些作品题材广泛,但主要以妇女生活为重点,尤其是文人与女性的恋爱故事更是得到了生动的表现。其他方面,如文人对功名富贵的追求及其幻灭感的作品、武侠生活的作品、神异题材的作品等,也占了一定的比例。这些作品在人物塑造、情节结构、文学语言、审美效果等方面所取得的成绩也是空前的,同时,它们的艺术成就和写作模式又可以垂范百代。总之,这一阶段的传奇小说创作,代表了唐代小说的最高水平,也是当时文言小说处于巅峰状态的标志。

第三,晚唐阶段。这是唐人传奇小说延续发展的阶段,它与第二阶段相比,至少有两大不同。其一,单篇传奇的创作逐渐退居次要地位,而传奇小说集的成就则超过了中唐。这一阶段含有传奇的小说集子主要有:段成式的《酉阳杂俎》、陈邵的《通幽记》、卢肇的《逸史》、张读的《宣室志》、袁郊的《甘泽谣》、裴铏的《传奇》、陈翰的《异闻集》、李浚的《松窗杂录》、康骈的《剧谈录》、皇甫枚的《三水小牍》等。尤其是裴铏的《传奇》,全部都是传奇小说。而且,传奇之所以被称之为"传奇",就是从这本书的名称借用过来的。其二,武侠题材的作品逐渐增多,而且越写越具有传奇色彩。同时,爱情题材的故事也写得不错。在艺术水平方面,晚唐的传奇小说基本上保持了中唐作品的风致,还没有出现大的滑坡。

通过以上简要的巡阅,我们可以大致明确,李朝威的《柳毅传》是唐人传奇小说巅峰时期的作品,而且是重要的代表作品。

《柳毅传》作者李朝威,生平事迹不详。据该篇末尾作者自称"陇西李朝威",似应为陇西人。然而,陇西不一定是他的籍里,因为陇西李氏乃唐代"五姓七族"之一,陇西或为李朝威郡望。又,作品中写到薛嘏于开元二十九年(741)遇到柳毅,殆四纪(一纪十二年),嘏亦不知所在。开元二十九年再往后"四纪"在贞元五年(789),因此,该篇的写作不可能早于此时。由此亦可知道,李朝威的生活年代大致在中唐大历至贞元之际。

《柳毅传》见于《太平广记》卷419,题目作《柳毅》。该篇篇末注云:"出《异闻集》。"《异闻集》乃唐末陈翰所编的一本"以传记所载唐朝奇怪事"(晁公武《郡斋读书志》)的文言小说集,其中所录,多为唐人传奇名篇。《柳毅传》被录于其中,一是说明该篇已被认做佳篇名作,二是可见该篇在当时就已广为传播。

《柳毅传》是一篇具有多重主题的小说作品,全篇所写乃在一个"情"字。全篇可分为四个大的部分,分别体现了多种不同的"情"。第一部分从开篇到"因命酌互举,以款人事"。主人公为柳毅,中心故事为"柳毅传书",主要体现了柳毅的"侠情"。第二部分从"俄而祥风庆云"到"毅与钱塘,遂为知心友"。主人公是柳毅和钱塘君，中心故事为"钱塘救女"和"柳毅拒婚"，主要体现的是钱塘君的"亲情""友情"。第三部分从"明日，毅辞归"到"而宾主盛礼，不可具纪"。主人公是柳毅和龙女，中心故事是"夫妻恩爱"，主要体现的是龙女的"爱情"。第四部分从"后居南海，仅四十年"到全篇结束，主要人物是柳毅，中心故事是"柳毅成仙"，体现的是包括作者在内的众多人对"幻情"的追求。尽管该篇的内容比较复杂，但最主要的还是写了"侠情"和"爱情"两大方面。作品的前半部分以侠情为中心，后半部分则以爱情为中心。进而言之，"侠情"与"爱情"又正是唐人传奇小说盛演不衰的两大主题，几乎所有优秀的唐人传奇小说都是表现这两大主题，其他的，大多写的也就是"友情"或"幻情"。因此，《柳毅传》的成功之处，首先就在于一篇而兼示多重主题，而且都写得很好。

作品中的人物塑造可谓栩栩如生、跃然纸上。柳毅是一个非常讲义气，非常富有同情心，同时又非常正直倔犟的书生，他的行为，包括"传书""拒婚"以及最后与龙女的结合，都充分体现了他性格的这种复杂性。龙女是一个美丽、温柔、善良而又多情的女性，同时又具有一定程度的勇敢和机智。她的这些性格特点，也在她一系列的行为中得到了充分的体现。此外，作品中的洞庭君、钱塘君兄弟，前者仁慈宽厚，后者暴躁爽直，他们性格的主导面也都在作品中得到了展现。由此可知，《柳毅传》第二个成功之处，就是塑造了上述几个性格鲜明的人物形象。这在当时的小说创作中，是十分难得的。因为一篇仅仅数千字的文言小说作品，能够塑造一个或两个成功的人物形象就已经很不错了，而《柳毅传》则同时塑造了四个。

《柳毅传》还给我们创造了一个又一个美丽的神话境地。如龙女所牧之羊，原来都是雨工、雷霆之类，"皆矫顾怒步，饮龁甚异"。又如龙女告诉柳毅进入洞庭龙宫之法："洞庭之阴，有大橘树焉，乡人谓之'社橘'。君当解去兹带，束以他物，然后叩树三发，当有应者。因而随之，无有碍矣。"至于龙宫中的环境、酒宴、歌舞的描写，大段大段的铺排文字，更是神奇莫测、美妙无比。如："人间珍宝，毕尽于此：柱以白璧，砌以青玉，床以珊瑚，帘以水精，雕琉璃于翠楣，饰琥珀于虹栋，奇秀深杳，不可弹言。"再如："会友戚，张广乐，具以醴醑，罗以甘洁。初，笳角鼙鼓，旌旗剑戟，舞万夫于其右。中有一夫前曰：'此《钱塘破阵乐》。'旌铖杰气，顾骤悍栗，坐客视之，毛发皆竖。复有金石丝竹，罗绮珠翠，舞千女于其左。中有一女前进曰：'此《贵主还宫乐》。'清音宛转，如诉如慕，坐客听之，不觉泪下。"这些描写，都充分显示了作者丰富的艺术想象力。同时，这也是该篇的第三个成功之处。

该篇在具体展开故事的时候也做到了繁简分明、详略得当。如写柳毅入龙宫以后一大段，极尽铺张之能事，而写钱塘君闻讯而发一段，却用极其简洁的笔墨：

"俄有赤龙长千余尺,电目血舌,朱鳞火鬣,项掣金锁,锁牵玉柱,千雷万霆,激绕其身,霰雪雨雹,一时皆下。乃擘青天而飞去。"至于钱塘君大战泾河小龙一段,甚至用暗写之法。在通篇做到叙事的详略得当的同时,作者还做到了张弛有致。如开篇处写柳毅未见龙女时,突然间"鸟起马惊,疾逸道左",是一张;而随即"见有妇人,牧羊于道畔",是一弛。又如柳毅入龙宫后所见美景,是一弛;而龙宫闻龙女凄惨遭遇,"宫中皆恸哭",又是一张;旋即,洞庭君叙其弟之事,又一弛;紧接着,钱塘君出发,"天拆地裂,宫殿摆簸,云烟沸涌",又是一张;尔后,钱塘救回侄女,龙宫大摆酒宴,又是一弛;然酒宴后之次日,在新的酒宴上钱塘君借酒说亲,柳毅正言回绝,又一张;随后,钱塘君"逡巡致谢",又是一弛。如此张弛有致,使读者的心理在紧张——松弛——紧张——松弛的变化过程中,得到一种特别的审美享受。所有这些,大概要算该篇的第四个成功之处。

《柳毅传》的语言是很优美的,同时,也很有表现力。作者往往寥寥数笔,就能替故事中的人物传神写照,尤其善于描写同一人物在不同场景中的不同态度。如状龙女之凄惨神情,用"蛾脸不舒,巾袖无光"八字;而写获救后的龙女,则用"中有一人,自然蛾眉,明珰满身,绡縠参差"十六字。再如写柳毅愉快地接受龙宫诸人的馈赠时,用"笑语四顾,愧揖不暇"八字;而写柳毅坚定沉着地拒绝钱塘君强硬的议亲时,则用了"肃然而作,歘然而笑"八字。凡此种种,不一而足,充分体现了作者遣词造句方面的深厚功力。至于人物语言,更为作者所注目。作品中众多人物的语言,大都带有个性化特征。我们且看得胜回来后的钱塘君和他的哥哥洞庭君的一段对话:"君曰:'所杀几何?'曰:'六十万。''伤稼乎?'曰:'八百里。''无情郎安在?'曰:'食之矣。'"兄弟二人虽均为龙君,然秉性不同。洞庭君先问"人",次问"庄稼",最后才涉及"无情郎",充分显示了他仁厚长者的风度和襟怀。而钱塘君则一味夸耀自己的战功,洋洋得意之情溢于言表,充分暴露了他暴烈、残忍和爱好虚荣的心性。在简短的对话中,这一对龙兄龙弟的不同个性就跃然纸上了。

该篇的不足之处,主要在于最后柳毅遇其表弟一段。这种对神仙幻境的追求,是唐人传奇小说很多篇章的共同追求。然而,将这种描写放在《柳毅传》的最后,诚非画龙点睛,实乃画蛇添足是也。

《柳毅传》对后世的影响非常大,这里仅举其荦荦大者。金代已有《柳毅传书》诸宫调(佚),宋代官本杂剧有《柳毅大圣乐》(佚),宋元戏文有《柳毅洞庭龙女》(佚),元代杂剧有尚仲贤《洞庭湖柳毅传书》(存),明代传奇戏有许自昌《橘浦记》(存),清代传奇戏有李渔《蜃中楼》(存)等。至于将《柳毅传》改头换面写成内容相近的作品,或者将"柳毅传书"当做典故运用的文学作品,更是不胜枚举。

尺水兴波,传奇写照[①]

——《酉阳杂俎》中的豪侠传奇

《酉阳杂俎》作者段成式(803? ~863),字柯古,山东临淄人。其父段文昌为元和末年宰相。段成式少年时代就十分好学,长成后,能诗善文,对佛学尤有研究。曾担任过秘书省校书郎,后又任庐陵、缙云、江州等地刺史,官至太常少卿。段成式是晚唐著名文人,在当时与李商隐、温庭筠齐名。除《酉阳杂俎》外,他还创作过大量的诗词散文作品,可惜大多散佚,幸存的三十多首诗词,见《全唐诗》,文十一篇,见《全唐文》。另有《庐陵官下记》二卷,已佚,残文若干则,收入《类说》《说郛》二书中。

《酉阳杂俎》二十卷、续集十卷,全书计二十多万字。书名"杂俎",可知其内容驳杂。其中有传说、神话、故事、传奇、志怪、杂记,珍异杂陈、五彩缤纷。所述内容,既有自然科学,也有人文科学。举凡天文、地理、生物、化学、矿藏、交通、习俗、外事等方面,无所不包,甚至秘闻趣事、志怪传奇,也多有记叙。自其成书以至今日,早已引起学术界的广泛重视。

然而,若从文学的角度看问题,则《酉阳杂俎》中最绚烂的篇章无疑还是那些传奇之作,尤其是那些反映剑侠豪杰的传奇之作。如《京西店老人》《兰陵老人》《僧侠》《卢生》以及《周皓》《邱濡》诸篇,都写得豪气逼人、精光四射。有的篇章虽然很短,只能算是微型小说,但作者却能尺水兴波,于极小的范围内为主人公传奇写照,寥寥数笔,勾画人物如生。有些篇章的场面描写也精彩绝伦,引人入胜,让读者于不知不觉中得到一种美的享受。由此,亦足见作者具有极强的谋篇布局、遣词造句之能力。

中国的文言小说发展到魏晋南北朝时期,那些志人、志怪小说大多只是粗陈梗概,情节虽离奇而不曲折,人物多单薄而不丰满,语言则精炼有余而文采不足,基本上只能算是小说的雏形,或者只能称之为一种"准小说"状态。至唐代,传奇

[①] 原载《中华活页文选》2002年第3期。

小说脱颖而出,在人物塑造、情节设置、文学语言等方面均有长足的进步,从而形成了中国文言小说的第一个高峰。就唐人传奇小说的内容而言,作者们所喜爱的热门话题有两个,第一是男女爱情,第二就是豪情侠气。《酉阳杂俎》在第一方面并无建树,但在第二方面却成果辉煌。上述几篇作品,正是这方面的典型代表。这些作品,不仅是唐人传奇豪侠一类中的佳篇,而且,对后世的武侠小说也具有深远的影响。《京西店老人》《兰陵老人》《僧侠》《卢生》诸篇,均被明代王世贞选入《剑侠传》这一武侠小说选本中,就是很好的证明。

触目惊心,神乎其技[①]

——《原化记》中的豪侠传奇

《原化记》的作者皇甫氏,号洞庭子,名字籍里不详,唐代作家,生活年代较段成式稍后。《原化记》一卷,《通志·艺文略》著录于"小说类"。原书早佚,曾慥《类说》录其佚文9则,《太平广记》录其佚文59则,又有5则亦录入《太平广记》,然题作《原仙记》。

《原化记》约成书于唐武宗会昌年间(841~846),或谓成书于唐僖宗乾符年间(874~879)。该书广泛地反映了晚唐的社会生活和人们的思想,当然,有的是直接反映,有的则是间接描写。这里有凡人遇仙的《采药民》,还有神机妙算的《葫芦生》。这里的《吴堪》,是最精彩的"田螺姑娘"的故事;这里的《崔尉子》,则是很成功的"悲欢离合"之篇章。《张仲殷》中的箭术,带有浓烈的神奇色彩;《京都儒士》中的言谈,则具有强烈的讽刺意味。在《原化记》现存篇目中,还有展现法术的《陆生》《王卿》,有描写异遇的《韦氏》《南阳士人》和《柳并》,当然,也有带有因果报应思想的《华严和尚》《李老》,甚至还有宣扬不守礼节而为人所辱之士流故事《拓拔大郎》。如此等等,不一而足。所反映的社会生活面十分广泛,所揭示的当时人的思想颇为深刻。但《原化记》中最优秀的篇章却毫无疑问是那些描写豪侠人物、豪侠故事的传奇之作。

《原化记》中现存的豪侠传奇作品主要有《嘉兴绳技》《车中女子》《崔慎思》《韦滂》《刘氏子妻》《义侠》等。这些作品对豪侠人物的描写,在唐人传奇中别具一格,其主要特点便是"刺激性"。如《嘉兴绳技》写一犯人借一根长绳而逃逸,不仅令书中人物目瞪口呆,就是读者读了以后也感到出乎意料。再如《车中女子》写"侠以武犯禁",一伙强盗居然到宫禁中做贼,来无影、去无踪,亦给人以强烈的刺激。而《崔慎思》所描写的则是一个在古代传奇小说中经常被表现的题材:侠女复仇,借一男子作掩护,复仇后,割情杀子,弃夫而去。这种故事,无论给人留下的印

[①] 原载《中华活页文选》2002年第19期。

象是佳是恶,总之都是一种触目惊心的刺激。至于《韦滂》和《刘氏子妻》两篇,写的都是不怕鬼的故事。前者写韦滂宿凶宅而杀妖怪,后者写刘氏子与朋友打赌而夜背女尸,虽然两篇故事的结局不同,但都给人一种奇特的刺激。《义侠》是典型的剑侠小说,歌颂侠客义士,批判负义小人,快意恩仇,在给人以刺激的同时,又让人大大地宣泄了对人间鬼蜮的愤郁之情。所有这些作品,都从不同的角度,体现了《原化记》中豪侠传奇作品的一种特殊的意味——惊险故事所造成的强烈感官刺激,具有很强的可读性。诚可谓"触目惊心,神乎其技"。

《原化记》作者皇甫氏与《酉阳杂俎》作者段成式基本是同时代人,皇甫氏行年稍后一点。他们都属于唐人传奇小说最辉煌的时期——中晚唐之际,而这一时期传奇小说的优秀作品大都集中于两大题材——侠与情。皇甫氏与段成式一样,都是描写豪侠传奇故事的高手。不过,段成式的作品主要追求在极短小的篇幅中为主人公传奇写照,而皇甫氏除了这一点而外,更注重故事本身的生动与惊险。以上所言的几篇作品,在唐人传奇小说中均属上乘之作,而且对后世影响甚巨。如《车中女子》对清代侠义公案小说的影响,《嘉兴绳技》《崔慎思》对《聊斋志异》的影响,《刘氏子妻》对"二拍"的影响,《义侠》对"三言"的影响,都是显而易见的。另外,《嘉兴绳技》《车中女子》及《义侠》三篇,均被明代王世贞收入他所编的武侠小说选本《剑侠传》中。

第二篇 02

《三国》与《水浒》

《三国志通俗演义》中的曹操及其三大"敌人"[①]

如今的曹操,已经成为一个文化符号。这一文化符号最基本的内涵有两点:历史上的曹操与文学作品中的曹操。这两个"曹操"区别是很大的,我们绝不可将他们混为一谈。因此,本文一开始就发表一个常识性的声明:以下分析的乃是《三国志通俗演义》中的曹操这一人物形象。

一

毫无疑问,小说中的曹操是个奸雄,而且是千古第一奸雄。在作品开始后不久,作者就对曹操进行了一段饶有意味的描写:"操幼年时,好飞鹰走犬,喜歌舞吹弹。少机警,有权数,游荡无度。""恣意放荡,不务行业。"时人桥玄谓操曰:"天下将乱,非命世之才,不能济也。能安之者,其在君乎?"南阳何颙见操,言"汉室将亡,安天下者,必此人也"。对于这两个人的评价,曹操闻之不予理会。但接下去,有趣的事情发生了。汝南许邵,有知人之名。操往见之,问曰:"我何如人耶?"邵不答。又问,邵曰:"子治世之能臣,乱世之奸雄也。"操喜而谢之。那么,曹操为什么对桥玄、何颙的话不感兴趣,而对许邵的话却笑而受之呢?从表面看来,"命世之才""安天下者"均乃极度赞美之辞,这样的赞誉之辞,如果让刘玄德听见,不知道有多高兴哩!而"奸雄"二字半褒半贬,委实不是拍马屁的好词汇,曹操却欣然接受。曹操的选择,究竟有何道理呢?须知,曹操非常人也。那么,我们评价曹操,就不应该用平常的眼光去看待他。而三国时代亦非正常的时代,我们评价这一英雄辈出的时代,也不应该用正常的眼光去看待它。桥玄、何颙的话之所以没能引起曹操的兴趣,关键就在于他们用对待常人的眼光来衡量曹操,用对待正常时代的眼光来评价非常时代的英雄曹操,认为曹孟德是"乱世"之"能臣"。而千百年的历史告诉我们:"乱世"所呼唤的并不是所谓"能臣",而恰恰是"奸雄",曹孟德式的奸雄。

[①] 原载《曹魏文化与〈三国演义〉研究》,河南人民出版社2009年版。

曹操的超乎寻常之处主要在于他所干的许多事情既符合传统道德、传统心理又不符合传统道德、传统心理，正在于表面看来逆天而行，实际上却符合社会历史运行的规律，这正是所谓"奸雄"品格。

我们不妨先来看看这奸雄品格的底蕴。当曹操三分天下已有其二，踌躇满志，大宴铜雀台时，他对手下文武百官说了一番话："遭董卓之难，兴举义兵；因黄巾之乱，剿降万余。又讨击袁术，擒其四将；摧破袁绍，枭其二子；复定刘表，遂平天下。身为宰相，人臣之贵已极，意望已过。如国家无孤一人，正不知几人称帝，几人称王。或有一等人，见孤强盛，妄相忖度，言孤有篡位之心，此言大乱之道也。……孔子云：'周文王三分天下有其二以服事殷，周之德，其可为至德也已矣！'夫能以大事小，此言耿耿在心。……孤安有篡逆之心哉？……然欲孤便尔委捐所典兵众，以还执事，归就所封武平侯之国，实不可也。何者？诚恐已离兵为人所害也。既为子孙计，又已败则国家倾危，是以不得慕虚名而处实祸也。汝诸文武必不知孤心也。"（卷之十二）这段话，完全可以看做是曹操符合客观现实的心灵自白，同时，也体现了他作为绝世"奸雄"的两面性和心理矛盾。讨董卓、剿黄巾、除袁术、灭袁绍、破刘表，从而平定天下，这正是曹孟德大半生的"丰功伟绩"，而具有如此功绩的曹孟德何以不干干脆脆取汉献帝而代之呢？为什么曹操不像袁术等人那样动不动就称王称帝呢？因为袁术之流不过是目光短浅的笨伯而已，英明的曹操绝不干这样的傻事。从伦理道德的角度出发，曹操也不愿让自己背上一个"叛逆"的罪名，而愿意将此可怕的罪名与那可爱的皇冠一并交给自己的儿孙，让他们去"享受"。这就是曹操何以要当周文王的缘故。这种心理，正是"奸雄"的两重性的确切表现。

毛宗岗对曹操亦有一段精彩的评语，大致上也是围绕"奸雄"二字展开的："历稽载籍，奸雄接踵，而智足以揽人才而欺天下者莫如曹操。听荀彧勤王之说而自比周文，则有似乎忠，黜袁术潜号之非，而愿为曹侯，则有似乎顺，不杀陈琳而爱其才，则有似乎宽，不追关公以全其志，则有似乎义。王敦不能用郭璞，而操之得士过之；桓温不能识王猛，而操之知人过之。李林甫虽能制禄山，不如操之击乌桓于塞外，韩侂胄虽能贬秦桧，不若操之讨董卓于生前。窃国家之柄而姑存其号，异于王莽之显然弑君；留改革之事以俟其儿，胜于刘裕之急欲篡晋。是古今来奸雄中第一奇人。"（毛宗岗：《读三国志法》）

曹操之为奸雄，绝非仅仅表现在对政权、政治这样大的方面，而是在他生活的方方面面都闪烁着"奸雄"二字的光芒。而且，"奸雄"二字在曹操身上达到了一种辩证的统一。

我们先看他"雄"的一面。

什么是英雄？或者说，什么是在政治舞台上叱咤风云的英雄人物呢？《三国志通俗演义》通过对曹操形象的塑造，告诉我们至少要具备以下几个方面的基本素质。

首先是远大的政治理想。曹操在"青梅煮酒论英雄"时曾经对刘备说过这样的话："夫英雄者，胸怀大志，腹隐良谋，有包藏宇宙之机，吐冲天地之志，方可为英雄也。"（卷之五）曹操本人就是这么一位"胸怀大志，腹隐良谋"的政治家。在《三国志通俗演义》全书中，绝大多数的英雄人物都只是想到搞封建割据，能将自己的政治作为定格在统一全国这一方向的英雄并不多，而曹操就是其中一个。当他消灭了众多军阀，统一了北中国，三分天下已有其二的时候，他并没有将自己的政治行为停留在"割据"这一基点上，而是率领数十万人马下江南，希望一举消灭最后两大敌人——孙权和刘备，从而谋求江山一统。这在封建时代，应该属于是最远大的政治理想了。

其次是广阔的政治胸怀。官渡之战，曹操大获全胜。当他攻到袁绍大本营的时候，"于图书中忽捡出书信一束，皆许都及曹军中诸人暗通之书。荀攸曰：'可逐一点对姓名，收而杀之。'操曰：'当绍之强，孤亦不能自保，况他人乎？'尽皆将书焚之，遂不再问。"（卷之六）能够推己及人，原谅在大战前夕向对手"暗送秋波"的手下，这便是曹操英雄胸襟的体现。更为典型的是，曹操对关羽屡有恩典，而关羽最终还是弃他而去。在这种情况下，曹操居然演出了"灞陵送别"这动人的一幕，并再三表达对关羽的钦佩和留恋之情："恐将军于路缺费特具路费相送。""云长忠义之士，恨吾薄福，不得相从。锦袍一领，略表寸心。"（卷之六）后来，当关云长过五关、斩六将，最终在黄河边被曹操手下大将夏侯惇追赶上来而不得脱身时，又是曹操一连三次派人送来关文，派大将张辽亲自赶来"教于路关隘任便行"。（卷之六）这样一种容人之量，并不是每一个英雄人物都能达到的。

再次是敏锐的政治眼光。在《三国志通俗演义》展现给我们的群雄逐鹿图中，有一个特殊的人物——汉献帝。他本身算不上英雄人物，但他却可以充当别人争雄天下的砝码。换言之，在当时那个十分混乱的政治环境中，谁将汉献帝掌握在手上，谁就可以挟天子以令诸侯。对此，其他军阀或视而不见，或无能为力，总之是都没有掌握汉献帝这张"王牌"。曹操则不然，他听从了荀彧的劝告，当汉献帝洛阳受困时，"尽起山东之兵，前来保驾"。随即，又挟持汉献帝迁都许昌。"操自封为大将军、武平侯。……自此大权皆归于曹操，出入长带铁甲军马数百，朝中大臣有事先禀曹操，然后方奏天子。"（卷之三）这样一来，任何军阀欲攻击曹操，他就可以诬陷你进攻天子，而曹操要消灭任何军阀，又可以说是奉诏讨贼，总之是政治上的制控权、主动权全都在曹操手上。这也就是人们常常所说的曹操得"天时"的多层含义之一。

最后是超常的政治手段。作为一个政治家,没有相应的政治手段是不行的。其间的道理很简单,如果你不用手段,别人可毫不客气地耍手段,到时你就得下台,就得完蛋。问题的关键只是在于,你所用的手段是善意的还是恶毒的。曹操所用之政治手段,有时是善意的,有时是恶毒的,有时甚至是善中有恶、恶中有善的。我们且看一个善意手段的例子。《三国志通俗演义》中写到建安三年夏四月曹操征剿张绣时,正逢麦收季节。曹操下令:"此去,大小将校,凡过麦田,但有作践者,并皆斩首。"不料下令不久,曹操自己的马因故"窜入麦中,践倒其麦",曹操即"掣所佩之剑欲刎"。经部下劝阻后,曹操"乃以剑割自己之发,掷于地,曰:'割发权代首耳!'万军悚然。"(卷之四)我们千万不要小看曹操"割发权代首"的把戏,因为在古人心目中,头发是极其重要的。远的不说,就是在《三国志通俗演义》一书中,就有东吴周鲂用一缕头发赚得魏国扬州司马大都督曹休大败亏虚的故事,致使东吴"所得车仗牛马驴骡、军资器械不计其数,降兵数万余人"。(卷之二十)

当然,曹操的政治手段如果用为恶意,则就是一种奸诈的表现了。奸雄曹操,奸诈的一面也是非常突出的。他小时候就诈称"中风"欺骗管教自己的叔叔,并由此在父亲曹嵩面前诬陷叔父,结果是从此以后"叔父但言操过失,嵩并不听"。(卷之一)

曹操的奸诈是有其思想基础的,那就是极端利己主义。在误杀父亲的"拜义兄弟"吕伯奢全家八口以后,曹操又"将吕伯奢砍于驴下"。当同行的陈宫指责他"知而故杀,大不义"时,曹操干脆道出了自己藏于内心深处的处世哲学:"宁使我负天下人,休教天下人负我。"(卷之一)正是从这一思想出发,一代奸雄曹操才会逼献帝、杀伏后、称魏王、加九锡,直至欺君罔上,挟天子以令诸侯。在这一以极端自私自利为基础的强权政治实施过程中,曹操还有很多次玩弄权术的奸诈表演。如借仓官王垕之头以抚军心,如借"口令鸡肋"事以扰乱军心之罪名斩杀杨修,如借"梦中杀人"而冤杀侍卫等。诸如此类的事情在《三国志通俗演义》中的曹孟德身上可谓屡屡发生,不胜枚举。由此亦可见得,曹操形象是一个既凶残奸诈又有雄才大略的政治野心家和军事家的艺术典型。小说在揭露和批判他的恶德的同时,又充分表现了他作为一个奸雄的才智与胆略。作为"古今来奸雄中第一奇人",曹操把历代统治者所积累的权术中精妙入微处继承下来,并用以左右朝政,扩展势力,把封建社会的秩序、法则和道德一概置于自己的驾驭之中,以实现自己图王霸业的政治野心。

曹操这一形象的生动塑造,体现了小说作者关心现实、吸取现实、提炼现实、反映现实的伟大胜利。曹孟德是真正充分现实化的。他是时代风云的产物又叱咤风云,他以暴力左右着那混乱而又充满活力的社会,他"奸"得令人望而生畏,"雄"得令人望而兴叹。在他的身上集中体现了一个在混乱的时代真正有所作为的政治家所应该具备的基本素质和处世态度,因而,他所代表的正是时代的前进、前进的时代。曹孟德是切切实实地将传统道德甩到了身后,而只是向着社会的明天翘首。从这个意义上讲,曹操应该被称之为整部小说中写得最为成功的人物形象。

二

与曹操的充分现实化截然相反,作者在《三国志通俗演义》中以满腔热情塑造了一系列理想化的人物,其中,最为突出的是刘备、诸葛亮、关羽。刘备集团中这三位主要人物,堪称小说中曹操的"三大敌人"。这种"敌人",首先当然表现在小说本身,他们在政治、军事、人格等方面都与曹操根本对立。更重要的是,当我们跳出书外,从作者写人艺术的角度看问题,他们也是曹操的敌人——对立的艺术形象。作者在塑造《三国志通俗演义》中的主要人物形象时,是充分运用了对比手法的。而曹操与他的"三大敌人",正是在相互的对比之中得以成功塑造的。

如果没有刘备形象,曹操形象不可能如此成功。

如果没有关羽形象,曹操形象也不可能如此成功。

如果没有诸葛亮形象,曹操形象还是不可能如此成功。

如果没有曹操形象,刘备、关羽、诸葛亮这三大人物形象同样不可能如此成功。

《三国志通俗演义》中的刘备在本质上与曹操是一致的,作者将他们写成了"奸雄"或"枭雄"。相比较而言,枭雄刘备比奸雄曹操多了一些作为美丽羽毛来装饰自己的"仁德"。然而,正是因为这层"仁德"的光环,使得刘备成为曹操最大的敌人——在政治上的针锋相对。

就思想根源而论,曹操公开张扬的是法家思想,所行的是霸道,所讲的都是"法、术、势"这一套。而刘备则是外儒内法,所行的是王道,所讲的都是"仁义道德"的儒家理论。

曹操与刘备在许多方面尤其是政治方面的迥然不同,甚至是根本对立的。谈到曹、刘的对立,当事人刘备简明扼要的一段话最有说服力:"今与吾水火相敌者,曹操也。操以急,吾以宽;操以暴,吾以仁;操以谲,吾以忠:每与操相反,事乃可成耳。"(卷之十二)

刘备是这样说的,也是这样做的。他事事处处与曹操唱着反调,结果,他取得了成功——当上了蜀汉昭烈皇帝,但同时曹操也取得了更大的成功——统一了北中国。曹操、刘备之间的这种"双赢",不仅体现了这两个人物本身在政治上的根本对立,而且体现了《三国志通俗演义》的作者在天下大乱时英雄人物何以自处于天地之间,何以挽狂澜于既倒的思想矛盾。按照作者的主观意图,乱世英雄应该采取刘备的方式,以王道去拯救苍生百姓,去实现自己的事业。但是残酷的现实一次又一次地告诉人们,乱世英雄要想取得天下、夺取政权,还真得好好学学曹孟德,用武力征服天下。当然,这中间还有历史事实对罗贯中创作过程的限制,毕竟刘备当了皇帝而曹操也当了"周文王"嘛!

由上可见,作者在塑造曹操这一成功的艺术典型的同时,又从政治方面给他树立了刘备这么一个对立的人物。只不过曹操是心口如一地实行他的政治方略,而刘备则有些口是心非。或者我们换一个角度看问题,曹操的政治表现是符合历史真实的,而刘备的政治表现则带有很大程度的理想主义的色彩。虽然从某种意义上讲,理想主义都是自欺欺人的,但罗贯中还是愿意自欺并且欺人,因而他花费了大量的笔墨为我们留下了刘备这么一个不太真实的充满理想主义意味的"圣君"形象。

三

如果说刘备是作者树立的一个寄托自己政治理想的典型形象的话,那么,关羽则是一个寄托着作者人格理想的典型形象。

对于关羽,毛宗冈有一段评价基本上是符合小说描写实际的:"历稽载籍,名将如云,而绝伦超群者莫如云长。青史对青灯,则极其儒雅;赤心如赤面,则极其英灵。秉烛达旦,人传其大节;单刀赴会,世服其神威。独行千里,报主之志坚;义释华容,酬恩之谊重。作事如青天白日,待人如霁月光风。心则赵抃焚香告帝之心而磊落过之,意则阮籍白眼傲物之意而严正过之。是古今名将中第一奇人。"(毛宗冈:《读三国志法》)

毛宗冈专论关羽的这段话,可以看作是对《三国志通俗演义》中关羽形象崇高的总结,同时也点明了关云长是小说作品中最具人格魅力的人物之一。

进而言之,作为人格理想的寄托者,作为封建时代人们所景仰的崇高偶像,关云长具备了忠、义、礼、信和正大光明的道德人格,其中,又以"义"为核心。

关羽的"义",具有多层含义。

首先是"忠君大义",亦即他对大汉王朝、刘备政治集团忠心耿耿的大义。如许田射猎时,要杀遮于天子汉献帝之前迎受"万岁"呼声的曹操,其根本原因就因为曹操是"欺君罔上之贼,某实难容耳!"(卷之四)再如在下邳城外的土山上被曹

操团团包围,不得已而准备降曹时,关羽却别出心裁地提出了三事之约,其中第一条就是"降汉不降曹"。(卷之五)

其次是"桃园情义",亦即为中国封建时代许多人所赞赏不已的江湖义气。这方面的例子更多,尤以关羽降曹后对刘备的梦绕魂牵最为典型。这里有新旧战袍的故事,面对曹操所赠新战袍,关羽居然说:"旧袍乃刘皇叔所赐,常穿上如见兄颜,岂敢以丞相之新赐而忘兄之旧赐乎?"(卷之五)这里还有赤兔马故事,面对曹操所赠千里马,关羽竟然说:"吾知此马日行千里,今幸得之,若知兄长下落,虽有千里,可一日而见面也。"(卷之五)

最后是"个人恩义",亦即人与人之间有恩必报的一种道德规范的表现。在《三国志通俗演义》中,关羽是一个恩义分明的英雄人物,而且对于什么是大恩,什么是小恩,什么样的"恩"必须即刻报答,什么样的"恩"容当后报,都分得清清楚楚。对于曹操所施的恩典,关羽也表示"必立效以报曹公,然后方去"。故而他用斩颜良、诛文丑的举动来即刻报答曹操的知遇之恩。再如华容道上,当走投无路的曹操从理论和情感两个方面申述了大丈夫恩怨分明的观点以后,关云长最终"动了故旧之心,长叹一声,并皆放之"。(卷之十)

综上所述,忠君大义、桃园情义、个人恩义,构成了关云长完整意义上的"义"。而这三个方面又分别被社会各阶层的人们所推重、所吸取。封建统治者所看中的当然是关羽的忠义,因为这有利于他们的统治;广大民众所看中的则多半是关羽的恩义,因为这符合人民的道德准则;而那些游民、游侠、游荡江湖的英雄好汉,他们所看中的就主要是关云长的桃园之义了。

关羽的品德,除了"义"以外,还有其他的闪光点。如:嫂居其内,自居其外,是关羽十分看重的人伦之礼。斩颜良、诛文丑以报曹操厚待知遇之恩,是关羽的言而有信。不杀马失前蹄的黄忠,是关羽的正大光明。甚至就连他的骄傲自负,在某种意义上所传达的也是一种大丈夫立身扬名的阳刚之气。

值得注目的是,上述这些关羽的坦坦荡荡的人格光闪,无一不是与曹操的奸诈尖锐对立的。

四

以上,我们对《三国志通俗演义》中的曹操的两大"敌人"——政治上的对立面刘备和人格上的对立面关羽作了大体的分析,然而,在这部小说中与曹操形象全方位对立的人物却是诸葛亮,这位卧龙先生相对曹阿瞒而言,既是政治上的敌人,又是人格上的敌人。

为了更好地说明问题,我们不妨借助毛宗岗的一段评语,从整体上接近诸葛亮。那段著名论断是这样写的:"历稽载籍,贤相林立,而名高万古者莫如孔明。其处而弹琴抱膝,居然隐士风流;出而羽扇纶巾,不改雅人深致。在草庐之中而识三分天下,则达乎天时;承顾命之重而至六出祁山,则尽乎人事。七擒八阵,木牛流马,既已疑鬼疑神之不测;鞠躬尽瘁,志决身歼,仍是为臣为子之用心。比管、乐则过之,比伊、吕则兼之。是古今来贤相中第一奇人。"

《三国志通俗演义》中的诸葛亮是作者精心塑造的一个典型形象。作者在诸葛亮身上寄托了太多的政治理想,而其中又混杂着传统的儒家思想、正统观念以及老百姓对清明政治的呼唤。这样,诸葛亮就被塑造成千古第一贤相的典型。

诸葛亮的基本性格特征主要体现在以下三个方面:身处乱世而秉持儒家思想以救之,此其一也;虽达乎天时却又勉力尽人事,明知其不可为而为之,此其二也;智慧让位于忠贞、智性人格臣服于德性人格,因而有不明智之举,此其三也。这三方面交织在一起,便使孔明先生的悲剧具有了十分深厚的历史积淀的思想底蕴。与此同时,在诸葛亮身上也体现了作者对崇高人格理想的追求。孔明先生的"隐士风流""雅人深致",尤其是他"鞠躬尽瘁,志决身歼"的精神,更成为一种极具人格魅力的思想结晶。因此,千百年来,人们大多已经忘记了他那略带愚忠意味的"明知其不可为而为之"的错误选择,而只是将其伟大的人格精神牢牢记在心头。

总而言之,诸葛亮与曹操之间,充分体现了"贤相"与"奸雄"的对立,这是一种政治与人格的双重对立。

五

最后,还是回到本文论题:《三国志通俗演义》中的曹操及其三大"敌人"。更为有趣的是,这个论题除了我们上面所列举和分析的内容之外,还有一些更深层次的东西值得我们去发掘。

首先,曹操及其三大敌人是《三国志通俗演义》中的四大核心人物。

就《三国志通俗演义》的情节结构而言,全书共二十四卷,可以分为三大部分。第一部分,"三顾茅庐"之前,占全书三分之一弱的篇幅。这一阶段是以曹操、刘备、关羽三人为核心组织故事的。第二部分,从"隆中对策"到"刘备托孤",占全书三分之一强的篇幅。这一阶段是以曹操、刘备、关羽、诸葛亮四个人物为核心组织故事的。第三部分,"安居平五路"以后,占全书三分之一弱的篇幅。这一阶段主要以诸葛亮为核心人物,虽然武侯归天以后还有三卷多篇幅的故事继续到三国归晋,但孔明先生的灵魂一直在其间徘徊,这一阶段最耀眼的人物姜维不过是诸葛孔明的影子而已。

试想,如果抽掉曹操及其三大敌人的故事,《三国志通俗演义》还能成为《三国志通俗演义》吗？

其次，曹操及其三大敌人都是悲剧人物。

当然，他们四人的"悲剧"的含义是不太一样的。曹操的悲剧，是作品以外的悲剧。质言之，是历史上的曹操被别人"误读"的悲剧。这悲剧属于历史人物曹操而不属于文学人物曹操。《三国志通俗演义》中的曹操并非悲剧人物。而曹操的三大敌人则全都是《三国志通俗演义》中不折不扣的悲剧人物形象。

第三，刘备、关羽、诸葛亮的悲剧意蕴，既有三者之间的共同性又有各自的特殊性。

刘备、关羽、诸葛亮这三大悲剧人物的悲剧意蕴，有着共同的一面，即作者在他们身上都涂饰了太多的理想主义色彩，但这种理想化的东西却与现实极不相容。刘备的"仁政"只能在坐天下的时候有用，在打天下的时候是没有多大用处的，有时甚至是负数。我们只要看看小说作品中描写的刘备早期如丧家之犬的窘境就可以明白这一点。后来，只是由于东吴对曹操的牵制，刘备才在三国之中坐了最小的一把交椅。而关羽所标榜的"义"，尤其是他的忠君大义，更是使得他处处碰壁，甚至经常做违心的事，甚至造成思维逻辑的混乱。这方面，"降汉不降曹"的口号就是典型例证，因为它闹出了"汉臣降汉"的大笑话。至于诸葛亮，则更是一位"明知其不可为而为之"的悲剧英雄，最终只能落得个"出师未捷身先死，长使英雄泪满襟"的结局。

这三大悲剧人物的悲剧意蕴，更有着不相同的一面，即作者在刘备身上所体现的主要是一种政治理想，在关羽身上所体现的主要是一种人格理想，而在诸葛亮身上所体现的则是政治理想与人格理想的兼而有之。刘备的悲剧体现了作者政治理想相对于天下大乱的政治环境的不合适，关羽的悲剧主要体现了作者的人格理想与现实生活的不相容，而诸葛亮的悲剧则体现了作者的政治理想、人格理想与历史进程的不合拍。

第四，曹操及其三大敌人都体现了中华民族传统文化在小说创作中最深层的积淀。

一部《三国志通俗演义》，塑造了数以百计的英雄人物，在每一个英雄人物身上，都不同程度地体现着传统文化的积淀。其间，最能体现传统文化深层底蕴的又恰是上述四大人物形象——刘备、关羽、诸葛亮和曹操。何以见得？因为在刘备、关羽、诸葛亮身上所积淀的乃是传统文化中最核心的东西——意识形态，乃是传统封建社会意识形态中最核心的东西——传统道德，乃是传统道德中最核心的东西——政治理想和人格理想。曹操这一人物形象，既不同于刘备是一个政治理想的寄托，又不同于关羽是一种人格理想的寄托，更不同于诸葛亮是政治理想和人格理想的双重寄托,但他同样不朽,同样是一种文化积淀。

曹孟德之所以不朽,其根本原因有二。其一,作者在有意无意之间,通过曹操这一人物道出了一条在有阶级社会中颠扑不破的真理——历史的前进需要的是曹操这样的"奸雄",或者美其名曰铁腕政治家,尤其在乱世更是如此。其二,曹操在《三国志通俗演义》中是作为刘备、关羽、诸葛亮的对立面出现的,曹操的三大敌人都属于理想人格,而曹操的人格魅力正体现在他的非理想化,体现在他的充分现实性。过分理想化,特别是离开现实可能的理想化的人物,让人们去崇拜是可以的,并且也具有一定的社会效用,但是,如果要人们去学习、仿效他们,那就会犯历史性的错误。

过分的理想化不利于生存,过分的现实化却又常常被人唾骂,这大概是人们在社会生活中无法避免的两难境地。同时,这或许也正是《三国志通俗演义》中的曹操及其三大"敌人"给我们最有实际效用的启示。

谁知落凤坡前丧　独显南阳一卧龙[①]

——三国文化专家石麟话说悲情庞统

本报记者　吉晶晶

胸怀谋略稍逊卧龙

问：庞统，字士元，号凤雏，汉时荆州襄阳人，才智与诸葛亮齐名。能介绍一下他的生平家世及求学故事么？

石麟（以下称"石"）：据《三国志·蜀志》本传记载："庞统字士元，襄阳人也"。他生于公元179年，卒于214年。

少年庞统虽然很有知识才华，但并不外露。在别人看来，他显得有些"朴钝"，无人识得其"庐山真面目"，只有庞德公很看重这个侄子。当时有颍川司马徽字德操，小庞德公10岁，有知人之明，人称"水镜先生"。庞德公派侄子去拜访好友司马徽，水镜先生当时正在采桑叶，庞统坐在树下，两人从白天谈到黑夜。水镜先生很喜欢庞统，称之为"南州士之冠冕"，并感叹老哥哥庞德公真有"知人"之"盛德"。

问：诸葛亮和庞统，并称为"卧龙""凤雏"。诸葛亮曾自谦，庞统之才胜他十倍。如何比较他俩的才能、志向呢？

石：很多人认为，是水镜先生提出"卧龙""凤雏"的雅号，其实，这是受了小说家艺术谎言的欺骗。《三国志》裴松之注引《襄阳记》曰："诸葛孔明为卧龙，庞士元为凤雏，司马德操为水镜，皆庞德公语也。"可见，这些话都是庞德公说的。

诸葛亮说庞统之才胜他十倍，一来是自谦之辞，二来是小说家言，不可当真。至于诸葛亮和庞统二人才能、志向的差异，则应从历史和小说两个层面来认识。

就历史上的卧龙、凤雏而言，其思想基础大体一致，即以法家思想为核心，以儒家思想为冠冕，也就是所谓"外儒内法"。他们的理想追求就是为帝王师，并以

[①] 本文系"荆楚历史名人访谈"，采访者为《楚天都市报》记者吉晶晶，原载《楚天都市报》2012年10月15日，B02-03版"史海钩沉"栏。

法家的手段、儒家的口号治理天下。

就小说描写本身而论,庞统的军事谋略较诸葛亮稍逊一筹,主要体现在两个方面:一是凤雏的胸怀不及卧龙博大;二是凤雏冒进偏执,而卧龙谨慎平和。这种思想境和人格魅力的差距,导致了他们在军事指挥能力上的些微差别。

连环献计史无记载

问:据《三国演义》描述,赤壁大战前,周瑜派鲁肃向庞统问计:破曹操用什么计策?庞统说,用火攻和连环计,随后亲赴曹营,说服曹操将船用铁环联起来,之后全身而退……"庞统献计"是历史真相么?

石:《三国志》中,并无庞统献"连环计"的记载,此段描写,基本是小说家的创造。但庞统在投奔刘备之前,先投东吴却是事实。据《三国志》裴注引《江表传》曰:先主与统从容宴语,问曰:"卿为周公瑾功曹,孤到吴,闻此人密有白事,劝仲谋相留,有之乎?在君为君,卿其无隐。"统对曰:"有之。"

问:那么,庞统为何又从孙权处转投刘备呢?有何历史背景?

石:关于这个问题,历史记载颇为含糊。从《三国演义》第57回的描写来看,一开始,是鲁肃向孙权推荐庞统,并且称赞庞统"周公瑾多用其言,孔明亦深服其智"。不料,孙权见到庞统本人之后,却以貌取人:"权见其人浓眉掀鼻,黑面短髯,形容古怪,心中不喜。"加上庞统在回答孙权问话时,说"某之所学,与公瑾大不相同。"而孙权"平生最喜周瑜",见庞统轻视周公瑾,就更加不喜欢这位凤雏先生了。尽管鲁肃再三引荐,孙权已认定庞统是"狂士",不予"录用"。

这样一来,庞统只好另谋出路了,怀揣鲁肃的书信,"径往荆州来见玄德"。

凤雏有才不得天时

问:刘备三顾茅庐的故事被传为佳话。然而,庞统前来投靠的时候,刘备却只任命他到耒阳县去担任县令,是因为刘备不喜欢庞统的为人处世?还是另有打算?后来,庞统又是如何"咸鱼翻身"呢?

石:庞统初见刘备不得重用,后来"咸鱼翻身",都是历史真实。这在《三国志》中有所记载:"先主领荆州,统以从事守耒阳令,在县不治,免官。吴将鲁肃遗先主书曰:'庞士元非百里才也,使处治中、别驾之任,始当展其骥足耳。'诸葛亮亦言之于先主,先主见与善谭,大器之,以为治中从事。亲待亚于诸葛亮,遂与亮并为军师中郎将。"《三国演义》中,将这段史实夸饰为一大段精彩动人的故事。

在对待庞统的问题上,刘备首先犯了与孙权同样的错误:以貌取人,失之子羽。后来,在张飞、孙乾的调查报告面前,在孔明、子敬的推崇举荐面前,刘备彻底抛弃成见,重用凤雏。这正是刘玄德高于孙仲谋处。

再说庞统,他明明怀揣两封"重量级"的推荐信,却没有在见面之初交给刘备,遭到冷遇以后，又故意吸引刘备注意，最后，抓住时机大展才华，终于赢得领导的信任，取得自己应该得到的待遇和地位。据此可见，庞统的"咸鱼翻身"，主要凭借的是自身的智慧和能力。

问：司马徽曾夸赞说："伏龙、凤雏，两人得一，可安天下。"刘备一度龙凤兼得，为何还是没能安天下。

石：刘备虽得卧龙、凤雏两位超级谋士，却终究没能"安天下"。此事可从两个层面理解。

首先，我们不能认为刘备完全没有"安天下"。在诸葛亮的帮助下，刘备毕竟建立了蜀汉王朝，取得了与曹魏、东吴三足鼎立的"天下"。可以说，刘先主是局部的"安天下"。

其次，伏龙、凤雏二人最终没有帮助刘备统一天下，根本原因则在"天时"。刘备所处的东汉末年，由于政治黑暗导致农民起义，许多军阀趁机扩张势力。当时，曹操已消灭了北中国的众多军阀，三分天下已有其二。同时，东吴经过三代人的经营，业已根深蒂固，固守江东。这两股强大的政治、军事力量是不可能在短期内被消灭的。

正如诸葛亮《隆中对》所言："今操已拥百万之众，挟天子以令诸侯，此诚不可与争锋。孙权据有江东，已历三世，国险而民附，此可用为援而不可图也。"这种局势下，刘备最多只能"北让曹操占天时，南让孙权占地利……取西川建基业，以成鼎足之势，然后可图中原也。"清代毛宗岗读到这里，下笔批曰："既曰成鼎足，又曰图中原，盖成鼎足是顺天时，图中原是尽人事。"也就是说，刘备虽然龙、凤双得，但当时的政治环境决定了他不可能"安天下"。关于这个问题，水镜先生也早有预料，他曾仰天大笑曰："卧龙虽得其主，不得其时，惜哉！"对于庞统而言，同样有着不得天时的遗憾。

死于"落凤"并非巧合

问：庞统英年早逝，战死于"落凤坡"。据《三国演义》描述，庞统征蜀途中得知此地名，惊曰："吾道号凤雏，此处名落凤坡，不利于吾。"后来，他果然在此死于乱箭之下。这只是巧合么？

石：庞统之死，至少有三个大同小异的记载。

历史著作《三国志》载："进围雒县，统率众攻城，为流矢所中，卒，时年三十六。先主痛惜，言则流涕。"

讲史话本《三国志平话》云："即便引军寻小路远去雒城。三日叩城门。城上有刘璋弟公子刘珍认得是庞统，令众官使箭射……"

章回小说《三国演义》曰："却说庞统迤逦前进，抬头见两山逼窄，树木丛杂；又值夏末秋初,枝叶茂盛。庞统心下甚疑,勒住马问:'此处是何地?'数内有新降军士,指道:'此处地名落凤坡。'庞统惊曰:'吾道号凤雏,此处名落凤坡,不利于吾。'令后军疾退。只听山坡前一声炮响,箭如飞蝗,只望骑白马者射来……"

以上三种记载或描写,一个是历史真实,一个是民间传说,一个是文人创造,比较之下,一个比一个更具有"艺术性"。当然,也就更加远离历史真实。"落凤坡"这个地名,是《三国演义》的作者虚构的。而庞统临死之前,将这个地名与自己的道号"凤雏"联系在一起,既非历史事实,也非纯然巧合,而是中国古代小说创作时的一种常用手段——利用"谶语""谣谚"来写人叙事。这种手法在《三国演义》中多次用到,如对董卓之死、于禁被擒等处的描写都是如此。

问:还有一种说法,刘备带庞统在前线打仗,诸葛亮在后方镇守。本该庞统给刘备献计,不料诸葛亮也给刘备来信献计,意见恰和庞统相反,刘备没有采纳庞统的意见……庞统因为看透刘备,决意以死让贤,刻意与刘备换马,顶替刘备被射杀。所以,他的死算是一种"自杀"?事实上是这样么?能谈谈对庞统的历史评价么?

石:自杀的说法,充其量只是一种"说法"而已,没有史料依据。至于对庞统的评价,应该从历史人物和文学形象两个层面进行。就历史上的庞统而论,他是一位青年时期就名闻天下的杰出人物,经过多次选择,最后栖身刘备政治集团。作为刘备身边的重要谋士,他为刘备出谋划策,多有贡献,直至在取西川的激烈战斗中贡献了生命。

就文学形象的庞统而言,他主要是作为诸葛亮的陪衬形象而出现的。在《三国演义》中,陪衬卧龙先生的人物形象很多,如曹操、刘备、孙权、周瑜、鲁肃、司马懿等。在所有陪衬者中,凤雏是与卧龙齐名的。故而,作者将他写成仅次于诸葛亮的"副军师"。只不过他与诸葛亮相比,多了一点骄傲自负和贪功冒进,故而落得个"落凤坡前落凤"的悲剧结局。

对于这样的英雄人物、智慧之士,广大读者是非常喜爱他的。因此,在当时有了"一凤并一龙,相将到蜀中,才到半路里,凤死路坡东。风送雨,雨随风,隆汉兴时蜀道通,蜀道通时只有龙"的悲情歌唱流传千古!

从"大白脸"的孙权说起[①]

——略论《三国演义》中的孙权形象及其用人方式

一

京剧《甘露寺》中的孙权,出乎现代年轻人的想象,是一个"大白脸"的扮相。然而,不管是对中国传统文化了解多少,对于"大白脸",一般人都会知道,那不是好脸色,那是奸臣的标志,因为大奸雄曹操就是大白脸。而且,京剧舞台上几乎所有的奸臣都是大白脸,而所有的大白脸也都是奸臣。

难道孙权也是奸臣吗?如果是,好像不太符合历史事实;如果不是,那又为什么给他这么难看的脸谱呢?

其实,这还不是最严重的。江东孙氏家族在戏剧舞台上一贯受到歧视甚至遭到丑化,这方面的例子不用多举,只要看一下元杂剧中孙权他爹孙坚是一个什么角色就一清二楚了。

"[净扮孙坚上云]我做将军世稀有,无人与我做敌手。听得临阵肚里疼,吃上几盅热烧酒。某长沙太守孙坚是也。"(郑光祖《三战吕布》第一折)

父亲"净扮",儿子"大白脸"(也是净扮),为什么戏剧舞台上要如此糟蹋孙氏父子呢?其实,这与孙氏父子本身并没有多少关系。关键在于,宋代以来,中国民间对于三国故事就形成了"拥刘反曹"的看法,当时人民大众的同情"点"是牢固树立在蜀汉刘玄德这一边的。凡是有利于刘备的都拥护,凡是不利于刘备的都反对。曹操处处与刘备相反、为敌,当然要坚决反对之;至于第三方的东吴,人们的褒贬毁誉,那可就徘徊不定了。当东吴有利于刘备时,就顺带歌颂他几句;当东吴不利于刘备时,那可就对不起了,丑化、歪曲、打击,就会接踵而来。

如此一来,东吴父子可就倒霉透了。当然,这种现象主要体现在戏剧舞台上,因为那是最不顾历史事实同时也最带有民众意趣的领域。如果到了有相当历史

[①] 原载《孙权故里品三国》,中国文联出版社2012年版。

知识的文人笔下,情况就会有很大的改变,《三国演义》就是一个例子。

从整体上看,经过罗贯中原著、毛宗冈改编的《三国演义》对东吴孙氏父子的描写是客观、公允,基本符合历史事实,也基本能为广大读者所接受的。尤其是其中对于"人才"问题的描写,更是显示了东吴一方不同于曹魏,也不同于蜀汉的自身特色。

《三国演义》所描写的是一个"人才"的世界,魏、蜀、吴三方均有不少经天纬地的英雄豪杰,但三者之间人才的境遇却不大一样,三大军事集团的领袖人物曹操、刘备、孙权的用人方式也有许多不同之处。这里以吴主孙权自身的气质、才能及其用人方式为论述重点,来讨论一下《三国演义》中的人才际遇问题。

与蜀汉的人才集中于传统道德的大纛之下和曹魏的人才集合于玩弄权术的铁腕之下大不相同,东吴孙权的用人原则是发自感情的激励和信用,而具体表现方式则是人才之间的互荐与主公的破格运用。

二

要讨论东吴的用人方式问题,首先必须了解吴主孙权本身是何等人物。

《三国演义》写孙策临终传位给其弟时年仅26岁,但未言明孙仲谋"坐领江东"时的年龄。然而,只要我们稍稍查一下历史书籍,就会得知孙权生于汉代光和五年(182),而其兄孙策则卒于汉代建安五年(200)。也就是说,孙权坐领江东时,年仅19虚岁。此后,他逐步发展东吴事业,终至称王称帝。《三国演义》对此多有描写,且基本符合历史真实。如第九十八回写道:"选定夏四月丙寅日,筑坛于武昌南郊。是日,群臣请权登坛即皇帝位,改黄武八年为黄龙元年。"这一年即公元229年,孙权48岁。此后,他又当了24年的"吴大帝",于太元二年(252)四月"病势沉重……嘱以后事。嘱讫而终。在位二十四年,寿七十一岁"。(第一百八回)

按《三国演义》中的描写,"孙权生得方颐大口,碧眼紫髯","形貌奇伟,骨格非常"。(第二十九回)其兄孙策临终时对他有这样的评价:"若举江东之众,决机于两阵之间,与天下争衡,卿不如我;举贤任能,使各尽力以保江东,我不如卿。"(第二十九回)这就十分明确地指出了孙权一生最大的长处——举贤任能。

纵观《三国演义》中对孙权的描写,虽然比较片段化,远不如曹操、刘备那么系统。但如果将这一个又一个片段连接起来,就可发现孙权性格的两大特点:一是从谏如流,二是疑而后决。而这两点又是互相联系的,进而言之,这两点又与孙权举贤任能的用人方式有着密切的联系。

就《三国演义》中魏、蜀、吴三方的领袖人物而言,与奸雄曹操、枭雄刘备相比,能够真正虚心听取他人意见的恐怕是孙权了。我们且看以下事实。

鲁肃提出联刘抗曹之计,"权喜从其言,即遣鲁肃赍礼往江夏吊丧"。(第四十二回)张纮批评孙权"恃盛壮之气,轻视大敌",孙权曰:"是孤之过也,从今当改之。"(第五十三回)吕蒙劝其于濡须水口筑坞以防紧急情况的发生,孙权曰:"'人无远虑,必有近忧'。子明之见甚远。"(第六十一回)张昭献计,给刘璋、张鲁各去信一封,约他们共同攻击刘备,使之首尾不能救应,"权从之,即发使二处去讫"。(第六十二回)甘宁欲趁夜带一百人劫曹营,"孙权壮之,乃调拨帐下一百精锐马兵付宁"。(第六十八回)诸葛瑾献计,以孙权子求娶关羽女,视关羽态度如何,再决定是联蜀抗魏还是联魏抗蜀,"孙权用其谋,先送满宠回许都;却遣诸葛瑾为使,投荆州来"。(第七十三回)如此事例多多,不胜枚举。在《三国演义》中,"权从之""权大悟""孙权从其言""孙权曰:'此计甚合吾意。'""吾如何不从"一类的话比比皆是。由此可见,孙权对于属下的建议、尤其是合理化的建议往往是言听计从,并即刻付诸行动的。更令人注目的是,事实证明孙权的从谏如流对巩固和发展东吴事业的的确确起到了关键性的作用。

孙权性格的第二大特点是疑而后决。孙权不是一个像曹操那样能随机应变、当机立断的人,也不是一个像刘备那样能做到疑人不用、用人不疑的人。大事当前,孙权经常显得犹疑不决,用人之时,也并非毫无疑心。但经过犹疑或怀疑以后,一旦拿定主意,他又是比谁都坚决的,而且一经决策,马上就付诸实施。

孙权这种疑而后决的性格,最突出地体现在赤壁之战这么一场生死攸关的大战役前夕。当曹操向东吴下檄文,张昭提出"不如纳降,为万安之策",并得到众谋士齐声附和时,"孙权沉吟不语"。当张昭进一步阐明投降的好处时,"孙权低头不语"。此后,面对手下主战、主降两派的争执,孙权表现得极其犹疑不决。书中写道:"孙权只是低头不语。""孙权沉吟未决。""孙权尚在沉吟。""孙权退入内宅,寝食不安,犹豫不决。"(以上引文均见第四十三回)直到周瑜对敌我双方形势作了极为透彻的分析,并表明自己坚决主战的态度之后,孙权的表现才真正显出英雄本色,当机立断,义无反顾。请看这段描写:"权霍然起曰:'老贼欲废汉自立久矣,所惧二袁、吕布、刘表与孤耳。今数雄已灭,惟孤尚存。孤与老贼,誓不两立!卿言当伐,甚合孤意。此天以卿授我也。'瑜曰:'臣为将军决一血战,万死不辞。只恐将军狐疑不定。'权拔佩剑砍面前奏案一角曰:'诸官将有再言降操者,与此案同!'"(第四十四回)

相似的例子还有很多,例如三国后期,当孙权在联蜀抗魏还是联魏抗蜀之间犹疑不决时,经西蜀邓芝一番说辞,孙权终于下定联蜀抗魏的决心,对邓芝说:"孤意已决,先生勿疑。"(第八十六回)

孙权对手下文臣武将的任用,也不是毫无疑心的,我们且看一个很典型的例子。当孙权欲攻关羽、破荆州时,执行此项任务的首选人物便是吕蒙。但是,当孙权派吕蒙前往时,却留了一手,对吕蒙说:"卿与吾弟孙皎同引大军前去,何如?"这分明是对吕蒙的不信任,而让其堂弟从中监视。这种安排自然引起了吕蒙的不满,吕蒙说:"主公若以蒙可用则独用蒙;若以叔明可用则独用叔明。岂不闻昔日周瑜、程普为左右都督,事虽决于瑜,然普自以旧臣而居瑜下,颇不相睦;后因见瑜之才,方始敬服?今蒙之才不及瑜,而叔明之亲胜于普,恐未必能相济也。""权大悟,遂拜吕蒙为大都督,总制江东诸路军马;令孙皎在后接应粮草。"(第七十五回)

《三国演义》中孙权的性格,除了上述两大方面以外,还有其他的一些侧面,我们也不能忽视。甘露寺外的以剑击石,扬鞭跃马,体现了他的豪气冲天、个性外露(第五十四回);接受曹操的封号,则充分体现了他的大丈夫能屈能伸(第八十二回);识破诸葛亮不还荆州的"踢皮球"之计,可见他比诸葛瑾聪明得多(第六十六回);一封书信而退老瞒千军万马,又体现了他大英雄的胸襟、怀抱和手段(第六十一回)……当然,孙权也有以貌取人而失之子羽的时候。如庞统来投时,"权见其人浓眉掀鼻,黑面短髯,形容古怪,心中不喜"。但这种局限,也有因过分喜爱周瑜,而庞统恰恰不怎么瞧得起周郎的因素:"权平生最喜周瑜,见统轻之,心中愈不乐。"(第五十七回)于是,孙权便失去了凤雏先生效力于东吴的机会。这种以貌取人失之子羽的做法,固然是孙权之缺失,但犯这种"低级错误"的绝不仅孙权一个"高级人物",刘备也曾经如此这般糊涂过。当庞统不见留于东吴而转投刘备时,"玄德见统貌陋,心中亦不悦"。(第五十七回)

由上可见,《三国演义》中的孙权是一个由多重性格侧面有机组合而成的成功的艺术形象。

三

在《三国演义》一书中,孙权的名字出现在第七回,而他作为一个人物形象正式登台亮相,则始于第二十九回。直到孙权归天的第一百八回,他活动的时间跨度长达八十回书,占《三国演义》全书的三分之二。而且,他所活动的这一阶段,又正是三国故事最精彩的阶段。因此我们有足够的理由说,孙权是足以代表东吴领导集团的领袖人物。进而言之,孙权的用人方式,某种意义上也就是东吴早期的用人方式。

毫无疑问,孙权是珍惜人才的。而这种珍惜,又主要体现在对人才激励、信用和破格任用等方面。孙权的这种用人方式与江东士人"良臣择主而事"的态度双向作用,形成了东吴人才济济的良性态势,而有识之士相互间的推荐和逊让之风,又形成了东吴人才积聚的良好环境。且看几个事例。

周瑜荐鲁肃,"此人胸怀韬略,腹隐机谋。……今主公可速召之"。结果,孙权招聘鲁肃后,"甚敬之,与之谈论,终日不倦"。而鲁肃亦不负周瑜之荐、孙权之望,对孙权指出:"肃窃料汉室不可复兴,曹操不可卒除。为将军计,惟有鼎足江东以观天下之衅。今乘北方多务,剿除黄祖,进伐刘表,竟长江所极而据守之;然后建号帝王,以图天下:此高祖之业也。"(第二十九回)这种整体战略方针,与稍后诸葛亮隆中对所言大略相同。此外,如"张纮又荐一人于孙权:此人姓顾,名雍。"(第二十九回)再往后,就是孙权广纳人才所导致的一个江东英才济济的动人场面:"却说孙权自孙策死后,据住江东,承父兄基业,广纳贤士,开宾馆于吴会,命顾雍、张纮延接四方宾客。连年以来,你我相荐。时有会稽阚泽,字德润;彭城严畯,字曼才;沛县薛综,字敬文;汝阳程秉,字德枢;吴郡朱桓,字休穆,陆绩,字公纪;吴人张温,字惠恕,乌伤骆统,字公绪;乌程吾粲,字孔休:此数人皆至江东,孙权敬礼甚厚。又得良将数人:乃汝南吕蒙,字子明;吴郡陆逊,宇伯言;琅琊徐盛,字文向;东郡潘璋,字文珪;庐江丁奉,字承渊。文武诸人,共相辅佐,由此江东称得人之盛。"

江东人才互荐的经典之作是关于前线陆口的领兵统帅一职的以荐相授,孙权对此亦了然于胸。有一次,孙权对吕蒙说:"陆口之任,昔周公瑾荐鲁子敬以自代,后子敬又荐卿自代:今卿亦须荐一才望兼隆者,代卿为妙。"吕蒙当即回答道:"陆逊意思深长……若即用以代臣之任,必有所济。"(第七十五回)这种以军国大事为重,不计较个人名利的互荐行为,虽然在魏、蜀、吴三国均有体现,但却以东吴最为突出。而这种君臣相得、人才互荐的局面的形成,又与孙权对部下的感情投资——激励之、信任之、破格任用之的做法是分不开的。

孙权爱才,不像刘备、曹操那样总带有些高低贵贱、内外亲疏的成见。孙权是比较广泛而宽阔地珍爱自己手下的所有才能之士。请看:"孙权见太史慈身带重伤,愈加伤感。"(第五十三回)"权闻瑜死,放声大哭。"(第五十七回)"人报鲁子敬先至,权乃下马立待之。"(第五十三回)"甘宁引百骑到寨……孙权亲自来接。"(第六十八回)"孙权……犒赏三军,设宴大会诸将庆功,置吕蒙于上位。"(第七十七回)如此等等,不一而足。而其中最为突出者,乃表彰周泰和信任陆逊二事。

在一次与曹操的战争中,周泰舍命救孙权,身负重伤。战后,孙权是这样表现的:"感周泰救护之功,设宴款之。权亲自把盏,抚其背,泪流满面,曰:'卿两番相救,不惜性命,被枪数十,肤如刻画,孤亦何心不待卿以骨肉之恩、委卿以兵马之重乎!卿乃孤之功臣,孤当与卿共荣辱、同休戚也。'言罢,令周泰解衣与众将观之:皮肉肌肤,如同刀剜,盘根遍体,孙权手指其痕,一一问之。周泰具言战斗被伤之状。一处伤吃一觥酒。是日,周泰大醉。权以青罗伞赐之,令出入张盖,以为显耀。"(第六十八回)这可以说是一种真正的感情投资,即使多少带有一些收买人心的意思,但仍然是十分感人的。

对于舍生忘死者的表彰,孙权是动了感情的,而对于年轻将领的破格任用,则又充分体现了孙权在用人时的理智。

当刘备引兵东下,吴军望风披靡时,局势万分危急,孙权决定破格任用"年幼望轻"的书生陆逊。面对众谋臣的反对,孙权说:"孤亦素知陆伯言乃奇才也!孤意已决,卿等勿言。"随即,赐陆逊以佩剑,并登坛拜将。当陆逊领兵出发时,孙权又叮咛说:"阃以内,孤主之;阃以外,将军制之。"(第八十三回)表现了对这位年轻将领充分的信任。后来,当陆逊定下破蜀之策,修笺遣使奏闻孙权时,孙权览毕,大喜曰:"江东复有此异人,孤何忧哉!诸将皆上书言其懦,孤独不信。今观其言,果非懦也。"(第八十四回)陆逊亦果不负孙权所托,终于火烧连营七百里,破刘备七十万大军于一旦,为东吴赢得了彝陵之战的最终胜利。

孙权在选用人才时是理智的,他不仅能根据实际破格任用人才,而且还对部下有着深入的了解。手下众文武的功过是非、道德品性,他都了如指掌,并且还能分析得头头是道。他曾经说过:"昔周郎雄略过人,破曹操于赤壁,不幸早殀。鲁子敬代之:子敬初见孤时,便及帝王大略,此一快也;曹操东下,诸人皆劝孤降,子敬独劝孤召公瑾逆而击之,此二快也;惟劝吾借荆州与刘备,是其一短。今子明设计定谋,立取荆州,胜子敬、周郎多矣!"(第七十七回)另一次,当诸葛瑾赴蜀请和,张昭表示怀疑,说:"诸葛子瑜知蜀兵势大,故假以请和为辞,欲背吴入蜀,此去必不回矣。"孙权则说:"孤与子瑜,有生死不易之盟;孤不负子瑜,子瑜亦不负孤。昔子瑜在柴桑时,孔明来吴,孤欲使子瑜留之。子瑜曰:'弟已事玄德,义无二心;弟之不留,犹瑾之不往。'其言足贯神明。今日岂肯降蜀乎?孤与子瑜可谓神交,非外言所得间也。"(第八十二回)一个领袖,只有对下属有充分的了解,才能放心大胆地任用之。孙权堪称这方面的代表。

孙权不仅对部下了如指掌、知人善任,而且还极其重视东吴集团内部的团结。对于手下人之间的某些不和行为、对立情绪,他总是千方百计地进行化解与规劝。甘宁曾杀凌统之父凌操于战场之上,后甘宁归降东吴,凌统数次欲报杀父之仇,要杀甘宁。对此,孙权先是好言相劝:"兴霸射死卿父,彼时各为其主,不容不尽力。今既为一家人,岂可复理旧仇?万事皆看吾面。"(第三十九回)又曾经以命令的口吻制止了双方剑戟相向的打斗:"吾常言二人休念旧仇,今日又何如此?"(第六十七回)最后,当凌统阵上遭人暗算,险些丧命,甘宁射箭救了他性命之后,凌统不知情由,回寨拜谢孙权,孙权说:"放箭救你者,甘宁也。"终于使凌统深受感动,"自此与甘宁结为生死之交,再不为恶。"(第六十八回)

四

综上所述,孙权之为人的最大特点是从谏如流和疑而后决,而这两者之间又有着密切的关系。孙权的"疑",其实是一种斟酌,当他权衡利弊而觉得左右为难的时候,往往需要旁人的提醒和提出合理化建议,而旁人的建议只要可行,孙权又多半采纳。因此,孙权的决策过程便成为"疑"—从谏如流—决断这么三个阶段。东吴大事多半都是这样决定下来的。

进而言之,孙权性格的上述两大方面又与他的用人方式有着密切的联系。他爱惜人才,知人善任,了解部属,甚至有时还能感化部属,这样,才有人向他直言相谏,并且往往能做到知无不言、言无不尽。有了众多的"谏",孙权才能集思广益,才能作出正确的决策,才能在19岁坐领江东以后逐步发展父兄事业,直至称王称帝,把东吴大业推向极盛。准乎此,我们才能明白,孙权作为一个英雄人物,并不仅仅在于他生得方颐大口、碧眼紫髯、形貌奇伟、骨格非常,而更在于他性格坚定,并有博大的胸怀,能容人、能知人、能用人。这才是作为一个领袖人物必备的条件。明乎此,我们才能真正理解一代奸雄曹操对孙权那句流传千古的赞语的沉甸甸的分量——"生子当如孙仲谋"!

宋江三论[①]

长期以来,人们对《水浒传》中的宋江这一艺术形象争论较大。赞扬者说他是农民革命的领袖,是梁山上的一面旗帜;贬损者则认为他是投降主义分子,是叛徒,是奸诈小人。当然,还有一些其他的意见,或认为他是"地主阶级的革新派",或认为他是"传统道德观念的体现者",或认为他是"《水浒传》里的理想完人",或认为他是一个"悲剧形象",等等,不一而足,见仁见智,争论不休。其中,绝大多数的评论者都认为宋江是一个复杂的人物形象,应该给予多角度、综合性的评价。

本着多角度、综合性评价的基本原则,笔者试图将历史事实、民间传说、小说文本等多重因素结合在一起,对《水浒传》中的宋江这一艺术典型从三个不同的角度进行一些探讨和评价。

一、宋江是《水浒》叙事的线索人物

宋江是《水浒》叙事的线索人物,但却不是唯一的线索人物。《水浒》中的线索人物大致有两类:一是临时性的,只在某一段故事中起穿针引线的作用;二是长久性的,他们基本贯串全书而起作用。就线索人物本身而言,也有两种情况:一种是"专职"的,即在书中最主要的作用乃在于牵引情节;另一种是"兼职"的,即除了是线索人物外,他们还是书中的重要人物甚至主要人物。

临时性的线索人物如王进、柴进,二人之间,王进是"专职"的,柴进是"兼职"的。而长久性的线索人物,在《水浒》中最突出的有三人:高俅、吴用、宋江,而这三个人物又全都是"兼职"的。

高俅在《水浒》中的地位颇为特殊,从叙事的角度来看,他至少在书中的前十二回中起到了连接情节的作用。史进、鲁达、林冲、杨志这几个本可以单独成段落的故事,正是依靠这些人与高俅直接或间接的"反激"关系而连成一片的。故而可以说,高俅在史、鲁、林、杨的故事中起到了穿针引线的作用。

[①] 原载《荆楚学刊》2013 年第 1 期。

从第十三回开始,作者几乎同时起用了另外两个线索人物——吴用和宋江。作为线索人物的吴用在《水浒》叙事中的作用主要在"智取生辰纲"到"梁山小夺泊"这几回书中。值得注意的是,在吴用担当线索人物的片段中,另一个线索人物宋江也偶尔露峥嵘,而当吴用作为线索人物的基本任务完成之后,作者笔锋一转,又提起曾经亮相的宋江这根线索。

作者让宋江怒杀阎婆惜,作了一番精彩的表演之后,便开始了宋江作为线索人物的一系列工作:引武松进场,又引武松退场。在柴进庄上,宋江将武松引进舞台中心之后,自己便退入暗线之中;当武松得以充分表现之后,宋江又在孔明庄上引武松离开舞台中心,而同时宋江本人也由暗线转入明线。此后十数回书,便是明显地以宋江行走江湖为线索来展开描写了。最终到闹江州、取无为军而聚集梁山时,已有四十名头领。于是,他们排了一个饶有意味的临时性"座次",请看:"再三推晁盖坐了第一位,宋江坐了第二位,吴学究坐了第三位,公孙胜坐了第四位。宋江道:'休分功劳高下,梁山泊一行旧头领,去左边主位上坐。新到头领,去右边客位上坐。待日后出力多寡,那时另行定夺。'众人齐道:'哥哥言之极当。'左边一带,是林冲、刘唐、阮小二、阮小五、阮小七、杜迁、宋万、朱贵、白胜;右边一带,论年甲次序,互相推让。花荣、秦明、黄信、戴宗、李逵、李俊、穆弘、张横、张顺、燕顺、吕方、郭盛、萧让、王矮虎、薛永、金大坚、穆春、李立、欧鹏、蒋敬、童威、童猛、马麟、石勇、侯健、郑天寿、陶宗旺,共是四十位头领坐下。"(第四十一回)

以上四十人,就其与梁山的关系而言,可分为四拨:杜迁、宋万、朱贵三人,乃第一任梁山寨主王伦旧部;林冲是一人单独上梁山投奔王伦的;晁盖、吴用、公孙胜、刘唐、阮小二、阮小五、阮小七、白胜八人,是打劫生辰纲以后上梁山的;右边坐下的二十七人,除萧让、金大坚外,全是与宋江相识相交并被其推荐或带领上梁山的。进而言之,就连晁盖等八人,也是在宋江通风报信的前提下,才有可能化险为夷上梁山的。如此看来,当《水浒传》的叙事告一段落时,当一百八人超过三分之一走上梁山时,宋江与其中绝大多数的人和事都有紧密关系。离开了宋江,那些散处于各地的英雄豪杰是很难齐聚梁山的。在梁山事业从初生到发展壮大的过程中,必须要有宋江这样的在江湖上具有极大号召力的人物在中间起串联作用。这样,作者的叙事方能有条不紊、游刃有余。而这,正说明了宋江作为《水浒》叙事线索人物的不可或缺的重要性。

宋江上梁山以后,梁山事业逐渐进入高潮,其中最明显的标志就是梁山好汉由比较被动的还手而发展到比较主动的出击。从三打祝家庄到踏平曾头市,直到攻下东昌、东平二府,梁山军是主动出击多于被动防御。在叙述这些声势浩大的军事斗争的过程中,作者仍然是紧紧抓住宋江与吴用这两个线索人物来大做文章的。或宋江为表吴用为里,或吴用为表宋江为里,晁盖只不过徒有虚名,众头领也不过充当棋子而已。

至于在"梁山泊英雄排座次"以后的三十回书中,作为梁山领袖的宋江,同时也是贯串几乎所有故事的线索人物。从两赢童贯、三败高俅到受招安、征大辽、征方腊,直到最终"神聚蓼儿洼",宋江都是线索人物。别的不说,仅就后三十回的回目而言,"宋江"或"宋公明"的字样就明明白白出现了二十一次。此间,有些事件,宋江并未亲身参与,有些战斗,宋江也只是遥控指挥,但无论如何,这些事件都是以宋江的"名义"发生的,没有宋江这根线索,如此纷繁复杂的叙事,就不可能得以圆满完成。

从整体的角度看问题,《水浒》叙事绝不是一百八人故事的简单连缀,而是要通过各种各样的人物走向梁山的经历来揭示当时黑暗的社会现实和梁山好汉的英雄气概。这里有一个问题:如果梁山一百八人全都以个人的面目单独出现,那将永远是一盘散沙,永远只能是许许多多的个别性、特殊性,并不能揭示当时社会黑暗的一般性和英雄气概的整体性。世界上任何一个事物,只要它形成了一个整体,它必然是由许多部件组成的。但是,它所有部件无规律相加的总和,绝不等同于它的整体。所谓整体性,即是由它所能够包容的所有个别因子的总和再加上构成这个整体的自身的调整和调节因素。整体比它所包含的所有成分的总和还要大,整体还有作为整体自身的性质。《水浒传》之不同于"林十回""鲁十回""武十回""宋十回""石十回""卢十回"等英雄传记故事,而成为一部反映当时黑暗的社会现实和梁山好汉英雄气概的鸿篇巨制,其根本的原因就在于它寓当时社会现实黑暗和梁山英雄气概的一般状况于个别英雄的抗争故事之中,同时,又通过许多个别英雄的抗争故事的有机组合而充分揭示当时的现实黑暗和梁山英雄气概的一般性和整体性。

形成这种一般性和整体性的有机结合的途径是多方面的,其中很重要的一点就是充分发挥线索人物的作用。尤其重要的是我们必须认识到这些线索人物的作用绝不仅止于故事情节的联络和过渡,而是一种主题思想向着具体情节的渗透,同时,也是一种具体情节向着主题思想的凝聚。并且,这种渗透和凝聚又全都是有机的。

宋江作为《水浒传》中心人物的一面固然重要,但他作为线索人物的一面又何尝不至关紧要呢?

二、宋江是梁山好汉的精神领袖

绝大多数的梁山好汉都有两个精神家园,一个是庙堂,一个是江湖。当然,针对每一个梁山好汉而言,庙堂与江湖在他们各自的心目中也并非一半一半的。有的对庙堂的渴望更加强烈,有的则对江湖充满憧憬。相对而言,朝廷命官出身的绿林好汉更翘首庙堂,而平民百姓出身的水浒英雄则更向往江湖。但是,基本上没有人是纯洁的庙堂或者江湖情结,情感一边倒的现象在水浒英雄中殊为罕见。即便是像李逵那样的对梁山极有感情的草根英雄,也会发出"杀去东京,夺了鸟位,在那里快活,却不好!不强似这个鸟水泊里"(第四十一回)的呐喊;即便是像柴进那样沐浴浩荡皇恩的天潢贵胄,也会夸下"便杀了朝廷的命官,劫了府库的财物,柴进也敢藏在庄里"(第二十二回)的海口。而在这两个精神家园之间徘徊时间最长,矛盾心结最难以开释的则是《水浒传》里的头号人物宋江。

换一个角度看问题,《水浒传》中宋江对精神家园的依恋可以概括成一个符号,或曰一种精神凝聚,而这种凝聚又可用两个汉字概括——"忠义"。在宋江心底深处,不忘庙堂是其"忠",迷恋江湖是其"义"。按照一般人的理解,江湖与庙堂是水火不相容的,"忠"与"义"也很难两全其美。但在宋江看来,忠义二者是完全吻合、统一的。他一生的奋斗目标,就是要做一个忠臣兼义士。

然而,严酷的现实却并不那么简单。宋江想当忠臣,偏有奸佞宵小当道,阻碍他忠君报国;宋江欲为义士,又有忠君思想作梗,消减其江湖义气。尽管宋江竭尽全力想把忠义二者结合起来,但事实上,这二者在更多的时候却是矛盾的,有时甚至发展到尖锐冲突的地步。要忠就不能义,要义就不能忠。宋江悲剧性的一生,就是持久地处于其忠义思想与残酷现实的矛盾冲突之中,同时又处于自身灵魂深处"忠"与"义"的矛盾冲突之中。在宋江的头脑中,"忠"与"义"有时是矛盾的,有时是统一的。实际上,二者是在宋江的思想性格中矛盾着的统一。而这种矛盾统一,又使宋江成为梁山好汉的精神领袖。进而言之,梁山好汉绝大多数都是像宋江这样的矛盾统一体。

上梁山之前,宋江对庙堂的向往高于对江湖的渴望,他思想深处主要是"忠"占了上风。他虽然有着弃忠而全义,"舍着条性命""担着血海也似干系"而"私放晁天王"的行为,但在他的思想深处,忠还是在占上风。他只是在个人利益与朋友利益这二者的选择中舍生而全义,而当他的朋友的利益与他心目中的皇权发生根本冲突的时候,他还是要舍义而全忠的。请看他得知晁盖等人"直如此大弄"后的一段心灵独白:"晁盖等众人不想做下这般大事,犯了大罪,劫了生辰纲,杀了做公的,伤了何观察,又损害许多官军人马,又把黄安活捉上山。如此之罪,是灭九族的勾当!虽是被人逼迫,事非得已,于法度上却饶不得。"(第二十回)他虽然放了晁盖,但并没有想到晁盖会去梁山落草,抗拒官军,与朝廷做对头。造反,是他绝对不能容忍的。正因为有这种思想,所以他在杀了阎婆惜之后,明明也是"犯了大罪","于法度上却饶不得",但他却不愿意与庙堂决裂而走向江湖,丝毫没有想到去梁山泊与命运相同的晁盖等人聚义,而是计划到"庙堂"荫蔽下的贵族柴进、军官花荣、庄主孔明家中避难。

进而言之,宋江上梁山的过程如此一波三折,除了作者让他当线索人物将更多的英雄好汉带上梁山这种叙事方面的需要而外,归根结底,还是一个"忠"字在作怪,还是庙堂情结在起作用。当然,这是从宋江主观思想方面来说。与此同时,我们还应看到另一方面,宋江虽以"庙堂"情结左右自己的行为,但在许多时候又充分体现了一个江湖领袖的本色和风范。他上山以前的许多义举,对梁山事业起到了巩固发展的作用。诚如本文上节所涉及的,《水浒传》写到一小半而叙事告一段落的时候,梁山已有四十名头领。这中间除少数几人之外,绝大多数都是在宋江的直接或间接影响下才上梁山的。而这些人不管认识宋江与否,只一闻"及时雨"三字,便佩服得五体投地。实质上,这正是宋江的"义"在江湖上所具有的巨大的号召作用,正是宋江的江湖情结在不知不觉中的自然流露并因之而发散的巨大磁场作用。因此,在上梁山之前,宋江本人虽向往庙堂,处处讲"忠",但其不自觉的行为却常常体现江湖情结,处处显"义"。他的庙堂情结,在主观上阻挠了他本人走向梁山的进程;而他的江湖情结,却在客观上推动了梁山事业的蓬勃发展。更为重要的是,宋江这种江湖、庙堂双重情结相结合的心路历程及其外化而成的言行举止,极大地影响了众多的梁山好汉,并左右着他们的思想和行动。

最典型的例子是宋江在孔明庄上遇到武松后旋即分手时所说的一段话:"兄弟,你只顾自己前程万里,早早的到了彼处。入伙之后,少戒酒性。如得朝廷招安,你便可撺掇鲁智深、杨志投降了,日后但是去边上,一枪一刀,博得个封妻荫子,久后青史上留得一个好名,也不枉了为人一世。"(第三十二回)宋江与武松,此刻都是朝廷的罪犯,当武松正要投奔二龙山走向叛逆道路的时候,宋江对武松说出了这样的话。这既是宋江内心世界的表白,也是其庙堂、江湖双重情结对武松的一种辐射。

宋江上梁山以后,他的庙堂情结和江湖情结又怎样结合并影响梁山大众呢?在此,作者有意安排他于还道村玄女庙的梦中接受了九天玄女娘娘的法旨:"为主全忠仗义,为臣辅国安民,去邪归正,他日功成果满,作为上卿。"(第四十二回)这一段话,就是宋江往后作为梁山的精神领袖统率一百八人的行动纲领。

在作为梁山第二号人物时,宋江充分发挥了自己的组织才能和军事才干,全力贯彻了"全忠仗义"这四个字。他常常架空晁盖,亲自带兵三打祝家庄,打高唐州、闹华山、攻青州,都取得了辉煌的胜利。一直到踏平曾头市,这一系列的豪壮之举,要么是为山寨领袖报仇,要么是为人民大众除害,都是"仗义"的行为。或者说,都是作为梁山领袖的宋江将其江湖情结通过一百八人而产生的巨大磁场作用。

在《水浒传》第七十一回,何道士解释石碣碑文的一段话饶有意味:"此石都是义士大名,镌在上面。侧首一边是'替天行道'四字,一边是'忠义双全'四字。顶上皆有星辰南北二斗,下面却是尊号。"

此时,宋江已是梁山山寨的第一把手,而这碑文上的"忠义双全""替天行道"八个大字正是宋江在梁山的施政纲领。或曰,这也正是宋江等人在栖息于第一个精神家园"江湖"以后,又向着另一个精神家园"庙堂"的引领眺望。在宋江等人看来,江湖只是暂时的栖身地,他们灵魂的归宿地最终仍然是庙堂,是能够封妻荫子、青史留名的庙堂。

其实,石碣碑文上的这八个大字对于宋江而言,只不过是"马后炮"。此前,宋江不仅开口闭口屡屡提及"替天行道",而且还在晁盖死后将"聚义厅"改成"忠义堂",并公开亮出了"替天行道"的杏黄旗。那么,宋江反反复复地表达的"替天行道"究竟是什么意思呢?

"天"者谓何?当然是主宰人类的上天了。但芸芸众生又有谁真正见过上天幻化出的天帝呢?没有!"天意从来高难问",既然无法接近"上天",那只好去找上天的儿子——天子了。故而,这里的"天",所指者就是天子,就是皇帝。在宋江看来,打击奸臣是维护皇帝的利益,爱护百姓也是替皇帝争取民心。这一切的"义",都是与"忠"统一的、不矛盾的。这一切都是"替天行道",替皇帝施行仁政。在行道的过程中,当然可以有许多的义举,但无论如何,这个"道"是在替"天"而行的。宋江就是这样把"忠"与"义"结合在一起,把梁山好汉的江湖情结和庙堂情结结合在一起。这样一种口号,可以被梁山绝大多数英雄好汉所接受,并自觉地融化到血液中,落实到行动上,并一直延续到后来的受招安、征大辽、征方腊等所有梁山军的重大行动中。

众所周知,宋江智慧不及"智多星",武艺不及"玉麒麟",但他何以能够领袖梁山,成为群雄之首呢?就因为宋江有政治头脑,有大眼光、大见识,他能够借助九天玄女和石碣天文来宣扬自己"替天行道""忠义双全"的思想,并且以这种思想为纽带,将梁山好汉紧密团结在自己的周围,并带领他们去寻找江湖与庙堂的双重精神家园,去实现"为主全忠仗义,为臣辅国安民"的政治理想。尽管由于种种原因,宋江寻求精神家园的美梦归于破灭,但那并不能说明宋江的无知或者无能,而是一种悲剧时代造成的英雄悲剧。

《水浒传》的伟大可以体现在很多方面,但在笔者看来,其中最重要的一点就是这部巨著真实地记录了悲剧英雄宋江充满悲剧意味的心路历程。不仅如此,

《水浒传》还真实描写了作为梁山精神领袖的宋江是怎样用自己的悲剧精神去影响一百八人的。不仅如此,《水浒传》还真实再现了许许多多梁山好汉是怎样在宋江悲剧精神的感召之下走向那悲剧氛围极其浓烈的肉体生命和政治生命的漫漫不归之路的。

三、宋江是作者思想的传播载体

其实,摆在我们面前的应该有三个宋江:历史上的,传说中的,小说里的。

以上两节,我们分析的都是小说《水浒传》中的宋江。然而这个宋江与历史上的和民间传说中的宋江却不大相同,甚至是大不相同。个中原因,当然是因为小说作者对这一历史人物和传说人物的改造,而且应该说是脱胎换骨的改造。在《水浒传》众多英雄人物中,宋江应该是距离历史的、传说的"原型"最远的一个。

为什么会这样?因为《水浒传》的作者在宋江这个小说中的灵魂人物身上寄托了太多自己的政治理想和人格理想。从某种意义上讲,《水浒传》中的宋江就是作者思想的传播载体。

为了说明问题,我们不妨从历史上的宋江讲起。

历史上宋江的事迹,主要见于李埴《皇宋十朝纲要·徽宗纪》、王偁《东都事略·侯蒙传》《宋史》、方勺《泊宅编》、汪应辰《文定集》、徐梦莘《三朝北盟会编》等文献资料的记载。其中,《宋史·张叔夜传》中的一段记载颇为完整清晰:"宋江起河朔,转略十郡,官军莫敢婴其锋。声言将至,叔夜使间者觇所向,贼径趋海濒,劫巨舟十余,载卤获。于是募死士得千人,设伏近城,而出轻兵距海诱之战。先匿壮卒海旁。伺兵合,举火焚其舟。贼闻之,皆无斗志,伏兵乘之,擒其副贼,江乃降。"

由此可见,这个宋江英勇善战,但不甚有谋略,因而中计失利。值得我们注意的是,这个宋江颇有侠气,他之所以投降官军,乃是因为官军"擒其副贼",也就是说官军抓到了他足以充当左膀右臂的兄弟,他才不得已而放下武器的。

民间传说的宋江正是沿着"勇而且侠"这一模式进行传播的,而由民间传说凝聚成的宋元话本中的宋江就是一个以江湖为精神家园的勇而且侠的盗魁形象。

目前所知最早描写水浒故事的讲史话本《宣和遗事》中关乎宋江的主要情节有:通风报信救晁盖,推荐杜千等人上梁山,杀阎婆惜、吴伟,九天玄女授天书,自己上梁山,题诗旗上,朝东岳,受招安,平方腊,封节度使。其中,最有文学意味的是两个片段:杀阎婆惜和题诗旗上。然而,正是这两个片段,最能体现宋江勇而且侠的草莽英雄性格。

《宣和遗事》中写道:"宋江回家,医治父亲病可了,再往郓城县公差勾当;却见故人阎婆惜又与吴伟打暖,更不睬着。宋江一见了吴伟两个,正在偎倚,便一条忿气,怒发冲冠,将起一柄刀,把阎婆惜、吴伟两个杀了;就壁上写了四句诗。道是,诗曰:'杀了阎婆惜,寰中显姓名。要捉凶身者,梁山泺上寻。'"

这里的宋江杀惜与《水浒传》中迥然不同,是情杀,而且非常主动。宋江的行为,完全是敢作敢当的男子汉气概。这个宋江,完全是一个草莽英雄,而绝不像《水浒传》里的宋江那样秀气或"作秀"。

《宣和遗事》中又写道:"宋江题了四句放旗上道,诗曰:'来时三十六,去后十八双。若还少一个,定是不归乡。'"

这正与上引《宋史》中记载的"擒其副贼,江乃降"可以相互印证:宋江三十六人既已结拜为兄弟,那么,每次打仗必须同生共死:"若还少一个,定是不归乡"。既然"副贼"为官府所擒,那宋江等人便只有两条道路:一是全体自杀,二是全体投降,只有这样才能保全三十六个弟兄。这种将哥儿义气"题诗旗上"的行为,充分显示的正是宋江性格的另一层面——极端的江湖义气。

由上可见,《宣和遗事》里的宋江与《水浒传》之宋江大异其趣,他是一个勇而且侠的江湖强盗魁首。

无论是历史上的宋江抑或是传说中的宋江,都与《水浒传》中的宋江形象大相径庭。原本是一个颇为简单的勇而且侠的强盗魁首,在《水浒传》中却不断地被"儒化"。但是,作者又不能完全泯灭历史的和传说的宋江身上的"墨侠"风采。于是,《水浒传》中的宋江,就成为了本文第二节所分析的那么一个思想性格极其复杂的人物。

读《水浒传》,有一种现象必须引起我们的重视:绝大多数的梁山好汉的思想性格都显得前后矛盾,甚至判若两人。接受招安前,他们是那么生龙活虎和血肉丰满;而招安后,他们却成为作者任意操纵的传声筒了。这也是《水浒传》之所以给人以"前佳后恶"的印象的根本原因之一。

但有一个人物却是例外,那就是宋江。在《水浒传》梁山一百八人中,宋江是罕见的能在招安前后保持思想性格基本一致的人物。作者自始至终都按照这个人物性格发展的逻辑来写他,用大量的笔墨写出了他思想的矛盾。更为出色的是,作者细致、深入地写出了宋江在两个精神家园之间的犹豫不决、踟蹰徘徊,写出了"忠"与"义"长期以来在宋江灵魂深处冲突中的共存和共存中的冲突。宋江的绝大多数言行,都可以在他的基本思想性格中找到根据。作者甚至还触及宋江的复杂性格十分深刻的悲剧性。因而作者非常真实地写出了宋江的性格是悲剧的性格,宋江的结局是悲剧的结局,而这一切又都是完全真实的,宋江的思想发展变化和性格的复杂性是符合逻辑的。正因如此,越看到后来,读者便越感觉到《水浒》之宋江就是《水浒》之宋江,他不是《水浒传》中任何一个其他的好汉,也不是其他任何作品中的宋江。之所以能这样,关键在于《水浒传》的作者在宋江身上最大限度地融入了一个有艺术良心的下层文人对历史、现实、社会、人生的深刻感受和深入思考。作者在塑造《水浒传》其他人物时,大都只是对传说的吸取和改造而已,那是用"笔"写人。而对宋江,作者则是用"心"在创造。《水浒传》之宋江,比任何一个"宋江"都离历史、传说更远,而距离作者的心灵更近。从这个意义上讲,《水浒传》中的宋江就不可避免地成为了作者精神的外化,成为了作者以自己的心灵来解读现实的载体。

进一步的问题是,《水浒传》的作者在宋江身上究竟寄托了什么呢?笔者认为,主要是政治理想和人格理想。

宋江的"忠",他对庙堂精神家园的向往,是沿着政治理想的路径前行的。宋江的"义",他对江湖精神家园的依恋,是沿着人格理想的方向前进的。作者最为理想化的结局就是宋江忠义双全,将灵魂同时安顿在庙堂与江湖之中。但是,形象大于思维,《水浒传》中的宋江没有这样做,因为他不可能这样做。于是,作者就依照宋江的思维逻辑老老实实地描写了宋江在政治理想与人格理想之间的徘徊彷徨。结果,宋江以自己的言行体现了政治理想的自我完善,为忠于朝廷而放弃了江湖中的一切,包括义气。宋江临死之前将义弟李逵毒死就是最好的例证。在"宁可朝廷负我,我忠心不负朝廷"的呜咽声中,宋江所担心的只是李逵重举义旗,坏了他的忠名。故而他设计将李逵药死,作了自己的殉葬品。这是什么?是宋江灵魂深处政治理想对人格理想的杀灭。

宋江是《水浒传》中一个非常成功的艺术典型,但同时又是一个不招人喜爱的角色。之所以说他成功,是因为他很好地表达了作者的思想;之所以说他不招人喜爱,也是因为他很好地表达了作者的思想。

何以如此矛盾?因为在一般读者看来,人格理想的磨灭是不能够被接受的。

宋江的文化遭遇①

"宋江",如今已成为一个非常复杂的文化符号。其复杂性主要体现在两大层面上。第一,作为人物符号,至少有三个"宋江":历史记载之宋江,民间流传之宋江,文学创造之宋江。第二,三个宋江的性格都具有复杂的多面性,而这种复杂性,又是因为其独特的文化遭遇之所致。

一

我们先看历史记载之宋江。

宋·李埴《皇宋十朝纲要·徽宗纪》载,宣和元年十二月,"诏招抚山东盗宋江"。可知在北宋宣和元年宋江已经与朝廷为敌。对于宋江起义,在宋代王偁《东都事略·侯蒙传》和《宋史·侯蒙传》中有基本相同的记载,或许后者就是抄的前者。《东都事略》云:"宋江寇京东,蒙上书陈制贼计曰:'宋江以三十六人横行河朔、京东,官军数万无敢抗者,其材必过人。不若赦过招降,使讨方腊以自赎,或足以平东南之乱。'"

当时,与宋江作战的有以下朝廷官员。一是曾孝蕴:"宣和二年……十二月……初七日,歙守天章阁待制曾孝蕴以京东贼宋江等出青、齐、单、濮间,有旨移知青社。"(宋·方勺《泊宅编》卷五)二是王师心:"公讳师心,字与道。……河北剧贼宋江者,肆行,莫之御。既转掠京东,径趋沭阳。公独引兵要击于境上,败之,贼遁去。"(宋·汪应辰《文定集》卷二十三《显谟阁学士王公墓志铭》)"王师心,字与道,金华人。政和八年进士,初为海州沭阳县尉,败剧贼宋江境上。"(元·吴师道辑《敬乡录》卷五《王师心》)三是蒋圆:"公讳圆,字粹中。……宋江啸聚亡命,剽掠山东一路,州县大震,吏多避匿。公独修战守之备,以兵扼其冲。贼不得逞,祈哀假道。公哄然阳应,侦食尽,督兵麋击,大破之。馀众北走龟蒙间,卒投戈请降。"(宋·张守《毗陵集》卷十二《左中奉大夫充秘阁修撰蒋公墓志铭》)四是折可

---

① 原载《水浒争鸣(第九辑)》,青海人民出版社 2006 年版。

存:"公讳可存。……腊贼就擒,迁武节大夫。班师过国门,奉御笔:'捕草寇宋江'。不逾月,继获,迁武功大夫。"(宋·范圭《宋武功大夫河东第二将折公墓志铭》)这里,似乎给人造成折可存擒"获"宋江的感觉,其实这可能有些问题,文献中记载更多的则是张叔夜招降宋江。请看以下材料:

> (张叔夜)起知海州,破群盗宋江有功。(宋·徐梦莘《三朝北盟会编》卷八十八)

> 淮南盗宋江等犯淮阳军,遣将讨捕。又犯京东、河北,入楚、海州界,命知州张叔夜招降之。(《宋史·徽宗纪》)

在宋代王偁《东都事略·张叔夜传》《宋史·张叔夜传》、元代陈桱《通鉴续编》、明代冯琦原编陈邦瞻增辑《宋史纪事本末》等史料中,对张叔夜招降宋江的过程都有比较详细的记载,内容大致相同,此摘录《宋史》所记为代表:"宋江起河朔,转略十郡,官军莫敢婴其锋。声言将至,叔夜使间者觇所向,贼径趋海濒,劫巨舟十余,载卤获。于是募死士得千人,设伏近城,而出轻兵距海诱之战。先匿壮卒海旁。伺兵合,举火焚其舟。贼闻之,皆无斗志,伏兵乘之,擒其副贼,江乃降。"

至于宋江被擒的具体时间,则是《东都事略·徽宗纪》记载得更清楚。宣和"三年春……大赦天下。……五月丙申,宋江就擒。"

宋江率领三十六人归顺朝廷以后,很快成为朝廷命官,这有宋代李若水诗句为证:"去年宋江起山东,白昼横戈犯城郭。杀人纷纷剪草如,九重闻之惨不乐。大书黄纸飞敕来,三十六人同拜爵。"(《忠愍集》卷二《捕盗偶成》)

随后,宋江又跟着朝廷的军队去征剿方腊。《三朝北盟会编》卷五十二引《中兴姓氏奸邪录》云:"宣和二年,方腊反睦州,陷温、台、婺、处、杭、秀等州,东南震动。以(童)贯为江浙宣抚使,领刘延庆、刘光世、辛企宗、宋江等军二十余万往讨之。"同书卷二百一十二又引《林泉野记》云:"腊败走入清溪洞,光世遣谍察知其要险难易。光世遣宋江并进,擒其伪将相,送阙下。"宋江进攻方腊的时间是在宣和三年六月间,宋·杨仲良《通鉴长编纪事本末》卷一百四十一载:"宣和三年四月戊子……刘镇将中军,杨可世将后军,王涣统领马公直并裨将赵明、赵许、宋江,既次洞后,而门岭崖壁峭拔,险径危侧,贼数万拒之。"此处只说宋江打方腊是在四月以后,而《皇宋十朝纲要·徽宗纪》则记载得更具体:"宣和三年……六月……辛兴宗与宋江破贼上苑洞。"

综合以上材料,我们可以对历史上的宋江作如下概括:宋江,北宋末山东人,于宣和初起兵造反,手下干将三十六人,横行于山东、河北、淮南等地。朝廷和地方官吏曾多次征剿之,未得全胜。宣和三年五月,时任海州知州的张叔夜用诱敌之计,以伏兵击败宋江,擒获其主要成员,宋江不得已而投降,三十六人全部接受招安。随后,宋江又与诸将跟随童贯征剿方腊,从清溪洞后发起进攻,斩获良多。六月,方腊被消灭。

对于历史上宋江的所作所为,后人有各自不同的评价。

元代陆友《题宋江三十六人画赞》云:"忆昔熙宁全盛日,百年曾未识干戈。江南丞相变法度,不恤人言新进多。蔡家京下出门下,首乱中原倾大厦。睦州盗起势连北,谁挽长江洗兵马。京东宋江三十六,白日横行大河北。官军追捕不敢前,悬赏招之使擒贼。后来报国收战功,捷书夜奏甘泉宫。"(元·顾瑛编《草堂雅集》卷十)他认为宋江、方腊等人造反的原因是王安石变法、蔡京乱政,同时也赞扬宋江平方腊的行为。这些,都是站在统治者立场的比较清醒的看法。

明代丘濬《明流赎之意》云:"宋人于今五刑之外,又为刺配之法,岂非所谓六刑乎聚罪?废无聊之人,于牢城之中,使之合群以构怨,其愤愤不平之心无所于泄。心中之意虽欲自新,而面上之文已不可去。其亡去为盗,挺起为乱,又何怪哉?宋江以三十六人横行河朔,迄不能制之,是皆刺配之徒在在而有以为之耳目也。"(《名臣经济录》卷四十七)他认为宋江造反的直接原因是宋朝不该施行"刺配"之刑罚,因为这会积聚一些亡命之徒于牢城之中,给他们造反提供方便。这种看法其实是皮相之见,不及陆友深刻。

二

我们再看民间流传之宋江。

首先是宋江等三十六人均在"街谈巷语"的基础上于南宋时均被单独画像。当时的画家龚开写有《宋江三十六赞》并序。宋江画像上的赞语是:"不假称王,而呼保义。岂若狂卓,专犯忌讳?"龚氏还在序言中评价宋江:"余尝以江之所为,虽不得自齿,然其识性超卓,有过人者。立号既不僭侈,名称俨然,犹循轨辙,虽托之记载可也。古称柳盗跖为盗贼之圣,以其守一至于极处,能出而拔萃。若江者,其殆庶几乎?"(宋·周密《癸辛杂识》续集卷上)这种以表彰为主的评价,在当时亦算难得的公允。

传说中的宋江还是一个相当不错的词人,明人杨慎《词品·拾遗·李师师》云:"《瓮天脞语》又载宋江潜至李师师家,题一辞于壁云:'天南地北,问乾坤,何处可容狂客?借得山东烟水寨,来买凤城春色。翠袖围香,鲛绡笼玉,一笑千金值。神仙体态,薄幸如何销得?回想芦叶滩头,蓼花汀畔,皓月空凝碧。六六雁行连八九,只待金鸡消息。义胆包天,忠肝盖地,四海无人识。闲愁万种,醉乡一夜头白。'小辞盛于宋,而剧贼亦工如此。"历史上的宋江是否写过这样一首"念奴娇"词,我们实在无法知道。不过,这首词却真实地再现了中国古代那些混迹于绿林的文化人的悲哀心理。造反而欲言忠,投降而欲言义,这些本来冰炭不相容的东西,在这里却得到了对立的统一。更有甚者,正是在这种传说之中,宋江逐步成为造反领袖中的"这一个"。

宋江还是传说故事中热门话题的主人公。明代高濂《山居听人说书》一文写了这样一件趣事:"老人畏寒,不涉世故,时向山居,曝背茅檐,看梅初放。邻友善谈,炙糍共食。令说宋江最妙,数回,欢然抚掌,不觉日暮。"(《遵生八笺》卷六)而明代胡应麟在《歌者屡召不至,汪生狂发据高座,剧谈〈水浒传〉,奚童弹筝佐之,四席并倾,余赋一绝赏之》一诗中也描写了当时人"说宋江"的情景:"琥珀蒲桃白玉缸,巫山红袖隔纱窗。不知谁发汪伦兴,象板牙筝说宋江。"(《少室山房集》卷七十五)更有甚者,有人在诗歌作品中赞扬了宋江等人,竟遭到文坛盟主钱牧斋的揶揄:"晚年无聊,激赞宋江三十六人,以申写其叫号呼愤之气。"(清·钱谦益《有学集》卷十九《咸子诗序》)同样,一部明代人的著作,因为中间涉及关于宋江的传说故事,竟然遭到了清代四库馆臣的抨击:"《献次琐谈》一卷,明刘世伟撰。世伟字宗周,阳信人,嘉靖中官宁州州同。其书杂取古人说部而评论之,所见颇浅。又载宋江诱柴进为盗事,尤俚俗附会之说。"(《四库全书总目》)然而,不管赞赏也罢、攻击也罢,宋江的故事在民间深受欢迎,民间那些对宋江颇感兴趣的人都在按照自己的模式塑造着宋江,却是不争的事实。

最有意思的是,宋江在民间传来传去,竟传出了种种趣味盎然乃至令人啼笑皆非的"实用价值"。

中国的"国赌"麻将的前身之一是"叶子戏",想不到宋江及其手下干将竟成了明代昆山人手中"身价"不等的叶子牌。明人徐复祚曾经这样回答别人的问题:"又问:'今昆山纸牌,必一一缀以宋江诸人名,亦有说欤?'曰:'吾不知其故。或是市井中人所见所闻所乐道者,止江等诸人姓氏,故取以配列,恐未有深意。'"(《三家村老委谈·纸牌》)明人陆容的描述则更为详细:"斗叶子之戏,吾昆城上自士夫,下至僮竖,皆能之。予游昆庠八年,独不解此,人以拙哂之。近得阅其形制:一钱至九钱各一叶,一百至九百各一叶。自万贯以上皆图人形。万万贯呼保义宋江,千万贯行者武松……二万贯小李广花荣,一万贯浪子燕青。"(《菽园杂记》卷十四)

为什么宋江会成为"万万贯"?清人王士贞是这样解释的:"宋张文忠公叔夜招安梁山泺榜文云:'有赤身为国,不避凶锋,拿获宋江者,赏钱万万贯,双执花红;拿获李进义者,赏钱百万贯,双花红;拿获关胜、呼延绰、柴进、武松、张清等者,赏钱十万贯,花红;拿获董平、李进者,赏钱五万贯,有差。'今斗叶子戏,有万万贯、千万贯、百万贯、花红递降等采,用叔夜榜文中语也。"(《居易录》卷二十四)这种解释是否合理,现已不得而知之,但宋江却实实在在地过了一把"万万贯"的瘾。须知,古往今来,身价值得"万万贯"者能有几何?

一直到清代,宋江等人还是赌具"明星",有诗为证:"我闻宋江辈,三十人有奇,横行遍天下,炎宋无能为。演为《水浒传》,加以铺张词。晚近叶子戏,粉本实因之。"(清·马寿龄《金陵癸甲新乐府》)不过到后来,宋江等明星的脸谱也发生了一些奇妙的变化,清代茝园主人在《掉谱集览》中告诉我们:"红万:呼保义宋江。"(卷一附录《水浒人名》)这时,宋江由"万万贯"变成了"红万"。

宋江等人活跃于牌局之余,还服务于酒令。请看清代俞敦培《水浒酒筹》的记载:"李逵大闹浔阳江:首二坐为宋江、戴宗,末坐为张顺。得筹为李逵,饮一大杯,宋、戴陪小杯,即与张顺猜十拳,张顺输则饮酒,李逵输饮开水。"(《酒令丛钞》卷四)

也有把宋江的名字拿来做文字游戏的。胡应麟告诉我们:"曾见宁夏露布,以'禄山之乱'对'宋江之强';彼以江对山,自谓绝异,不知转入恶道。"(《甲乙剩言》)

当然,最严肃而又最具讽刺意味的则是宋江等人的名字被后世各色人等的随意"借用"。且看:"《东林点将录》一卷,明王绍徽撰。以《水浒传》晁盖、宋江等一百八人天罡地煞之名,分配当时缙绅。"(《四库全书总目》)具体而言,与及时雨宋江相对应的东林名宿是叶向高。明·文秉《先拨始志》载"杨、左既逐,奸党益无忌惮,遂肆行构陷。……韩敬造《东林点将录》,计一百八人。……天魁星及时雨大学士叶向高。"明·陈悰《天启宫词原注》中也有相同的说法:"或有用《水浒传》罡煞星名配东林诸人以供谈谑之资,如托塔天王则李三才也,及时雨则叶向高也。"这些都是借宋江等强盗的名号来攻击政敌,但其中却无意中体现了编造者对宋江们浓厚的兴趣。出人意料的是,清代居然有人将宋江等盗贼借来影射诗坛名宿。舒位《乾嘉诗坛点将录》写道:"诗坛都头领三员:托塔天王沈归愚(德潜)、及时雨袁简斋(枚)、玉麒麟毕秋帆(沅)。……"这真是一种令人百思不得其解的奇特审美表现。

相比较而言,宋江等人的名号借给后世的强盗是最合适不过的。这又分成两种情况:其一,他人以"宋公明"指代强盗;其二,强盗自称"宋江"。先看前者:"辛未,余偕同年盛子裁初上公车下第归。黄河中,为绿林所劫。……群盗必欲杀之,大哥不应,乃免。余深感宋公明仁人大度也。"(明·郑敷教《郑桐庵笔记·黄河遇盗》)后者的例子更多:"伪翼王石达开,故永安州书吏,自号小宋公明。"(清·施建烈《纪县城失守克复本末》)"公元一六三三年(明崇祯六年)《兵部题为恭报诛剿渠魁等事》:……认出有名贼头……王忠孝混名宋江。……公元一六四一年(明崇祯十四年)《山东总兵杨御蕃题为塘报畿省会兵合剿等事》:……贼首宋江被火攻。……同年《山东巡按李近古题为塘报防河事》:……土贼头目称宋江。"(北京大学文科研究所《明末农民起义史料》)这些绿林好汉不仅借用宋江等人的名号,甚至连聚义的人数也要凑天罡之数三十六,似乎这是造反者的吉祥数字:"宋徽宗时,山东贼宋江等三十六人聚众横行,官军莫敢撄其锋。元顺帝时花山贼毕四等亦三十六人聚集茅山,出没无忌,官军不能收捕。二贼相类,而皆三十六人……岂皆天罡之数耶?"(明·谢肇淛《文海披沙》卷五)

不仅绿林好汉以当一回"宋大哥"为荣,就是江湖帮会也以"宋江"为旗帜相号召。请听他们的誓词和号令:"水泊梁山三把香,有仁有义是宋江。高俅奸贼朝纲管,因此聚集在山岗。高扯替天行道旗一面,一百八将招了安。乃是天上诸神降,天罡地煞结拜香。"(李子峰《海底》第二编《组织·三把半香诗》)"铜章大令往下扬,满园哥弟听端详。大哥好比宋江样,仁义坐镇忠义堂。"(朱琳《洪门志》第十七章第三节《外八堂执事二五铜章令》)

除此而外,宋江的名字还曾经作为《水浒传》的另一个书名。明代郎瑛云:"《三国》《宋江》二书,乃杭人罗本贯中所编。予意旧必有本,故曰编。《宋江》又曰钱塘施耐庵的本。"(《七修类稿》卷二十三)

那个生前造反而又接受招安的宋江,做梦也没有想到他竟然成为草头王中的明星,并有如此广泛的妙用。

三

最后,我们来看看文学作品中的宋江。

目前所知最早描写水浒故事的小说作品应该是元代佚名的讲史话本《宣和遗事》,其中关乎宋江的主要情节有:通风报信救晁盖,推荐杜千、张岑、索超、董平上梁山、杀阎婆惜、吴伟,九天玄女授天书,上梁山,题诗旗上,率三十六人朝东岳,受招安,平方腊,封节度使。其中,最有文学意味的是两个片断:杀阎婆惜和题诗旗上。《宣和遗事》中宋江杀惜与《水浒传》中迥然不同,是情杀,而且非常主动:"却见故人阎婆惜又与吴伟打暖,更不采着。宋江一见了吴伟两个,正在偎倚,便一条忿气,怒发冲冠,将起一柄刀,把阎婆惜、吴伟两个杀了,就壁上写了四句诗。……诗曰:'杀了阎婆惜,寰中显姓名。要捉凶身者,梁山泺上寻。'"这真是敢作敢当的男子汉气概,完全是一个草莽英雄的宋江。与此相比,题诗旗上一段却又充分显示了宋江性格的另一层面——极端讲义气。"宋江题了四句放旗上道,诗曰:'来时三十六,去后十八双。若还少一个,定是不归乡。'"可见《宣和遗事》留给我们的乃是一个义勇豪侠的宋江,与《水浒传》之宋江大异其趣。

同样在元代,杂剧也写到了宋江。元杂剧"水浒戏"现存六本:康进之《梁山泊黑旋风负荆》、高文秀《黑旋风双献头》、李文蔚《同乐院燕青博鱼》、李致远《大妇小妻还牢末》、无名氏《争报恩三虎下山》和《鲁智深智赏黄花峪》。六个剧本都有宋江,然均非主要人物。这位宋大哥只是故事开始时上场打个"闹台",而且讲来讲去也就是那么几句套话:

> 某,姓宋名江字公明,绰号顺天呼保义。幼年曾为郓州郓城县把笔司吏,因带酒杀了阎婆惜,脚踢翻蜡烛台,沿烧了官房,致伤了人命,被官军捕盗,捉拿的某紧,我自首到官,脊杖六十,迭配江州牢城去。因打此梁山过,有我八拜交的哥哥晁盖,知某有难,领偻儸下山,将押解人打死,救某上山,就让某第二把交椅坐。哥哥晁盖,三打祝家庄身亡,众兄弟拜某为头领。某聚三十六大伙,七十二小伙,半垓来小偻儸,威镇梁山。(《黑旋风双献头》第一折)

> 有我结义哥哥晁盖,知我平日度量宽洪,但有不得已的英雄好汉见了我,便助他些钱物,因此天下人都叫我做及时雨宋公明。(《大妇小妻还牢末》楔子)

> 只因误杀阎婆惜,跳出郓州城,占下了八百里梁山泊,搭造起百十座水兵营。忠义堂高搠杏黄旗,一面上写着'替天行道宋公明。'聚义的三十六个英雄汉,那一个不应天上恶魔星?绣衲袄千重花艳,茜红巾万缕霞生。肩担的无非长刀大斧,腰挂的尽是鹊画雕翎。赢了时,舍性命大道上赶官军,若输呵,芦苇中潜身抹不着我影。(《争报恩三虎下山》楔子)

将宋江形象塑造得极其丰满厚实的,当然是不朽的《水浒传》。

《水浒传》中宋江的基本性格特征用两个字可以概括,那就是"忠""义"。这二者有时是矛盾的,有时是统一的。实际上,二者是在宋江的思想性格中矛盾着的统一。

此宋江乃是一个以儒家思想为基础的能干县吏,是处于社会中下层的知识分子。这样的出身、地位以及所受的正统教育,决定了他头脑里具有浓厚的忠君思想。同时,宋江又"爱习枪棒,学得武艺多般,平生只好结识江湖好汉"。(第十八回)宋江之所以广交天下英雄,主要是为了干一番忠君报国的大事业而网罗人才。但同时,江湖好汉的义气又对宋江的思想有着积极的影响。而这种江湖义气与忠君报国的思想相结合,就构成了宋江性格内涵矛盾统一的主导面。在宋江看来,忠义二者是完全吻合、统一的,忠臣和义士二者完全可以一体。宋江一生的奋斗目标,就是要做一个忠臣兼义士。

然而,严酷的现实生活却并不像宋江所想象的那么简单。他想当忠臣,偏有奸臣当道,阻塞贤路;他欲为义士,但义又时时与忠发生矛盾。尽管宋江竭尽全力想把忠义二者结合起来,但事实上,这二者在更多的时候却是矛盾的,有时甚至发展到尖锐冲突的地步。要忠就不能义,要义就不能忠。宋江悲剧性的一生,就是持久地处于两大矛盾冲突之中:一是自身思想忠与义的矛盾,二是其忠义思想与残酷现实的矛盾。

宋江上梁山的过程是异常曲折的。上山之前,本人虽处处讲忠,所行却经常显义。他的忠,阻挠了他个人走上梁山的进程;他的义,却在客观上推动了梁山事业的发展。宋江上梁山后,同时也把矛盾着的"忠义"思想带上了梁山。他企图把忠与义结合在一起,以忠为目的、以义为手段来施展自己的政治才能,达到经世济国的政治目的。宋江一直以为自己的做法是既忠且义的,是既符合皇帝利益又符合江湖精神的。直到柴进簪花入禁院,在"睿思殿"的屏风上看到了御书四大寇的姓名,并把"山东宋江"四字刻下来带回梁山时,"宋江看罢,叹息不已"。(第七十二回)他才意识到自己思想里的忠义实际上是不可能统一的,要忠于皇帝,就必须接受朝廷招安而不再当强盗。接受招安后,忠的思想在宋江头脑中占绝对优势。为了忠,他可以干不义之事了,陈桥驿斩小卒就是明显的例子。征方腊而建功受封后,朝廷向他送来了鸩酒。而宋江明知自己将成为朝廷牺牲品时,只是担心李逵重举义旗,坏了他的忠名,竟设计将李逵药死,作了自己的殉葬品。宋江的"忠",最终竟至发展到愚忠的地步,说出了"宁可朝廷负我,我忠心不负朝廷"(第一百回)的话来,把对皇帝的一片忠心带进了坟墓。

《水浒传》中的宋江,就是这么一个性格复杂的人物。进而言之,宋江的复杂性格其实也具有十分深刻的悲剧性。宋江的性格是悲剧的性格,宋江的结局是悲剧的结局,而这一切又都是完全真实的,宋江的思想发展变化和性格的复杂性是符合逻辑的。有许多梁山好汉的思想性格都显得前后矛盾,甚至判若两人。接受招安前,他们是那么生龙活虎和血肉丰满;而招安后,他们却成为作者任意操纵的传声筒了。宋江则不然,作者自始至终都按照这个人物性格发展的逻辑来写他,用大量的笔墨写出了他思想的矛盾。更为出色的是,作者细致、深入地写出了宋江"忠"与"义"长期以来在共存中的冲突、在冲突中的共存。宋江的绝大多数言行,都可以在他的基本思想性格中找到根据。正因如此,越看到后来,读者便越感觉到《水浒》之宋江就是《水浒》之宋江,他不是《水浒传》中任何一个其他的好汉,也不是其他任何作品中的宋江。

总之,宋江是《水浒传》中最为成功的艺术形象,而《水浒传》则是塑造宋江形象最优秀的作品。之所以这样,乃是因为在宋江身上最大限度地融入了《水浒传》作者——一个生活在那样的时代而有良心的下层文人对历史、现实、社会、人生的深刻感受和深入思考。作者在塑造《水浒传》其他人物时,大都是对传说的吸取和改造,而宋江,则是作者用"心"的创造。《水浒传》之宋江,比任何一个"宋江"都离历史、传说更远,而距离作者的心灵更近。

更有意味的是,在《水浒传》中的宋江形象诞生以后的数百年时间里,他又被许许多多不同程度的读者在以各自的方式解读和阐释。同情者有之、厌恶者有之、赞颂者有之、批判者亦有之……所有这些,都使得宋江的文化遭遇更加光怪陆离。

"江之用心,不负宋朝;而宋之屠戮,惨加于江。"(明·吴从先《小窗自纪》卷三《读水浒传》)这是同情宋江的观点。

"若夫宋江者,逢人便拜,见人便哭,自称曰:'小吏,小吏',或招曰:'罪人,罪人',的是假道学,真强盗也。然能以此收拾人心,亦非无用人也。当时若使之为相,虽不敢曰休休一个臣,亦必能以人事君,有可观者矣。"(明·无名氏《梁山泊一百单八人优劣》)在极端蔑视宋江的同时,又认为他并非一无是处。

金圣叹毫无疑问是最有水平的评点家,尤其是他对《水浒传》的评价,可谓真知灼见迭出,然而,这位伟大的评点家却也有至为偏激之处,那就是他贯穿《水浒传》评点始终的"独恶宋江"。以下几段话是很有代表性的:

《水浒传》有大段正经处,只是把宋江深恶痛绝,使人见之,真有犬彘不食之恨。(《读第五才子书法》)

此书写一百七人处,皆直笔也,好即真好,劣即真劣。若写宋江则不然。骤读之而全好,再读之而好劣相半,又再读之而好不胜劣,又卒读之而全劣无好矣。(第三十五回评语)

此书极写宋江权诈,可谓处处敲骨而剔髓矣。(第五十一回评语)

写宋江以忠义二字网罗员外,却被兜头一喝,既又以金银一盘诱之,却又被兜头一喝,遂令老奴一生权术,此书全部关节,至此一齐都尽也。(第六十一回评语)

为了表示对宋江的厌恶,金圣叹还将梁山众多英雄人物与宋江一一进行比较,得出宋江乃狭人、甘人、驳人、歹人、厌人、假人、呆人、俗人、小人、钝人的结论。(参见第二十五回评语)

当然,金圣叹所厌恶的主要是宋江之个人品质,对于宋江等人所从事的事业——梁山聚义,这位大评点家还是充满同情的。《水浒传》第三十一回的一段评语充分表达了这种思想倾向:"夫江等之终皆不免于窜聚水泊者,有迫之必入水泊者也,若江等生平一片之心,则固皎然如冰在玉壶,千世万世,莫不共见。"

与金圣叹鼓桴相应的还有俞万春,他也是一位宋江的积极反对者。请看这位曾经"剿匪"的小说家的偏激言论:"施耐庵先生《水浒传》,并不以宋江为忠义。

众位只须看他一路笔意,无一字不描写宋江的奸恶。其所以称他忠义者,正为口里忠义,心里强盗,愈形出大奸大恶也。圣叹先生批得明明白白。忠于何在?义于何在?总而言之,既是忠义,必不做强盗,既是强盗,必不算忠义。"(《荡寇志》卷一)

表面看来,俞万春与金圣叹一样极端厌恶宋江,但实际上二人观点却又天差地别。金圣叹是从人格的角度厌恶宋江,而俞万春却是从政治的角度对宋江口诛笔伐。

也有与俞万春观点恰恰相反,对宋江大加赞扬者。

"问:一百八人中,不少凶顽恶劣之人,何故一见宋江,即敛而就范,仁信智勇,而无一毫私意乎?宋江操何术以驭之乎?曰:公明而已矣。……天下无不可化之人,特患施治者不公不明耳。"(清·燕南尚生《水浒传新或问》)

"细绎耐庵笔意,其写一百七人也,自有一百七人之性质,而此一百七人各各不同之性质,宋江一人均有之。宋江之脑,能包含此一百七人,而此一百七人之脑,不能包含宋江,此宋江所以能用一百七人,而一百七人不能用宋江也。……宋江无特别之才,而脑中能容此一百七人,以一百七人之才为其才,即特别之才。宋江真异人哉!"(清·无名氏《读水浒传书后》)

这些评价,实在是有点将宋江看作"英明领袖"的意味了。当然,其中也不乏借题发挥的意思。

谈到借题发挥,陈忱是一个典型代表。这位逸民诗人的一肚皮牢骚愤慨,全借着宋江发泄出来:"《水浒》愤书也。宋鼎既迁,高贤遗老,实切于中,假宋江之纵横,而成此书,盖多寓言也。愤大臣之覆悚,而许宋江之忠;愤群工之阴狡,而许宋江之义,愤世风之贪,而许宋江之疏财;愤人情之悍,而许宋江之谦和;愤强邻之启疆,而许宋江之征辽,愤潢池之弄兵,而许宋江之灭方腊也。"(《水浒后传论略》)

《水浒传》写作之前,有那么多"宋江"流传下来;《水浒传》流行之后,同一个宋江形象却又遭到了如此差别巨大的阐释。《水浒》之宋江,其实并不单单是施耐庵或罗贯中或什么人创造的,他的创造者其实还包括了数百年来数以万计的读者大众。

人间天堂，可能容得寸心否？[①]

——从消逝于苏杭一带的梁山好汉说起

《水浒传》中的梁山好汉，笔者最喜欢的有三人：鲁智深、武松、林冲。之所以喜欢他们，主要有以下原因：第一，他们最具有正义感；第二，他们眼睛中容不得沙子；第三，他们有责任感；第四，他们心地坦荡，敢作敢为，绝不藏奸；第五，他们办事彻底、干净、利落。以上五点加在一起，可以用一个概念来"打包"——他们都是"血性男儿"。

可悲的是，这几位血性男儿最后都离开了读者的视线，永久地消逝了。然而，就在他们告别我们的一刹那，笔者看到了一个有趣的事实——他们的灵魂都留在了人间天堂——美丽的杭州。

一

三人之中，最先离开人世的是鲁智深。并且，《水浒传》对这位花和尚的消逝写得最为充分详细。

当鲁智深擒拿了方腊以后，宋江非常高兴，认为这是最大的功劳。于是，便有了宋江与鲁智深的一段对话。

宋江道："今吾师成此大功，回京奏闻朝廷，可以还俗为官，在京师图个荫子封妻，光耀祖宗，报答父母劬劳之恩。"

鲁智深答道："洒家心已成灰，不愿为官，只图寻个净了去处，安身立命足矣。"

宋江道："吾师既不肯还俗，便到京师去住持一个名山大刹，为一僧首，也光显宗风，亦报答得父母。"

智深听了，摇首叫道："都不要，要多也无用。只得个囫囵尸首，便是强了。"

对话的结果，是"宋江听罢，默上心来，各不喜欢"。（第九十九回）

随后，当梁山军凯旋途中，驻军杭州时，鲁智深终于按照自己的意愿，在钱塘

[①] 原载《水浒与杭州》，中央文献出版社 2009 年版。

江边撒手人寰了。

且说鲁智深自与武松在寺中一处歇马听候,看见城外江山秀丽,景物非常,心中欢喜。是夜月白风清,水天同碧。二人正在僧房里睡,至半夜,忽听得江上潮声雷响。鲁智深是关西汉子,不曾省得浙江潮信,只道是战鼓响,贼人生发,跳将起来,摸了禅杖,大喝着便抢出来。众僧吃了一惊,都来问道:"师父何为如此?赶出何处去?"鲁智深道:"洒家听得战鼓响,待要出去厮杀。"众僧都笑将起来,道:"师父错听了,不是战鼓响,乃是钱塘江潮信响。"鲁智深见说,吃了一惊,问道:"师父,怎地唤做潮信响?"寺内众僧推开窗,指着那潮头叫鲁智深看,说道:"这潮信日夜两番来,并不违时刻。今朝是八月十五日,合当三更子时潮来。因不失信,为之潮信。"鲁智深看了,从此心中忽然大悟,拍掌笑道:"俺师父智真长老,曾嘱付与洒家四句偈言,道是:'逢夏而擒',俺在万松林里厮杀,活捉了个夏侯成;'遇腊而执',俺生擒方腊;今日正应了:'听潮而圆,见信而寂'。俺想既逢潮信,合当圆寂。众和尚,俺家问你,如何唤做圆寂?"寺内众僧答道:"你是出家人,还不省得?佛门中圆寂便是死。"鲁智深笑道:"既然死乃唤做圆寂,洒家今已必当圆寂。烦与俺烧桶汤来,洒家沐浴。"寺内众僧,都只道他说耍,又见他这般性格,不敢不依他。只得唤道人烧汤来与鲁智深洗浴,换了一身御赐的僧衣,便叫部下军校:"去报宋公明先锋哥哥,来看洒家。"又问寺内众僧处,讨纸笔写下一篇颂子。去法堂上,捉把禅椅,当中坐了。焚起一炉好香,放了那张纸在禅床上,自叠起两只脚,左脚搭在右脚,自然天性腾空。比及宋公明见报,急引众头领来看时,鲁智深已自坐在禅椅上不动了。看其颂曰:"平生不修善果,只爱杀人放火。忽地顿开金枷,这里扯断玉锁。咦!钱塘江上潮信来,今日方知我是我。"(第九十九回)

鲁智深圆寂后,"众僧诵经忏悔,焚化龛子,在六和塔山后,收取骨殖,葬入塔院。所有鲁智深随身多余衣钵金银并各官布施,尽都纳入六和寺里,常住公用"。(第九十九回)

《水浒传》的作者在作品的最后写"鲁智深浙江坐化",其实是深谙佛门三昧的。在梁山一百八人之中,鲁智深是最少具有"私心杂念"的,其人格精神也是最崇高的。他一片童心、一片真心,身为和尚居然连什么是"圆寂"都不知道。但是,当他一旦明白了"圆寂"的真正内涵时,他便潇洒而又坚定地离开了那卑鄙龌龊的尘凡世界,在一个美丽而又圣洁的地方结束了"世俗"之"我"而升腾为涅槃境界的新"我"。这也就是"今日方知我是我"的基本含义。

更有意味的是,鲁智深的生前身后都在实践着佛门的一种境界——"赤条条往来无牵挂"。他以童贞之心来到这个世界,又以一片真诚在红尘中"抱打不平",最后,又带着孩提之性离开了这个世界。他一不愿为官,二不愿留名,就连生前的"随身多余衣钵金银,并各官布施,尽都纳入六和寺里常住公用"。这是什么?答曰:彻底地"忘我"。

在某些人的眼中,鲁智深或许是一个不合格的和尚,因为他的所作所为严重违反了佛门的清规戒律。然而,与那些一心向佛、苦苦修炼的得道高僧相比,鲁智深的佛性其实也差不到哪里去。因为,众多高僧之得道乃是"刻意"修行的结果,而鲁智深佛性的流露却是在"无意"之间。鲁智深平生所为,可用"酷爱自由""抱打不平"八字概括。然而,这"花和尚"生命谱写的八个大字无形之中就暗合了佛教的两重高级境界。他的酷爱自由符合的是小乘佛教的自我解脱精神,而他的抱打不平则体现了大乘佛教的最高境界——普度众生。从这个意义上讲,鲁智深比一切念经拜忏的和尚们更"和尚"。岂止是和尚,他简直就是人间的一尊活佛!

这尊活佛消逝在人间天堂。不!作者将他的灵魂留在了这里。

《水浒传》中,就个人感情而言,与鲁智深关系最好的有二人:武松与林冲。那么,鲁智深在六和寺圆寂以后,有谁愿意为其守灵呢?当然是行者武松。更何况,武松心灵深处与鲁智深是真正达到了和谐共鸣哩!谓予不信,请看以下描写:

> 当下宋江看视武松,虽然不死,已成废人。武松对宋江说道:"小弟今已残疾,不愿赴京朝觐,尽将身边金银赏赐,都纳此六和寺中陪堂公用。已作清闲道人,十分好了。哥哥造册,休写小弟进京。"宋江见说:"任从你心。"武松自此只在六和寺中出家,后至八十善终,这是后话。(第九十九回)

将《水浒传》烂熟于胸的大评点家金圣叹在梁山一百零八人中最喜欢武松。他反反复复地说:"一百八人中,定考武松上上。""若武松直是天神。"(《读第五才子书法》)"武松天人者。"(第二十五回回前总批)金圣叹按照九品中正制的分法,将梁山好汉分为九等,鲁智深是"上上"之人,而武松除了定考为"上上之外",他还是超级好汉——"天神""天人"。其实,金圣叹的观点并非仅仅局限于他个人,而是代表了相当一部分读者的看法。而广大读者之所以看好武松,至少有三点原因:第一,作者运用夸张与写实相结合的手法将武松写活了。第二,武松的行为符合中国传统文化中最为老百姓所接受的那些层面。第三,武松也与鲁智深一样,追求人格的自由和完整。武松绝非世俗的见利忘义之徒,甚至在某种意义上有些威武不能屈、富贵不能淫。当然,他也有容易被小恩小惠蒙蔽眼睛的毛病,但这一问题的另一面其实就是恩怨分明。如果对方也是像武松一样讲信义之人,武松的恩怨分明其实也是一种优秀品质。

然而,就是这样一位光明磊落的英雄人物,也与鲁智深一样,看透了社会、看透了人生,看透了官场中那一点小九九。因此,他选择了与鲁智深差不多的结局——相忘于江湖。只不过鲁智深的步子迈得更大一些,从肉体到精神都飞向静寂而又自由的彼岸,而武松却将七尺男儿之身在人世间多滞留了三五十年而已。当然,这也是武松不及鲁智深的地方——追求自由没有那么彻底、坚定、一往无前。

相对于武松而言,林冲在笔者心目中的位置更逊一等。首先是他的功名心更强烈一些,功名心强了,距离追求自由的境界就远了。其次,林冲太儒雅了一点。儒雅是一种人格追求,但不是一种人性追求,从某种意义上说,过分的人格追求竟是人性自由的死敌。当然,林冲对儒雅的追求并不强烈,况且,对林冲"儒雅"的认识,其实是广大《水浒传》的受众对原著的一种"误读"。(尤其是有了《水浒传》的电视连续剧以后,编剧、导演们的率先误读又成几何级数而传染给了广大读者。)

如果细心阅读一下《水浒传》原著,就可以发现《水浒传》中的林冲形象其实是以《三国志通俗演义》中的张飞形象为榜样的。

林冲的绰号是"豹子头",而张飞的长相如何呢?请看《三国志通俗演义》卷之一的描写:"其人身长八尺,豹头环眼,燕颌虎须,声如巨雷,势如奔马。"更有甚者,《水浒传》第七十一回明明白白地写林冲像张飞:"燕颌虎须,满寨称为翼德。"这种模仿,在书中另一处也可得到印证:"满山都唤小张飞,豹子头林冲便是。"(第四十八回)更有趣的是《水浒传》第七回写林冲初次登场,其长相简直就是克隆张飞的结果:"那官人生的豹头环眼,燕颌虎须,八尺长短身材。"再兼之《三国》中张飞的武器是"丈八点钢矛",又被称为"丈八蛇矛",而《水浒》中林冲也经常是用"枪"的,大战时甚至就直接用"丈八蛇矛"。请看:

> 林冲挺丈八蛇矛迎敌。……林冲把蛇矛逼个住……把一丈青只一拽,活挟过马来。(第四十六回)
>
> 林冲挺起丈八蛇矛,和祝龙交战,连斗到三十余合,不分胜负。(第五十回)
>
> 头领林冲横丈八蛇矛,跃马出阵,厉声高叫:'高唐州纳命的出来!'(第五十二回)
>
> 两个战不到五合,于直被林冲心窝里一蛇矛刺着,翻筋斗撷下马去。(第五十二回)
>
> 林冲挺起蛇矛,直奔呼延灼。(第五十五回)
>
> 林冲要见头功,持丈八蛇矛斗到间深里,暴雷也似大叫一声,拨过长枪,

用蛇矛去宝密圣脖项上刺中一矛,搠下马去。(第八十四回)

林冲蛇矛刺死杜敬臣。(第九十二回)

初时连日下关和林冲厮杀,被林冲蛇矛戳伤蒋印。(第九十五回)

林冲蛇矛戳死冷恭。(第九十六回)

就是这么一位英勇无比、功勋卓著的林冲,最后也留在了杭州六和寺:"宋江等随即收拾军马回京。比及起程,不想林冲染患风病瘫了。……林冲风瘫,又不能痊,就留在六和寺中,教武松看视。后半载而亡。"(第九十九回)

林冲可能没有像鲁智深、武松那样看透人生,但毕竟对朝廷和官场有着比其他英雄人物如宋江等人较为清醒的认识。况且,作者也是不能写林冲回到京城为官的,如果那样的话,早先的林教头怎样面对害得他家破人亡的高太尉?所以,不管他自身愿意与否,林冲必须在野,必须留在山林草莽之间。好在作者为他选择了最美好的"山林草莽"——杭州六和寺。能让这位悲壮的英雄在人间天堂度过他生命的最后岁月,这对于曾经的八十万禁军教头而言,也算是一种自由、一种解脱,一种最佳结果。

二

回京路上,在离开人间天堂杭州走向另一座人间天堂苏州的半途,又一个梁山好汉——燕青离开了梁山军的队伍。而且,这位"浪子"抛弃魏阙而浪迹江湖毅然决然的选择,对"宁可朝廷负我,我忠心不负朝廷"(第一百回)的宋公明而言,可以说是一次精神领域最严厉的打击。且看:

次日早晨,军人收得字纸一张,来报复宋先锋。宋江看那一张字纸时,上面写道是:"辱弟燕青百拜恳告先锋主将麾下:自蒙收录,多感厚恩。效死干功,补报难尽。今自思命薄身微,不堪国家任用。情愿退居山野,为一闲人。本待拜辞,恐主将义气深重,不肯轻放,连夜潜去。今留口号四句拜辞,望乞主帅恕罪。情愿自将官诰纳,不求富贵不求荣。身边自有君王赦,淡饭黄斋过此生。"宋江看了燕青的书并四句口号,心中郁悒不乐。(第九十九回)

燕青也是《水浒传》中相当不错的人物,不过,比起上面所言之鲁、武、林三位却是稍逊一筹。所逊者,主要在"血性"之中多多少少带了点"奴性"。但燕青也有自己的长处,他特别精明,在浪迹江湖以前,他是作了充分的物质准备的,他是"收拾了一担金珠宝贝挑着"走的。否则,在那险恶的江湖中岂不是要饿肚皮吗?然而,这又正是燕青不及鲁智深处,他有牵挂,没有做到真正的"赤条条"。不过,每个人都有自己的"活法儿"(根据"方生方死"的原理,"活法儿"其实也包括"死法儿"),相对宋江等人而言,燕青无论如何也算得上是另类。

然而,更为"另类"的却还大有人在,那就是以李俊为首的七条好汉。他们离开了大宋朝廷,却没有隐居江湖,而是漂洋出海,"另类"到异国他乡去了。不!应该说是创建了一个属于作者、也属于作者那个时代的新天地。

李俊等人的离去是至为诡秘也是至为坚定的,那是一种什么样的"顿开金锁走玉龙"的沉着与潇洒呢?书中写道:

> 宋兵人马,迤逦前进。比及行至苏州城外,只见混江龙李俊诈中风疾,倒在床上,手下军人来报宋先锋。宋江见报,亲自领医人来看治李俊。李俊道:"哥哥休误了回军的程限,朝廷见责,亦恐张招讨先回日久。哥哥怜悯李俊时,可留下童威、童猛看视兄弟。待病体痊可,随后赶来朝觐。哥哥军马,请自赴京。"宋江见说,心虽不然,倒不疑虑。只得引军前进。又被张招讨行文催趱,宋江只得留下李俊、童威、童猛三人,自同诸将上马赴京去了。
>
> 且说李俊三人,竟来寻见费保四个,不负前约。七人都在榆柳庄上商议定了,尽将家私打造船只,从太仓港乘驾出海,自投化外国去了。后来为暹罗国之主。童威、费保等都做了化外官职,自取其乐,另霸海滨。这是李俊的后话。(第九十九回)

南征方腊之先,李俊就与费保等人约好要到海外干一番事业。待到破方腊以后,李俊运用欺骗的手段,离开了宋江,其实也就是离开了回到朝廷做官的机会。因为李俊等人已经看清了北宋朝廷的不可救药。即使要忠君,也要找寻一位"明君"而尽忠。像宋徽宗那种宠信四大奸贼的无道昏君,忠于他的结果必然是自取灭亡。宋江的下场说明了这一点,卢俊义的下场也体现了这一点,梁山军中所有讨得官诰而当过一年半载官员的好汉们的悲剧结局无一不指向了这一点。因此,知机的混江龙们便毅然决然地离开了这个是非之地,而走向自己理想的明天。更有意味的是,《水浒传》中这么闲闲的一笔,居然在数百年后被一位"古宋遗民"写成了洋洋数十万言的《水浒后传》,让梁山余党正大光明、真真切切地"火"了一把。当然,这是后话,此不赘言。

三

简略介绍过梁山好汉消逝于苏杭一带的三拨儿英雄人物之后,我们可以将他们放在一起进行一些比较分析。

第一,三拨儿英雄人物在人间消逝有着一个共同点:都不愿到大宋朝廷去当官。但也有各自的特点:鲁智深等三人是在天下风景最美的地方了结自己的生命,燕青是在苏杭之间飘游而去准备过平庸而富贵的生活,李俊等人则是泛海浮槎到遥远的天涯海角成就一番功业。相对于宋江等人回到朝廷接受"奸臣"把持下的封诰而言,上述这三种做法哪一种都要高出一筹。这是作者留给读者的一道人生选择题:接受招安并消灭了别的强盗以后的"梁山强盗"们该学习谁何?

  A. 鲁智深等人 B. 燕青 C. 李俊等人 D. 宋江

亲爱的读者,你将选择哪一项呢?

  第二,按照作者的意思,梁山好汉回到京城是绝没有好下场的。宋江、卢俊义、阮小七、吴用、花荣等人的结局充分说明了这一点。那么,另外三种结局哪一个更好一些呢?当然是各有千秋。但相比较而言,又可分为两个层次。一是燕青,代表着充分现实化的选择;一是其他众人,都是理想化的结果。愚以为后者比前者的层次要高,因为燕青的选择是很多人都能想象得到的,某些人没有这样做,只是他们不愿意而已。进而言之,鲁智深们与李俊们的选择虽然都是理想化的,然鲁智深等人却更具有悲剧性,李俊等人更带有寄托性。一个是现实中"悲"到极点的反激,一个是臆想中"美"得无尽的憧憬。

  第三,在中国历史上,凡"造反"者大致只配有以下两种结局:或被剿灭、或被招安。换一个角度,站在统治者的立场,也就是一个"剿"字或一个"抚"字。其实这两种结局都是很悲惨的,被剿灭的强盗自然是肉体和精神一起消亡了,而被招安的强盗虽然得到了生命的苟存,但精神却是要受到永久的歧视甚或摧残。没有遭受到精神领域歧视和摧残的人大概很难理解这"生不如死"的道理,其实古以来很多自杀者却领会了其中的真谛。从屈原到王国维都是这方面最为清醒的哲人(当然他们的苦恼并非是有当过"强盗"的污点,而是别的什么),他们的自杀就是为了解脱自身精神领域的痛苦。而从屈原到王国维之间,还有一位鲁智深的存在,他也是为了解除精神上的痛苦而来了一点痛快的,在无异于自杀的"圆寂"中了结了一切。《水浒传》的作者能塑造出鲁智深这样一个人物,尤其是能写出鲁智深浙江坐化这一耐人寻味的片段,说明他在这一问题上的认知与屈原、王国维站到了同一起跑线上。

  第四,至于李俊等人的做法,其实只是一种空想。而且这种空想很早以前就发生了,唐人传奇中的"虬髯客"不是早就称王于扶余国了吗?《水浒传》的作者也想做这样一个梦,但施耐庵毕竟比杜光庭清醒一些,他知道这个梦是很难变为现实的,因此,他仅仅在最后提了这么一句,表示他也知道有这么回事罢了。但痴迷的"古宋遗民"却拿它真当了回事,居然就"宏图大展"起来。不过,陈忱也有自己的道理,当时海外不是有个郑成功占据台湾与清廷抗争吗?或许古宋遗民将自己的寄托"艺术"到了"国姓爷"身上也未可知。但无论如何,这种结局总是大快人心的,只可惜有点"梦里家园"的意味。因此,从强盗的结局描写而言,施耐庵在混江龙身上的得分应该不如花和尚。

第五,从以上的分析可以看出,《水浒传》的作者在描写梁山好汉的结局时,是煞费苦心的。甚至可以说作者在写到征方腊回来以后的若干章节时,他那方寸之心正在颤抖。因为他不能像后来的聪明而又大胆的金圣叹那样回避一个无法回避的问题——梁山好汉究竟向何处去?不回答这个问题,就不是直面人生与现实,就不是正眼儿看"强盗"。耐庵先生也明白,现实中接受招安的强盗之结局多半是"宋江式"的,但他不愿意,也不忍心将一百零八人的"残余"全部"鸩杀",于是,他满怀失望而又满怀希望、满怀悲哀而又满怀激情地写下了非"宋江式"的几种结局。笔者相信,《水浒传》的作者写到这些的时候,应该是眼中含泪、心头滴血的。我们如果将作者的这一番苦心结成的苦果囫囵吞过,那就太令作者伤心了。

第六,当我们领会到作者的苦心孤诣之后,又会发现一个有趣的问题:为什么他要将一片心血洒在人间天堂——苏杭一带?这一方面,是苏杭的山水实在太美,作者心目中所钟爱的(某种意义上也是读者心目中所钟爱的,至少包括笔者)的英雄人物,不在这里消逝还要等到哪里?难道要捱到那卑鄙龌龊的京师重地吗?第二方面,美丽的人间天堂,在这里象征着自由自在的在野世界,恰与那尔虞我诈、蝇营狗苟的官场形成鲜明的对比,从而十分清楚地表达了作者的爱憎感情。第三方面,通过作者对人间天堂苏杭一带山山水水的热爱,我们朦朦胧胧地可以感觉到这是一种故乡情结(至少是对长期寓居的第二故乡的留恋情结)。如果没有如此深层的恋乡情结,就很难在文学作品的描写过程中有意无意地流露出这种深切的挚爱。这样一种感觉,是真性情的蒸腾,不是刻意追求可能达到的。由此,我们可以推导出另外一个结论:"钱塘施耐庵",信不诬也!

人间天堂,可能容得寸心否?施耐庵正是将自己的寸心留在了这片美丽的土地上,而且,这寸心,正是鲁智深、武松、林冲、燕青、李俊等作者和读者共同"最爱"的灵魂的凝聚。而钱塘江边直至环太湖流域这一片美丽的人间天堂,也踏踏实实地留下了耐庵先生呕心沥血的灵台方寸。

关于几位梁山好汉的绰号[①]

《水浒传》中的梁山好汉,每人至少有一个绰号,有的还有两三个。对于这些绰号,已有不少专家学者通过各种方式进行了阐释。其中,绝大多数的解释都是很准确的,很有道理的。但是,也有些解释不太准确,值得商榷。另外,有些梁山好汉的绰号,人们在解释的时候虽然是正确的,但在将《水浒传》改编成的其他艺术形式的过程中,却没有按照这个绰号的本来意思塑造人物,因而造成极大的偏差,甚至给广大读者和观众造成认识上的误导。

针对以上两种情况,本文对《水浒传》中几位梁山好汉的绰号做出了自己的解释或进一步说明。之所以这样做,一方面是想尽量还原《水浒》作者给某一英雄人物取这个绰号的本意,另一方面,也作为一件饶有趣味的事情,与学界同仁共同解谜探趣。不到之处,还望方家学者批评指正。

一、"玉麒麟"究竟是什么?

少时读《水浒》,对许多问题都很有兴趣。如卢俊义的绰号"玉麒麟",就是一个典型的例子。

当时朦朦胧胧地感觉到,"玉麒麟"应该是一块雕成麒麟模样的玉石。后来一查工具书,还真给"蒙"对了。原来工具书中对"玉麒麟"的释义有四条:

①指玉雕的麒麟印纽;
②借指符信;
③传说中的神兽;
④对他人儿子的美称。

笔者小时候的感觉基本符合第一条:玉石雕的麒麟。

其实,以上四条并未穷尽古书中"玉麒麟"一词的含义。至少还可以补充以下几点:

[①] 原载《中国文学研究(第十八辑)》,中国文联出版社 2011 年版。

①一种玉制佩饰；

②对别人的美称；

③借指好马。

有的专家学者就是以"玉制佩饰"解释卢俊义的绰号"玉麒麟"的。请看："麒麟为四灵之首，古人以之为仁兽。古人常以玉制麒麟为佩饰，陆游《剑南诗稿一》：'同舍事容悦，腰佩玉麒麟。'卢俊义以麒麟为绰号喻其德性仁，与宋江名呼保义相应。"（李葆嘉《〈水浒〉一百零八将绰号绎释》，载《明清小说研究》1991年第三期。）

这种解释不仅符合笔者原始的感觉，而且似乎还与《水浒》人物及其绰号的早期来源之一的南宋周密《癸辛杂识》中的说法形成共识。

在《癸辛杂识续集上》的《宋江三十六赞》一条中，"玉麒麟卢俊义"的赞语是这样四句："白玉麒麟，见之可爱。风尘大行，皮毛终坏。"

初一看，"白玉麒麟，见之可爱"，似乎真是一个玉石雕成的麒麟模样的佩饰。但是，后面两句就有问题了。这白玉雕成的麒麟佩饰怎么会在太（大）行山弄坏了"皮毛"呢？难道佩饰的主人天天去"磨"这块玉佩，使之雕琢的"皮毛"凸起部分变得光溜溜了吗？或者竟是佩饰的主人将白玉麒麟丢失了，岁月、风沙、阳光、雨水使之"皮毛终坏"？

这里面肯定有问题。

《水浒传》的作者在写卢俊义出场时，并没有交代为什么他的绰号是"玉麒麟"。但是，反过来，"玉麒麟"三字在《水浒传》中却并非专门用在卢俊义身上。且看书中第十三回写急先锋索超大战杨志时的坐骑：

"坐下李都监那匹惯战能征雪白马。看那匹马时，又是一匹好马。但见：两耳如同玉箸，双睛凸似金铃。色按庚辛，仿佛南山白额虎；毛堆腻纷，如同北海玉麒麟。冲得阵，跳得溪，喜战鼓性如君子；负得重，走得远，惯嘶风必是龙媒。胜如伍相梨花马，赛过秦王白玉驹。"

原来"玉麒麟"可以用来形容好马！《宋江三十六赞》中的"白玉麒麟"即为白色好马。这一句不应该读作"白玉""麒麟"，而应该读成"白""玉麒麟"。

或许有人会说，你这样解释，是否有证据？而且是否有双重证据？第一，你要证明《水浒传》中"玉麒麟"对于卢俊义而言是以马为喻而非以石为喻；第二，你还要证明在其他古籍文献中以"玉麒麟"喻马。

当然可以证明。

先看第一重证据。《水浒传》第七十八回写道："跃洪波，迎雪浪，混江龙与九纹龙；踏翠岭，步青山，玉麒麟共青面兽。"

此处将玉麒麟卢俊义与青面兽杨志并举,而能"踏翠岭,步青山"之玉麒麟,不是真正的好马也是"变形"的好马。试想,如果是玉石麒麟的佩饰,它能"踏翠岭,步青山"吗?

不仅《水浒传》中这样写,在其他古代小说中也有相同或相近的描写,这就涉及第二重证据了。且看数例:

> 只见旌旗蔽日,刀戟遮天,兵及百万,将有千员。端的人如铁鹞子,马赛玉麒麟。(《新刊全相平话乐毅图齐七国春秋后集》卷中)

> 总兵在灯光下见那马,好马:鬃分银线,尾軃玉条。说什么八骏龙驹,赛过了骅骝款段。千金市骨,万里追风。登山每与青云合,啸月浑如白雪匀。真是蛟龙离海岛,人间喜有玉麒麟。总兵官把自家马儿不骑,就骑上这个白马。(《西游记》第八十四回)

> 真君曰:"将吾的玉麒麟与你骑;又将火龙标带去。徒弟,你不可忘本,必尊道德。"黄天化曰:"弟子怎敢?"辞了师父,出洞来,上了玉麒麟,把角一拍,四足起风云之声。——此兽乃道德真君闲戏三山、闷游五岳之骑。(《封神演义》第四十回)

以上三例,前两例以"玉麒麟"比喻好马,后一例则写"玉麒麟"是仙家"变形"的好马。

其实,以"玉麒麟"状马并非始自小说家言,在中国古代诗歌作品中,早就有这样的"妙喻"了。请看:

> 新就明河洗面来,更佩明珠踏瑶草。不用朱鸾与紫霞,玉麒麟驾白云车。(宋·徐积《玉女花二首并序》)

> 庚寅十月二十五,晓分黑帝临丹府。怒来鞭掠玉麒麟,下降英灵佐明主。(宋·李廌《舞阳令祝乐天再任》)

> 百金买得玉麒麟,千里看他气欲犇。知子犹能守家法,不应骑去傍人门。(宋·许景衡《赠别卢行之三绝》)

> 玄冥神人眼如水,剪绮裁云雨花雨。翩然骑却玉麒麟,东遊弱水西瑶圃。(元·叶颙《次韵》)

> 二气姞醇郁氤氲,手提三尺时下巡。披发坐乘玉麒麟,宣帝正命福下民。(明·王洪《武当山瑞应祥光》)

以上所举,在《水浒传》成书过程中的宋元明三代的这些诗句中,"玉麒麟"无一不是指的"好马"。

有了这么多雅俗共赏的例证的支撑,只好恕在下大胆妄言一句:《水浒传》中卢俊义之绰号"玉麒麟",实乃好马之喻也。

二、话说"毛头星"

《水浒传》梁山一百零八人中有一位孔明,绰号"毛头星"。对此,何心先生是这样解释的:

> "毛头"是"旄头"的简写。"旄头星"一称"昴宿",乃是二十八宿之一,白虎七宿之第四宿,有七星。《史记·天官书》云:"昴曰旄头,胡星也,为白衣会。"(《水浒研究·浑号的研究》)

何氏所言,并非全无道理。但更为多见的说法乃是"毛头星"实乃"彗星"。且看前人的说法:

> 司天大监张梦熊……表云:"臣昨夜观察乾象,见毛头星现于东北方,旺壬癸真人。此星现,主有刀兵丧国之危。"……太师蔡京奏道:"可大赦天下,此星必除。"张梦熊奏言:"此星非赦可除。按天文志:此星名毛头星,又名彗星,俗呼为扫星。此妖星既出,不可禳谢,远则三载,近则今岁,主有刀兵出于东北坎方,旺壬癸之地。"(《宣和遗事》前集)

> 太乙月孛星,属水之余,天暗之宿也。一名彗星,一名妖星,一名天哭毛头星。(明·万民英《月孛论》)

> 林澹然又将星象,一一指点与知硕道:"凡星者,精也。万物之精,上列于天,各属分野。……毛头星其光烛地,大水为灾,夷狄侵中国。……毛头星有七八名,一名搀枪,一名煞星,一名武联,一名扫帚,一名文班,一名招摇。此星总不宜见,见必有灾。"(《禅真逸史》第十九回)

以上几则材料,有民间话本,有文人著作,也有通俗小说,然对"毛头星"的解释却大同小异。综合而论,"毛头星"具有以下要点。其一,"毛头星"亦即"彗星",民间称之为"扫帚星"。其二,"毛头星"旺"壬癸"地,属"水"。其三,"毛头星"一般不出现,一旦出现,必有大灾。其四,"毛头星"出现而导致的灾难主要是"刀兵"之灾或大水之灾。据此几条,古人认为"毛头星"是"妖星""灾星",它的出现是很不吉利的。

《水浒传》写孔明为"毛头星"颇为得当,因为站在朝廷的角度,梁山一百八人无一不是大灾星。具体而言,"地猖星毛头星孔明",就是一颗猖狂的妖星、灾星。顺便说一点,孔明的弟弟乃"地狂星独火星孔亮",其所谓"狂",当然是与其兄"猖"相对,"亮"亦与"明"相连,唯"独火星"无所相对。但当我们明白了"毛头星"乃属于壬癸水以后,其兄弟二人的"水""火"之间,也就相映成趣了。

孔明、孔亮兄弟在水泊梁山算不上杰出英雄，座次也比较靠后，基本属于"凑数"的人物。但是，让我们想象不到的是，"毛头星"们在此后的通俗小说中却也后继有人。且看一部清代小说的描写：

> 且言毛头星卢虎得了令箭，飞星赶到仪征，连夜会了戴仁、戴义，表兄弟三个一齐来到齐府，说了备细。齐纨听了大喜，忙取出行头与三人装扮，备了三骑马与他三人骑了，又点了八名家人扮做手下，一齐奔到县前，已是黄昏时分。（《粉妆楼全传》第五十六回）

书中的"毛头星"卢虎是一位正面人物，也是一名不错的英雄好汉。然而，他虽继承了孔明的绰号，但与孔家庄却没有什么根藤。这也难怪，因为《水浒传》写的是北宋末年的事，而《粉妆楼全传》则写的是唐代的故事。从书中所叙的时序来讲，卢虎不可能是孔明的"后裔"，尽管从两本小说成书的实际时间而言，孔明至少要大卢虎三百多岁，卢虎的"毛头星"多半是孔明的"毛头星"生出来的。

有趣的是，在更晚一些的另一部通俗小说中，有一位佚名作者还真给毛头星孔明"塑造"了一位嫡派后裔：

> 尉迟肖带领众人，正往前走，迎面来了十数匹坐马爷台。若问姓甚名谁？此人是梁山一位英雄后代，家住孔家寨，姓孔名生。那位老爷说他是梁山什么人的后代？爷台有所不知，他是梁山老英雄毛头星孔亮的儿子，名叫愣子孔生。那位说他怎叫愣子呢？他有点不说理，恨天无环，恨地无柄；天若有环，刮风下雨，把他拿下来；地若有柄，高凸下坡，拿就把他翻过来了，叫他平面朝天。有恨天怨地之心，又名双头太岁。手使两柄钢铁大斧，骑着一匹卷毛兽，专爱骑瘦马。（《小八义》第六回）

可惜的是，《小八义》的作者阅读《水浒传》不太认真，硬是将哥哥孔明的后裔转派给了弟弟孔亮。当然，这也算不得什么，毕竟没有跑出孔家寨。

三、病尉迟孙立与"石头孙立"

梁山好汉孙立是一个很有意思的人物形象。在早期的"水浒故事"宋江麾下三十六人的名单中均有此人，而且绰号都是"病尉迟"。如《宋江三十六赞》载"病尉迟孙立"，《宣和遗事》亦载"病尉迟孙立"。然而，到了《水浒传》中，孙立却从"三十六天罡"降到了"七十二地煞"，但"病尉迟"的绰号仍然没有变化。

其实，"病尉迟"这个绰号是很好理解的。"病"乃"并"之音讹，即"比并"之意，也就是今天口语中"赶得上"的意思。这里是说孙立的武艺与唐代名将尉迟恭不相上下。为什么拿尉迟恭作为孙立的参照系呢？因为二人的武器都是钢鞭，具有可比性。

本来,病尉迟孙立的绰号是没有什么需要作过多解释的,但是,宋人罗烨在《醉翁谈录·小说开辟》中,将当时的"小说话本"分成八类:灵怪、烟粉、传奇、公案、朴刀、杆棒、妖术、神仙。其中,公案类中有"石头孙立",并被某些专家作为水浒英雄人物传记在民间说话中单独流传的例证。

《醉翁谈录》中的石头孙立果真是《水浒传》中病尉迟孙立的文学渊源吗?

笔者认为,"石头孙立"并非"病尉迟孙立"。上面讲过,从南宋龚开的《宋江三十六赞》到宋元讲史话本《宣和遗事》再到《水浒传》,毫无例外地都写作"病尉迟"孙立,而没有写作"石头"孙立的。更何况《醉翁谈录》所谓"石头孙立"是属于"公案"一类,这与《水浒传》中那位"病尉迟孙立"的英雄传奇故事似乎有些风马牛不相及。

其实,在明末冯梦龙编撰的《警世通言》中,有一篇《三现身包龙图断冤》的小说话本(清代浦琳又据此改编为《清风闸》),它正是"石头孙立"的后裔。之所以如此说,是鉴于以下原因。

其一,"石头孙立"在《醉翁谈录》中属于"公案"类,而《三现身包龙图断冤》则是一篇标准的公案小说。

其二,《三现身包龙图断冤》的主人公大孙押司名叫孙文,而在话本、拟话本传抄或出版的过程中,"文"与"立"二字字形太相近非常容易混淆,是典型的形近相讹。

其三,《三现身包龙图断冤》中的孙文与"石头"大有干系。请看:被谋杀的孙文第一次现身:"见一个人顶着灶床,胈项上套着井栏,披着一带头发,长伸着舌头,眼里滴出血来。"而当包公审理此案,令公人去挖孙文尸首时,"到孙家发开灶床脚,地下是一块石板。揭起石板,是一口井。"最后,作者追叙小孙押司杀害大孙押司的作案过程,其中写道:"就当夜勒死了大孙押司,撑在井里。小孙押司却掩着面走去,把一块大石头漾在奉符县河里,朴通地一声响。当时只道大孙押司投河死了。"

要论证"石头孙立"所讲的就是《三现身包龙图断冤》的故事,有一个最大的障碍,那就是在《醉翁谈录》所列的"公案"类小说中既有"石头孙立",又有一个"三现身",难道罗烨会在同一类别中的"小说话本"中著录两个内容相同或相近的作品吗?这里且不论此"三现身"是否就是后来的《三现身包龙图断冤》,即便"是"也没有关系。因为在《醉翁谈录》中,像这种在同一类别中著录两个相同故事的例子绝非一个。

且看该书"朴刀"类作品中,就同时记载了"十条龙"和"陶铁僧"两个故事。

而实际上,"十条龙"与"陶铁僧"正是同一个故事,亦即《警世通言》中的《万秀娘仇报山亭儿》。该篇的最后是这样写的:"话名只唤做:《山亭儿》,亦名《十条龙陶铁僧孝义尹宗事迹》。"以此类推,"石头孙立"与"三现身"这两个所叙乃同一故事的作品在《醉翁谈录》中被录入同一类别之下的可能性是完全存在的。

由此可见,《醉翁谈录》"公案类"中著录的"石头孙立",极有可能就是《警世通言》中《三现身包龙图断冤》一篇的渊源,而与《水浒传》中的"病尉迟孙立"并无关系。

四、"豹子头"林冲长得像谁?

当今,在涉及"水浒故事"的戏曲作品或者电视剧中,林冲这位英雄人物的造型毫无疑问是"俊扮"。说得通俗一点,在千千万万读者、观众的心目中,林冲应该是一个武艺高强而又儒雅英俊的武官形象。无论是京剧《野猪林》中李少春塑造的林冲,还是电视连续剧《水浒传》中周野芒演绎的林冲,都是这么一个英俊的扮相。

然而,这其实是一种再度创作的"艺术欺骗"。小说原著《水浒传》中的林冲压根儿就不是这个样子。要弄清这个问题,必须从林冲的绰号说起。

众所周知,林冲的绰号是"豹子头"。而所谓"豹子头",其实也就是"豹头"。也就是说,他的脑袋长得像"豹子"。谈到"豹头",人们马上会联想到另一部小说名著《三国志通俗演义》中的张飞,因为张飞的长相正是如此。且看该书卷之一对张飞出场时的描写:"其人身长八尺,豹头环眼,燕颔虎须,声如巨雷,势如奔马。"

那么,《水浒》中的林冲,是否也是这么一个造型呢?不妨也来看看小说中在林冲上场时的描写:"那官人生的豹头环眼,燕颔虎须,八尺长短身材。"(第七回)

这样一个林冲,简直就是克隆张飞。

即便如此,作者仍嫌不足。他还要执着地告诉读者,林冲就是模仿张飞塑造的。为此,他在《水浒传》中反反复复地交代这一点。请看数例:

> 林冲正没好气,那里答应,睁圆怪眼,倒竖虎须,挺着朴刀,抢将来斗那个大汉。……架隔遮拦,却似马超逢翼德。(第十二回)
>
> 满山都唤小张飞,豹子头林冲便是。(第四十八回)
>
> 林冲燕颔虎须,满寨称为翼德。(第七十八回)

这里,林冲与张飞的长相具有以下共同点:豹头环眼、燕颔虎须。正是《三国志通俗演义》中的张飞影响了《水浒传》中林冲形象的塑造。

问题在于,《水浒传》中这位长得像张飞的豹子头林冲后来怎么会成为"俊扮"呢？笔者认为,这种转变是在《水浒传》被改编成明代传奇戏的过程中发生的。

明·李开先(伯华)传奇戏《宝剑记》仍称林冲为豹子头：

> (净白)是豹子头林冲家？(第十出)
>
> 冤报冤豹子头。(第五十二出)

然而,该剧却第以"生"角扮林冲:"(生上唱)儒冠误我甚堪悲,笃志玩兵机。"(第二出)

明·陈与郊的传奇戏《灵宝刀》是根据"山东李伯华先生旧稿,重加删润"的,因此,除了曲白有所增删润饰以外,其思想内容、人物形象大体上与《宝剑记》保持一致。该剧也称林冲为豹子头：

> 冤报冤豹子头林冲。(第三十五出)

而在人物扮相方面一如《宝剑记》,仍以"生"角扮林冲：

> (生冠带扮林冲上)气轶奔霄,心雄逐电,无端寄迹盐车。(第一出)

熟悉戏剧舞台的人都知道,"生"角一般都为"俊扮"。这里,李开先和陈与郊都让"生"扮林冲,说明他们在有意无意之间忽视林冲"豹子头"的面相。这样一来,也就给后世戏剧舞台上林冲形象的塑造提供了一个新的范型。而在没有电影、电视传媒的中国古代,戏剧舞台是最具传播效果的媒体。因此,当林冲在戏剧舞台上千百次以生角俊扮的面目出现以后,人们便会逐渐淡化"豹子头"三字的含义。最后,甚至完全无视这三个字对林冲这一人物的长相描写。

至于电影、电视剧中对林冲长相的描写,则更是在戏剧舞台的基础上演变过来的。这样一来,林冲的长相就离张飞越来越远,而逐步演变成为今天一般读者和观众所熟悉的武艺高强而又儒雅英俊的武官形象。

这对于林冲这个人物形象而言,可能是有幸的;但对于《水浒传》的作者而言,却多多少少有点儿不幸。

金本《水浒》的历史地位[①]

在中国小说史上,若论版本的复杂,《水浒传》算得一个。各种繁本、简本不下数十种。其中,有的完整保存,有的部分保存,有的甚至只有残页,有的在社会中畅销,有的却"养在深闺人未识"。这就使得某些《水浒传》的读者,尤其是青年读者在欣赏这部盖世奇书时有望洋兴叹的感觉。千头万绪,不知从何下手。

然而,世界上任何复杂的事情都有被简化的途径。如果我们对《水浒传》的版本简而化之,还是可以找到一条路径,并依此路径找到各自适合阅读的《水浒》之版本的。

大要而言,《水浒传》的版本分为"繁本"与"简本"两大系列。至于两个系统的本子孰前孰后的问题,学术界一直有争议,我们这里且不去管他,我们只看现实存在。

就《水浒传》现存的版本而言,繁本系列影响最大的应该是"天都外臣序本水浒传"(一百卷一百回)、"忠义水浒传"(不分卷一百回)、"李卓吾先生批评忠义水浒传"(一百卷一百回)、"芥子园本李卓吾评忠义水浒传"(一百回)、"钟伯敬先生批评忠义水浒传"(一百卷一百回)等。它们有两大共同特点:第一,都是一百回本;第二,都是文繁事简。简本系列的主要版本则有"新刊京本全像增插田虎王庆忠义水浒全传"(二十四卷一百二十回)、"京本增补校正全像忠义水浒志传评林"(二十五卷不计回数)、"新刻出像京本忠义水浒传"(十卷一百十五回)、"水浒传"(二十卷一百十回)、"水浒全传"(十二卷一百二十四回)等。它们也有两大共同特点:第一,多于一百回;第二,都是文简事繁。而所谓"事繁"者,主要是增加了关于田虎、王庆的故事。

一般的繁本、简本而外,还有两种本子至为特殊。一是"李卓吾评忠义水浒全传"(不分卷一百二十回),其特点是在一百回繁本的基础上从简本系列中抽出"田、王故事"加以润色、糅合而成,实际上是繁本与简本的杂交。二是"金人瑞删

[①] 原载《水浒争鸣(第十三辑)》,团结出版社2012年版。

定水浒传"(七十回),这就是本文要重点论述的"金本《水浒》"。

一

金人瑞(1608~1661),原名采,字若采,后更名人瑞,字圣叹,苏州府长洲县人。明诸生,入清后绝意仕进,因"哭庙案"被清政府杀头,年仅五十四岁。

金圣叹曾评点《离骚》《庄子》《史记》、"杜诗"、《水浒传》《西厢记》,并依次称之为"第一"至"第六"才子书。其中,尤以评点《第五才子书施耐庵水浒传》和《第六才子书王实甫西厢记》影响最大。

"金人瑞删定水浒传七十回"最早为明崇祯间贯华堂大字刊本,题"东都施耐庵撰",七十五卷。正文从第五卷开始,前有金圣叹假托施耐庵序言一篇以及金圣叹署名序言三篇。其中,《序三》之末署"皇帝崇祯十四年二月十五日",崇祯十四年为1641年,由此可知此书出版的大致时间。

严格而言,金本《水浒》属于繁本系列的删改本。金圣叹将百回本的第一回改作"楔子",而将此后的每一回都提前一个数字,如金本第一回即百回本第二回,第二回即第三回,依此类推,直至百回本的第七十一回"忠义堂石碣受天文,梁山泊英雄排座次"在金本中就变成了第七十回。同时,金圣叹又将百回本第七十一回梁山英雄排座次、分任务之后的"菊花会"宋江题词等情节以及此后三十回内容一刀砍断、丢弃,而更换为自己改写的以下这段文字:

> 是夜,卢俊义归卧帐中,便得一梦。梦见一人,其身甚长,手挽宝弓,自称:"我是嵇康,要与大宋皇帝收捕贼人,故单身到此,如等及早各各自缚,免得费我手脚。"卢俊义梦中听了此言,不觉怒从心发,便提朴刀,大踏步赶上,直戳过去,却戳不着,原来刀头先已折了。卢俊义心慌,便弃手中折刀,再去刀架上拣时,只见许多刀枪剑戟也有缺的,也有折的,齐齐都坏,更无一件可以抵敌。那人早已赶到背后。卢俊义一时无措,只得提起右手拳头劈面打去,却被那人只一弓稍,卢俊义右臂早断,扑地跌倒。那人便从腰里解下绳索,捆缚做一块,拖去一个所在:正中间排设公案,那人南面正坐,把卢俊义推在堂下草里,似欲勘问之状。只听得门外却有无数人哭声震地。那人叫道:"有话便都进来!"只见无数人一齐哭着,膝行进来。卢俊义看时,却都绑缚着,便是宋江等一百七人。卢俊义梦中大惊,便问段景住道:"这是甚么缘故?谁人擒获将来?"段景住却跪在后面,与卢俊义正近,低低告道:"哥哥得知员外被捉,急切无计来救,便与军师商议:只除非行此一条苦肉计策,情愿归附朝廷,庶几保全员外性命!"说言未了,只见那人拍案骂道:"万死狂贼!你等

造下弥天大罪，朝廷屡次前来收捕，你等公然拒杀无数官军，今日却来摇尾乞怜，希图逃脱刀斧！我若今日赦免你们时，后日再以何法去治天下！况且狼子野心正自信你不得！我那剑子手何在？"说时迟，那时快，只见一声令下，壁衣里蜂拥出行刑剑子二百一十六人，两个伏侍一个，将宋江、卢俊义等一百单八个好汉，在于堂下草里，一齐处斩！卢俊义梦中吓得魂不附体，微微闪开眼，看堂上时，却有一个牌额，大书"天下太平"四个青字。诗曰：太平天子当中坐，清慎官员四海分。但见肥羊宁父老，不闻嘶马动将军。叨承礼乐为家世，欲以讴歌寄快文。不学东南无讳日，却吟西北有浮云。大抵为人土一丘，百年若个得齐头。完租安隐尊于帝，负曝奇温胜若裘。子建高才空号虎，庄生放达以为牛。夜寒薄醉摇柔翰，语不惊人也便休。

因为有了上述这段文字，故而，金本《水浒》第七十回的回目就变成了"忠义堂石碣受天文，梁山泊英雄惊恶梦"。

腰斩水浒，并贴上"惊恶梦"的大补丁，这是金圣叹对《水浒传》最大的修改，也是金本《水浒》的最大特色。金圣叹似乎有梦幻情结，而且，特别愿意将这种梦幻情结与腰斩行为结合在一起对某些文学名著"动手术"。他的第五才子书《水浒传》如此，第六才子书《西厢记》亦乃如此。金本《水浒》和金本《西厢》一样，都是断尾巴蜻蜓，但都断得很美。因为百回本《水浒传》的后三十回无非写的是宋公明全伙受招安、征大辽、征方腊的故事。从思想内涵来看，所符合的是最高封建统治者的利益而不是人民的利益；从叙事艺术而言，那些故事大多只是前七十回故事的不断重复。因此，《水浒传》的后三十回相对于前七十回而言，实在是思想、艺术的双重赘疣。既然是赘疣，又为什么不能一刀割断呢？因此，金圣叹腰斩水浒的手术刀是充分表现了其艺术功力和审美趣味的。金本《西厢》亦乃如此。第四本第三折的"长亭送别"已经将莺莺和张生的爱情悲剧推向极致，足以震撼人心了。接下来，第四本第四折的"草桥店惊梦"，让莺莺的反叛性在爱人的梦境中得到升华。这其实是一笔两写，既写了莺莺，同时也写了张生，是两个年轻的叛逆者心灵的共振。剧本中的情节和人物到了这种地方已经完全感动了读者和观众，从艺术的、审美的角度都达到了最终目的。既然如此，还要那第五本做什么？一定要让张生大登科连接小登科，金榜题名而又洞房花烛，又有什么意义？因此，金圣叹准确而又果断地对第五、第六才子书实施挥刀腰斩，可谓独具慧眼，实在超出了常人的庸俗见解。

因此，笔者认为，第七十回的"腰斩"，正是金本《水浒》的第一个成功点。

然而，这里却有一个重大的问题必须辨明。因为金圣叹在"惊恶梦"的情节中所表现的乃是对梁山好汉的斩尽杀绝,而后天下太平。这种描写,有人就会认为金圣叹是站在封建统治者的立场上仇恨农民起义,故而,金圣叹长时间也就被戴上了反动文人的帽子。其实,事情还不止于此。如果说金圣叹立场反动的话,尚不仅止于"惊恶梦"的描写。这位人瑞先生在金本《水浒》的序言中还理性表达了这种观点:"故夫以忠义予《水浒》者,斯人必有忤其君父之心,不可以不察也。且亦不思宋江等一百八人,则何为而至于水浒者乎?其幼,皆豺狼虎豹之姿也;其壮,皆杀人夺货之行也;其后,皆敲朴劓刖之余也;其卒,皆揭竿斩木之贼也。有王者作,比而诛之,则千人亦快,万人亦快者也。如之何而终亦倖免于宋朝之斧锧?彼一百八人而得倖免于宋朝者,恶知不将有若干百千万人,思得复试于后世者乎?耐庵有忧之,于是奋笔作传,题曰《水浒》,意若以为之一百八人,即得逃于及身之诛戮,而必不得逃于身后之放逐者,君子之志也。而又妄以忠义予之,是则将为戒者而反将为劝耶?豺狼虎豹而有祥麟威凤之目,杀人夺货而有伯夷颜渊之誉,劓刖之余而有上流清节之荣,揭竿斩木而有忠顺不失之称。既已名实牴牾、是非乖错,至于如此之极,然则几乎其不胥天下后世之人,而惟宋江等一百八人,以为高山景行,其心向往者哉!是故由耐庵之《水浒》言之,则如史氏之有《梼杌》是也,备书其外之权诈,备书其内之凶恶,所以诛前人既死之心者,所以防后人未然之心也。由今日之《忠义水浒》言之,则直与宋江之赚入伙、吴用之说撞筹无以异也。无恶不归朝廷,无美不归绿林,已为盗者读之而自豪,未为盗者读之而为盗也。"(《水浒传序二》)

如果单看这些描写和言论,则金圣叹头上的确可冠以"反动"二字,但当我们看到金圣叹在同一部金本《水浒》中的另外一些言论,我们会觉得判若两人,简直让人感到不可思议:"夫江等之终皆不免于窜聚水泊者,有迫之必入水泊者也。"(第三十一回回前总批)"嗟乎!天下者,朝廷之天下也,百姓者朝廷之赤子也。今也纵不可限之虎狼,张不可限之谗吻,夺不可限之儿肉,填不可限之鸡鹜,而欲民之不畔,国之不亡,胡可得也!"(第五十一回批语)"盖盗之初,非生而为盗也,父兄失教于前,饥寒驱迫于后,而其才与其力,又不堪以郁郁让人,于是无端入草,一啸群聚,始而夺货,既而称兵,皆有之也。然其实谁致之失教,谁致之饥寒,谁致之有才与力而不得自见?'万方有罪,罪在朕躬',成汤所云,不其然乎?"(《宋史纲》批语)

这就是金圣叹思想矛盾的独特体现。他在整体上、理论上否定梁山英雄的造反行为,说他们的罪恶当"比而诛之",如若不然,就会出现"已为盗者读之而自豪,未为盗者读之而为盗"的可怕局面。但同时,金圣叹又在许许多多的具体的批语中肯定梁山英雄的造反行为,并指出他们之所以造反,是因为"有迫之必入水泊者也"。笔者认为,金圣叹之所以对梁山造反抽象否定、具体肯定,并非涂上什么"保护色",也不是蒙上什么"外衣",而是一个封建时代的知识分子对封建统治既不满又维护、对起义造反者既指责又同情的复杂思想的真实反映。更为重要的是,金圣叹洞察到其中深刻的原因:"乱自上作"。而这一切,又正是金圣叹为什么要腰斩《水浒》并贴上"惊恶梦"大补丁的思想基础。

二

金本《水浒》何以如此得到广大读者的喜爱而在社会中长时间广泛流传呢?

原因是多方面的,除了上面讲到的"第七十回的'腰斩',正是金本《水浒》的第一个成功点"以外,至少还有以下几个方面引人注目。

首先是金圣叹对《水浒传》某些地方的成功改写。

例子太多,聊举二处足矣。

第一例:百回本在第一回之前有"引首"一大段文字,除了一词一诗以外,还有从宋朝开国到宋仁宗朝的历史简介。随后,才是第一回"张天师祈禳瘟疫,洪太尉误走妖魔",所述仍然是宋仁宗时代的故事。至第二回"王教头私走延安府,九纹龙大闹史家村",又有数百字叙仁宗朝事,然后慢慢过渡到《水浒》正文的宋哲宗、宋徽宗两朝。这样的叙事,显然有些拖泥带水,而且情节结构方面也有些许瑕疵。金圣叹的处理是,将引首、第一回以及第二回的那几百字统统合并为"楔子",并在楔子的最后开列了"一部七十回正书,一百四十句题目"。然后在第一回"王教头私走延安府,九纹龙大闹史家村"的开篇处以"话说故宋哲宗皇帝在时,其时去仁宗天子已远"一句,由水浒故事的"过去时"直接导入"现在进行时"。如此处理,层次井然,交代清楚,言简意赅,乃叙事文章大手笔之所为。

第二例:百回本第六回写花和尚鲁智深看见生铁佛崔道成与一个妇女一个道士在一起饮酒作乐时的一段对话:

> 智深走到面前,那和尚吃了一惊,跳起身来,便道:"请师兄坐,同吃一盏。"智深提着禅杖道:"你这两个如何把寺来废了?"那和尚便道:"师兄请坐,听小僧说。"智深睁着眼道:"你说!你说!"那和尚道:"在先敝寺十分好个去处,田庄又广,僧众极多。……"

这一段,被金圣叹改写成以下文字:

> 智深走到面前,那和尚吃了一惊,跳起身来便道:"请师兄坐!同吃一盏。"智深提着禅杖道:"你这两个如何把寺来废了?"那和尚便道:"师兄请坐,听小僧……"智深睁着眼道:"你说,你说!""……说:在先敝寺十分好个

去处,田庄又广,僧众极多。……"

这里,虽然仅仅是将崔道成的一个"说"字放到了鲁智深"你说,你说"的后面,但神韵立现,且符合生活的真实。这样的改写,活画出鲁智深的性急如火与崔道成的支支吾吾。金圣叹本人对这样的改写也颇为得意,故而在"听小僧"后面夹批:"其语未毕。"在"你说,你说"后面夹批:"四字气忿如见。"并且在"在先敝寺"后面来了一段理论总结式的夹批:"说字与上听小僧,本是接着成句,智深自气忿忿在一边,夹着你说你说耳。章法奇绝,从古未有。"虽然有点自吹自擂,但确实该他吹的。因为像这种心急如焚、眼中容不得沙子之人打断对方支支吾吾的讲话的现象在现实生活中可谓屡见不鲜,而金圣叹的改写虽然只是移置了一个字,但其韵味却是无穷。

当然,百回本《水浒传》本身也是非常伟大的,它不一定要等待金圣叹的修改然后才伟大。然而,伟大的东西也要人能读懂。对于一般读者而言,《水浒传》深刻的思想内涵和无比的艺术魅力如果能有一位目光如炬的批评家进行导读,那可真是一件惬意的事。

金圣叹就是《水浒》艺术迷宫的最佳导游员,他的金本《水浒》就是附有导游图的水浒读本。而这,正是金本《水浒》具有长盛不衰的社会影响的又一原因。

金圣叹对《水浒传》的导读,主要分成两个方面:一是对《水浒传》的整体观照,二是对《水浒传》的局部分析。

我们先来看看金圣叹对《水浒传》的整体观照。

关于金圣叹对《水浒传》思想内涵的导读,上文已作了一些基本的介绍,在此不赘言。这里重点阐述金圣叹对《水浒传》这部辉煌巨著的艺术水平、审美价值的评判分析。

金圣叹认为《水浒传》的艺术水平与其他小说不可同日而语,他说:"《三国》人物事体说话太多了,笔下拖不动,辄不转,分明如官府传话奴才,只是把小人声口替得这句出来,其实何曾自敢添减一字。《西游》又太无脚地了,只是逐段捏捏撮撮,譬如大年夜放烟火,一阵一阵过,中间全没贯串,便使人读之,处处可住。""《水浒传》不说鬼神怪异之事,是他气力过人处。《西游记》每到弄不来时,便是南海观音救了。"(《读第五才子书法》)

由此,金圣叹还对《水浒传》作者施耐庵的才华,进行了高度的肯定:"夫古人之才也者,世不相延,人不相及。庄周有庄周之才,屈平有屈平之才,马迁有马迁之才,杜甫有杜甫之才,降而至于施耐庵有施耐庵之才,董解元有董解元之才。"(《水浒传序一》)金圣叹甚至还认为《水浒传》较之《史记》有青蓝之胜:"《水浒传》方法,都从《史记》出来,却有许多胜似《史记》处。若《史记》妙处,《水浒》已是件件有。""某尝道《水浒》胜似《史记》,人都不肯信,殊不知某却不是乱说。其实《史记》是以文运事,《水浒》是因文生事。以文运事,是先有事生成如此如此,却要算计出一篇文字来,虽是史公高才,也毕竟是吃苦事。因文生事即不然,只是顺着笔性去,削高补低都由我。"(《读第五才子书法》)

在这里,金圣叹将施耐庵与庄子等人相提并论,实际上也就是将《水浒传》与《庄子》、《离骚》、《史记》、"杜诗"相提并论。尤其是金圣叹认为《水浒传》的文字较之《史记》的文字是青出于蓝而胜于蓝,这在当时都是石破天惊的理论。因为在中国封建时代,"史官文化"一直是思想战线的主流,而"稗官文化"不过是街谈巷议、道听途说者之所为也,不过是不入流的等外品。史官文化的成果就是以《史记》为代表的煌煌正史,而稗官文化的结晶就是以《水浒传》为代表的通俗小说。金圣叹认为通俗小说学习煌煌正史而又超越之,本来是符合中国文学、中国文化发展史的实际的,但因为当时绝大多数人都不这么看,主流文化也不认同这种观点,因而他的观点才如同空谷足音,弥足珍贵。与此同时,金圣叹对《水浒传》的整体定位和宏观评价,又使得当时广大读者认识到主流文化以外的真正客观的事实,认识到如《水浒传》这样的通俗小说不可磨灭的历史地位。

进而言之,金圣叹的这种说法,是既有号召力,又有前瞻性的。两百多年以后,梁启超等人提出的"小说界革命"的口号和论小说与群治之关系的许多观点,都是以金圣叹的这一理论为出发点的。

三

至于金本《水浒》局部的光芒,那又是通过金圣叹两方面的工作来渐次体现的。一方面是每一回的回前批和夹批、眉批、旁批,另一方面是三篇序言和《读第五才子书法》。而这局部光芒的精髓,又体现在写人艺术和叙事艺术两大领域。

在这两个美不胜收的领域,百回本《水浒传》要依靠读者自己去苦苦求索的很多风景名胜,在金本《水浒》中,却都被圣叹先生以其犀利的妙笔掀开了神秘的面纱,露出其可餐的秀色。

对此,要详尽地分析显然不是本文篇幅可以容纳的。无奈,只好优中选优,将金圣叹最精彩的"导游词"罗列一二。

《水浒》所叙,叙一百八人,人有其性情,人有其气质,人有其形状,人有其声口。(《水浒传序三》)

《水浒传》写一百八个人性格,真是一百八样。若别一部书,任他写一千

个人也只是一样,便只写得两个人也只是一样。(《读第五才子书法》)

其忽然写一豪杰,即居然豪杰也;其忽然写一奸雄,即又居然奸雄也;甚至忽然写一淫妇,即居然淫妇也。今此篇写一偷儿,即又居然偷儿也。(第五十五回回前总批)

《水浒传》只是写人粗卤处,便有许多写法。如鲁达粗卤是性急,史进粗卤是少年任气,李逵粗卤是蛮,武松粗卤是豪杰不受羁靮,阮小七粗卤是悲愤无说处,焦挺粗卤是气质不好。(《读第五才子书法》)

方写过史进英雄,接手便写鲁达英雄;方写过史进粗糙,接手便写鲁达粗糙;方写过史进爽利,接手便写鲁达爽利;方写过史进剀直,接手便写鲁达剀直。作者盖特地走此险路,以显自家笔力。读者亦当处处看他所以定是两个人,定不是一个人处,毋负良史苦心也。(第二回回前总批)

武松天人者,固具有鲁达之阔、林冲之毒、杨志之正、柴进之良、阮七之快、李逵之真、吴用之捷、花荣之雅、卢俊义之大、石秀之警者也。(第二十五回回前总批)

施耐庵以一心所运,而一百八人各自入妙者,无他,十年格物而一朝物格,斯以一笔而写百千万人,固不以为难也。(《水浒传序三》)

读了以上"金氏导游词",我想,每一位读者应该对《水浒》中各色人物有了更亲切的认识,从而对作者的写人艺术有了更深刻的理解吧。再看:

读打虎一篇,而叹人是神人、虎是怒虎,固已妙不容说矣。乃其尤妙者,则又如读庙门榜文后,欲待转身回来一段;风过虎来时,叫声阿呀翻下青石来一段;大虫第一扑从半空里撺将下来时,被那一惊,酒都做冷汗出了一段;寻思要拖死虎下去,原来使尽气力手脚都苏软了,正提不动一段;青石上又坐半歇一段;天色看看黑了,惟恐再跳一只出来,且挣扎下冈子去一段;下冈子走不到半路,枯草丛中钻出两只大虫,叫声阿呀今番罢了一段,皆是写极骇人之事,却尽用极近人之笔。(第二十二回回前总批)

杀出庙门时,看他一枪先搠倒差拨,接手便写陆谦一句;写陆谦不曾写完,接手却再搠富安;两个倒矣,方翻身回来,刀剜陆谦;剜陆谦未毕,回头却见差拨爬起,便又且置陆谦,先割差拨头挑在枪上;然后回过身来,作一顿割陆谦、富安头,结做一处。以一个人杀三个人,凡三四个回身,有节次、有间架、有方法、有波折,不慌不忙、不疏不密、不缺不漏、不一片、不烦琐,真鬼于文、圣于文也。(第九回回前总批)

读了这两段"金氏导游词",如果还说对《水浒传》的叙事技法一无所知,那他肯定是一个审美弱智者。

具有丰富多彩、入骨三分、深入浅出的"导游词",这是金本《水浒》为广大读者所喜爱的又一个原因,也是金本《水浒》具有胜出其他版本而能长存不朽的历史地位的又一个标志。

四

金本《水浒》还有一个显著特点,就是金圣叹在书首的《读第五才子书法》中一口气给读者开列的十五条"文法"。所谓文法,其实具有两面性:对读者而言,它是阅读文本和欣赏作品的提示,是"读法";对作者而言,它又是创作经验和写作技巧的总结,是"作法"。

金圣叹所提出的十五条"文法"是:倒插法;夹叙法;草蛇灰线法;大落墨法;绵针泥刺法;背面铺粉法;弄引法;獭尾法;正犯法;略犯法;极不省法;极省法;欲合故纵法;横云断山法;鸾胶续弦法。

就笔者所知,这种大规模的小说"文法"的探讨,其实是金圣叹首创的,也是在金本《水浒》中首次出现的。影响所及,几乎所有著名的小说评点者都有一些关于"文法"的讨论。如毛宗岗的《读三国志法》、张竹坡的《批评第一奇书金瓶梅读法》、蔡元放的《水浒后传读法》以及《红楼梦》脂评中屡屡涉及的各种"文法"等。

这些"文法",尤其是其中的小说写作技法,大多是具有可操作性的,读了之后,也能提高读者的艺术鉴赏力。虽然其间有些提法在一定程度上受到八股选家的影响,显得有些支离破碎、重复繁琐,但大体而言,对于小说的创作和欣赏都是有帮助的。更有甚者,现代叙事文学写作基础知识中的某些概念,如明写、暗写、详写、略写、伏笔、照应、过渡、对比、烘托、反衬、倒叙、插叙、预叙、补叙等,大多都是由这些"文法"发展演变而成的。故而,对这些"文法",我们不能轻易否定,而应该进行科学、客观的评价。

金圣叹在《读第五才子书法》中所涉及的十五条"文法",是其阅读经验、审美经验的总结,对读者帮助尤大。同时,又由于这种系统化的小说"文法"是自圣叹先生始,并最先附于金本《水浒》流传,故而,对于七十回本的《水浒传》的有效传播,起到了很大的作用。相对于上一节笔者所说的金圣叹对《水浒传》的那些"导游词"而言,这些"文法"也是一种"导游词",而且是一种更具理论形态的"导游词"。

关于上述十五条文法中的"极省法""极不省法""弄引法""獭尾法""草蛇灰线法""倒插法""横云断山法""正犯法""略犯法""鸾胶续弦法"等,笔者在《金批〈水浒传〉叙事研究——〈读第五才子书法〉"文法"刍议》(载《水浒争鸣(第十辑)》)和《金圣叹与〈水浒传〉的叙事》(载《水浒争鸣(第十二辑)》)两篇文章中作了较为详细的介绍和分析。这里,仅对这两篇文章未能涉及的"文法"补叙一二。因为金圣叹在分析这些"文法"的过程中所用的概念并不一致,有的朴实无华、意思显豁;有的则涉笔成趣、韵味朦胧,故而我们的分析也是有详有略的。

"有夹叙法。谓急切里两个人一齐说话,须不是一个说完了,又一个说,必要一笔夹写出来。如瓦官寺崔道成说'师兄息怒,听小僧说',鲁智深说'你说你说'等是也。"这方面的例子,本文第二节已作详细分析,此不赘言。

"有大落墨法。如吴用说三阮,杨志北京斗武,王婆说风情,武松打虎,还道村捉宋江,二打祝家庄等是也。"所谓"大落墨法",就是最详细、最曲折、最淋漓酣畅地描写故事,从文中所举的几个例子即可看出,这些片段的的确确是《水浒传》全书中最为神采飞扬的篇章。

"有绵针泥刺法。如花荣要宋江开枷,宋江不肯;又晁盖番番要下山,宋江番番劝住,至最后一次便不劝是也。笔墨处,便有利刃直戳进来。"金圣叹这里所说的"绵针泥刺法",指的就是小说作者通过生动的描写,对书中某些人物进行深刻讽刺的意思。如同绵里藏针、泥中带刺一样,运用此法的要领在于,作者在"柔软松弛"的叙事过程中,要暗藏着尖锐锋利的针刺。在《水浒传》所描写的梁山一百八人中,金圣叹独恶宋江。他将宋江与鸡鸣狗盗之徒时迁相提并论:"时迁、宋江是一流人,定考下下。"金圣叹从文学的角度出发,认为宋江是一个令人讨厌的奸诈小人。在金圣叹看来,宋江之所以与时迁一样,乃是他心目中的下下之人,其根本原因就是因为他们都是盗贼:时迁偷鸡摸狗,宋江欺世盗名。因此,金圣叹在上面所提到的绵针泥刺法所讽刺的对象,都以宋江为例。

"有背面铺粉法。如要衬宋江奸诈,不觉写作李逵真率;要衬石秀尖利,不觉写作杨雄糊涂是也。"所谓"背面傅粉",就是在对某一人物或情景的正面描写已颇为充分,似乎无可再写的情况下,干脆暂时放下描写中心不写,而从侧面或反面来描写他物、他人、他情、他景以反衬之,使人物刻画更为精细、情景描写更为深透的一种艺术手法。这与绘画时利用同一画面中其他景物来衬托中心景物的手法是有相通之处的。运用"背面傅粉"法,可以使人物塑造避免平面、孤单,而具有立体感和厚度。此法并不像立体雕塑,而是从平面上衬出立体感来,重在一个"衬"字。表面看来,作者的笔触离开中心在大写旁的东西,似乎大有离题万里之势,实际上,写旁边正是为了衬中心。作者笔下看似不经意的地方,正是他心中大经意之处。这里,金圣叹又以李逵的真率来反衬宋江的奸诈,并以之说明"背面傅粉"法的要义。

"有欲合故纵法。如白龙庙前,李俊、二张、二童、二穆等救船已到,却写李逵重要杀入城去;还道村玄女庙中,赵能、赵得都已出去,却有树根绊跌士兵叫喊等。令人到临了,又加倍吃吓是也。"金圣叹所谓"欲合故纵法",强调的是情节安排要善于掀起波澜,制造紧张气氛。此种方法的运用,其主要目的是为了使读者"加倍吃吓",亦即达到一种惊心动魄以后而获得快感的审美效果。

从上可见,我们对金圣叹所涉及的《水浒传》的"文法"问题,绝不可视而不见,更不可嗤之以鼻,而应当从中间披沙拣金,吸取其精华,进而给我们的小说批评提供借鉴和帮助。因为他所提出的小说批评中的"文法"论,给小说评点开辟了一个新的角度。当然,这些"文法"的提出和探讨,也给许许多多的读者提供了一把打开《水浒传》艺术迷宫的金钥匙。仅仅从这个角度出发,金本《水浒》也是不同凡响而又不可替代的。

五

金圣叹曾经说过,读《水浒》"必要真正有锦绣心肠者,方解说道好"。(《读第五才子书法》)实践证明,金圣叹本人就是这种"真正有锦绣心肠者"。金圣叹对《水浒传》的评点几乎是全方位的:从思想内涵到表现技法,从人物形象到审美效果,从情节结构到文学语言,他都有一些精彩的言论。这些言论,既相当准确地把握了《水浒传》的精神实质和艺术价值,又充分体现了金圣叹本人在小说批评理论方面高人一筹的见识和眼光。金圣叹的小说批评理论,几乎笼罩了小说批评界二百年之久。他对《水浒传》的精心评点,促使了清代小说"评点派"的形成,并成为此后"评点派"诸家之楷模。他在小说批评理论中所表现出的敏锐目光和深刻思想,也使得一时的批评家难以逾越。由这样一位卓有见地的文学家兼文学批评家整理修订出来的金本《水浒》,如果在社会中得不到流传,那才是咄咄怪事哩!盛传不衰的金本《水浒》,经历了三百多年传播历程,至今,也仍然为广大读者所喜爱,将来,也必定为更多的读者所喜爱。金本《水浒》,毫无疑问是《水浒传》众多版本中最优秀、最具可读性的一个。

不读《水浒》,不知天下之奇!

不读"金本",不知《水浒》之奇!

03 第三篇

明清其他小说

《西游记》的多重文化意蕴[①]

一部《西游记》,其间蕴含的文化意味是异常复杂的。这里有对现实生活的集中、提炼和概括,有超乎历史事实、生活真实的传奇化描写所造成的魔幻意趣,还有书中的故事和人物给读者留下的永无止境的审美回味,至于其间蕴含的哲理思考,无论是宗教的、哲学的,还是其他方面的,又都给人以深刻而又隽永的启示。而将这一切结合在一起进行考察以后,一个饶有趣味的问题就横亘在我们面前:多年来,《西游记》的主题思想之所以众说纷纭、见仁见智、各执己见、争论不休,其间关键的关键就在于大家都是从自己认为正确的角度去展开阐述,而忽视了这部魔幻现实小说的文化内涵的多义性。为此,我们要深入研究《西游记》,尤其是研究其思想内涵,就必须做到"横看成岭侧成峰"的多角度透视,深入挖掘其多重文化意蕴。

本文主要围绕四个方面展开探讨。

一、生活

我们虽然无法确定《西游记》的作者究竟是谁,但有一点却是可以肯定的:这部小说产生于明代中叶的嘉靖年间。之所以做出这样的判断,除了来自版本方面的证明外,还有来自文本内部的证明。如:车迟国国王受三个妖道欺蒙,举国抓和尚,"且莫说是和尚,就是剪鬃、秃子、毛稀的,都也难逃。四下里快手又多,辑事的又广,任你怎么也是难脱"。(第四十四回)这便是对明代特务政治的真实写照。随后,作者又借孙悟空之口对车迟国国王说:"望你把三教归一:也敬僧,也敬道,也养育人才。我保你江山永固。"(第四十七回)这种"三教合一"的思想,正是明代文化的一大特色。再如:当朱紫国国王跪在孙悟空面前表示只要救得他的金圣宫娘娘,他便愿意将一国江山尽让与神僧时,猪八戒在一旁呵呵大笑:"这皇帝失了体统!怎么为老婆就不要江山,跪着和尚?"(第六十九回)明中叶的正德、嘉靖二

[①] 原载《淮海工学院学报(社会科学版)》2009年第1期。

帝，恰恰都是为了女人而几乎不要江山的荒唐天子。更妙的是，当唐僧师徒在布金禅寺吃斋时，作者居然节外生枝，借沙僧之口说道："二哥，你不晓的。天下多少'斯文'，若论起肚子里来，正替你我一般哩。"（第九十三回）这又是对明代盛行的不学无术的"假斯文"的嘲讽。

我们举出以上例证，并非仅仅为了论证《西游记》是明代中叶的作品，更重要的一点还在于说明《西游记》这部神魔怪异小说的"现实性"。涉及这个问题，例子就更多了。玉皇大帝作为人间帝王的象征，表面无比威严，实际上却是一个昏庸、独断、凶残、虚伪的统治者的典型。孙悟空大闹天宫，他束手无策，及至借他人的力量抓到孙悟空后，他又是那么残忍地戕害猴王。不仅对孙悟空这样的反叛者如此，就是对卷帘大将、凤仙郡侯那样的小有过失者，玉帝也实行了超乎寻常的严厉惩罚。玉帝如此，上上下下的众佛群仙也好不到哪里去。贿赂公行、不知廉耻，是天国许许多多神佛的真实写照。酆都判官崔珏因为故人魏征的一封书信，平白无故给唐太宗增加了二十年阳寿。（第十回）佛前两大尊者阿傩、伽叶居然公开向千辛万苦前来取经的唐僧索要礼品，否则就传给无字经。（第九十八回）道教祖师爷太上老君为了炼出孙悟空吃进的仙丹，要将猴头置于八卦炉中化为灰烬。（第七回）佛祖如来居然也在西天佛地感叹将经书给人家诵了一遍，只换得三斗三升米粒黄金真是忒卖贱了。（第九十八回）更有甚者，唐僧等人在西天路上所遇到的许多妖魔，居然有不少是神佛们的"亲属"。例如：黄袍怪是二十八宿中的奎木狼，金角大王、银角大王是太上老君的看炉童子，假乌鸡国王是文殊菩萨的坐骑青毛狮子，通天河的精怪是观者菩萨莲花池中的金鱼，黄眉大王是弥勒佛的司磬赤眉童子，比丘国国丈是寿星所骑的白鹿，狮驼山三个妖精分别是文殊、普贤二菩萨的坐骑青狮和白象以及佛祖如来的"舅舅"大鹏鸟，陷空山无底洞的鼠精是托塔李天王的义女，麒麟山的赛太岁是观音菩萨胯下的金毛犼，如此等等，不一而足，无怪乎孙悟空要指责神佛们"纵放家属为邪"了。（第三十五回）所有这些，都投影般地再现了现实生活中的"关系网"现象。

当然，如果仅仅凭上述这些例证来判断《西游记》的现实性是远远不够的。因为这部神魔怪异小说不仅成功地再现了政治生活的现实，而且还给我们留下了颇具情趣的日常生活的细腻描写。

这其实是一个十分有趣的问题。比较《三国志通俗演义》《水浒传》《西游记》这三部作品，就其所描写的对象而言，应该说是《西游记》里那个神魔世界离我们更加遥远一些，但是，当我们欣赏了那西天路上一个又一个趣味盎然的故事之后，有一种奇特的感觉会在我们心中油然而生：孙悟空等神魔形象较之诸葛亮、宋江等现实生活中的人物形象离我们更近，使我们感到更亲切一些。这真是一种奇怪的亲切,越是遥远就越亲切!

造成这种"遥远的亲切"的原因自然是多方面的,但其中最重要的一点恐怕是《西游记》的作者尤其重视"生活化"描写之所致。这一点,《三国》与《水浒》远远不及《西游记》。《三国志通俗演义》写得最成功的是历史上的英雄人物,这些人物的故事尽管也很动人,但他们与我们读者有着"时间"上的距离和隔阂。《水浒传》写得最成功的是江湖上的英雄好汉,他们的故事当然也让读者心旌摇动,但却与那生活在正常社会秩序中的人们有着若干"空间"上的距离和隔阂。《西游记》则不然,它借助于神奇的背景,所反映的却是实实在在、地地道道的日常生活,与一般读者几乎是"零距离"。谓予不信,请看两个方面的有趣现象。

其一,西天路上唐僧们所遇到的障碍来自三个方面:自然的、人为的、自身的。自然界险山恶水的障碍如火焰山、通天河等,自身的心理障碍如"四圣试禅心""真假美猴王"等,但这些险阻出现的频率不是很高,出现次数更多的则是来自妖魔鬼怪的人为设置的障碍。我们进一步而论,那些妖魔阻碍唐僧师徒西行的动机是什么,或者说,这些妖魔究竟要从唐三藏身上得到什么?他们的行为究竟是一种什么行为?是政治行为吗?是学术争议吗?是民族纠纷吗?是宗派械斗吗?都不是!他们,这些妖魔的行为两个字就可以概括——"食"与"色"。他们或者要吃唐僧肉,或者要拉唐僧做老公取其元阳,而这两方面的目的最终又指向同一个点——长生不老。众所周知,"食色,性也"。食欲与欲望是人类个体生命的底蕴,谁在这两方面有所缺陷,那他就不是一个完整意义上的"人"。《西游记》通过妖精们的"非法摄取",所宣泄的其实是人类的"合理要求"。这样一些讲述作为"人"的生命个体最本质、最自然的要求的故事,难道不会使那些作为普普通通的"人"的读者倍感亲切吗?

其二,西天路上的唐僧等人一师四徒的取经集团,俨然是人间一个家庭、集体的象征。在这个小小的人群中,各种最具特色的人性各自顽强地表现着最通常的"自我",而且都是特具代表性的"自我"。这里有居于领袖地位但其实并无多大能耐的师父唐僧,他是西天取经的旗帜、偶像和招牌,当然,除了这种"标志性"特色而外,他一无所能。这是一个由于"历史的误会"被推上领袖位置的典型人物。这里有聪明伶俐、神通广大的孙悟空,西天路上他最辛苦,功劳也最大,但是,他个性极强,也最不听话,使得唐僧只有依靠"紧箍咒"方能领导他。这是一个有本领、有办法但又不大好指挥的能人典型。这里有大事做不来,小事又不做的猪八戒,而且经常打打小报告,占点小便宜,许多行为令人啼笑皆非,又好气,又好笑。这是一个小私有者的典型,属于"好人"队伍中的落后分子。这里还有那"天地间和为贵"的沙和尚,师父咒师兄,他劝阻;大师兄对二师兄玩笑开得过分,他也劝阻。

他就是西天路上的一剂"黏合剂"。这种"和事佬"的形象在每一个社会集体中自有其存在的合理性和必要性。最后，我们可不要忘了唐僧最小的徒弟白龙马，他没有功劳也有苦劳，不是驮唐僧就是背行李，更大的特点是不声不响地做着一切，从不知表现自己。这是一个默默无闻的"奉献者"的典型。谈到这里，我们应该可以感觉到西天路上的取经集团该是多么温馨，多么具有人情味了吧？与历史上唐僧孤身奋进的西行之旅相比，这样的由一师四徒组成的集团行军该是多么具有生活情趣。不仅如此，这种平庸的领导、调皮的能人、可爱的小丑、有利于团结的和事佬以及默默无闻的奉献者，在从古到今的日常生活中何处不能见到？

至少从上述两方面，我们已经可以得出结论，表面看来，《西游记》似乎写的是远离我们的妖魔神佛，而实际上，通过作者极具"生活化"的描写，作品给我们留下的正是一种"最遥远的亲切"。

二、传奇

"亲切"，是由生活化描写造成的，而"遥远"，亦即理论家们所谓"审美距离"，则是由"传奇化"描写造成的。

目前所知，最早给唐僧取经故事赋予传奇色彩的正是历史上的唐僧本人。唐玄奘回到长安的第二年，就口述其西行经历，由其弟子辩机整理成《大唐西域记》一书。后来，又由唐僧的另外两个弟子慧立和彦悰撰写了《大唐慈恩寺三藏法师传》一书，记载了玄奘生平业绩。由于这两本书在历史事实的基础上夹杂了一些宗教故事乃至神异传说，故而使"西天取经"一事带上了颇为浓厚的传奇色彩。

随即，将取经故事的传奇色彩愈演愈烈的是唐宋以降的说话艺术。据考，当时应该有多种讲述唐僧取经故事的话本流行于世，但保留到今天的却只有《大唐三藏取经诗话》（别本名《大唐三藏法师取经记》）一种。该话本共有十七节，（现存十六节，第一节缺佚）共一万六千多字，文字粗俗，情节简单，从阅读欣赏的角度来看当然没有多大价值。但是，这话本在"西游"故事的演变历程中却至关重要，尤其引人注目的有以下两点。其一，该书第二节就已出现了一个化作"白衣秀才"的"猴行者"，自称是"花果山紫云洞八万四千铜头铁额猕猴王"，"来助和尚取经"。并声言"此去百万程途，经过三十六国，多有祸难之处"。而此后这位猴行者果然一路斩妖除怪，屡建功勋。这位猴行者无疑是《西游记》中孙悟空的早期形态，他的出现，一方面意味着取经主角的暗中更换——由唐僧换成猴行者，另一方面又意味着取经故事性质的转变——由历史故事演变成神异传奇故事。其二，该书第八节，出现了一位"深沙神"，自云"项下是和尚两度被我吃你，袋得枯骨在此。"后来，在唐僧的教诲之下，他改邪归正，将一座金桥"两手托定"，度唐僧等人过了险阻。毫无疑问,此神怪应该是《西游记》中沙和尚的最早形态。所有这些,都增强了取经故事的传奇色彩。

然而,使取经故事传奇化的文学作品绝非《大唐三藏取经诗话》一种。还有若干个与之相同或相近的话本,尽管并没有完整地保存下来,但却有相关资料可以证明它们曾经存在并对《西游记》的成书起过很大的作用。专家们推测元代有一本"西游记平话",较之《大唐三藏取经诗话》更接近章回小说《西游记》。证明这"平话"曾经存在的资料主要有两条:一是明初《永乐大典》中的一段题为"梦斩泾河龙"的遗文,一是古代朝鲜人学习汉语的教科书《朴通事谚解》中的一篇"车迟国斗圣"。该书有较之《大唐三藏取经诗话》更多的传奇故事。

话本而外,还有戏曲。取经故事还在宋、金、元时代被搬上戏剧舞台,保存至今的一些剧目足以说明问题。宋元南戏有《陈光蕊江流和尚》《王母蟠桃会》《西池王母瑶台会》《魏征斩龙王》等名目,金院本中有《瑶池会》《蟠桃会》《王母祝寿》《净瓶儿》《唐三藏》等名目,元杂剧中关乎取经故事的作品就更多了,有杨显之《刘泉进瓜》、吴昌龄《唐三藏西天取经》、钟嗣成《宴瑶池王母蟠桃会》、佚名《二郎神醉射锁魔镜》、杨景贤《西游记》等。上述戏曲作品或存或佚,或留下残篇断简,它们之间所表述的故事,可能相互间有些交叉重复,但都为取经故事的传奇化添砖加瓦。

章回小说《西游记》的作者从神话传说、民间故事以及释、道二教的典籍中吸取营养、借助意象,充分发挥了神魔怪异小说的特点,为读者留下了一个五彩斑斓的极富传奇色彩的神话世界。

这个神话世界是完整有序的,同时又是新鲜活泼的。这里有云雾缥缈的神国,有碧波荡漾的东海,有生意盎然的花果山,有阴森恐怖的森罗殿,还有西天路上的险山恶水和千奇百怪的妖洞魔窟……这一切,就像五光十色的万花筒一样,是那么绚丽多姿、变幻无常,给人以极大的审美享受。同时,也正是在这么一个传奇色彩格外浓烈的世界里,作者以魔杖一般的生花妙笔为我们演绎着日常生活中的种种矛盾、斗争和人世间的幸福与悲哀。

不仅这神奇的世界是招人注目的,那活动于这一奇特世界里的"众生"也是令人洗眼观赏的。孙悟空的七十二般变化、十万八千里的筋斗云、能大能小的金箍棒以及他身上那千变万化的毫毛等,足以引发我们的想象力,跟随作者去作一次心灵的漫游。同样,那些妖精们不同凡响的特异功能,法力无边的宝贝兵器,也足以使我们在替孙大圣捏一把汗之余得到一份出乎意外的审美愉悦。至于那一物降一物的斗法、斗宝、斗变化、斗神通的描写,这在令人感到眼花缭乱、美不胜收之外,更可得到一份隽永的哲理思考。

三、审美

孙悟空和猪八戒是两个美学价值极高的艺术典型。孙悟空是一个带有崇高美,甚或悲剧美意味的英雄人物。他的崇高美,至少可以包括两个层面。

其一,在孙悟空身上,凝聚了人类尤其是中华民族的广大民众数千年来所积淀的许许多多的优秀品质、传统美德、崇高精神。在这里,几乎具备了人们所公认的所有美好的东西。如信念坚定、敢做敢当、勇敢机智、诙谐幽默、心胸开阔、一往无前、除恶务尽、疾恶如仇、抱打不平、同情弱者、不畏强暴、要求平等、追求自由、反对束缚、蔑视传统、否定权威、百折不挠等。这些东西,对于每一个读者而言,虽然并不能全面接受,但对于全人类而言,却能够完整地接受。换言之,孙悟空身上的这些美好的东西,代表着一种"崇高",每一位读者都会去瞻仰、喜爱乃至于效法其中的某些方面。

其二,孙悟空能将广大读者带到一个广袤无垠的理想世界,或者说,他在一定程度上代表和体现了人类对未来世界的理想化追求。人类对大自然的认识总是从低级到高级、从感性到理性、从蒙昧到科学的。而且,在一定的历史阶段,有些事情对于人类而言是可望而不可即、想干而无法达到的。那么,就需要有一种想象的产物作为人类憧憬未来的载体。孙悟空就是这么一个人类崇高梦想的载体。你想上天入地、倒海翻江吗?做不到!但孙悟空可以"代替"你做到。你想千变万化甚至将自身"克隆"千百遍吗?做不到!但孙悟空有七十二变,并且可以拔根汗毛变做千百个"自我"。更有意味的是,当年人类未能实现的事物,今天却一个又一个地实现了;今天人类尚未能实现的事物,保不定明天就可能实现。但在没有真正实现之前,人类为什么不能先在文学艺术中"享受"一番呢?这里有一个公式:需求——想象——实现,这就是人类崇高的文明追求,而孙悟空的崇高美恰恰是体现在"需求"与"实现"之间的一个不可或缺的"想象"环节。从这个意义上讲,丰富想象是严谨科学的父亲。一个缺乏想象力的民族必然是不可能长足进步的民族,一个缺乏想象力的人恐怕也不可能成为杰出的科学家。进而言之,人类的想象力都是有限度同时又有弹性的,孙悟空形象的伟大意义之一就是"拉长"人们的想象力。一方面使人们在充分"想象"的前提下去追求充分的"实现",另一方面,这种想象力的被"拉长",本身也是一种"快感",一种审美快感。而当这种审美快感流遍全身时,人们会暂时忘却现实生活中的苦恼、忧愁、烦闷,而进入另一个世界,一个日常生活以外的剩余精力充分、自由发泄的境界,从而得到一种真正的"崇高美"的享受。

同时,我们又必须指出,孙悟空这一形象的"崇高美"又带有颇为浓厚的"悲剧"意味。孙悟空其实是一个悲剧人物,他最终被封为"斗战胜佛",固然体现了他的崇高,同时又体现了他的悲剧,因为他在《西游记》中所表现的一切便是一个"斗"字,而且永远是一种逆境中的奋斗。从与天庭对抗的时候开始,孙悟空就陷入以个人的力量对抗一个庞大整体的困境。因此,大闹天宫的孙大圣,一方面固然是其乐无穷,另一方面其实又是其悲无比。至于被压在五行山下的漫长岁月,简直就是孙猴子的炼狱。西天路上的孙行者,也仍然是个孤独的英雄,虽然当时有师徒五众同行,但孙行者的心路历程却与其他四众截然不同。孙悟空在《西游记》中所受到的种种磨难,其实是好强而好胜的某些"中国人"悲剧人生和崇高人格综合的艺术再现。

再看猪八戒,这是一位世俗意味特别浓厚的喜剧美的典型,同时又是孙悟空形象的正面陪衬和逆向补充。就西天取经路上所起的重要作用而言,猪八戒仅次于孙悟空,就人物塑造的成功程度而言,这猪精较之猴王毫不逊色。猪八戒在作品中的表现往往是自相矛盾的:英勇战斗与畏葸不前同在,吃苦耐劳与好吃懒做共存。他一会儿帮助孙大圣大打出手,一会儿又死死扯住猴行者的后腿。有时他颇有"气节",有时却又临阵脱逃。他贪吃、贪睡、贪色、贪图享受,同时又天真、憨直、乐观、甚至带有几分豪爽。他善于说大话、说谎话、说别人的坏话,同时,他又热情待人、热爱生活、热烈追求爱情。他狡黠而不奸诈,粗鲁而不刁蛮,贪小利而不忘大义,报复快而不记深仇。如此等等,不一而足。他身上的这些东西,不管是优秀还是低劣,不管是美好还是丑陋,总之是一种实实在在的矛盾的存在,而且,是一种公开的、透明的、毫不掩饰的存在。他的一切,就好像他的长嘴大耳朵一样,永远是那么本色、那么天然、那么蒸腾着生活气息。人们在鉴赏猪八戒的时候,会觉得他可爱而不可恶、可笑而不可恨,从而会得到一种美的感受,一种神经的调节,一种快意的满足。而这,恰恰是猪八戒这个喜剧人物所产生的审美效应。

孙悟空是崇高的,猪八戒是平凡的;孙悟空是悲剧的,猪八戒是喜剧的;孙悟空催人奋进,猪八戒使人乐观;孙悟空是充分理想化的,猪八戒是极端现实化的;猴王猪精相反相成而又相映成趣。从严格的意义上讲,一部《西游记》洋洋一百回,只写得猴王、猪精两个成功的人物,但有此二人便足以使这部小说不朽,因为在这两个人物身上所体现的乃是中华民族精神的底蕴。

四、哲理

《西游记》是一部积累型的小说名著,它之所谓"积累",还不同于《三国志通俗演义》《水浒传》《东周列国志》那种从历史真实到民间流传再到话本戏剧的演出直至文人加工整理再创造的故事题材或人物塑造的积累,而是一种多层文化的积累,儒家的、道教的、佛教的乃至于许多不登大雅之堂的民间宗教、迷信、崇拜的文化积累。这样,就产生了对书中的主人公孙悟空的多层文化解读。进而言之,解读了孙悟空,也就解读了《西游记》。

孙悟空是一种象征、一种积淀,一种带有深刻哲学意味的文化积淀。

在《西游记》中,作者反反复复用"心猿"指代孙悟空。这"心猿"既不属于生命科学的范畴,也不属于童话学的范畴,而属于哲学的范畴。具体而言,孙悟空这只"心猿"是在儒、释、道三教合一的宋明心学的影响之下,又结合许许多多传统文化积淀而形成的一种具有哲学意味的象征物。进而言之,"心猿"孙悟空象征着"人心"——人类的欲念和臆想。而《西游记》借助孙悟空这一艺术形象所要表达的,乃是心猿的放纵与收束,亦即人心的放纵与收束。

《西游记》中的孙悟空,总与"心"有着某种联系。开篇第一回写他那"受天真地秀,日精月华,遂有灵通之意"的出身,正是"人心"的纯洁状态。之后,猴王访师,所到之地乃"灵台方寸山""斜月三星洞",皆是一个"心"字。而后,须菩提祖师给猴王取名孙悟空,这个名字中的"狲"字,乃是由猢狲之"狲"去了兽旁,"子者,儿男也;系者,婴细也。正合婴儿之本论。"(第一回)实乃赤子之心的意思。而法名"悟空"则与其师"须菩提"一脉相承,因为"菩提"就是"觉悟"的意思,所谓"悟彻菩提",当然是"心"之悟。徒弟较师父更甚,要"悟"到"空"的地步,故名"悟空"。后来,须菩提祖师问悟空想学"道"字门中三百六十傍门的哪一门,孙悟空选择了"都来总是精气神"的"内丹"之术,亦即较之"公案比语""外像包皮"要深奥得多的内心之学。由此可见,从孙悟空的出身、拜师、学法直到悟彻,正是一个由"心性修持大道生"到"断魔归本合元神"(第二回)的过程。

心猿下山后,开始了他的"逍遥游"——对"绝对自由"的追求。闹龙宫,强取"如意金箍棒";闹地府,勾去"猴类生死簿"。前者是其"意志"的延伸,后者是其"生命"的延续。这种意志力与生命力双重扩张的结果,就是"大闹天宫"。那么,大闹天宫的内在含蕴究竟是什么呢?表面看来,它表现了美猴王孙悟空的叛逆精神,但实质上体现的却是"人心"的极度放纵。谓予不信,《西游记》第七回有诗为证:"猿猴道体配人心,心即猿猴意思深。大圣齐天非假论,官封弼马是知音。马猿合作心和意,紧缚牢拴莫外寻。万相归真从一理,如来同契住双林。"作者说得再清楚不过了,闹天宫的猴王只是色相,放纵的"人心"才是真灵。

人类生活在世界上,有无穷无尽的灾难、束缚、痛苦、折磨,但人类的心灵却永远期待着冲决这一切而进入自由的天地。人类渴望着无拘无束、自由自在的生活。但这种"生活"只是渴望而已,在现实世界中是永远不能实现的。于是,孙悟空这么一位企图挣脱一切束缚的美猴王,便成为人心放纵的载体,去上下求索,搅攘乾坤，争取那理想的自由空间。孙悟空所干的，正是人们想干而无法实现的事；"心猿"的行旅，正是人类心灵放纵的流程。然而，正如同人类追求自由的放纵之心到底挣脱不出尘世的罗网和传统文化的圈束一样，那"心猿"虽然跳出了"八卦炉"中，却被压到了"五行山"下。此后，整个"西天取经"的一系列故事，就是"心猿"收束所经历的重重磨难的全过程。

为了遏制心猿归正后的反复无常，观音菩萨还特地在孙悟空头上生生套上一个"紧箍儿"，并教唐僧以"紧箍儿咒"，以便禅主唐三藏随时管束那泼猴。"紧箍儿咒"是什么？且看观音菩萨对唐僧的交代："我那里还有一篇咒儿，唤做'定心真言'；又名做'紧箍儿咒'。"这里说得很清楚，是"定心真言"，为束缚猴子的放纵之心的真言。这当然是一种象征，将它还原到现实之中，就是人类社会用来束缚自身的法律、道德、宗教、伦理、舆论等等许许多多的精神枷锁。

然而，心猿不是轻易就能被束缚的，人类的欲求也不是说灭就灭。要想把心猿真正地拴住，还有一个艰苦的过程。一方面，世俗的欲望不断地侵扰这一收束过程；另一方面，心猿本身还有着经常性的冲动，甚至会分裂成"二心"。

《西游记》第五十八回，作者凭空幻造出一个六耳猕猴，让他与孙悟空一假一真、一邪一正，"二心搅乱大乾坤"，斗得天翻地覆。其实，哪里来的什么六耳猕猴，它不过是心猿的另一面而已。是与"真心"相对的"假心"，与"正心"相对的"邪心"，与被圈束之心相对的未圈束之心。天地大宇宙容不得二心，有二心便天翻地覆；人体小宇宙也容不得二心，有二心便神魂颠倒。作者在书中将这一点说得非常明白："人有二心生祸灾，天涯海角致疑猜。"书中的佛祖也对金刚菩萨们讲得十分清楚："汝等俱是一心，且看二心竞斗而来也。"直到假心猿被消灭之后，真心猿也道出了自己的"二心"之处："上告如来得知，那师父定是不要我，我此去，若不收留，却不又劳一番神思？望如来方便，把松箍儿咒念一念，褪下这个金箍，交还如来，放我还俗去罢。"有此还俗之"二心"，如何到得极乐世界？因此，必须摒除"二心"，静养"一心"，最终达到"空心"的境界。

这一点，在全书的最后一回得到了充分的反映。当唐僧等五人一一被封为佛与罗汉之后，孙悟空尚有一念之差，要求唐僧"趁早儿念个松箍儿咒"，将金箍儿"脱下来，打得粉碎"。而师父到底高一层境界，对他说："当时只为你难管，故以此法制之，今已成佛，自然去矣，岂有还在你头上之理？你试摸摸看。"悟空举手一摸，果然无之。真所谓酒不醉人人自醉，花不迷人人自迷。人世间的一切圈束，都是人类心灵的自我禁锢。认识到这一点，才是真正的解脱，真正地进入了自由世界。这便是《西游记》在演出了心猿的"放心"与"收心"之后所要达到的"空心"境地。

作者对孙悟空形象如此的塑造，是建立在深厚的传统文化尤其是宗教文化的土壤之中的。在佛、道两家的用语中，心猿（有时还加上小说作品中白龙马所象征的"意马"）常用来比喻人的思绪飘荡散乱、不可把捉。陈元之《全相西游记序》云："旧有叙……其叙以为孙，狲也，以为心之神；马，马也，以为意之驰。"人心如猿、人意似马，既可无边无际地漫游，当然也可加以一定的管束。那么，由谁来管束人的心猿意马呢？回答是："正法""禅主"，亦即人心所固有的佛性。作为禅主化身的唐三藏在《西游记》第十三回与众僧议论佛门宗旨时就曾说过："心生，种种魔生；心灭，种种魔灭。"第十九回，作者又写乌巢禅师向唐僧传授《多心经》时说："若遇魔瘴之处，但念此经，自无伤害。"何以谓"魔"或"魔障"？佛教认为一切不利于修行的心理活动都叫魔。"魔非他，即我也，我化为佛，未佛皆魔。"（幔亭过客《西游记题词》）也就是说，心灭，种种魔障亦随之而灭。在这一"我化为佛"的过程中，佛不在外，而在我心中。《观无量寿经》说得清楚："是心作佛，是心是佛。"心的放纵便是魔，心的收束便是佛。一部《西游记》，写的就是"心猿"未加管束时的放纵以及受到管束后对"法"与"禅"的皈依，而孙悟空所象征的正是"人心"在不同阶段的种种表现。

除了上面讲到的生活、传奇、审美、哲理等层面外，我们探讨《西游记》的文化意蕴当然还有其他很多角度。但是，篇幅有限，只好另作他论了。

论"三言"的历史地位和作用①

从宋元小说话本到清代拟话本,这种特定的短篇白话小说样式绵延发展了数百年,而冯梦龙于明代天启年间编撰的"三言"则在其中起到了关键性的作用。对于宋元旧篇和明代前期的小说话本而言,"三言"是一个精彩的集结;对于从晚明到清末的拟话本创作而言,"三言"又是一个光辉的起点。

那么,"三言"是如何起到这种承前启后、继往开来的重大作用的呢？大体上可概括为三点:融合、超越、示范。对此,笔者曾在《论冯梦龙对旧话本小说的改造》(载《湖北师范学院学报》1997年第一期)一文中已有初步涉及。这里,再以"三言"中某些篇什为例,进一步论述这一问题。

一、融合

这里所谓"融合",有几层含义。

第一,融宋元旧篇、明人话本与拟话本作品为一体。

据考,"三言"中可确定为宋元旧篇的有《赵伯升茶肆遇仁宗》《史弘肇龙虎君臣会》《陈从善梅岭失浑家》《杨思温燕山逢故人》《张古老种瓜娶文女》《简帖僧巧骗皇甫妻》《宋四公大闹禁魂张》《任孝子烈性为神》《拗相公饮恨半山堂》《陈可常端阳仙化》《崔待诏生死冤家》《钱舍人题诗燕子楼》《三现身包龙图断冤》《一窟鬼癞道人除怪》《小夫人金钱赠年少》《崔衙内白鹞招妖》《计押番金鳗产祸》《金明池吴清逢爱爱》《皂角林大王假形》《万秀娘仇报山亭儿》《福禄寿三星度世》《小水湾天狐诒书》《勘皮靴单证二郎神》《闹樊楼多情周胜仙》《张孝基陈留认舅》《郑节使立功神臂弓》《十五贯戏言成巧祸》二十七篇,属宋元旧篇或明人作品之间尚存争议的有《新桥市韩五卖春情》《张舜美灯宵得丽女》《李公子救蛇获称心》《汪信之一死救全家》《范鳅儿双镜重圆》《乐小舍拼生觅偶》《白娘子永镇雷峰塔》《宿香亭

---

① 原载《湖北师范学院学报(哲学社会科学版)》1999年第1期,第一作者为石麟,第二作者为刘开田。

张浩遇莺莺》《乔彦杰一妾破家》《蒋淑真刎颈鸳鸯会》《金海陵纵欲亡身》十一篇，"三言"以前的明人作品有《闲云庵阮三偿冤债》《羊角哀舍命全交》《范巨卿鸡黍死生交》《晏平仲二桃杀三士》《沈小官一鸟害七命》《月明和尚度柳翠》《旌阳宫铁树镇妖》《陆五汉硬留合色鞋》八篇，还有冯梦龙据宋元旧篇改造较大的《众名姬春风吊柳七》《明悟禅师赶五戒》二篇，再算上"三桂堂"本《警世通言》卷二十四的《卓文君慧眼识相如》一篇亦据宋元旧篇《风月瑞仙亭》改造，统共加起来，可以说"三言"中与宋元旧篇、明代前中期作品有干系的小说在四十九篇左右，约占"三言"总篇数的百分之四十。当然，这种统计并不是说冯梦龙与这几十篇作品无关，因为对上述作品，冯梦龙都做过或多或少的改造。这只要将那些尚有旧话本流传的篇章与"三言"中的相应作品作一对照便可看出。尤其是像《众名姬春风吊柳七》《明悟禅师赶五戒》这样的作品，冯梦龙对它们的改造可谓脱胎换骨，将它们的著作权归之于冯，亦属情理中事。

"三言"中的作品，过去多认为有《老门生三世报恩》一篇为冯梦龙所写，因冯氏给毕魏传奇戏《三报恩》所写的序言中说："余向作《老门生》小说。"是为铁证。然而，"三言"中一百二十篇作品（如果加上"三桂堂"本的《卓文君慧眼识相如》《叶法师符石镇妖》则为一百二十二篇）究竟哪些属冯氏改造，哪些是他的拟话本之作，其间的具体比例是说不清楚的。第一，是因为改造的"度"的问题，各人看法不一。究竟改造到何种程度才算创作？第二，由于材料缺乏，难以一篇一篇考证清楚。但有两种情况是值得重视的：一种情况是冯梦龙对宋、元、明的某些小说话本仅据其故事梗概而重新改写，如上面提到的《众名姬春风吊柳七》等二篇。再如《玉堂春落难逢夫》一篇，冯梦龙明确注曰："与旧刻《王公子奋志记》不同。"这些作品，为什么不能认作是冯氏的创作？另一种情况，是冯梦龙据笔记小说、野史杂言、戏曲作品改编而成的拟话本，如《蒋兴哥重会珍珠衫》《杜十娘怒沉百宝箱》二篇即分别据宋懋澄的文言小说《珠衫》《负情侬传》改写。宋氏仅大冯梦龙五岁，乃同时人，且目前尚未见到这两个故事的其他明人话本，它们为什么不能算是冯氏的创作？上述二种情况，应当还有不少。据此，可以认为，"三言"中的作品，除了冯梦龙改造旧作而成者，所剩便是他的拟话本创作。这样分析，应是符合冯梦龙与"三言"之间关系的实际情况的。

无论是搜集、整理、改造宋、元、明旧篇，还是自铸伟词而拟作话本，冯梦龙都会付出艰辛的劳动。而且，他将一百多篇来自不同渠道的作品，经统一润饰之后陆续编入"三言"之中并融为一体，这不仅是文学史上第一次小说话本、拟话本的大团结，而且使"三言"成为从早期小说话本到文人拟话本过渡的载体。冯梦龙的丰功伟绩，在话本小说史上是无与伦比的。

第二,融各种题材的作品于一炉。

"三言"中的作品,取材广泛,类别众多,而且每一类别中均有名篇佳作。

风情类作品如《杜十娘怒沉百宝箱》《卖油郎独占花魁》《众名姬春风吊柳七》《乔太守乱点鸳鸯谱》《闹樊楼多情周胜仙》等;

市井类作品如《蒋兴哥重会珍珠衫》《崔待诏生死冤家》《宋小官团圆破毡笠》《张廷秀逃身救父》《一文钱小隙造奇冤》等;

宗教类作品如《月明和尚度柳翠》《明悟禅师赶五戒》等;

信义类作品如《羊角哀舍命全交》《吴保安弃家赎友》《俞伯牙摔琴谢知音》《施润泽滩阙遇友》等;

公案类作品如《陈御史巧勘金钗钿》《勘皮靴单证二郎神》《陆五汉硬留合色鞋》《十五贯戏言成巧祸》等;

历史类作品如《木绵庵郑虎臣报冤》《拗相公饮恨半山堂》等;

神异类作品如《陈从善梅岭失浑家》《李公子救蛇获称心》《小水湾天狐诒书》《薛录事鱼服证仙》等;

士林类作品如《穷马周遭际卖䭔媪》)《王安石三难苏学士》《老门生三世报恩》《卢太学诗酒傲王侯》等;

豪侠类作品如《史弘肇龙虎君臣会》《杨谦之客舫遇侠僧》《汪信之一死救全家》《赵太祖千里送京娘》等;

伦理类作品如《金玉奴棒打薄情郎》《任孝子烈性为神》《桂员外途穷忏悔》《三孝廉让产立高名》等;

还有一些兼类的佳篇好作,在此不一一赘述。

这些作品,广泛而深入地反映了封建时代社会各阶层的生活,尤其是其中的风情、市井两大类作品(由于篇幅所限,有不少佳作尚未列举)更是穷相极态,深入到了人性的底蕴,揭示了社会中某些实质性的问题。这种广袤的视野和宏大的格局,足以表明编撰者的胸襟、气质和度量,也足以体现出编撰者对历史、社会、人生的深入考察和深刻体验,并非每一位小说集的编者或拟话本的作者所能达到。

冯梦龙之所以能通过小说话本这种形式得心应手地反映社会生活,又是与他进步的小说观密不可分的。冯梦龙在化名绿天馆主人的《古今小说序》中劈头一句便是"史统散而小说兴"。后面又说:"大抵唐人选言,入于文心;宋人通俗,谐于里耳。天下之文心少而里耳多,则小说之资于选言者少,而资于通俗者多。"在署名可一居士的《醒世恒言序》中,冯氏又说:"六经国史而外,凡著述皆小说也。"甚至认为:"崇儒之代,不废二教,亦谓导愚适俗,或有藉焉。以二教为儒之辅可也,以《明言》《通言》《恒言》为六经国史之辅不亦可乎?"正是因为冯梦龙看到了通俗小说如此巨大的社会效应,他才会广泛取材,尽可能真实而深刻地反映社会生活。

第三,融各种文化艺术于笔下。

"三言"是各种文化艺术的结晶体。三教九流、诸子百家、历史记载、闾里珍闻、诗词歌赋、戏曲传奇、世风民俗、方言市语,几乎无所不有、无所不用。当然,对"三言"影响最大的还是拟话本的同宗兄弟——章回小说。

在"三言"中,如《三国演义》《水浒传》《西游记》这样一些作品的影响卓然可见。例如《宋四公大闹禁魂张》中描写一汉子"浑身赤膊,一身锦片也似文字,下面熟白绢绳扎着"。又描写一妇女"黑丝丝的发儿,白莹莹的额儿,翠弯弯的眉儿,溜度度的眼儿,正隆隆的鼻儿,红艳艳的腮儿,香喷喷的口儿,平坦坦的胸儿,白堆堆的奶儿,细袅袅的腰儿,弓弯弯的脚儿"。这些文字,与《水浒传》中的某些片段何其相似! 再如《任孝子烈性为神》中写任珪连杀五人一段,又酷似武松血溅鸳鸯楼。还有《万秀娘仇报山亭儿》《赵太祖千里送京娘》中的强盗均有绰号,亦如同梁山好汉一般。《李汧公穷邸遇侠客》中的侠客杀贝氏一段,又与石秀杀潘巧云一样残忍、恐怖。《裴晋公义还原配》中唐璧欲投河而死,想到"堂堂一躯,终不然如此结果",又与《水浒传》中杨志在黄泥冈欲待跳崖自尽时的想法几无二致。至于《小水湾天狐诒书》《史弘肇龙虎君臣会》等作品中的许多片段,更是充满了"水浒"气味。除此而外,《临安里钱婆留发迹》之于《三国演义》《旌阳宫铁树镇妖》之于《西游记》,都有很深的文化因缘,此不赘引。

章回小说之外,"三言"还向笔记小说、杂剧传奇索取养料。《木绵庵郑虎臣报冤》与《西湖游览志馀》的关系,《宿香亭张浩遇莺莺》与《西厢记》的关系,《杨谦之客舫遇侠僧》《李汧公穷邸遇侠客》与唐人传奇的关系,《李秀卿义结黄贞女》《玉堂春落难逢夫》与明代传奇戏的关系,只要一翻开作品,读者便会有深切的感受。此外,如《苏小妹三难新郎》所玩弄的文字游戏,《一文钱小隙造奇冤》所展现的市井风俗,《苏知县罗衫再合》之取材于民间唱本,《沈小霞相会出师表》之依据于明人笔记,还有那数不清的诗、词、歌、赋、骈文、隐语、民谣、小调,无不体现着"三言"编撰者对传统文化艺术的兼收并蓄、融会贯通。

由上可见,正因为"三言"多角度、全方位地融合了历史文化遗产,才可能造就它自身的辉煌。

二、超越

如果"三言"仅仅只是对历史文化遗产的融合,那么,它还不可能登上小说话本、拟话本的艺术巅峰。它必须在传统文化的基础上,实现大幅度的超越,才能体现它自身存在的价值和不可取代的历史地位。

"三言"的超越,首先体现在思想观念上的突破。

男女爱情,是被各种文学样式表现过无数次的永恒的主题,"三言"中亦有许多描写爱情的篇什,而其中的优秀作品,恰能打破传统观念和写法,给人一种全新的感觉。

《杜十娘怒沉百宝箱》与《卖油郎独占花魁》均为"三言"中写男女爱情的名篇,两篇作品均有各自的价值和意义,但如果将这两篇作品放在一起加以对比探研,将引起人们更多更深的思考。杜十娘与花魁娘子莘瑶琴均为色艺俱佳的名妓,均想跳出妓院过正常的夫妻生活,均为从良作了长期的思想准备和物质准备,但在选择"从良"的对象时,却出现了二人之间命运的分野。杜十娘选择了布政使公子李甲,莘瑶琴则在几经曲折后选定了卖油郎秦重,一个是贵介公子,一个是市井细民,结果如何呢? 杜十娘所遇非人,怒沉江底,终究是月缺花飞,红颜薄命;莘瑶琴喜得佳偶,自食其力,到底能月圆花好,白首同心。透过杜十娘的悲剧结局和莘瑶琴的美满姻缘,我们仿佛可以谛听到市井底层的人物对着绝代佳人在唱着发自心底的情歌:"你要是嫁人不要嫁给别人,一定要嫁给我!"也似乎听到了作者在字里行间所发出的呐喊:真情在民间,真情在市井细民之间! 进而言之,我们从中还可以感觉到通俗小说最广泛的读者——市民阶层那一种希望在文学苑囿中展现自身风采的强烈要求和高度自信。这正是一种时代精神,而迅速、准确地表现了这一时代精神的作者必将同他的作品一起彪炳千秋、永垂不朽。

冯梦龙的妇女观在当时无疑是进步的,因为他也曾作为一介寒儒而有过与青楼女子的沥血滴髓的真诚爱恋,因为他也曾编过《情史》、写过《情偈》。他懂得什么是"爱情",也能够尊重妇女,尤能尊重那些身处下贱而又勇于追求爱情的妇女。为此,他写下了众名姬与柳七郎那诚挚的感情,写下了小夫人对张主管那越格的爱慕,写下了乐小舍生生死死的追求,写下了周胜仙做人做鬼的苦恋。传统的婚姻观在这里动摇,传统的贞节观也在这里崩溃。蔡瑞虹、万秀娘均遭歹徒玷辱,且均被转卖,按照传统观念,摆在她们面前的只有一条路:及早去死。但作者不! 不让她们含羞自杀,而要她们忍辱报仇。这便是一种突破。当然,我们在这里并不是认为冯梦龙丝毫不讲贞节观念,在"三言"中也的确有一些歌颂节烈的片段,但即使节烈而死,也要死得有价值、死得其所,而不是盲目地以身殉节、死得糊涂。况且,失节的女人便一定要让她死么? 冯梦龙的回答是否定的,《蒋兴哥重会珍珠衫》便是证明。蒋兴哥在得知妻子王三巧不慎失节的消息之后,当然也很愤怒,但却并未将所有的罪责一股脑儿推向女方,而是在痛苦之余进行自责:"当初夫妻何等恩爱,只为我贪着蝇头微利,撇他少年守寡,弄出这场丑来,如今悔之何及!"这一被传统道德认为窝囊不堪的戴绿头巾的男儿,在冯梦龙笔下,却具有如此慈善的胸怀。当已然离异的妻子重新嫁人的时候,"兴哥顾了人夫,将楼上十六个箱笼,原封不动,连匙钥送到吴知县船上,交割与三巧儿,当个赔嫁。"这是懦弱无能吗?这是不知羞耻吗?不!这是一种广博而良善的人道情怀。而这种人道主义精神,正是冯梦龙在撰写一些有关妇女生活篇章时的思想基础,也正是冯梦龙用以冲越封建礼教藩篱的思想武器。

冯梦龙不仅从人道主义精神出发,对自己笔下的苦难女性表现了极度的同情,而且,还在有些篇章中高度赞扬了某些女性超乎男子的才能与勇气。那身陷缧绁之中却能伸父冤报仇雪恨的李玉英,是何等顽强、勇敢;那众目睽睽之下却能向情郎自报家门的周胜仙,又是多么灵巧、聪明;沈小霞之所以能脱离险境,靠的是侍妾闻淑女以身作人质的大智大勇;秦少游一世英才,却不得不为才华更高一筹的苏小妹所折服。还是"三言"中说得好:"聪明男子做公卿,女子聪明不出身。若许裙钗应科举,女儿那见逊公卿。""这都是山川秀气,偶然不钟于男而钟于女。"(《苏小妹三难新郎》)这些一百年后再由曹雪芹在《红楼梦》中进一步发挥的观点,早已出自"三言"之中,难道不能体现其编撰者冯梦龙在妇女问题上的超乎同侪的先进意识吗?其实,冯梦龙的这种思想仍然是一种人道主义精神的体现,并且是一种更深层次的人道精神,那就是在一定程度上把女性放到了与男性平等的位置上。

"三言"的超越,其次体现在作品题材的开拓。

在取材方面,"三言"较之旧话本也多有开拓。其中,最突出的便是对农工商贾生活的描写。在《蒋兴哥重会珍珠衫》《施润泽滩阙遇友》《吕大郎还金完骨肉》等篇中均写到商人、手工业者的家庭生活,而《徐老仆义愤成家》则进一步写到经商过程。此外,《灌园叟晚逢仙女》写了花农生活,《宋小官团圆破毡笠》写了船家生活,《张廷秀逃身救父》写了木匠生活,《崔待诏生死冤家》写了玉工生活,如此等等,不一而足。更令人注目的是,在《张孝基陈留认舅》一篇中,作者借书中人物之口对农工商贾各行各业的辛勤劳动者予以高度的赞扬和肯定:"农工商贾虽然贱,各务营生不辞倦。从来劳苦皆习成,习成劳苦筋力健。"在"万般皆下品,唯有读书高"的封建时代,在士农工商秩序井然的等级社会,这样正面描写并大力颂歌农工商贾这些所谓的"贱业",确乎可以看到作者那不同凡响的眼光和胆力。

比较深入地反映了士林生活、科举问题,也是"三言"题材开拓的一个方面。《钝秀才一朝交泰》《老门生三世报恩》《赵伯升茶肆遇仁宗》《俞仲举题诗遇上皇》《赵春儿重旺曹家庄》等作品,均不同程度地描写了科举的弊端和士人的痛苦。这对此后的一些拟话本中的同题材作品乃至《聊斋志异》《儒林外史》等小说名著都产生了较大的影响。尤其是《张孝基陈留认舅》中所说的"世人尽道读书好,只恐读书读不了。读书个个望公卿,几人能向金阶走?"更是给科举场中的痴迷者以当头棒喝,甚至直到今天,对于那些一律望子成龙而迫使其读书的痴心父母们仍称得上是真正的"醒世"之"恒言"。

"三言"的超越,还体现在写作技巧的突破。

"三言"中的大多数作品,堪称人物栩栩如生、情节曲折多致、语言生动流畅,与宋元旧篇相比,不可同日而语。

关于《众名姬春风吊柳七》在人物造型方面,《明悟禅师赶五戒》在情节设置方面以及某些篇章在行文用字方面冯梦龙对旧话本的改造,笔者在《论冯梦龙对旧话本小说的改造》一文中已经论及。下面,再看几个例证。

在旧话本中,正面人物往往相貌堂堂,反面人物则丑陋不堪。但在"三言"之《两县令竞义婚孤女》一篇中,却写那"自恃家富,不习诗书;不务生理,专一嫖赌为事"的潘华"生得粉脸朱唇,如美女一般,人都称玉孩童"。反之,那"勤苦攻书,后来一举成名,直做到尚书地位"的萧雅却"一脸麻子,眼眍齿龇,好似飞天夜叉模样"。不以相貌取人,应该说是十分真实的表现方法,这对"恶则无往不恶,美则无一不美"的传统写法是一个很大的突破。

此外,如《卢太学诗酒傲王侯》中的插叙手法的运用,《李玉英狱中讼冤》中的倒叙手法的运用,都是以前的小说话本中极为罕见的。再如《玉堂春落难逢夫》《张廷秀逃生救父》等篇对戏剧舞台艺术的借鉴,也是以前的旧话本中所没有的。还有,《张舜美灯宵得丽女》等篇语言之简洁,《唐解元一笑姻缘》等篇笔调之轻松,也是对以前小说话本中繁琐的套语、板重的笔调的反拨。所有这些,都体现了"三言"对传统写法的超越和突破。

三、示范

"三言"的出现,给此后的拟话本小说创作提供了一个成功的范本。在有些方面,"三言"所达到的水准,甚至为后世拟话本小说所难以企及。

人物心理描写,向来被有些人认为非中国古典小说之所长。实际上,中国古典小说中的人物心理描写却具有自身的特色,那就是简洁、明快而又紧扣当事人所处的小环境。"三言"中亦不乏心理描写的精彩片段,如在《金令史美婢酬秀童》《白玉娘忍苦成夫》《施润泽滩阙遇友》《薛录事鱼服证仙》《李玉英狱中讼冤》《吴衙内邻舟赴约》《蔡瑞虹忍辱报仇》《卖油郎独占花魁》等篇章中,都有十分成功的人物内心世界的展露。这对于以后的拟话本小说的创作,无疑起到了一种示范作用。尤其是像《小夫人金钱赠年少》中的一段心理描写,更是情境交融、妙不可言。且看:老实巴交的张胜元夜观灯,不知不觉走到了旧主人张员外门前,"只见张员外家门便开着,十字两条竹竿,缚着皮革底钉住一碗泡灯,照着门上一张手榜贴在。张胜看了,唬得目睁口呆,罔知所措。张胜去这灯光之下,看这手榜上写着道:'开封府左军巡院,勘到百姓张士廉,为不合,'方才读到'不合'两个字,兀自不知道因甚罪,则见灯笼底下一人喝声道:'你好大胆,来这里看甚的!'张主管吃了一惊,拽开脚步便走。那喝的人大踏步赶将来,叫道:'是甚么人?直恁大胆!夜晚间,看这榜做甚么?'唬得张胜便走。渐次间行到巷口,待要转弯归去,相次二更,见一轮明月正照着当空"。十五夜的明月早已升起来,而处于紧张状态的张胜在巷子里逃跑时,并未曾注意,直到行至巷口,惊魂甫定,他才"见一轮明月正照着当空"。紧张——轻松——茫然,便是此时此地张胜心理变化的三部曲。这种微妙而复杂的心理,只有天上的明月作证,作者何以写得出?因为人人都可能有过这种生活体验。有这种生活体验不足奇,而将这种难以名状的体验诉诸文字,却是天地间之奇文、至文。这样一种情境交融的心理描写之妙文,恕笔者孤陋寡闻,恐怕只有《水浒传》第三十七回写宋江在浔阳江被张横打劫,幸遇李俊相救时,"宋江钻出船头来看时,星光明亮,那立在船头上的大汉不是别人","正是混江龙李俊"这一段描写差可媲美。此前此后,再也很难看到如此奇妙的文字。

拟话本小说在短短的篇幅中要想抓住读者,必须做到情节曲折、尺水兴波,且须前有伏笔、后有照应,结构奇特而又合乎情理,必要时,还须运用巧合法、误会法,要善于设置悬念,要采用限知视角的叙事方法。所有这些,"三言"中都有上乘的表现。如《赫大卿遗恨鸳鸯绦》《陆五汉硬留合色鞋》《金明池吴清逢爱爱》等篇,均写得一波未平、一波又起,山里套山、愈翻愈奇,堪称情节曲折的代表作。《张孝基陈留认舅》《施润泽滩阙遇友》《张廷秀逃身救父》所写的则是典型的市井平人的生活,却能将平凡的故事写得委婉曲折、丰富多彩。《黄秀才徼灵玉马坠》《十五贯戏言成巧祸》《苏知县罗衫再合》等篇中的巧合法、误会法的运用,亦可见作者之匠心。《小水湾天狐诒书》《杜子春三入长安》中的悬念设置,亦让人击节称奇。至于《刘小官雌雄兄弟》《桂员外途穷忏悔》《三现身包龙图断冤》《勘皮靴单证二郎神》等篇,则采用了限知视角的叙事方法,人读之,如剥茧抽丝、拨云去雾,层层谜团解去之后不禁豁然开朗,从而获得一种审美快感。《宋小官团圆破毡笠》《吴衙内邻舟赴约》等篇中的伏笔与照应的运用,也极大地推动了情节的发展。所有这些,都可看出"三言"的编撰者在改写或创作小说时是怎样地苦心经营、布局谋篇,是何等地重视小说的情节结构。而所有这些,又是多么值得后世拟话本的作者们学习和效法。

"三言"给后世拟话本小说的示范作用几乎是全方位的,除以上所述而外,尚有精彩的人物对话。如《崔待诏生死冤家》中崔宁与璩秀秀的一段对话,《白娘子永镇雷峰塔》中白娘子与许宣的一段对话,《俞仲举题诗遇上皇》之头回中卓文君与司马相如的一段对话,《汪信之一死救全家》中洪教头与细姨的一段对话,《陆五汉硬留合色鞋》中陆婆与寿儿的一段对话。这些描写,既符合当事人的身份、教养,又符合当时的特殊情境,堪称高度个性化的人物语言。此外,尚有《灌园叟晚逢仙女》《俞伯牙摔琴谢知音》等篇中的景物描写,《钱秀才错占凤凰俦》《乔太守乱点鸳鸯谱》等篇中的喜剧意味,《简帖僧巧骗皇甫妻》等篇中的人物肖像描写,《白娘子永镇雷峰塔》等篇中的人物服饰描写,《老门生三世报恩》中的讽刺笔法,《薛录事鱼服证仙》中的童话色彩,无不垂范后世。最妙者,乃在于作者极善忙中偷闲,在紧张的矛盾冲突宕开一笔,抓住人物瞬间的心理情绪,寥寥数语,突出人物的动作、神态。如《任孝子烈性为神》中,当任珪做好了复仇杀人的一切准备后,向主人家张员外告别,面对着张员外絮絮叨叨的好言相劝,任既不愿接受,又懒得辩解,好歹"低了头,只不言语"。再如《拗相公饮恨半山堂》中,写王安石罢相归家,途中住店,面对着不认识他的店家对自己的百般辱骂,他无心分辩,也无法分辩,在这里,作者只写了"荆公垂下眼皮"六个字。再如《陆五汉硬留合色鞋》一篇中,当一杀人案件轰动了半个杭州城时,凶手"陆五汉已晓得杀错了,心中懊悔不及,失张失智,颠倒在家中寻闹。陆婆向来也晓得儿子些来踪去迹,今番杀人一事,定有干涉,只是不敢问他,却也怀着鬼胎,不敢出门"。上面这些片段中,书中人物是不宜开口说话的。试想,一个准备去杀人的烈性汉子怎样向善良的长者公布自己的行动计划?一个下台的宰相怎样向市井酒家解释自己的政治行为?一个杀人凶手怎样向母亲表白自己杀错了对象?而一个客观上造成杀人条件的母亲又怎样追问儿子是否杀人?不能讲!无法讲!既然书中人物无法开口,作者最好不让他讲话,这才是符合生活逻辑的写法,这样的作者才算真正领会到生活的错综复杂、丰富多彩。在这方面最为突出的,还是《蒋兴哥重会珍珠衫》中的一个片段。当蒋兴哥得知妻子王三巧与人有奸情之后,从外地匆匆赶回家中,这时,他做了些什么呢?书中写道:"进得自家门里,少不得忍住了气,勉强相见。兴哥并无言语,三巧儿自己心虚,觉得满脸惭愧,不敢殷勤上前扳话。"蒋兴哥明知妻子不贞,既痛恨,又有几分旧情存在,既不能忍受,又有些同情谅解。失节的王三巧面对久别重逢的恩爱丈夫,既惭愧,又悔恨;既想隐瞒过失,良心又受到谴责。双方均处于这样一种复杂的矛盾心态之中,作者该怎样写?写他们一见面就大吵大闹吗?不符合人物一贯的性格。写他们一见面就甜言蜜语吗?不符合人物当时的心境。那么,最好的办法便是让他们"相对无言",让他们各自将愤恨、痛苦、惭愧、悔悟的眼泪流向苦涩的心田。"此处无声胜有声",无言,正写出了此时此地的此情此境。

综上所述，"三言"，以其广阔的胸怀最大限度地容纳了以前的小说话本，吸收了传统的文化艺术。"三言"，以其不凡的气概冲破了传统思想与写法的藩篱，开阔了拟话本作家们的艺术视野。"三言"，以其辉煌的篇章给后世拟话本小说创作提供了学习的榜样，从而垂范后代。融合、超越、示范，这便是"三言"在中国小说史、尤其是话本小说史上所处的地位和所起的作用，同时，这也使得"三言"与它的编撰者冯梦龙一起长存于永远。

两难境界中的挣扎[①]

——"二拍"谈片

世以"三言""二拍"并称,然世人亦多谓"二拍"不及"三言"。所不及者,依笔者所见,要在"二拍"扬"三言"之所长而不足,避"三言"之所短而不能。个中原因,主要有以下两点。

其一,冯梦龙、凌濛初虽均为通俗文学的爱好者,但有程度上的差别。

冯梦龙是我国古代最杰出的通俗文学大家,他兴趣广泛、视野开阔,在通俗文学的搜集、整理、创作方面,具有无与伦比的热情和能力。相比较而言,凌濛初虽也是通俗文学方面的佼佼者,尤其是在拟话本小说与戏曲创作方面,他所取得的成绩,几与冯梦龙比肩,但却不像冯氏那样对各种通俗文学样式,乃至于通俗文化都有浓烈的兴趣。

具体而言,凌濛初虽有《红拂三传》《刘伯伦》《祢正平》《穴地报仇》《颠倒姻缘》《蓦忽姻缘》《宋公明闹元宵》等杂剧以及《合剑记》《雪荷记》《乔合衫襟记》等传奇,共十余戏曲作品的创作,再加上"二拍"中的七十八篇拟话本小说作品,也算得上在通俗文学的写作方面成绩卓著了。但是,冯梦龙的通俗文学整理与创作的路数却更为广泛。冯氏除了取古今传奇剧删改之,共十五种,题曰《墨憨斋定本》而外,还对章回小说《三遂平妖传》《列国志传》进行了很大的改造,并因此而形成了《平妖传》《新列国志》两部作品。此外,他还编纂了《古今谭概》《笑府》《广笑府》《智囊补》《情史》《山歌》《挂枝儿》这样一大批通俗读物或半通俗读物。再加上"三言"中的一百多篇话本、拟话本小说,冯梦龙在通俗文学、通俗文化方面所取得的成果,就目前所知,可谓前无古人、后无来者,堪称中国通俗文学史、通俗文化史上的巨匠。

涉猎范围的广泛与否,导致了冯梦龙、凌濛初二人作品反映生活内容的广泛

[①] 原载《明清小说研究》1998年第1期。

性与思想的深刻性之间的区别。尽管在"二拍"当中,各类题材的作品都写到了,但总令人觉得"二拍"没有"三言"那样一种生活的厚度、文化的厚度,更重要的,还缺少"三言"那样一种不时出现的"冒尖""出格"的思想。这中间虽与作家的生活经历、世界观、审美观念、艺术才能等方面的差异有关,但更为关键的恐怕还是一个作家本人文化积累的基础问题。你喜欢什么,对什么问题总会有些研究,爱之愈深,取得的成绩愈大。对于通俗文化这一块园地,投放的精力与收入的结果是成正比的。

其二,开拓者是艰难的,然而当他一旦取得成功,仓促之间的后继者便难以逾越。

在将市井化的小说话本演变为半市井半文人化的拟话本小说的过程中,冯梦龙可以说是筚路蓝缕、以启山林,花费了巨大的精力,也取得了辉煌的成就。拟话本这一通俗文学样式,在冯梦龙手上正式形成,这在中国话本小说史上应是一个划时代的贡献。开拓者是艰难的,然而当他一旦取得成功,仓促之间的后继者便难以逾越。凌濛初恰恰就是冯梦龙最早的后继者之一。他从冯梦龙那里接过"拟话本"这个东西,进行着自己的创作,但这种创作首先就是一种仿照,而不是像冯梦龙那样是经过自己摸索后的创造。何况,冯梦龙与凌濛初是同时代的人,二者的创作时间相隔太近。"三言"中的最后一部《醒世恒言》刊行于1627年,而"二拍"的第一部《拍案惊奇》就于1628年面世。即便以"三言"第一部《古今小说》的刊行时间(约泰昌天启之际,1621年左右)计,亦不过上十年时间。在这么短的时间内,要想大幅度地超越同一种文学样式的缔造者、成功者,实在是不可思议的事。《红楼梦》的作者得《金瓶梅》之壶奥而青胜于蓝,但两者之间的时间距离却是一个世纪,这中间该有多少人的尝试与教训?况且,《金瓶梅》也算不上是一种新的文学样式产生的代表作。可见相隔时间太近,正是"二拍"难以超过"三言"的一个重要原因。

仅以取材这一点来看,凌濛初便处于一种十分尴尬的境况。诚如凌氏自己所言:"龙子犹氏所辑《喻世》等诸言,颇存雅道,时著良规,一破今时陋习。而宋、元旧种,亦被搜括殆尽。肆中人见其行世颇捷,意余别有秘本,图出而衡之。不知一二遗者,皆其沟中之断,芜略不足陈已。因取古今来杂碎事可新昕睹、佐谈谐者,演而畅之,得若干卷。"(《拍案惊奇序》)这就是一种被动,仓促之间后继者的被动。凌濛初的被动,尚不止于"取材"这一问题。对于"拟话本"而言,他的思想基础、文化准备、技能训练等许多方面都比冯梦龙显得薄弱和仓促。而"仓促",与"薄弱"一样,正是"深厚"的天敌;进而言之,"深厚"又是"冒尖"的基础。

这样,我们就把第一点和第二点联系起来了。要而言之,冯梦龙经过长时间的积累,厚积薄发,故而能顺利完成从小说话本到拟话本的根本转变,并能在深厚的基础上萌发出冒尖的苗头,从而出类拔萃;而凌濛初则仓促上阵,仿照"三言"写作拟话本小说,薄积势不能厚发,基础不厚,更难以冒尖,故只能绳步其后。

凌濛初所面临的是一个两难境地。作为冯梦龙刚刚创立的"拟话本"这种文学样式的最早的后继者之一,作为"肆中人"所希望的能与冯梦龙一比高下的拟话本小说的作者,他具有双重任务:既要模仿"三言",又要突破"三言"。"模仿"与"突破"之间本来就已构成一对矛盾:完全的模仿便无所谓突破,而太多的突破又会失去被模仿者的原样。最好的办法就是模仿"三言"之所长而后发扬之,同时,又明确"三言"之所短而回避之。然而,就凌濛初本身的条件和当时的境况而言,他欲扬"三言"之所长,却积累不够,难以百尺竿头更进一步;他欲避"三言"之所短,却没有弄清"短"在何处,难以对症下药。凌濛初真该后悔,既已有"亮",何又作"瑜"?"三言"在前,在极短的时间内,何苦要听"肆中人"的鼓动,企图"出而衡之"呢?

然而,凌濛初毕竟是拟话本王国中的"亚圣",他与冯梦龙相比亦恰在"瑜""亮"之间,他在两难境界中挣扎,到底挣扎出了仅次于"三言"的成果——"二拍"。既然在整体上无法超过"三言",那就基本上模仿之,取法乎上,不失为中;同时,又在某些方面进行一些尝试,希望能在局部上有所突破;这或许正是凌濛初创作"二拍"时的心态。

这样,也就形成了《拍案惊奇》《二刻拍案惊奇》这两部紧随"三言"之后的拟话本小说集的如下特点。

一、"二拍"中大有与"三言"争奇斗胜的好作佳篇

凡"三言"笔锋之所至、笔力之所及,"二拍"作者必勉力而学习之。尽管从整体上讲,"二拍"略逊"三言",但在"二拍"中也确实出现了一大批堪与"三言"争奇斗胜的好作佳篇。

以生动的故事反映若干社会问题,是"三言"的一大优长,"二拍"中亦不乏此种好作品。如《顾阿秀喜舍檀那物,崔俊臣巧会芙蓉屏》之写社会混乱、《恶船家计赚假尸银,狠仆人误投真命状》之写世风险恶、《占家财狠婿妒侄,延亲脉孝女藏儿》之写遗产纠纷、《进香客莽看金刚经,出狱僧巧完法会分》之写官府残暴、《沈将仕三千买笑钱,王朝议一夜迷魂阵》之写市井骗局、《满少卿饥附饱飏,焦文姬生仇死报》之写男子负心,均从不同的角度反映了一些社会问题,而且大多符合生活的本来面目。这些作品,既能帮助读者了解当时的社会状况而具有认识价值,又能引起读者的阅读兴趣而具有审美价值,堪与"三言"中的某些作品一比高下。还

有一些描写男女爱情的作品,如《李将军错认舅,刘氏女诡从夫》《赵司户千里遗音,苏小娟一诗正果》《错调情贾母詈女,误告状孙郎得妻》《宣徽院仕女秋千会,清安寺夫妇笑啼缘》《通闺闼坚心灯火,闹图圄捷报旗铃》《瘗遗骸王玉英配夫,偿聘金韩秀才赎子》《赠芝麻识破假形,撷草药巧谐真偶》等,或写夫妻间情笃意深、至死不渝,或写小儿女天真烂漫而又混杂本能欲望的爱悦,或写人鬼之恋,或写狐女之情,均十分感人.亦与"三言"中的爱情描写各有千秋."二拍"中亦不乏表彰女性才能与勇气的篇章,如《小道人一着饶天下,女棋童两局注终身》中的女棋童妙观,《同窗友认假作真,女秀才移花接木》中的女秀才蜚娥,《大姊魂游完宿愿,小姨病起续前缘》中的鬼女吴兴娘,《李公佐巧解梦中言,谢小娥智擒船上盗》中的侠女谢小娥,都是不同凡响的女性。她们或身怀绝技,或识见卓绝,或做鬼亦斟情,或佣身而杀贼,亦可与"三言"中的奇女子相提并论。

　　写作技法方面,凌濛初在学习"三言"的基础上也不让冯梦龙。像《姚滴珠避羞惹羞,郑月娥将错就错》《酒谋财于郊肆恶,鬼对案杨化借尸》《丹客半黍九还,富翁千金一笑》《夺风情村妇捐躯,假天语幕僚断狱》《青楼市探人踪,红花场假鬼闹》《两错认莫大姐私奔,再成交杨二郎正本》《徐茶酒乘闹劫新人,郑蕊珠鸣冤完旧案》这样一些作品,均写得一波三叠、奇峰迭起,能极大地满足读者的好奇心、增强作品的可读性。此外,如《许察院感梦擒僧,王氏子因风获盗》等篇之悬念设置、《陶家翁大雨留宾,蒋震卿片言得妇》等篇之巧合法的运用、《韩秀才乘乱聘娇妻,吴太守怜才主姻簿》等篇的谐趣色彩、《小道人一着饶天下,女棋童两局注终身》等篇的轻喜剧意味、《赵县君乔送黄柑,吴宣教干偿白镪》等篇的限知视角叙事法、《襄敏公元宵失子,十三郎五岁朝天》中的插叙法、《韩侍郎婢作夫人,顾提控掾居郎署》中的追叙法,所有这些,均体现了凌濛初高度的写作技巧。由此可见,凌濛初的才气或许并不亚于冯梦龙,而所缺乏者,则在于他对世俗生活的观察和通俗文化的积累与冯氏相比尚有差距。这样,就导致了"二拍"在整体上不及"三言"的两个主要方面。其一,对人物内心世界的揭示稍逊一筹;其二,对通俗文化的融会贯通略差一等。从而,也就形成了"二拍"扬"三言"之所长而不足的局面。当然,这里所讲的"不足",乃是"不够充分"的意思,并非是说"二拍"未扬"三言"之所长,因为无论如何,凌濛初毕竟写出了不少足以与"三言"争奇斗胜的好作品。

二、对"三言"之所短,"二拍"亦有过之而无不及

　　"三言"之所短是什么?要而言之有三点:一议论、二果报、三色情。而造成这些短处的原因,大致由于作者所具有的文学之教化功能、劝诫功能的观念在起作用,又由于作者迎合小市民的庸俗一面的文学作品商品化的观念在起作用。当然,这也不能全部归罪于作者,因为拟话本所"拟"之话本,原本就带有十分浓厚的商品意味和教化、劝诫功能。问题在于,冯梦龙在"三言"中所留下的缺陷,凌濛初并没有认为这是缺陷,反而当做正常的东西。故而,他在创作"二拍"时,对这几大缺陷不仅没有回避之、摒弃之,反而有所扩大。

"三言"的某些篇章,已有议论的意味,幸而尚未形成规模,而"二拍"则逐渐声势浩大起来。如《转运汉遇巧洞庭红,波斯胡指破鼍龙壳》开篇就是议论,中间又不断发表作者的高见,已有冲断读者审美趣味之嫌,所幸尚未完全脱离故事情节,还不算严重。到了《程元玉店肆代偿钱,十一娘云岗纵谭侠》一篇中,作者干脆停下故事情节,让女主人公十一娘来了一篇长长的"剑侠论"。有些作品,故事本来很不错,可惜读完之后才发现那故事原来竟是作者阐述某种观点的论据材料。如《赵五虎合计挑家衅,莫大郎立地散神奸》一篇,立意是"劝人休要争讼",接着便是一番议论,再接着便以一个故事来论证之。再如《硬勘案大儒争闲气,甘受刑侠女著芳名》一篇,立意是为人行事"不可有成心"(即今之所谓"成见"是也),哪怕是"圣贤"也是如此,接着一番议论,接着又以大儒朱熹的两个因有"成心"而判错案件的故事印证之。这种议论化的倾向,"二拍"之后愈演愈烈,终于成为拟话本消亡的重要因素之一。

至于因果报应,"三言"中本已不少,"二拍"则更多。更为可惜的是,有些本来很精彩的故事,硬被作者加上因果报应的框框,顿时便降低了它的价值。如《东廊僧怠招魔,黑衣盗奸生杀》一篇,本是一个很好的公案故事。东廊僧偶然下山,夜间目睹一男女相约私奔之隐秘事,仓皇避祸,后来,他失足掉入一废井之中,而井中却有一具尸首,正是昨夜私奔之女子。这样、东廊僧被冤为凶犯,陷入一场迷案之中,最终,当然是案情大白,东廊僧被释放,仍然当他的"东廊僧"。如果仅写这样一个故事,此篇堪称拟话本中公案类的佳作,因为破案过程并无神明托梦一类的描写。但是,作者写到最后,居然来了这么一段解说词:东廊僧"回到房中,自思无故受此惊恐、受此苦楚,必是自家有甚修不到处。向佛前忏悔已过,必祈见个镜头。蒲团上静坐了三昼夜,坐到那心空性寂之处,恍然大悟。元来马家女子,是他前生的妾,为因一时无端疑忌,将他拷打锁禁,有这段冤怨。今世做了僧人,戒行清苦,本可消释了。只因那晚听得哭泣之声,心中凄惨,动了念头,所以魔障就到,现出许多恶境界,逼他走到冤家窝里去,偿了这些拷打锁禁之债,方才得放"。如果按照作者这一番画蛇添足的解说词来读那原本曲折生动的公案故事,作为一名普通读者亦会感到索然无味,更不用说什么审美分析了。诸如此类的作品,还有《庵内看恶鬼善神,井中谭前因后果》《程朝奉单遇无头妇,王通判双雪不明冤》《贾廉访赝行府牒,商功父阴摄江巡》等。尤其是《感神媒张德容遇虎,凑吉日裴越客乘龙》一篇,写的是"虎为媒"的故事,此种故事,在"三言"中亦有一篇,即《大树坡义虎送亲》。按常理,虎既帮人,人亦当曾有恩于虎,"三言"中正是这样写的,因主人公勤自励曾救一虎,故有义虎送亲的结局。这当然也算因果,但这应该说是一种有意味的因果关系,不仅有神话意味,而且有童话意味,是将老虎人格化的结果。况且,虎受人之德而终于报人之恩的故事,在古今中外的许多文学作品中都写过,基本上都是这种写法,它实际上已成为一个传统的母题。"二拍"则不然,而是将这种有意味的义虎报恩的故事写成纯粹的天缘,是冥冥中主宰之所为,老虎仅仅作为一种高速运输工具,驮着新娘赶凑吉日良时,用以体现上天善善恶恶的意旨,而此虎事前与新郎、新娘均无任何关系。这样一来,便成为一种毫无意味的因果报应了。

"二拍"中的议论化倾向和因果描写日趋浓重,与其作者凌濛初对拟话本创作的认识密不可分。他在《拍案惊奇序》中曾说:"宋元时,有小说家一种,多采闾巷新事,为宫闱承应谈资。语多俚近,意存劝讽;虽非博雅之派,要亦小道可观。"他又在《拍案惊奇凡例》中说:"是编主于劝戒,故每回之中,三致意焉。观者自得之,不能一一标出。"在《二刻拍案惊奇》卷十二中,他说得更为清楚:"看官听说,从来说的书,不过谈些风月,述些异闻,图个好听;最有益的,论些世情,说些因果,等听了的触着心里,把平日邪路念头化将转来。这个就是说书的一片道学心肠。"正是基于这种认识,凌氏在"二拍"中多有说教,多谈因果,并对此后的拟话本创作多有影响。

色情描写,在"三言""二拍"中都有一些,即便是某些好作佳篇亦在所难免。但是,通篇大面积写色情的作品,"三言"中略少,都是为迎合某些人的庸俗趣味而写的作品,其弊病非常明显,用不着详细分析,大概也与晚明的时代风气相关,不能仅仅怪罪某一位作者。然而,此风气一开,对往后的拟话本创作却产生了极其恶劣的影响。

三、转移——"二拍"对"三言"的局部突破方式

"二拍"虽在整体上比"三言"稍逊一筹,但在某些方面,还是有所突破的。这种突破的基本方式便是"转移"。

首先看题材方面的转移。当然,这里所指的并非"二拍"对"三言"所写题材的全方位转移,而是指的某些方面的转移。说得更明确一点,就是对"三言"中略露端倪的题材进行重点描写,从而给人造成一种更新题材的感觉。例如,"三言"中虽也写到商人的生活,但主要表现的是商人的家庭生活,而很少涉及商人的行业生活,譬如说,当时商贾们的经商心理、经商过程、商业经验等方面的内容,就很

少写到。严格说起来,"三言"中只有《徐老仆义愤成家》一篇中写到了经商过程,而且写得比较一般化,无非是某种物品此贱彼贵,将贱处的货物运到贵处出售,所赚者主要是地区差价。"二拍"则不然,其中有些篇章对于商人们的经商心理、经商过程、经商经验都有比较详细的描写,基本上已深入到商人们的行业生活之中。如《转运汉遇巧洞庭红,波斯胡指破鼍龙壳》一篇中,文若虚由"倒运汉"变成"转运汉",一百多斤橘子竟换得上千个银币,每个银币有八钱七分重,发了大财。后来,他又拾得个鼍龙壳,被波斯胡用五万两银子买去,因此成为巨富。这里所反映的就是商人的暴发心理。所谓鼍龙者,即猪婆龙,亦即今所谓之扬子鳄是也,它不可能有价值连城的"壳"。波斯胡的精彩讲述,纯粹是商人们为满足暴发心理所编织的美丽神话,他们企图一觉醒来便成为百万富翁。作者写下了这一段神妙的故事,无非是迎合商贾们乃至一般读者希图暴发的心理。再如《叠居奇程客得助,三救厄海神显灵》一篇,则比较细致深入地描写了程客的经商过程。这里,除了商人们希望经商能得到神助的发财心理而外,更重要的是描写了他们的"生意经"。因为那神女告诉程客的一些做法,其实就是商人们自身经商经验的总结——囤积居奇。正如书中所言,是"人弃我堪取,奇赢自可居"。神女的一些话,不过是带有神异色彩的市场行情预测预报而已。这也是商人们经商经验的结晶,不能正确分析市场行情的商人,怎能做好生意?至于该篇故事的后半段,神女三次显灵,一救程客于兵变之灾、二救程客于牢狱之难、三救程客于风波之险,其实正是商人们在经商过程中对天灾人祸的一种恐惧感的反映。他们希望能有神灵护佑,躲过灾难,安安稳稳地做生意。由上可见,凌濛初正是在冯梦龙偶尔写到的某种题材的启发下,更深入一层,展开细致的描写,从而造成一种题材方面的局部突破,收到了一新人之耳目的效果。

其次,我们来看表现方式的转移。在这个方面,凌濛初很善于以机巧取胜。"二拍"中的某些作品也正是在"三言"已运用的表现技法上略微换一个角度,便给人一种"新"的感觉。如《李汧公穷邸遇侠客》与《刘东山夸技顺城门,十八兄奇踪村酒肆》便可作一比较。前者叙述得清清楚楚、明明白白,虽故事曲折多致,然读者始终能把握得住,给人一种审美快感;后者却写得带有神秘色彩,令人有神龙不见首尾的感觉,使人在获得审美快感的同时,又留下无穷的韵味。再如《宋四公大闹禁魂张》与《神偷寄兴一枝梅,侠盗惯行三昧戏》亦可作比较。前者是站在旁观者的角度,全方位地叙述故事;后者则是深入到神偷懒龙的小宇宙来写一个游戏三昧的侠盗,突出一点儿谐趣。堪可一比的还有《蒋兴哥重会珍珠衫》与《酒下酒赵尼媪迷花,机中机贾秀才报怨》二篇。蒋兴哥面对不贞的妻子,主要是采取了谅解、自责和宽容的态度,由此给我们塑造了一位心地善良的商人形象。贾秀才面对被骗失贞的妻子,除了能设身处地地予以同情和安慰之外,还能够指挥妻子与自己一起实施复仇计划,作者给我们塑造了一位是非分明而又胆大心细的士人形象。再如,"三言"中有《薛录事鱼服证仙》中的人、鱼两个世界的对写,相映成趣;"二拍"中亦有《田舍翁时时经理,牧童儿夜夜尊荣》的梦、醒两个世界的对写,对比鲜明。上述这些例证,我们完全没有必要去死板地认定是"三言"写得好还是"二拍"写得妙。桃花有桃花之红,李花有李花之白,各尽其美,各尽其妙,如此而已。但有一点必须说明,"二拍"在"三言"的基础上略转了一道弯儿或稍稍换一个角度,便形成了一种貌似突破的转移,这便是凌濛初的乖巧之处。

附带涉及一个问题,无论是思想水平还是表现技巧,"三言"中的一百二十篇作品之间的距离比较大一些,而"二拍"七十八篇作品之间的距离却相应地要小得多。因为"三言"毕竟是冯梦龙编撰的,其中有不少篇章是根据他人作品改造的,且改造的幅度也不尽相同;而"二拍"毕竟是凌濛初个人的创作,他至少无须在文字风格的统一问题上花费更多的精力,这又在客观上造成了凌濛初的"取巧"之处。

凌濛初在两难境界中挣扎,"二拍"便是他努力的结果。与"三言"相比,"二拍"虽在整体上有滑坡之势,但在不少地方,也显示出了凌濛初出奇制胜的才能。我们不应孤立地评判"二拍"的文学价值,因为前面有"三言",后面还有许多拟话本作品。

《坚瓠集·异侠借银》鉴赏[①]

徽有布商,密以千金分贮布捆中。路遇一人,求附舟,其人状貌雄伟,既登舟,与语甚款洽。越二宿,将别去,岸上有担囊者招呼之,云其友也。其人邀商与友共饮村店中。饮毕,其友担囊先行,其人引商至野外,密语云:"吾有急需,君布捆中物,暂借一用。某月某日,当造宅奉还,必不相负。幸勿声扬,否将不利于君。"言讫,长揖而去,其行如飞,顷刻不见。商大骇,急还舟,布皆捆束如故,初无移动,心甚疑之。途次不便启视,及抵家视之,空空如矣,乃大叹异。至某日,门庭寂然,意其所约乃诳语耳。三日后,其人与友担囊而至,曰:"偿债者来矣。"出囊中金,除前数外,按月加息五分,又另出银一封云:"因吾友迟来,爽约三日,更当加一月之利。"商逡巡问曰:"君固侠士,前日有何急用而假吾金?"其人曰:"吾有至亲犯事在官,急欲行贿买命,而仓卒无办,故暂假于君耳。"商问:"布捆不动,银何从取去?"其人笑云:"吾自有取法,何必见问。"乃索酒共饮,且云:"吾辈何处不可取物,但恐贻累于人,故不为也。"饮至暮夜,友云:"可去矣。"二人步出中庭,一跃登屋,屋瓦无声,人已不知去向。(《坚瓠集》馀集卷一)

这篇作品最大的特点便是悬念的设置,可以说从题目到结局处处充满悬念。先看题目:"异侠借银"。悬念由此开始设置,此篇中的侠客"异"在何处?作为一位侠客,何以要"借银"?随着故事的开始,作者进行了层层悬念的设置。首先,徽商密藏千金于布捆中,忽遇一人附舟,此人既"状貌雄伟",又能与主人"甚款洽"。直觉告诉读者,这样的人绝非等闲之辈,但他究竟是什么人呢?作者留下了一个悬念。随即,那人又遇一友,并与徽商共饮,然此友却在酒后挑着担子先走了。此友人是谁,带走的是什么东西?作者又留下一个悬念。直到此人将徽商带到野外,告诉他因急用而借徽商千金,日后登门奉还时,前面两个悬念才得到解释,原

[①] 原载《中国古代小说鉴赏辞典》,上海辞书出版社2004年版。

来是侠客借银,而友人挑走的恐怕就是那千金之数了。然而,前面的悬念刚刚解开,后面的悬念又被作者轻轻挂起。徽商还舟,却见布捆如故,难道千金之数就这样被"借"(其实是"偷")走了吗?回家打开一看,果然空空如也。那么,异侠是怎样"借"走这么多银两的呢?他能按时全数归还吗?在这种"悬念"所形成的趣味性的驱使下,读者不得不读下去。最后,异侠不但将钱如数归还,还加上了较高的利息,而且因为晚了三天而更加一月之利。前面的悬念到此似乎都解决了,但有一点却没有完全弄清,徽商不清楚,读者不清楚:异侠是怎样盗银的?作者借徽商之口将这一问题直接点了出来:"布捆不动,银何从取去?"正当读者与徽商一起引领而望其解答时,异侠却笑着说:"吾自有取法,何必见问。"结果,似乎留下了一个永远的秘密,大概也就是江湖侠客们的"商业秘密"吧。这里,作者又似乎给我们留下了一个永远的悬念。而实际上,作者在全篇之末已暗暗地解释了这个悬念:异侠及其友人"步出中庭,一跃登屋,屋瓦无声,人已不知去向。"有如此了得功夫的人,取千金难道不像探囊取物一般容易吗?

总之,不断设置悬念,然后又不断变换手法解释悬念,正是这篇作品最为突出的艺术特点。

《廿载繁华梦》第一回鉴赏[①]

第一回：就关书负担访姻亲，买职吏匿金欺舅父

喂！近来的世界，可不是富贵的世界吗？你来看那富贵的人家，寝不尽的高堂大厦，爱不尽的美妾娇妻，享不尽的膏粱文绣。快乐的笙歌达旦，趋附的车马盈门。自世俗眼儿里看来，倒是一宗快事！俗语说得好，道是："富无三代享"。这个是何原故呢？自古道："世族之家，鲜克由礼。"那纨袴子弟，骄奢淫佚，享得几时？甚的欺瞒盗骗，暴发家财；尽有个悖溺的时候；不转眼间，华屋山邱，势败运衰，便如山倒。回头一梦，百年来闻的见的，却是不少了。

而今单说一位姓周的唤作庸佑，别号栋臣。这个人说来，倒是广东一段佳话。若问这个人生在何时，说书的人倒忘却了。犹记得这人本贯是浙江人氏，生平不甚念书。问起爱国安民的事业，他却分毫不懂。惟是弄功名，取富贵，他还是有些手段。常说道："富贵利达，是人生紧要的去处，怎可不遏力经营？"以故他数十年来，都从这里造工夫的。他当祖父在时，本有些家当，到广东贸易多年，就寄籍南海那一县。奈自从父母没后，正是一朝权在手，财产由他挥霍，因此上不多时，就把家财弄得八九了。还亏他父兄在时，交游的还自不少，多半又是富贵中人，都有些照应。就中一人唤做傅成，排行第二，与那姓周的，本有个甥舅的情分，向在广东关部衙门里当一个职分，唤做库书。论起这个库书的名色，本来不甚光荣。惟是得任这个席位，年中进项，却很过得去。因海关从前是一个著名的优缺，年中措办金叶进京，不下数万两，所以库书就凭这一件事经手，串抬金价，随手开销，或暗移公款，发放收利，其余种种瞒漏，哪有不自饱私囊的道理？故傅成就从这里起家。年积一年，差不多已有数十万的家当。那一日猛听得姐丈没了，单留下外甥周庸佑，赌荡花销，终没有个了期；看着他的父亲面上，倒要同旋他一二，才不愧一场姻戚的情分。

[①] 原载《中国古代小说鉴赏辞典》，上海辞书出版社2004年版。

况且库书里横竖要用人的,倒不如栽培自己亲朋较好。想罢,便修书一封,着周庸佑到省来,可寻一个席位。这时周庸佑接了舅父的一封书,暗忖在家里料然没什么好处,今有舅父这一条路,好歹借一帆风,再见个花天锦地的世界,也未可定。便拿定了主意,把家产变些银子傍身,草草打叠些细软,往日欠过亲友长短的,都不敢声张,只暗地里起程,一路上登山涉水,望省城进发。还喜他的村乡,唤做大坑,离城不远,不消一日,早到了羊城。但见负山含海,比屋连云,果然好一座城池,熙来攘往,商场辐辏,端的名不虚传。周庸佑便离身登岸,雇了一名挑夫,肩着行李,由新基码头,转过南关,直望傅成的府上来。到时只见一间大宅子,横过三面,头门外大书傅寓两个字,周庸佑便向守门的通个姓名,称是大坑村来的周某,敢烦通传去。那守门的听罢,把周庸佑上下估量一番,料他携行李到来,不是东主的亲朋,定是戚友,便上前答应着;一面着挑夫卸下行李,然后通传到里面。当下傅成闻报,知道是外甥到了,忙即先到厅上坐定,随令守门的引他进来。周庸佑便随着,先进头门,过了一度屏风,由台阶直登正厅上,早见着傅成,连忙打躬请一个安,立在一旁。傅成便让他坐下,寒暄过几句,又把他的家事与乡关风景,问了一会,周庸佑都糊混答过了。傅成随带他进后堂里,和他的妗娘,及中表兄弟姐妹,一一相见已毕,然后安置他到书房里面。看他行李不甚齐备,又代他备置多少衣物,一连两天,都是张筵把盏,姻谊相逢,好不热闹。

过了数天,傅成便带他到关部衙里,把自己经手的事件,一一交托过他,当他是个管家一样,自己却在外面照应;就把一个席丰履厚的库书,竟像他一人做起来了。只是关部的库书里,所有办事的人员,都知周庸佑是居停的亲眷,哪个不来巴结巴结?这时只识得一个周庸佑,哪里还知得有个傅成?那周庸佑偏又有一种手段,却善于笼络。因此库书里的人员,同心协谋,年中进项,反较傅成当事时,加多一倍。光阴似箭,不觉数年,自古道:"盛极必衰。"库书不过一个书吏,若不是靠着侵吞鱼蚀,试问年中如许进项,从哪里得来?不提防来了一位姓张的总督,本是顺天直隶的人氏,由翰林院出身,为人却工于心计,筹款的手段,好生了得。早听得关部里百般舞弊,巨耐从前金价很平,关部入息甚丰,是以得任广东关部的,都是皇亲国戚,势力大得很,若要查究,毕竟无从下手。不如舍重就轻,因此立心要把一个库书,查办起来。当下傅成听得这个风声,一惊非小,自念从前的蓄积,半供挥霍去了,所余的都置了产业,急切间变动却也不易;又见查办拿人的风声,一天紧似一天,计不如走为上着。便把名下的产业,都糊混写过别人,换了名字,好歹规避一时。间或欠人项款的,就拨些产业作抵,好清首尾。果然一二天之内,已打点个停停当当,其余家事,自然寻个平日的心腹交托去了。正待行时,猛然醒起关部里一个库书,自委任周庸佑以来,每年的进项,不下二十万金,这一个邓氏铜山,倒要打点打点。虽有外甥在里面照应将来,但防人心不如其面。况且自己去后,一双眼儿,看不到那里,这般天大的财路,好容易靠得住,这样是断不能托他的了。只左思右想,总没一个计儿想出来。那日挨到夜分,便着人邀周庸佑到府里商酌。

周庸佑听得傅成相请,料然为着张总督要查办库书的事情了。肚子里暗忖道:"此时傅成断留不得广东。难道带得一个库书回去不成?他若去时,乘这个机会,或有些好处。若是不然,哪里看得甥舅的情面?倒要想条计儿,弄到自己的手上才是。"想罢,便穿过衣履,离了关部衙门,直望傅成的宅子去。这时傅成的家眷,早已迁避他处,只留十数使唤的人在内。周庸佑是常常来往的,已不用通传,直进府门到密室那里,见着傅成,先自请了一个安,然后坐下。随说道:"愚甥正在关部库书里,听得舅父相召,不知有什么事情指示?"傅成见问,不觉叹一口气道:"甥儿,难道舅父今儿的事情,你还不知道么?"周庸佑道:"是了,想就是为着张大人要查办的事,只还有愚甥在这里,料然不妨。"傅成道:"正为这一件事,某断留不得在这里。只各事都发付停妥,单为这一个库书,是愚舅父身家性命所关系。虽有贤甥关照数目,只怕张大人怒责下来,怕只怕有些变动,究竟怎生发付才好?"周庸佑听罢,料傅成有把这个库书转卖的意思。暗忖:"张总督这番举动,不过是敲诈富户,帮助军饷。若是傅成去了,他碍着关部大臣的情面,恐有牵涉,料然不敢动弹。且自己到了数年,已积余数万家赀,若把来转过别人,实在可惜!倘若是自己与他承受,一来难以开言,二来又没有许多赀本,不如催他早离了省城,哪怕一个库书,不到我的手里?就是日后张督已去,他复回来,我这时所得的,料已不少!"想罢,便故作说道:"此时若待发付,恐是不及了!实在说,愚甥今天到总督衙里,打听事情,听得明天便要发差拿人的了。似此如何是好?"傅成听到这里,心里更自惊慌,随答道:"既是如此,也没得可说,某明早便要出城,搭轮船往香港去。此后库书的事务,就烦贤甥关照关照罢了。"说罢,周庸佑都一一领诺,仍复假意安慰了一会。是夜就不回关里去,糊混在这宅子里,陪傅成睡了一夜。

一宿无话。越早起来,还未梳洗,便催傅成起程。立令家人准备了一顶轿子,预把帘子垂下、随拥傅成到轿里,自己随后唤一顶轿子,跟着傅成,直送出城外面去。那汽船的帐房,是傅成向来认得的,就托他找一间房子,匿在那里;再和周庸佑谈了一会子,把一切事务,再复叮咛一番,然后洒泪而别。慢表周庸佑回城里去，且说傅成到了船上，忽听得钟鸣八句，汽筒响动，不多时船已离岸，浪鼓扬轮，直望香港进发。将近夕阳西下，已是到了。这时香港已属英人管辖，两国所定的条约，凡捉人拿犯，却不似今日的容易。所以傅成到了这个所在，倒觉安心！便寻着亲朋好友住些时。只念着一个库书，年中有许多进项，虽然是逃走出来，还不知何日才回得广东城里去？心上委放不下。况且自己随行的银子，却是不多，便立意将这个库书，要寻人承受。偏是事有凑巧，那一日，正在酒楼上，独自酌酒，忽迎面来了一个汉子，生得气象堂堂，衣裳楚楚，大声唤道："傅二哥，几时来的？"傅成举头一望，见不是别人，正是商人李德观。急忙上前相见，寒暄了几句，李德观便问傅成到香港，是什么原故？傅成见是多年朋友，便把上项事情，一五一十的，对李德观说来。德观道："老兄既不幸，有了这宗事故，这个张总督是见钱不眨眼的，若放下这个库书，倚靠别人，恐不易得力，老兄试且想来！"傅成道："现小弟交托外甥周庸佑。在内里打点，只行程忙速，设法已是不及了；据老兄看来，怎么样才好？"李德观道："足下虽然逃出，名字还在库书里，首尾算不得清楚。古人说：'一不做，二不休。'不如把个库书让过别人，得回银子，另图别业，较为上策！未审尊意若何？"傅成道："是便是了，只眼前没承受之人，也是枉然。"德观道："足下既有此意，但不知要多少银子？小弟这里，准可将就。"傅成道："彼此不须多说，若是老兄要的，就请赏回十二万两便是。"德观道："这没打紧，但小弟是外行的，必须贵外甥蝉联那里，靠他熟手，小弟方敢领受。"傅成道："这样很易，小弟的外甥，更望足下栽培，待弟修书转致便是。"德观听了，不胜之喜。两人又说了些闲话，然后握手而别。

不想傅成回到寓里，一连修了两封书，总不见周庸佑有半句回复，甚觉得奇异，暗忖甥舅情分，哪有不妥？且又再留他在那里当事，更自没有不从，难道两封书总失落了不成！一连又候了两天，都是杳无消息，李德观又来催了几次，觉得没言可答，没奈何，只得暗地再跑回省城里，冒死见周庸佑一面，看他怎么原故。谁想周庸佑见了傅成心里反吃一惊，暗忖他如何有这般胆子，敢再进城里来？便起身让傅成坐下，反问他回省则甚？傅成愕然道："某自从到了香港，整整修了几封书，贤甥这里，却没一个字回复，因此回来问问。"周庸佑道："这又奇了，愚甥这里，却书信连影儿也不见一个，不知书里还说什事，可不是泄漏了不成？"傅成见他如此说，便把上项事情，说了一遍。周庸佑道："这样愚甥便当告退。"傅成听罢惊道："贤甥因何说这话？想贤甥到这里来，年中所得不少，却不辱没了你，今某在患难之际，正靠着这一副本钱逃走，若没有经手人留在这里，他人是断不承办的了。"周庸佑道："实在说，愚甥若不看舅父面上,早往别处去;恐年中进项,较这里还多呢!"傅成听到这语,像一盆冷水从头顶浇下来,便负气说道:"某亦知贤甥有许大本领,只惜屈在这里来。今儿但求赏脸,看甥舅的面上就是了。"周庸佑道:"既是这样,横竖把个库书让人,不如让过外甥也好。"傅成道:"也好,贤甥既有这个念头,倒是易事;只总求照数交回十二万两银子才好!"周庸佑道:"甥这里哪能筹得许多?只不过六万金上下,可以办得来。依舅父说,放着甥舅的情分,顺些儿罢!"傅成听罢,见他如此,料然说多也不得,只得说了一回好话,才添至七万金。说妥,傅成便问他兑付银子。周庸佑道:"时限太速,筹措却是不易。现在仅有银子四万两上下,舅父若要用时,只管拿去,就从今日换名立券,馀外三万两,准两天内汇到香港去便是。愚甥不是有意留难的,只银两比不得石子,好容易筹得,统求原谅原谅,愚甥就感激的了!"当下傅成低头一想,见他这样手段,后来的三万两,还恐怕靠不住;只目前正自紧急,若待不允,又不知从哪里筹得款项回去?实在没法可施,勉强又说些好话。奈周庸佑说称目前难以措办,没奈何,傅成只得应允。并嘱道:"彼此甥舅,哪有方便不得?只目下不比前时,手上紧得很,此外三万两,休再缓了时日才好!"周庸佑听罢,自然允诺,便把四万两银子,给了汇票,就将库书的名字,改作周庸佑,立过一张合同。各事都已停妥,傅成便回香港去。正是:赀财一入奸雄手,姻娅都藏鬼蜮心。要知后事如何,且看下回分解。

《廿载繁华梦》于1905年连载于广州革命党人主办的《时事画报》上,共四十回,作者黄小配(一说无名氏)。全书通过周庸佑一生荣辱盛衰的描写,深刻反映了晚清官场的黑暗和腐朽,同时,也在客观上描述了当时社会的人情冷暖、世态炎凉,具有十分深刻的认识价值。这部小说的出现,既显示了黄小配小说创作的良好开端,也体现了其小说创作的显著特点。黄小配的许多小说作品,都以鼓吹反清革命为创作宗旨,在突出这一政治主题时,他往往将对现实的批判建立在对当时重要人物、重要事件的描写过程中。这样,就形成了黄小配小说的主体风格:以真人真事为基础,通过多种艺术手段的运用,本质地反映现实生活中的重大问题,进而达到批判现实、鼓吹革命的目的。《廿载繁华梦》既是这方面的开山之作,也是这方面的代表作品。

《廿载繁华梦》中的主人公周庸佑是一个典型的带有半封建半殖民地时代特色的小人,作品中的他,可谓坏事干尽。他用欺骗的手段"收购"他的恩人兼舅舅傅成的生财之道——"库书"一职,他趁机霸占了准备为他进京谋求一官半职而又病死在半路的另一个恩人晋祥的爱妾香屏和四十万家私,在气得结发妻子邓氏吐血身亡后他又续娶了时任"关里巡河值日"的马竹宾的妹妹马秀兰,他结交官绅十一人连同自己称为"十二友"而横行社会……如此等等,不一而足。他姨太太娶到十多房,吃喝嫖赌更是必修课,他的拿手好戏是招摇撞骗、吹牛拍马、巴上踩下、落井下石,是一个典型的阴谋家、大马扁。黄小配笔下的周庸佑,既是中国近代社会许多无耻小人的典型代表,又是颇具个性特征的"这一个"。

周庸佑的性格特征,在我们这里所选的《廿载繁华梦》第一回中就得到了充分的显现。该回书主要写的就是周庸佑"匿金欺舅父"而谋得"库书"一职的过程。通过这一过程的描写,作者让读者对周庸佑这一人物有了初步的了解。开篇处,作者就简要地交代了周庸佑的基本性格特点:"生平不甚念书,问起爱国安民的事业,他却分毫不懂。惟是弄功名,取富贵,他还是有些手段。"随后,作者又写他在将财产挥霍光了以后去投靠舅父傅成。一开始,他还是很谨慎小心的:"由台阶直登正厅上,早见着傅成,连忙打躬请一个安,立在一旁。"随后,当傅成推荐他到关部工作以后,周庸佑的手段开始施展开来:"那周庸佑偏又有一种手段,却善于笼络。因此库书里的人员,同心协谋,年中进项,反较傅成当事时,加多一倍。"特别是当傅成害怕张总督检查,准备暂时躲避香港而请外甥周庸佑交代有关事务时,周庸佑却萌发了不良的念头:"此时傅成断留不得广东。难道带得一个库书回去不成?他若去时,乘这个机会,或有些好处,若是不然,哪里看得甥舅的情面?倒要想条计儿,弄到自己的手上才是。"后来,周庸佑果然用欺骗的手段从舅父手上夺得了这一肥缺。最有讽刺意味的是最后舅甥二人就这一肥缺所值的讨价还价。傅成开价十二万银两,周庸佑杀半,只给六万。傅成想翻成七万,周庸佑却回答只能给四万现钱,其他三万先欠着。最终,实际上是四万成交。通过这一过程的描写,周庸佑的丑恶形象就跃然纸上了。

作者在这段书中对周庸佑行为历程的描写,有两点值得我们注意。其一,作者始终按照人物性格发展的逻辑来写人物,并没有强行塞给人物一些什么东西。周庸佑的一言一行、一举一动都是自然而然的。其二,作者在塑造周庸佑及其舅父傅成这两个人物时,主要运用了白描手法,没有丝毫的夸张、渲染、变形,也没有将人物漫画化。作者所展现的完全是生活的本来面目。而这两点,正是黄小配许多小说作品所共有的艺术特点,也是黄小配与某些作家绝不相同之处。

第四篇 04

小说发展史与《红楼梦》

明代四大奇书的历史地位①

《三国演义》《水浒传》《西游记》《金瓶梅》并称为明代"四大奇书",它们分别开创了明代章回小说的四种类型:历史演义、英雄传奇、神魔怪异、市井家庭,共同推动了明代章回小说的繁荣和中国小说史的发展。此外,在中国小说史上尤其是中国古代通俗小说的发展进程中,它们又各自具有独特的、不可替代的历史地位和作用。

一、《三国演义》的历史地位

《三国演义》是历史演义小说的开山之作,也是中国古代章回小说的奠基之作,其历史地位如下。

第一,《三国演义》奠定了章回小说的基本要素和主要特点,结束了长篇小说不过是说书人底本的时代,这在中国通俗小说史上具有划时代的意义。

何谓"章回小说"?大体而言,章回小说具有以下特点:其一,它是由诉诸听觉的说话技艺转化为诉诸视觉的书面文学定型化的产物;其二,在语言方面它以白话为主,兼有文言成分,力求通俗化、大众化,但有不少习用的套语;其三,它一般篇幅较大,分章叙事、分回立目,每一回(或称"章""节""段""卷")均有单句或偶句的标题。上述这些,《三国演义》除了在语言方面文言成分较浓以外,其他方面完全具备。因此,我们说它是章回小说的奠基之作。

第二,《三国演义》将历史与现实、史实与理想、史传与平话有机地熔铸为一体,将某一段历史事实敷衍成为成功的历史演义小说,创造了如后人所归纳的"七实三虚"的虚实比例关系,提供了一条历史小说创作的最优途径。这就为历史演义小说的创作开辟了一条崭新的道路。

这里所谓"七实三虚",并不能死板地理解为历史真实与艺术虚构的"三七开",而是指的在大的问题上的真实性和作品大体框架的真实性。例如,在时间、

---

① 原载《广西师范学院学报》2006 年第 4 期。

地点、人物、事件等方面，《三国演义》都追求"大"实"小"虚。大的时间概念如某年某代"实"，小的时间概念如某日某时"虚"；大的地点如州郡、关隘"实"，小的地点如街道、宅第"虚"；主要人物甚或重要人物与大事件之间的关系"实"，而一些次要人物或者重要人物所干的次要事件则均可张冠李戴甚或虚构。对于历史演义小说而言，这是一种行之有效的创作模式。这样进行历史小说的写作，既不会拘泥于历史事实，成为历史大事的流水账，又不会远离历史事实，成为天马行空的飞行物，而使小说与历史之间保持一种不粘不脱、若即若离的辩证关系。

第三，《三国演义》中对历史英雄人物的大力歌颂，为后世的英雄传奇小说也提供了可堪借鉴的艺术经验。从《水浒传》的作者起，不少作家相继从一个时代中择取一个或几个英雄人物而创作传奇式的长篇小说。在这方面，《三国演义》也起到了一定的示范作用。

《三国演义》取材于历史，深受史传文学的影响，为人物立传，尤其是为杰出的英雄人物立传，是这部历史演义小说的显著特点之一。从《三国演义》中，我们不难看出其中许多英雄的故事具有"传记化"的特点。例如，要想从《三国演义》中清理出诸如曹瞒传、刘备传、孔明传乃至关、张、赵、马、黄等英雄人物的传记，的确不能算是什么难事。而《水浒传》等英雄传奇小说也正是从这一点发扬开去，以某些历史英雄人物作引线，进而写出了各种英雄人物的生动故事，从而给章回小说的创作开拓了一个新天地。

第四，《三国演义》中的某些故事片段，或被后世的文人或民间艺人所改造，成为新的艺术品，或被后世的小说创作所模仿，成为新的故事情节。因此，从"编故事"的角度看，《三国演义》也可算是后世文学作品、尤其是小说作品的艺术宝库。

仅以京剧剧目为例，就足以说明这一问题。据陶君起《京剧剧目初探》一书统计，演八百年历史的"周代故事戏"只有92种，演四百年历史的"西汉故事戏"加"新莽及东汉故事戏"一共才有52种，"隋唐故事戏"颇多，有202种，但这段历史却长达三百多年，"宋代故事戏"最多，达283种，然而两宋的历史也是三百多年的长度，元代历史九十七年，却只有30种，而"三国故事戏"，即使从东汉末年的汉灵帝中平元年(184年)的黄巾起义算起，直到晋武帝太康元年(280年)统一全国止，也不过九十六年，比元代还少一年，却有155种，而且，这一百多种京剧剧目几乎全部出自《三国演义》，可见《三国演义》对后世戏剧影响之大。在中国古代小说中，从"故事性"的角度出发看问题，对后世文学艺术的影响，没有谁能超过《三国演义》。

第五，《三国演义》中的某些人物，被后世小说作家所定型化、类型化，作为各自笔下的楷模，并由此产生了某一类人物的系列形象。如张飞之后，有李逵(《水浒传》)、牛皋(《说岳全传》)、程咬金(《说唐全传》)、郑子明(《飞龙传》)、焦赞(《杨家府演义》)等一系列"莽汉"形象。再如诸葛亮之后,又有吴用(《水浒传》)、徐茂公(《说唐全传》)、刘伯温(《英烈传》)、钱江(《洪秀全演义》)等一系列"军师"形象。由此亦可见"三国演义模式"对后世的巨大影响。

总之,就我国古代通俗小说史而言,《三国演义》的出现,标志着一个重大的转折;就章回小说的发展而言,《三国演义》标志着一个光辉的开端;就明代的历史演义小说而言,《三国演义》打下了厚实的基础。

二、《水浒传》的历史贡献

《水浒传》对中国古代通俗小说史所作出的贡献,并不亚于《三国演义》,甚至在某些方面比《三国演义》的影响更大。

第一,《水浒传》已基本摆脱历史真人真事的圈束,作者放开笔来进行艺术创造,作品也不再兼有普及历史知识的任务。因此,从文学的角度来看,它比《三国演义》更纯。从这个意义上讲,它是我国第一部纯文学性的长篇通俗小说。

对于喜爱考证的学者而言,《水浒传》这样的作品是最令人伤脑筋的。它不像《三国演义》那样,兼有普及历史知识的效用。在一定意义上讲,《三国演义》是能够代替《三国志》而传播历史知识的。绝大多数的中国人之所以认识三国人物、了解三国故事,都是从《三国演义》开始的。而《水浒传》却不具备这种功能,谁要是真的将它当做"宣和"信史来读,多半要犯低级错误。同样的道理,谁要是去考察梁山108人的历史真实性,大致也只能事倍功半。因为除宋江之外,其他好汉多半是说话场中的产物,是民间流传的英雄,你在正史中是难以找到他们的踪迹的。由此可见,《水浒传》比《三国演义》离开历史的距离要远得多,同时,其文学意味也就要纯粹得多。

第二,《水浒传》所反映的社会生活面较之《三国演义》更为广阔,同时,也更贴近广大人民群众的生活,使广大读者更容易产生一种亲切感,从而,引起思想感情的共鸣。而这正是一部文学作品尤其是小说作品赖以生存的主要因素。

《三国演义》最精彩的故事乃在于对军国大事的描写、对战争的描写,至于那些历史英雄、帝王将相的个人生活,作者根本不感兴趣。《水浒传》则不然,相对于军国大事而言,作者更关心那些江湖好汉、草莽英雄的个人生活,并由此将笔触指向现实社会的底层。《水浒传》中最精彩的故事并非梁山好汉与封建王朝之间的军事斗争的描写,而是像"武松杀嫂""宋江杀惜""杨雄杀妻"这样一些反映普通人的生活、反映一般性伦理观念的片断。这就从一个侧面告诉我们,《水浒传》的故事比《三国演义》的故事更加社会化、生活化,更加为一般读者所喜闻乐见。

第三，《水浒传》以人物为中心的"传记式"的写法，创建和确立了我国通俗小说创作的一个基本模式，并被此后许多长篇小说的作者所采用，直到《红楼梦》出现以后才打破这种写法。但在《红楼梦》之后，直到今天，仍有人继续用此方法，可见其实用性。

《水浒传》前70回，尤其是前40回，基本上采取的是为英雄人物单独立传的写法，从中我们不难清理出诸如"鲁达传""林冲传""杨志传""宋江传""武松传"等英雄传记。因此，后世评话有所谓"武十回""宋十回""石十回""卢十回"的说法。而后世小说则有更多地以"某某传"为书名或者以人物传记故事串集在一起而形成的一种单线连环结构方式。即便是《红楼梦》以后的晚清小说，直到近代旧派、新派武侠小说，仍有不少作品采取这种结构方式。

第四，《水浒传》是我国通俗小说史上第一部长篇英雄传奇小说，在它的影响下，明清两代数百年来"英雄传奇"一类小说盛传不衰，改编、模拟《水浒传》之作不胜枚举。通过事之奇而写出人之奇，有奇人方有奇事，也成为后世英雄传奇小说乃至侠义小说的作者们所共同遵守的准则。

追求故事情节的曲折性，是英雄传奇小说的生命线，在这方面，《水浒传》是楷模。英雄传奇小说之所以最终战胜历史演义小说，这也是重要因素之一。如果从故事性的角度将《三国演义》与《水浒传》作一比较，就会发现，《三国演义》是将纷纭复杂的历史事件压缩清理而成之，而《水浒传》则是将民间流传的野史传闻捕风捉影而成之。相比较而言，后者更注重故事的曲折性，是有意识地掀起波澜，从而在曲曲折折的故事中塑造极富传奇色彩的人物。《水浒传》之后，几乎所有的英雄传奇小说都是这样写的，甚至有大量的侠义公案小说和武侠小说也是这样写的。

第五，由于《水浒传》中已有相当篇幅描写了世俗生活，因此，它对后世小说的影响已不限于英雄传奇小说或侠义公案小说以及武侠小说，而对描写市井家庭生活的作品也产生了较大的影响。我国第一部长篇的市井家庭小说《金瓶梅》，就是从《水浒传》中武松、潘金莲、西门庆等人的一段故事中节外生枝而蔚为大观的。而这一方面的描写，在《三国演义》等历史演义小说中是基本上看不见的。因此，中国古代章回小说中最大的一类——市井家庭小说的出现，离不开《水浒传》中那些描写市井家庭生活的片段的滋润。

总之，如果没有《水浒传》，中国通俗小说也许会走另一条发展道路，或者，会走许多弯路。《水浒传》将中国章回小说向真正"小说化"的道路上推进了一大步。

三、《西游记》的历史地位

在中国通俗小说发展史上,《西游记》以崭新的面目出现在人们面前,并具有不可替代的历史地位。

第一,深邃的哲理意味的蕴涵,是《西游记》不易为人们所察觉的最有意义的地方。正是这一点,使《西游记》一不是佛教的"传灯录",二不是道教的"证道书",当然,也不是一般意义上的神话小说,更不是封建迷信的宣传品,而是寓深刻的哲理于生动的故事中的名篇佳制。《西游记》这一潜在的特色,对后世以神怪为题材的小说的写作产生了无形而又巨大的影响。同类小说的作者们都在自觉不自觉之中向着这方面作出了努力。甚至可以说,是否具有哲理意味或哲理意味的多少,可以作为衡量一部神魔怪异小说是否成功的一条重要标准。

就作者创作过程而言,反映现实题材的作品与表现神异题材的作品是有很大区别的。一般说来,前者的创作过程是:现实生活——作者头脑反映——艺术化处理——文本。而后者的创作过程则是:现实生活——作者头脑反映——理念化过程——艺术化处理——文本。后者比前者多了一个"理念化"的过程。而这一理念化的过程,其实就是作者对现实生活的一种哲学思考。将生活现象哲理化、抽象化以后,再予以艺术化的加工,这是神魔怪异小说创作过程中的一个必须阶段,也是一个必然阶段。如果我们在考察一部神魔怪异小说的主题思想或现实意义的时候,忽视了这一阶段,就很容易犯庸俗社会学的错误。例如,在相当长的一段时间里,我们对《西游记》这部神魔怪异小说代表作的思想意义的探讨,就犯了这种不该犯的错误。这种错误的具体表现就是将神魔人物与现实社会中的人物对号入座,如玉皇大帝等于人间的皇帝,太白金星、托塔天王等于人间的文臣武将,孙悟空是造反英雄、甚至代表农民起义,而西天路上的妖魔则多半是地主阶级的土围子等。之所以发生这种现象,主要是因为研究者忘记了《西游记》这样的神魔怪异小说并不是"直接"反映现实的,而是"间接"反映现实的;书中的故事不是现实生活的"直射",而是现实生活的"折射"。这里的"间接"与"折射",实际上就是上面所说的"理念化"思考过程的结果。明乎此,我们就可以看到,《西游记》在中国通俗小说发展过程中起到了多么大的推动作用。从某种意义上讲,它开创了一种新的创作思维模式,一种神魔怪异小说的创作必须遵循的新的创作思维模式。

第二,作为第一部长篇的神魔怪异小说,《西游记》还给后世同类小说提供了许多可堪借鉴的艺术经验,后世许多《西游记》的续作、仿作、同类之作,基本上都是按照它的路子走下去的。

例如《西游记》的作者在塑造自己笔下的神魔形象时,采用了一种十分高明而又十分实用的方法——人、神、物三者的结合。神魔怪异小说最忌把神、魔写得没有"人"气,同样,也忌讳把人写得没有"神"气,同时,也还要照顾到某一神魔人物的本来面目——它究竟是什么东西修炼而成的。《西游记》在这一方面处理得十分妥当,在塑造神魔形象时,作者以"人"的一面表现其社会属性,以"神"的一面表现其传奇色彩,以"物"的一面表现其自然属性。这种人、神、物三者的有机结合,能使读者感觉到书中那些神魔形象永远处于熟悉与陌生之间、逼肖与近似之间、直观与联想之间,从而达到了一种十分理想的审美效果,能自然而然地调动读者阅读的兴趣。这种三结合的描写神魔人物的方法,实际上已成为此后神魔怪异小说塑造人物的最佳方法。

第三,在超现实中反映现实,是《西游记》之所以成功的奥秘。这中间,主要靠的是作家对生活的深刻洞察力和丰富的艺术想象力,而且,二者缺一不可、相辅相成。而这二者的结合,又体现了一个更为重要的问题,即从《西游记》的成书过程可以看出作家主观能动性在文学创作过程中的重要作用。《西游记》虽也借助了民间传说和通俗文艺的力量,但由于作家本身的社会阅历、文学素养、创造能力在中间起到了主导作用,我们总可以感觉到其中所反映出的作者主观思想比《三国演义》《水浒传》要浓厚一些。相比较而言,《三国演义》《水浒传》所反映的主要是传统思想或中华民族的共同思想,是一种集体思维的结晶,而《西游记》却更多地反映了作者的主观意识形态,是一种个体思维的表现。如果我们承认这是一个事实的话,也就预示着一种新的文学创作的可能即将出现:中国长篇小说的创作将由集体创作向着个人创作转化。而这一转化的意义是无比重大的。

第四,通过轻松幽默的笔调来反映严肃的社会问题,以妙趣横生的语言来表达作者心中的愤懑,这种写法,在中国长篇小说中自《西游记》始。同时,长篇小说中讽刺手法的运用,也在《西游记》中初露端倪。

《三国演义》《水浒传》在反映严肃的题材时,作者的态度是严肃的,作者的笔调也是严肃的。同样,它们的作者在代表民众表达心中的愤懑时,其语言也是严肃的。这两部章回小说巨著,字里行间甚至还带有相当浓厚的悲剧意味。而《西游记》则不然,它的作者不是以"正笔"写"正剧",而是以幽默之笔写悲愤之情。喜剧色彩与悲壮情怀,在这里达到了奇妙而和谐的统一。这种情调、这种意蕴、这种境界,较之那种以严肃之笔写严肃之事的做法,应该说更高一个层次,也更深一个层次。就小说史的发展步调而言,这种新的表现方式的出现,也应该算是一个了不起的进步。

第五,《西游记》虽然写的是神魔故事,但却极富人情味,使人感到很亲切。唐僧师徒四众这么一个小集体，俨然就是一个人间社会的家庭。神与神、魔与魔、神与魔之间的关系，除了带有一定程度的政治因素而外，更多的则是一种蕴涵在日常生活中的矛盾、斗争，带有相当浓厚的生活气息。这方面，又给后世的市井家庭小说以某种启示。

如果把《三国演义》《水浒传》和《西游记》放在一起进行比较阅读，就会发现一个很有趣的现象。《三国演义》《水浒传》明明写的是现实世界，或者说，这两部小说是将现实世界作为它们描写的主要对象，但是，书中所描写的生活，我们读起来总感觉到与现实生活有一定的距离。反过来，《西游记》明明描写的是一个神魔怪异的世界，我们却感觉到书中的人物离我们比较近。不仅孙悟空、猪八戒如此，就连那些妖魔鬼怪也远比诸葛亮、曹孟德、关云长、宋江、武松、李逵离我们更近。究其原因，乃是由于《三国演义》《水浒传》是用理想化的方式写现实生活中的人物，而《西游记》则是用现实化的方式写神魔世界中的精怪。正是这种或许从作家们的角度来看是一种不自觉的"错位"的做法，导致了这些小说中现实人物的理想化和神魔人物的现实化。而对于《西游记》而言，它也就在无意之中将小说作品这艺术世界中的人物塑造从理想化向着现实化的方向推动了一大步。

总之，《西游记》的出现如异军突起，使中国长篇通俗小说的创作别开生面，进入一种新的审美境地。

四、《金瓶梅》在通俗小说史上的地位

当《金瓶梅》出现在中国小说史上的时候，也就意味着通俗小说创作的一个新的历史时期的到来。《金瓶梅》在通俗小说史上的地位和作用，是其他任何小说作品都无法取代的。

第一，从题材方面来看，《金瓶梅》是中国古代通俗小说史上第一部摆脱了取材于历史传说与神异传说的传统，而以现实生活中的平凡人物和市井家庭的日常生活为题材的长篇小说。

《金瓶梅》以前的小说，如《三国演义》《水浒传》《西游记》以及《封神演义》《新列国志》《杨家府演义》等作品，要么取材于历史故事，要么取材于稗官野言，要么取材于神话传说，总之，都存在着一种对传统题材的依赖性。而《金瓶梅》则是直接取材于人人得以经历的现实生活，而且是布帛菽粟的日常生活。因此，它对传统题材没有上述作品所共有的那种依赖性以及由此而导致的局限性，而具有相当的独立性和自由度。这实际上为此后的小说创作开辟了一个新天地。

第二，从作者的角度看，《金瓶梅》是我国通俗小说史上第一部由文人单独创作的长篇小说。尽管它的作者究竟是谁，直到今天仍然未弄清楚，但它不属于那种"积累型"的作品却应该是可以肯定的。因为到目前为止,除了能够说明它从《水浒传》中"节外生枝"这一点外,再也找不到关于《金瓶梅》中主要人物的任何传说故事,更不用说历史记载了。

《金瓶梅》以前的通俗小说,其成书过程一般都经历了四个阶段:①历史真实;②民间流传;③话本、戏剧的演述;④文人搜集、整理、加工、再创造。《三国演义》《水浒传》《西游记》均乃如此,《封神演义》《新列国志》《杨家府演义》概莫能外,其他作品亦大都符合这一规律。而《金瓶梅》则一无历史事实作根据,二无民间流传为基础,三无话本、戏剧的演述可堪借鉴,它只是借助于《水浒传》中武松兄弟与潘金莲、西门庆之间的故事作引子,节外生枝,将次要人物变成主要人物,并以现实生活为依据,从而蔚为大国,衍成洋洋百回的鸿篇巨制。从这个意义上讲,它并不存在一个由民众创作到文人加工的过程,而是由文人单独完成的作品。而这一点,恰恰标志着中国古代通俗小说发展过程中在作者与题材关系问题上的一个根本转变。

第三,从反映生活和人物塑造的真实性的角度来看,《金瓶梅》的作者已不再是简单地用黑白两色来观察世界、反映世界,从而也就打破了它以前的通俗小说把人物塞进"正面"或"反面"的框子里去的做法,而是力图从众多侧面去观察和反映多姿多彩的生活,寻求一种更为高级、更为复杂的方式去塑造活生生的"杂色"的人,这给以后的通俗小说创作以极大的启示。

《金瓶梅》以前的通俗小说,大多忽视了人性的多层性和人生的复杂性,写好人无一不好,坏人则无往而不坏;好事尽为正面人物所为,坏事则都是反面人物所干。作者的同情心在正面人物一边,赞美之笔也只用在英雄人物身上,而对于反面人物、奸佞之徒,则永远是鞭挞有加、深恶痛绝。这种描写其实是反现实主义的,是不符合生活实际的。《金瓶梅》第一次大面积地描写了人的杂色、杂色的人,从更高的角度反映了生活的本来面目,从而,也能让读者从作品中领略到七彩人生,观察到万花筒般的世界。这样,就使中国古代通俗小说的创作在现实主义的道路上实现了根本性的突破。

第四,就作者与作品之间的关系而言,《金瓶梅》的作者体现出一种比以前任何通俗小说都更为冷峻的态度和更为严肃的精神。他没有将自己的观点在作品中十分愚蠢地反复宣扬,而多半是在生活画屏的背后隐隐地透露出自己潜藏着的爱憎感情和情感世界。

《金瓶梅》对现实生活的描写较之以前的诸多通俗小说作品更为细腻、逼真。作者惯用白描手法来写世情,刻画人物毫发毕现、深入骨髓,颇能深入到人物的内心世界去追魂摄魄,尔后又不动声色地让人物通过各自的言行来表现其内心世界。作者极少出面直接对书中人物进行评判,而是给读者留下一个广阔的审美空间,让读者自己去认识书中的人物。这种写法,较之以前小说中多用夸张、渲染、粗线条勾勒或由作者出面大加评议的写法,无疑是一个历史性的进步,同时,也代表着通俗小说作者在如何反映生活这一问题的认识上的一个根本转变。

第五,从创作方法的角度看问题,《金瓶梅》一方面最大能量地发扬了现实主义的光辉传统,尽可能地反映着现实生活的本质和底蕴,并取得了极大的成功。这样,就为现实主义小说的巅峰之作《红楼梦》的出现作出了示范、打下了基础。另一方面,它又无可避免地带有它那一历史阶段的时代风气的熏染,纯客观地描写丑恶霉烂的两性生活,有不少淫秽之笔。书中那些对男女欲望的赤裸裸的描写,固然也反映了人类生活的一个层面和当时社会风气的一个方面,有的地方或许还有利于人物塑造和情节推移;但过分地、毫无节制地展示性交生活,这种自然主义的笔墨,也对后世许多通俗小说产生了不良影响,容易造成一种在低级趣味的泥潭中的迷失与陷落。从这一角度看问题,《金瓶梅》的历史作用和影响是正面、负面同时存在的。

总之,《金瓶梅》在通俗小说发展进程中具有特殊的地位和重大的作用,从小说史的角度来看,我们对这一问题的研究似乎比对《金瓶梅》文本或作者问题的研究更有意义。

五、余论

研究明代四大奇书各自在中国古代通俗小说史上的地位和作用,无疑是一件有意义的事,但如果将这四大奇书予以综合考察,进一步探讨它们在中国小说史上的作用和它们之间的种种联系,也是一件饶有兴味的事。然而,这是一个十分复杂的问题,笔者学识有限,只能择其感受至深者而略谈一二。

概而言之,明代四大奇书在长篇通俗小说形成之初,无形中组成了一个在诸多方面逐步转移的"链"。

首先,越来越远离历史而靠近现实。《三国演义》离历史事实最近,《水浒传》已渐离历史真实而注目于传奇意味,《西游记》则在更加追求传奇化的同时悄然融入对现实生活的描写,至《金瓶梅》,则是纯然的现实描写,与历史无甚干系了。

其次,由追求"事之奇"向追求"情之奇"的转化。《三国演义》《水浒传》《西游记》都追求故事情节的曲折性、奇特性,而且花样翻新,愈写愈奇,而《金瓶梅》却比较注重"奇人奇情"的描写,书中诸人均可谓"一代新人",然他们的"新",就"新"在与传统道德观念的不一致,"新"在显示了当时时代的底蕴。这就是所谓"奇人奇情",而《金瓶梅》也正是以这种"奇人奇情"使读者耳目一新的,而不是以故事的曲折离奇征服读者。

最后,表现技法越来越细腻,越来越注重在创作过程中体现作家自己的主观情绪和审美观照。从《三国演义》《水浒传》到《西游记》,再到《金瓶梅》,在反映矛盾冲突时,越来越由"外在化"向"内在化"转移。在塑造人物形象时,越来越由"类型化"向"个性化"转移;在描写环境气氛时,越来越由"粗勾勒"向"细描绘"转移;在设置情节结构时,越来越由"单纯型"向"繁复型"转移。如此等等,不一而足。所有这些,都应视为小说创作的一种良性发展。

综上所述,明代四大奇书这一种蜿蜒前进着的链状形态,无不体现了作者与文本之间的关系越来越紧密,无不体现了作家本人对自己作品的有意"进入"和"投入"。而这一切,又无不体现了在中国古代长篇通俗小说发展过程中创作主体的逐步"觉悟"和"自主",而这种"觉悟"和"自主",又毫无疑问地指示着中国古代通俗小说健康发展的远大方向。

刘备·宋江·作者心态[①]

罗贯中毫无疑问是中国古代最杰出的小说家之一,现存而与之有干系的小说有五部:《三国志通俗演义》《水浒传》《三遂平妖传》《残唐五代史演义传》《隋唐两朝志传》。关于这五部小说作品最早署名的具体情况如下:《三国志通俗演义》有明嘉靖壬午(1522年)刊大字本,二百四十则,题"晋平阳侯陈寿史传""后学罗本贯中编次";《水浒传》有嘉靖间刊行《忠义水浒传》(残本),题"施耐庵集撰""罗贯中纂修";《三遂平妖传》二十回,万历间刊本,题"东原罗贯中编次""钱塘王慎修校梓";《残唐五代史演义传》六十回,明刊本,题"贯中罗本编辑""李卓吾批点";《隋唐两朝志传》,一百二十二回,万历己未(1619年)刊本,题"东原贯中罗本编辑""西蜀升庵杨慎批评"。

虽说五部作品的作者都署有罗贯中字样,但如果作进一步探究,便可发现上述作品的作者署名状况并不相同,大致可分为两类。第一类,《三国志通俗演义》和《水浒传》。其中,《三国志通俗演义》所谓"陈寿"云云,完全是虚晃一枪,因为没有任何人相信西晋的陈寿会写起章回小说来。这只不过借以强调此小说所根据的乃是陈寿的《三国志》,从而以表示其历史真实性而已。因此,《三国志通俗演义》的著作者实际上只署有罗贯中一人的名字。《水浒传》所谓"施耐庵"云云,在没有过硬材料出现的前提下,我们无法确认施耐庵的著作权问题,只好存疑;即便是施耐庵确有其人,并且对《水浒传》的成书作过贡献,也是施在前、罗在后,最终写定者当为罗氏。要之,《三国》与《水浒》这两部小说与罗贯中的关系更为亲密一些。第二类,《三遂平妖传》《残唐五代史演义传》《隋唐两朝志传》。这三部小说署名均为罗贯中在前,后有"王慎修校梓""李卓吾批点""杨慎批评"云云。不管王、李、杨三人的署名是真是假,总之是这三部作品在作者署名问题上已暴露出它们是经过罗贯中以后的人动了一番手脚的,应该说这三部小说与罗贯中的关系要疏远一些。

[①] 原载《东平与罗贯中〈三国演义〉〈水浒传〉研究》,中国出版社2006年版。

当然,所谓"远"与"近",只是相对而言。即便再近,也不可能只字不改;即便再远,也不可能脱胎换骨。参照后来毛宗岗父子修订《三国演义》、金圣叹删改《水浒传》的情况,可以推断,明代中后期的文人或书商对罗氏原作的修改只能是局部的,而不可能推倒重来。因此,可以说,这五部小说的基本精神和大体框架仍然是由罗贯中所奠定的。

有趣的是,罗贯中所赋予的上述五部小说大体一致的基本精神,又与罗氏所处的元末明初的社会状况有着颇为紧密的联系。对于元末明初的政治形势,我们可作如下简明概括:元末政治腐败,引发农民起义,进而群雄割据、逐鹿中原,经过一段时间的大混战之后,天下归于一统、诞生了新的政权——大明王朝。这种社会状况,恰恰全都反映在上述五部小说之中,不过各有侧重点而已。《三国志通俗演义》重在写群雄角逐、军阀割据,但前面又以黄巾大起义作引子,最终又写三国归晋。《水浒传》重在以农民大起义为载体,反映了广大民众在动荡不安的社会中所萌发的以暴抗暴的反抗精神。《三遂平妖传》以王则起事为契机,表现的是与《水浒传》相近似的思想,只不过比较多地渗入了神异描写。《残唐五代史演义传》乃是一幅天下大乱、群雄并立、相互攻伐的历史画卷。《隋唐两朝志传》所反映的时间跨度虽然比较大,从杨坚受禅直写到王仙芝被剿杀,计二百九十五年事迹,但对乱世的描写却仍然占了大半篇幅。总之,这五部小说均着重表现了处于"乱世"中的各类英雄人物的心理和行为。而这一点,恰恰符合处于元末那种"天下大乱"的形势下有政治眼光和希望有所作为的罗贯中的心理状态。除小说外,罗贯中还写有杂剧。保存至今的《宋太祖龙虎风云会》一剧,所表现的作者心态正与上述五种小说大体相同:身处乱世而思有所作为。尽管在现实中壮志难酬,也不妨"纸上谈兵",将自己的政治理想和人格理想通过小说、戏曲这些最通俗的艺术形式表现出来。

仅就与罗贯中关系至为密切的《三国志通俗演义》和《水浒传》二书而言,作者之良苦用心——对政治理想和人格理想的执着追求,又着重体现在二书之主人公刘备、宋江这两位"精神领袖"身上。

《三国志通俗演义》中的刘备在本质上其实是与曹操一致的,作者将他们写成了"奸雄"或"枭雄"。相比较而言,枭雄刘备比奸雄曹操多了一些作为美丽羽毛来装饰自己的"忠义"。进而言之,书中所写刘备所谓"忠",乃是他夺取天下的借口和保护色;而他的"义",倒是作者赋予他的真正的生命的光闪。纵观《三国志通俗演义》中刘备的一生,其假"忠"真"义"具有一贯性。

小说一开始,就写刘备"好交游天下豪杰,素有大志"。那么,刘备的大志是什么呢?作者旋即作了回答:"玄德年幼时,与乡中小儿戏于树下,曰:'我为天子,当乘此羽葆车盖。'"（卷之一）成人后，刘备反反复复向别人介绍自己时，总忘不了强调"汉室宗亲"的身份。初见张飞，刘备说："我本汉室宗亲。"回答督邮，刘备又说："备是中山靖王之后。"（均见卷之一）而这种特殊身份在那样一个动乱的时代里所表达的潜台词就是"最有资格当皇帝"的意思。同样，刘备政治集团中的骨干成员如诸葛亮、关羽、张飞等人也再三重复刘备的这种说法，都在为刘备当皇帝作舆论准备。如张飞对吕布怒吼："我哥哥是金枝玉叶，你是人家奴婢，怎敢叫我哥哥做贤弟！"（卷之三）关羽则在别人面前口口声声称刘备为"刘皇叔"。（卷之六）更有甚者，在以诸葛亮、关羽、张飞等一百二十人联名申奏汉献帝的表章中宣称刘备进位汉中王的主要理由之一就是"臣等以备肺腑枝叶，宗子藩翰，心存国家，念在弭乱。"（卷之十五）至于刘备称帝时，诸葛亮说得更加清楚明白："主上平定四海，功德昭于天下，况是大汉宗派，宜即正位。"（卷之十六）意谓刘备当皇帝的理由是"功德"与"宗派"各占一半。

刘关张桃园三结义的誓词是既空洞又具体的："念刘备、关羽、张飞虽然异性，结为兄弟，同心协力，救困扶危，上报国家，下安黎庶，不求同年同月同日生，只愿同年同月同日死。皇天后土，以鉴此心，背义忘恩，天人共戮！"（卷之一）所谓空洞者，是其"忠"也："上报国家，下安黎庶"。所谓具体者，是其"义"也："不求同年同月同日生，只愿同年同月同日死。"

桃园结义以后，刘备带领着关、张等人开始转战四方。破黄巾、讨董卓、栖徐州、依曹操、窜荆州、战赤壁，直至横跨荆益二州，从汉中王"晋升"蜀汉皇帝。在转战南北的漫长征途中，刘备一贯标榜自己是复兴汉室，而实际上是为自己谋夺天下寻找借口。其实，刘备出身之微贱是人所共知的。舌战群儒时，诸葛亮与东吴陆绩的一段对话很有意思。陆绩说："曹操虽挟天子而令诸侯，犹是曹相国曹参之后。汝刘豫州虽中山靖王苗裔，无可稽考，眼见只是织席贩履之庸夫，何足与曹操抗衡哉？"诸葛亮回答："昔汉高祖皇帝，起身泗上亭长，宽宏大度，重用文武而开大汉基业四百余季。至于吾主，纵非刘氏宗亲，仁慈忠孝，天下共知，胜如曹操万倍，岂以织席贩履为辱乎？"（卷之九）可见，刘备集团的主要成员对其出身并非正统是非常清楚的。如若刘备要真正的"忠"，他便只能兴勤王之师护卫汉献帝，而不应该为自己谋夺地盘煞费苦心。刘备的这种并非真正拱卫汉献帝的思想，在他的义弟关羽"降汉不降曹"的口号中露出了马脚。所谓"降汉"者，其前提是"非汉臣"，天下岂有"汉臣降汉"的道理？当关羽标榜"降汉不降曹"的时候，无意中暴露了他和他的主子刘备并没有死心塌地当汉献帝大臣的潜意识。因此，从刘备到诸葛亮再到关羽、张飞等人，他们内心深处其实都很清楚，忠于汉室的口号是喊给别人听的，"刘皇叔"取代汉献帝才是他们共同的奋斗目标。

与"忠"相比较而言,刘备的"义"倒是很实诚的。当张飞丢了徐州,使刘备的两位夫人成为俘虏以后,刘备只是默默无语。当张飞被关羽责备不过,要拔剑自杀时,刘备却夺其剑而言曰:"古人有云:'兄弟如手足,妻子如衣服。'……吾三人桃园结义,不求同日生,誓愿同日死。今日虽无了城池老小,安忍教兄弟中道而亡?"(卷之三)更有甚者,当赵云于千军万马之中救得阿斗生还时,"玄德接过,掷之于地,指阿斗而言曰:'为汝这孺子,几乎损吾一员大将!'"(卷之九)有论者认为,这些地方反映了刘备的虚伪,其实不然,若联系刘备最后为一"义"字而抛弃天下和生命的表现,可知其"义"之真诚。乱世之中,一个希望有所作为的人,可以抛弃一切,惟独不能抛弃"义"。刘备深深懂得这层道理。

刘备是一个复杂而又真实的人物,在那样一个天下大乱、军阀混战的时代,他的思想和行为都是与时代同调的。他不可能抱着真正的"忠心"去拥护汉献帝,因为那样在客观上不可能有效果,在主观上也有悖于刘备的枭雄之心。因此,他只可能打着"忠于汉室"的旗号,又反复称言自己的皇族血统,这样,就使自己夺取天下的行为变得名正言顺。当然,仅仅在理论上抢占一个政治制高点是远远不够的,所有的政敌都不会将天下拱手相让。要想创建帝业,还必须拥有实力。在整部《三国志通俗演义》中,刘备在忠君报国的旗号下所干的就是一件事,增强自己的实力。而所谓实力,主要指的是地盘、军队、人才等要素。而在诸多要素中,人才又是第一位的,有了人才以后,才可能争夺更多的地盘,发展更为强大的军队。而要搜罗人才,又必须在"忠"的大旗下,用"义"来感化人心。这就是"忠"与"义"在刘备心目中、行动上的各具特色的分量和各司其职的作用。刘备,是一个真正懂得"忠"与"义"的价值的聪明人。

相对于刘备的聪明而言,宋江便显得有几分"傻"气。《水浒传》中宋江的基本性格特征也可用两个字概括——"忠"与"义"。这二者有时是矛盾的,有时是统一的。实际上,二者是在宋江的思想性格中矛盾着的统一。

宋江乃是一个以儒家思想为基础的能干的县吏,是处于社会中下层的知识分子。这样的出身、地位以及所受的正统教育,决定了他头脑里具有浓厚的忠君思想。同时,宋江又只是一个小吏。"吏"是一个极易分化的社会阶层,其中有些人固然可能为虎作伥、欺压善良,但也有人也因接触社会下层的机会较多而同情人民,宋江属于后者。除了同情弱者之外,宋江又"爱习枪棒,学得武艺多般,平生只好结识江湖好汉"。(第十八回)宋江之所以广交天下英雄,主要是为了干一番忠君报国的大事业而网罗人才。但同时,江湖好汉的义气又对宋江的思想有着积极的影响。而这种江湖义气与忠君报国的思想相结合,就构成了宋江性格内涵矛盾统一的主导面。在宋江看来,忠义二者是完全吻合、统一的,忠臣和义士二者完全可以一体。宋江一生的奋斗目标,就是要做一个忠臣兼义士。

然而,严酷的现实生活却并不像宋江所想象的那么简单。他想当忠臣,偏有奸臣当道,阻塞贤路;他欲为义士,但"义"又时时与"忠"发生矛盾。尽管宋江竭尽全力想把忠义二者结合起来,但事实上,这二者在更多的时候却是矛盾的,有时甚至发展到尖锐冲突的地步。要忠就不能义,要义就不能忠。宋江悲剧性的一生,就是持久地处于两大矛盾冲突之中:一是自己头脑中"忠"与"义"的矛盾,二是其忠义思想与残酷现实的矛盾。

在宋江的生命历程中,忠义思想自始至终呈现出鲜明而又复杂的状态。

上梁山之前,宋江头脑中"忠"占了主导地位。他上山的过程是那么曲折,归根结底,也是一个"忠"字在作怪。这是从宋江主观思想方面来说,另一方面,宋江虽以忠为指导思想,但在许多地方仍不失一个江湖好汉的本色。他上山以前的许多义举,对梁山事业可以说是起到了巩固发展的作用。梁山此时的四十名头领,除少数几个人之外,大多都是在宋江的直接或间接影响下上梁山的。而这些人不管认识宋江与否,只一闻"及时雨"三字,便佩服得五体投地。实质上,这就是宋江的"义"在江湖上所具有的巨大的感召作用。宋江上山之前,本人虽处处讲忠,所行却经常显义。他的忠,阻挠了他个人走上梁山的进程;他的义,却在客观上推动了梁山事业的发展。

宋江上梁山的同时,也把他头脑中矛盾着的"忠义"思想带上了山。上山不久,作者有意安排宋江于梦中接受了九天玄女娘娘的法旨:"为主全忠仗义,为臣辅国安民,去邪归正,他日功成果满,作为上卿。"(第四十三回)这一段话,就是宋江往后一生的行动纲领。在梁山为主时,宋江充分发挥了自己的组织才能和军事才干,全力贯彻了"全忠仗义"这四个字。可惜的是,作为梁山领袖的宋江却始终未能摆脱对皇权的迷信。他认为"今皇上至圣至明",(第七十一回)从未想到与大宋皇帝作个对头。他认为打击奸臣是维护皇帝的利益,爱护百姓也是替皇帝争取民心。这一切的义,都是与忠统一的。他就是这样企图把忠与义结合在一起,以忠为目的、以义为手段来施展自己的政治才能,达到经世济国的政治目的。宋江一直以为自己的做法是既忠且义的,是既符合皇帝利益又符合民众利益的。直到柴进簪花入禁院,在"睿思殿"的屏风上看到了御书四大寇的姓名,并把"山东宋江"四字刻下来带回梁山时,"宋江看罢,叹息不已"。(第七十二回)才意识到自己思想里的忠义实际上是不可能统一的,要忠于皇帝,就必须接受朝廷招安而不再当强盗。

宋江接受招安后,忠的思想在头脑中占了绝对优势。为了忠,他可以干不义之事了,陈桥驿斩小卒就是明显的例子。杀小卒,是忠对义的摧毁,正如宋江自己所言:"我自从上梁山以来,大小兄弟,不曾坏了一个,今日一身入官,事不由我,当守法律,虽是你强气未灭,使不的旧时性格。"(第八十三回)宋江杀小卒,无异于向梁山军大小将士宣告:"强气"必灭,"旧时性格"不准使,义已在这支军队中灭亡了,在这里,只能讲忠,只能维护朝廷法度,至于江湖义气、反叛精神,一概不容许存在了。征方腊而建功受封后,朝廷向他送来了鸩酒。宋江的"忠",此时竟至发展到"愚忠"的地步,把对皇帝的一片忠心带进了坟墓。

《三国志通俗演义》之刘备与《水浒传》之宋江都是非常成功的艺术形象,二者之间最大的共同点乃在于他们都是作者用"心"创造的。在刘备和宋江这两个艺术典型身上最大限度地融入了作者罗贯中——一个生活在那样的时代而有良心的下层文人对历史、现实、社会、人生的深刻感受和深入思考。小说作品中的刘备与宋江,都离历史人物有较大的距离,而与作者心中的形象更为贴近。质言之,他们都是作者精神的外化,是作者以自己的心灵解读现实的载体。

除相同之处而外,刘备与宋江亦有相异之处。他们虽然都是徘徊于政治理想与人格理想之间的人物,但最后,刘备体现了人格理想的自我完善,他不顾万里江山而为义弟报仇;宋江则体现了政治理想的自我完善,为忠于朝廷而将义弟拉来做了殉葬品。当这两位英雄人物即将走完生命的最后阶段的时候,作者对他们的描写都是动人心旌甚至是刺人肺腑的。

先看刘备为义弟报仇的决心:"朕自桃园与关、张结义,誓同生死。今不幸二弟关公被东吴孙权所害,此仇誓不共天地同日月也!今朕已即帝位,皆赖卿等扶持,若不与关公报仇,是负当时之盟也。朕今起倾国之兵,剪伐东吴,生擒逆贼,以祭关公,方雪此恨,是朕之愿也!"(卷之十六)"朕不与弟报仇,虽有万里江山,何足为贵?"(卷之十七)在江山与义弟之间,刘备毅然决然选择了后者。刘备的这种选择,其实所体现的乃是一种政治理想向人格理想的让步。换言之,《三国志通俗演义》的作者在这里是塑造的一个"义"高于一切的刘备,或者说,是在借刘备这一人物鼓吹"义"高于一切的人格理想追求。

再看宋江毒死义弟以尽忠时的表白:"兄弟,你休怪我!前日朝廷差天使赐药酒与我服了,死在旦夕。我为人一世,只主张忠义二字,不肯半点欺心。今日朝廷赐死无辜,宁可朝廷负我,我忠心不负朝廷。我死之后,恐怕你造反,坏了我梁山替天行道忠义之名,因此请将你来,相见一面。昨日酒中已与了你慢药服了,回到润州必死。"(第一百回)宋江明知自己将成为朝廷牺牲品时,只是担心李逵重举义旗,坏了他的忠名,竟设计将李逵药死,作了自己的殉葬品。当走到生命尽头的时候,宋江头脑中的"义"已消除殆尽,只剩下赤裸裸冷冰冰的"忠"了。这是人性向政治性的臣服,是政治理想对人格理想的杀灭。

在"临危垂死"的紧要关头,刘备与宋江截然相反的表现是饶有意味的,作者的这种描写,一方面体现了一种显意识的创作心态:通过书中主要人物来评判历史,进而达到抒发自己心头的愤懑的目的,亦即人们常常说到的借古人酒杯,浇自己胸中块垒,使书中人物成为作者传达政治理想和人格理想的载体和传声筒。另一方面,作者对刘备、宋江的不同描写,还体现了一种来自于千百年来中华民族成千上万的芸芸众生对历史伟人的一种"集体无意识"的评判,而这种深深埋藏在民众心底的对历史伟人的要求,经过作者的融会贯通以后,又变成了一种作者潜意识的创作心态:位在上者求其施"义",位在下者求其尽"忠"。说得更明确一点,就是中国的老百姓希望那些有权有势的人,尤其是最高统治者能够施行仁政、德治;而对那些有能力的人,甚而是可能引起社会动荡的强悍者,人民则希望他们以忠君报国为本,不要让大家陷于战乱之中。

封建社会的中国人民,他们只希望在仁义之君、忠荩之臣的领导下过太平生活,至于社会走向、政治理想、人类未来,那些问题乃是社会精英们考虑的,老百姓管不了那许多"遥远"的事。而《三国志通俗演义》也罢,《水浒传》也罢,不管这些作品是多么伟大,但它们最大的读者群依然是普通民众。因此,这些作品的作者之创作心态是分属于不同的人群的,其显意识的一面属于知识分子,而其潜意识的一面则属于人民大众。

历史·现实·理想[①]

——罗贯中奠定的历史小说写作模式

毫无疑问,罗贯中是一位通俗文学的创作大师,尤其是他的章回小说和戏剧写作更是成绩斐然。章回小说方面,除《三国志通俗演义》外,还有《隋唐两朝志传》《残唐五代史演义》《三遂平妖传》均署名罗贯中原著,有人认为他还是《水浒传》的撰写者之一。戏剧方面,则有杂剧《宋太祖龙虎风云会》。

然而,当我们将上述作品的名目放在一起稍加归纳以后就会发现,罗贯中的创作热情主要集中在历史题材。上面的戏剧小说作品,几乎无一不是对历史题材的审美观照。尤其是《三国志通俗演义》,可以说开创了中国古代小说史的新纪元。它奠定了章回小说的基本模式,也奠定了历史演义小说的基本写作模式。

这种基本写作模式就是"历史""现实""理想"三者之间的有机结合。

一

历史是现实的一面镜子,从这个意义上讲,世界上本不应有纯粹的历史小说,任何历史小说中间都难免有现实感受的投影。《三国志通俗演义》也不例外。

为了说明这一问题,我们必须对与罗贯中和《三国志通俗演义》相关的两个时代进行综合考察。一个是小说作品所叙述的时代——东汉末年到三国归晋,一个是作者罗贯中所生活的时代——元朝末年到大明建立。这也就是历史小说作者必须面对的两个时代——"历史"时代和"现实"时代。

就"历史时代"而言,《三国志通俗演义》记事起于汉灵帝建宁二年(169年),终于晋武帝太康元年(280年),主要描写魏、蜀、吴三个统治集团之间的政治斗争和军事斗争。

就"现实时代"而论,《三国志通俗演义》的作者罗贯中大约生活于元末明初。据《录鬼簿续编》称:"罗贯中,太原人,号湖海散人。与人寡合。乐府隐语,极

[①] 原载《第二十一届全国〈三国演义〉学术研讨会论文集》,中国文史出版社2011年版。

为清新。与余为忘年交。遭时多故,各天一方。至正甲辰(1364年)复会,别来又六十馀年,竟不知其所终。"

另据明·王圻《稗文汇编》称,罗贯中为"有志图王者"。

综合以上两条记载,我们基本上可以给罗贯中勾画一个最为简洁的画像:一个生逢乱世,曾经有志图王,最终以小说和戏曲作品来表达自己的人生愿望和政治理想的下层文人。

更为有趣的是,如果将小说《三国志通俗演义》叙述的汉末三国与作者罗贯中亲历的元末明初这两个时代作一比较,我们马上就会发现,二者之间有着十分惊人的相似之处,都经历了兴亡四部曲:政治腐败——农民起义——军阀混战——天下统一。

首先,亡国前夕的政治腐败。

东汉末年桓、灵二帝时的政治腐败,史书中多有记载,别的不说,只要看看《后汉书》卷七所载汉桓帝的几则"罪己诏"就可了解大概:

建和三年(149年)十一月甲申,诏曰:"朕摄政失中,灾眚连仍,三光不明,阴阳错序。监寐寤叹,疢如疾首。今京师厮舍,死者相枕,郡县阡陌,处处有之。"

元嘉二年(152年)九月丁卯,诏曰:"朝政失中,云汉作旱,川灵涌水,蝗螽孽蔓,残我百谷,太阳亏光,饥馑荐臻。"

延熹九年(166年)正月己酉,诏曰:"比岁不登,人多饥穷,又有水旱疾疫之困。盗贼征发,南州尤甚。灾异日食,谴告累至。政乱在予,仍获咎征。"

而《后汉书》的编撰者是这样评价这位皇帝的:"前史称桓帝好音乐,善琴笙。饰芳林而考濯龙之宫,设华盖以祠浮图老子,斯将所谓听于神乎?及诛梁冀,奋威怒,天下犹企其休息。而五邪嗣虐,流衍四方。自非忠贤力争,屡折奸锋,虽愿依斟流彘,亦不可得已。"

桓帝如此,灵帝如何?只看《后汉书》卷八光和四年(181年)的一则记载就可见一斑:

> 是岁,帝作列肆于后宫,使诸采女贩卖,更相盗窃争斗。帝著商估服,饮宴为乐。又于西园弄狗,著进贤冠,带绶。又驾四驴,帝躬自操辔,驱驰周旋,京师转相放效。

以上是罗贯中《三国志通俗演义》中所要反映的时代——东汉末年,那么,作者所生活的时代——元末又是如何呢?同样腐败不堪。

请看亡国之君元顺帝的表现:

元顺帝即位之元统元年(1333年):"时有阿鲁辉帖木儿者,明宗亲臣也,言于帝曰：'天下事重，宜委宰相决之，庶可责其成功；若躬自听断，则必负恶名。'帝信之，由是深居宫中，每事无所专焉。"(《元史》卷三十八)

至元三年(1337年)："五月辛丑，民间讹言朝廷拘刷童男童女，一时嫁娶殆尽。"(《元史》卷三十九)

至正三年(1343年)五月："大霖雨，黄河溢，平地水二丈，决白茅堤、金堤，曹、濮、济、兖皆被灾。……秋七月戊子朔，温州飓风大作，海水溢，地震。……丁卯，山东霖雨，民饥相食，赈之。"(《元史》卷四十一)

至正十三年(1353年)："哈麻及秃鲁帖木儿等阴进西天僧于帝，行房中运气之术，号演揲儿法，又进西番僧善秘密法，帝皆习之。"(《元史》卷四十三)

至正十四年(1354年)："京师大饥，加以疫疠，民有父子相食者。帝于内苑造龙船，委内官供奉少监塔思不花监工。帝自制其样，船首尾长一百二十尺，广二十尺，前瓦帘棚、穿廊、两暖阁，后吾殿楼子，龙身并殿宇用五彩金妆，前有两爪。上用水手二十四人，身衣紫衫，金荔枝带，四带头巾，于船两旁下各执篙一。自后宫至前宫山下海子内，往来游戏，行时，其龙首眼口爪尾皆动。……时帝怠于政事，荒于游宴，以宫女三圣奴、妙乐奴、文殊奴等一十六人按舞，名为十六天魔，首垂发数辫，戴象牙佛冠，身被璎珞、大红绡金长短裙、金杂袄、云肩、合袖天衣、绶带鞋袜，各执加巴刺般之器，内一人执铃杵奏乐。……以宦者长安迭不花管领，遇宫中赞佛，则按舞奏乐。宫官受秘密戒者得入，馀不得预。"(《元史》卷四十三)

如此历史事实，如此现实生活，被罗贯中用艺术之笔叠加在一起，就变成了《三国志通俗演义》开篇的一段文字：

后汉桓帝崩，灵帝即位，时年十二岁。朝廷有大将军窦武、太傅陈蕃、司徒胡广共相辅佐。至秋九月，中涓曹节、王甫弄权，窦武、陈蕃预谋诛之，机谋不密，反被曹节、王甫所害。中涓自此得权。建宁二年四月十五日，帝会群臣于温德殿中。方欲升座，殿角狂风大作，见一条青蛇，从梁上飞下来，约二十余丈长，蟠于椅上。灵帝惊倒，武士急慌救出；文武互相推拥，倒于丹墀者无数。须臾不见。片时大雷大雨，降以冰雹，到半夜方住，东都城中坏却房屋数千余间。建宁四年二月，洛阳地震，省垣皆倒，海水泛溢，登、莱、沂、密尽被大浪卷扫居民入海，遂改年熹平。自此边界时有反者。熹平五年，改为光和，雌鸡化雄；六月朔，黑气十余丈，飞入温德殿中；秋七月，有虹见于玉堂，五原山岸，尽皆崩裂。种种不祥，非止一端。……后张让、赵忠、封谞、段珪、曹节、侯览、蹇硕、程旷、夏恽、郭胜这十人执掌朝纲。自此天下桃李，皆出于十常侍门下。朝廷待十人如师父，由是出入宫闱，稍无忌惮，府第依宫院盖造不题。

(卷之一《祭天地桃园结义》)

由此可见,《三国志通俗演义》之所以取得成功,之所以成为长篇历史小说的奠基之作,其根本原因,乃是由于作者将历史与现实有机结合在一起。

其次,政治腐败导致农民起义。

东汉末年的农民起义此起彼伏,其中规模最大的是黄巾大起义。史载:

> 中平元年春二月,巨鹿人张角自称"黄天",其部师有三十六万,皆著黄巾,同日反叛。安平、甘陵人各执其王以应之。(《后汉书》卷八)

无独有偶,元朝末年也是农民起义风起云涌,其中最具震撼力的则是红巾大起义。史载:

> 至正十一年:"辛亥,颍州妖人刘福通为乱,以红巾为号,陷颍州。……福通与杜遵道、罗文素、盛文郁、王显忠、韩咬儿复鼓妖言,谓山童实宋徽宗八世孙,当为中国主。福通等杀白马、黑牛,誓告天地,欲同起兵为乱,事觉,县官捕之急,福通遂反。山童就擒,其妻杨氏,其子韩林儿,逃之武安。"(《元史》卷四十二)

"黄巾大起义""红巾大起义",除了头巾的颜色稍有不同之外,这两次相隔一千多年的农民起义何其相似乃尔!如此历史事实,如此现实生活,被罗贯中用艺术之笔叠加在一起,就变成了以下文字:

> 却说中平元年甲子岁,巨鹿郡有一人,姓张,名角。一个兄弟张梁,一个兄弟张宝。……中平元年正月内,疫毒流行,张角散施符水,称"大贤良师"。……角有徒弟五百余人,云游四方救病。次后徒众极多,角立三十六方,分布大小方者,乃将军之称也。大方万余人,小方六七千,各立渠帅,讹言:"苍天已死,黄天当立;岁在甲子,天下大吉。"令人以白土写"甲子"二字于各家门上;及郡县市镇,宫观寺院门上,亦书"甲子"二字。青、徐、幽、冀、荆、扬、兖、豫,其八州之人,家家侍奉大贤良师张角名字。角遣大方马元义,暗赍金帛,结交十常侍封谞、徐奉以为内应。角与弟梁、宝商议云:"至难得者,民心也。今民心已顺,若不乘势取天下,诚为万代之可惜!"梁云:"正合弟机。"一面造下黄旗,约会三月初五一齐举事;遣弟子唐州,驰书报封谞。唐州径赴省中告变。帝召大将军何进调兵,先擒马元义斩之,次收封谞等一千人下狱。张角闻知事发,星夜起兵。张角自称"天公将军",弟宝称"地公将军",弟梁称"人公将军",召百姓云:"今汉运数将终,大圣人出,汝等皆宜顺天从正,以乐太平。"四方百姓,裹黄巾从张角反者四五十万。(《三国志通俗演义》卷之一《祭天地桃园结义》)

由此可见,《三国志通俗演义》之所以取得成功,之所以成为长篇历史小说的奠基之作,其根本原因,乃是由于作者将历史与现实有机结合在一起!

其三,农民起义导致的军阀混战。

在镇压农民起义的过程中,有些手握兵权者成长为军阀,而农民起义军中的某些领袖人物也逐步演变为新的军阀。这样一来,农民起义的最终结果就是"造就"了许许多多大大小小的军阀。这一点,东汉末年和元朝末年又有惊人的相似之处。

东汉末年第一批军阀联盟是以讨伐董卓为由头的,他们的基本队伍是:

> 初平元年,绍遂以勃海起兵,与从弟后将军术、冀州牧韩馥、豫州刺史孔伷、兖州刺史刘岱、陈留太守张邈、广陵太守张超、河内太守王匡、山阳太守袁遗、东郡太守桥瑁、济北相鲍信等同时俱起,众各数万,以讨卓为名。绍与王匡屯河内,伷屯颍川,馥屯邺,余军咸屯酸枣,约盟,遥推绍为盟主。绍自号车骑将军,领司隶校尉。(《后汉书》卷一百零四上)

此外,同时或后起的军阀中之佼佼者还有吕布、刘表、孙坚、刘璋、张鲁、陶谦、马腾、刘备等。

元朝末年,军阀混战的局面与东汉末年极其相似,其中之佼佼者如下:

至正八年:"台州方国珍为乱,聚众海上。"(《元史》卷四十一)

至正十一年:"徐寿辉为乱,起蕲、黄。"(《元史》卷一百一十七)

至正十三年:"泰州白驹场亭民张士诚及其弟士德、士信为乱,陷泰州及兴化县,遂陷高邮,据之,僭国号大周,自称诚王,建元天佑。"(《元史》卷四十三)

至正二十年:"陈友谅杀其伪主徐寿辉于太平路,遂称皇帝,国号大汉,改元大义,已而回驻于江州。"(《元史》卷四十五)

至正二十二年:"明玉珍据成都,自称陇蜀王,遣伪将杨尚书守重庆,分兵寇龙州、青州、犯兴元、巩昌等路。"(《元史》卷四十六)

至正十二年:"春二月,定远人郭子兴与其党孙德崖等起兵濠州。元将彻里不花惮不敢攻,而日俘良民以邀赏。太祖时年二十四,谋避兵,卜于神,去留皆不吉。乃曰:'得毋当举大事乎?'卜之吉,大喜,遂以闰三月甲戌朔入濠见子兴。子兴奇其状貌,留为亲兵。战辄胜,遂妻以所抚马公女,即高皇后也。"(《明史》卷一)

如此历史事实,如此现实生活,被罗贯中用艺术之笔叠加在一起,就变成了以下文字:

> 操发檄文去后,各镇诸侯皆起兵:第一镇……后将军南阳太守袁术。第二镇……冀州刺史韩馥。第三镇……豫州刺史孔伷。第四镇……兖州刺史

刘岱。第五镇……河内郡太守王匡。第六镇……陈留太守张邈。第七镇……东郡太守乔瑁。第八镇……山阳太守袁遗。第九镇……济北相鲍信。第十镇……北海太守孔融。第十一镇……广陵太守张超。第十二镇……徐州刺史陶谦。第十三镇……西凉太守马腾。第十四镇……北平太守公孙瓒。第十五镇……上党太守张杨。第十六镇……乌程侯太守孙坚。第十七镇……祁乡侯渤海太守袁绍。诸路军马,多少不等,有三万者,有一二万者,各领文官武将,投洛阳来。(《三国志通俗演义》卷之一《曹操起兵伐董卓》)

由此可见,《三国志通俗演义》之所以取得成功,之所以成为长篇历史小说的奠基之作,其根本原因,乃是由于作者将历史与现实有机结合在一起!

至于第四点,就不用详细考察了。东汉末年军阀混战最终形成魏蜀吴三国,最后,三国归晋,于公元265年由司马氏统一天下。同样,元代末年经历了长时间的军阀混战以后,由强有力的军阀朱元璋于1368年统一天下,建立了大明王朝。

正是在这样的历史事实、现实生活的双重影响下,罗贯中在《三国志通俗演义》中写下了艺术性的三国"四部曲":政治腐败——农民起义——军阀混战——天下统一。而这,就是笔者所要论证的"历史"与"现实"的有机结合。

二

或许有人会认为,就算撰写历史小说必须达到"历史"与"现实"的有机结合,那么,又跟所谓"理想"有何关系呢?难道历史小说必须体现作者政治理想吗?正是如此!但要修正一下,历史小说所要反映的政治理想并不仅仅属于小说作者本人,而是小说作者在概括了历史上、现实中许许多多读者主要是大众读者的政治理想以后而总结出来的。质言之,一部成功的历史小说必须有政治理想的寄托,而这里所反映的政治理想又毫无疑问是属于人民大众的。

具体而言,《三国志通俗演义》中反映的政治理想又是什么呢?答曰:"拥刘反曹"。

几乎所有的读者都能从《三国志通俗演义》中读出"拥刘反曹"的倾向,书中的曹操是那么奸险狡诈、残暴害民,而刘备则又是那么诚实笃信、仁厚爱民。那么,这种倾向在本质上又体现了什么呢?

或曰"拥刘反曹"所代表的是一种正统观念。作者之所以"拥刘",是因为刘备乃刘邦嫡传子孙,由他继承"汉统"当皇帝理所当然;而曹操则仅仅是相国曹参的后代,他想当皇帝就是僭越,就是狼子野心何其毒也。这种看法其实是后人强加给罗贯中的,因为这不符合《三国志通俗演义》的描写实际。

按照书中所写,在曹操"挟天子以令诸侯"的时代,各路军阀中就有汉高祖后裔多人,如荆州刘表、益州刘璋的基业均先于刘备建立,而且无论是地盘还是军队以及各方面的综合实力都比同时的刘备要强大得多。罗贯中如果仅仅是歌颂刘邦的"正统"后裔,为什么不选择刘表或刘璋而偏偏垂青于刘备呢?其中的道理其实很明白,因为刘表昏庸而刘璋孱弱,他们的人格魅力、政治作为均远远不如刘备。由此亦可见得,罗贯中之所以在《三国志通俗演义》中表现出十分明晰的"拥刘反曹"倾向,并非仅仅着眼于刘备是否刘邦后裔,而是源于更为深层的思考。

既然罗贯中的"拥刘反曹"并非着眼于姓"刘"或姓"曹",那么,他着眼于什么呢?或者说,刘备的人格魅力和政治作为在高于其他刘姓军阀的同时又与曹操形成了一种什么样的参照关系呢?答曰:截然相反。《三国志通俗演义》所着力描写的刘备性格的最为"动人"之处正在于与曹操性格的根本对立。关于这一点,当事人刘备简明扼要的一段话最有说服力:"今与吾水火相敌者,曹操也。操以急,吾以宽;操以暴,吾以仁;操以谲,吾以忠:每与操相反,事乃可成耳。"(卷之十二《庞统献策取四川》)

曹操是残暴的代表,刘备是仁义的化身,这是读过《三国志通俗演义》以后一般读者的基本认识。因此,"拥刘反曹"实际上也就是"拥仁反暴"——拥护仁政、反对暴政。

要实行"仁政",首先必须保证统治者是有道明君,或曰"有德"之君。封建社会的中国人民,对生活没有过高的要求,他们只希望在仁义之君的领导下过太平生活,能够有饭吃、有衣穿、有房子住并在此基础上繁衍生息就行了。这就是他们的政治理想和人生追求,至于你这位皇帝是否"正统"云云,那可是社会精英们考虑的问题,离人民的理想有相当远的距离。而《三国志通俗演义》所反映的正是罗贯中这位贴近人民大众的下层文人站在人民立场上的"这一种"政治理想追求。

笔者这样说是有证据的,在小说作品中,诸如"天下者,非一人之天下,乃天下人之天下也,惟有德者居之"的话,至少在不同人物口中重复了六次。具体而言,诸葛亮说过两次,王允、薛琮、张松、华歆各说过一次。这正是一种反正统、拥仁政的思想的充分表现。何以谓之"有德者"?就是像刘备那样的仁厚君主。当然,刘备的仁义或许具有虚假的一面,但在那样的时代,能够以这种"有德""有道"的面目在政治舞台上亮相,就已经相当不错了。更何况,《三国志通俗演义》中也的的确确写过刘备不少仁德爱民的言语和行为。

如桃园结义时的誓词:"念刘备、关羽、张飞虽然异性,结为兄弟,同心协力,救困扶危,上报国家,下安黎庶。"(卷之一《祭天地桃园结义》)

再如三顾茅庐时的恳求:"玄德顿首谢曰:'备虽名微德薄,愿先生同往新野,兴仁义之师,拯救天下百姓。'孔明曰:'亮久乐耕锄,不能奉承尊命。'玄德苦泣曰:'先生不肯匡扶生灵,汉天下休矣!'言毕,泪沾衣襟袍袖,掩面而哭。"(卷之八《定三分亮出茅庐》)

最为突出的是刘备在曹操大军压境自己尚无立锥之地时对新野、樊城父老乡亲的不离不弃:

"孔明曰:'可速弃樊城,取襄阳暂歇,此为上计。'玄德曰:'争奈百姓相随许久,安忍弃之?'孔明曰:'可令人遍告百姓,有愿随同去,不愿者留下。'先使云长往江岸准备船只。孙乾、简雍二人在城中声扬曰:'今曹兵将至,孤城不可久守,百姓愿随者,便同过江。'两县之民,若老若幼,齐声大呼曰:'我等虽死,亦愿随使君!'即日号泣而行。……扶老携幼,将男带女,滚滚渡河,两岸哭声不绝。玄德于船上大恸曰:'为吾一人而使百姓遭此大难,吾何生哉!'欲投江而死,左右扯住,闻者莫不恸哭。……后军报曰:'曹操已屯樊城,使人收拾船筏,次后渡江赶来也,可不速行?'孔明曰:'江陵要紧,可以拒守。今拥大众十余万皆是百姓,披甲者少,日行十余里,似此几时得到江陵?倘曹操至,如何迎敌?不如暂弃百姓,先行为上。'玄德泣曰:'若济大事,必以人为本。今人归吾,何以弃之?'百姓闻得,莫不伤感。"(卷之九《刘玄德败走江陵》)

通过刘备这样的仁君,以及诸葛亮这样的贤相,作者便可以在更大程度上表达自己的政治理想。进而言之,作者这种"拥护仁政,反对暴政"的政治理想之所以能够在《三国志通俗演义》这样的历史小说中得到顺畅而又圆满的表达,又主要是因为这种政治理想所代表正是千千万万百姓的普通而正常的心理:人民需要仁政!

三

由上可知,"历史""现实""理想"这三大要素的有机结合,正是历史小说创作的一种基本模式,而这种写作模式正是罗贯中通过《三国志通俗演义》的写作而奠定的。

更有意味的是,自从罗贯中奠定了这种历史小说的基本写作模式以后,它居然垂范百代,以至于此后大量的历史小说创作必须按照这一模式进行,否则,就很难取得成功。

历史小说必须反映历史,这一点无须赘言;历史小说必定影射现实,这一点也毋庸细说。关键在于,历史小说一定要体现政治理想吗?或者,换言之,不体现政治理想就写不好历史小说吗?

古代历史小说作家们的创作实践充分证明了这一点,甚至可以说由这一点又派生出一个奇特而有趣的现象:历史小说差不多都反映一个共同的主题:拥护仁政,反对暴政。明代的历史小说尤其如此。

为了进一步阐述这一问题,我们不妨先来列举一下保留至今的明代历史小说中的著名作品:《残唐五代史演义传》《隋唐两朝志传》《大宋中兴通俗演义》《英烈传》《三国志后传》《西汉演义》《东西晋演义》《续英烈传》《东汉演义传》《隋炀帝艳史》《开辟衍绎通俗志传》《有夏志传》《有商志传》《东周列国志》等。这些历史小说作品几乎无例外地表达着相同的主题思想:歌颂仁政,反对暴政。作品中所赞美的都是圣君贤相,所鞭挞的都是暴君奸臣。最为有趣的是前面提及的在《三国志通俗演义》中被反复宣扬的最能体现仁政思想的那句话:"天下者,非一人之天下,乃天下人之天下也,惟有德者居之。"在明代其他的历史小说中竟然也"照葫芦画瓢",得到反反复复的强调。

《开辟演义》中出现六次,出自"众侯"、豷子、伊尹、汤、风、陈严之口。《东西晋演义》中出现四次,出自慕容垂、苻坚、张华、傅亮之口。《残唐五代史演义传》中之张文蔚,《有夏志传》中之羿等也说过类似的话。

更为有趣的是在一些历史演义与神魔怪异相混杂的小说作品中,也自然而然地表现了这种思想。如《封神演义》中的姜子牙,《东游记》中的粘不聿等都讲过此等话语。

最出人意料的是隋炀帝。这位前期奋发有为,后来荒淫无耻的亡国之君在即将灭亡时居然有一次非常"大度"的表态:"炀帝沉吟良久,急叹息道:'天下者,乃天下人之天下,非一人之天下。有一日之福且享一日之乐。'"(《隋炀帝艳史》第三十六回)可见,就连隋炀帝这样荒淫无耻的亡国之君也知道天下非一人之天下,最后结果必然是有德者居之,无德者失之的道理。

那么,"天下者,非一人之天下,乃天下人之天下也,惟有德者居之"这个口号为什么会为许许多多的历史小说所反反复复地强调呢?因为它体现了广大民众一个最为朴实的愿望,人民希望"好皇帝"!

反过来说,开明的统治者以及帮助统治者出谋划策的上层文人在经历了太多的历史风云变幻以后,也终于慢慢地明白了一个道理:民心向背乃是政治家成败的根本,民众的拥护才是长治久安的基本保证。质言之,统治者要想天下大治,必须调节好与人民的关系。

中国历史上许多统治者或思想家都看到了这个问题的重要性,并且都有类似的表达,如:

  王若曰:"……皇天无亲,惟德是辅;民心无常,惟惠之怀。为善不同,同

归于治;为恶不同,同归于乱。尔其戒哉!"(《伪古文尚书·蔡仲之命》)

天下,非一人之天下也,天下之天下也。(《吕氏春秋·贵公》)

臣闻天生蒸民,不能相治,为立王者以统理之,方制海内非为天子,列土封疆非为诸侯,皆以为民也。垂三统,列三正,去无道,开有德,不私一姓,明天下乃天下之天下,非一人之天下也。(《汉书》卷八十五)

封建时代开明的统治者以及为之服务的文人们的这种认识是符合广大民众的基本愿望的。人民既然希望"好皇帝",那么,统治者当一个有道明君,就是件"一合两好"的事:一方面它符合了民众的要求,另一方面又使得自己江山永固。而这种"一合两好"的结果,正是几乎所有的历史小说的作者最愿意看到的。

将自己最愿意看到的政治局面在笔下的历史小说中表达出来,这就是一种政治理想的寄托。

在一部历史小说中,如果没有政治理想的寄托几乎是不可能的。因为,政治理想的寄托恰恰是任何一部历史小说的"灵魂"。

试想。一部连"灵魂"都没有的历史小说,它还有存在的必要吗?一部历史小说,如果没有代表人民大众的政治理想的充盈其间,将会失去主心骨,这样的历史小说,还写它干什么?!

至此,可以从本文中总结出以下三点:

一部好的历史小说,它必然是历史、现实、理想三者之间的有机结合;

罗贯中的《三国志通俗演义》,正是这种"三结合"的典范之作;

罗贯中的这种写法,奠定了历史小说写作的基本模式。

市井家庭小说的叙事结构与其他①

中国古代小说创作的高潮在明清两代,而明清小说的主流则是章回小说。据统计,从元末明初到清朝灭亡的五百多年时间里,作家们创作的章回小说有一千多部,流传至今者亦有近千部。

如此众多的小说作品,自然会产生若干类别或流派,许多小说史论著或论文也对章回小说进行了分类研究。早在晚清的时候,某些章回小说的作者、编辑、出版商们在发表或出版作品的时候就标上了诸如历史小说、政治小说、社会小说、写情小说等种种类分的字样。此后,小说史的研究者们也对小说的分类问题非常重视。自鲁迅《中国小说史略》到今天,给章回小说分类的名目越来越多,如讲史、神魔、人情、讽刺、狭邪、侠义、公案、猥亵、灵怪、精察、讽喻、劝诫、世情、艳情、谴责、家庭、才子佳人、英雄儿女、志传演义、武勇义侠、神魔妖异、世态人情、冶游狭邪、历史演义、英雄传奇、侠义公案等,可谓五花八门,见仁见智。但一个严重的问题——章回小说类别概念的杂糅也随之出现。对此,笔者曾经有所阐述:"以上这些名词概念,孤立看起来,各有一定的准确性、概括性,但若联系在一起,便产生了两个问题:概念的多层次和多角度。所谓多层次,即将不属于同一层次的概念并列在一起。如'人情'与'英雄儿女''才子佳人'之间,英雄儿女有英雄儿女之情,才子佳人有才子佳人之情,都是'人',都有'情',如此概念,怎能并列?所谓多角度,即将由不同角度看问题的概念并列在一起。如'讲史''神魔',是从作品题材着眼;'讽喻''劝诫',又从作者意旨入手;至于'讽刺''谴责',则又从作品的实际效果出发;如此概念,亦不能平列。"(石麟《章回小说通论》第二章第一节)

有鉴于此,笔者曾对章回小说进行了十大类别的划分:历史演义、英雄传奇、神魔怪异、市井家庭、浓欲艳情、侠义公案、才子佳人、时事新闻、社会现状、政治理想。

表面看来,以上分法似乎仅从题材着眼,其实不尽然。明清章回小说给我们

---

① 原载《明清小说研究》2009 年第 2 期。

留下的一个饶有兴味的启示就在于:同类题材的小说,在作品意趣、艺术手法、社会功能、审美效应,尤其是叙事方式等方面,恰恰存在着比较大的同一性。换言之,不同类别的章回小说在诸多方面都有各自与众不同的特性。

本文主要以"市井家庭"小说为例来谈谈这一问题。

一

市井家庭小说,顾名思义,其描写对象是以市井家庭生活为核心的。这种取材角度可追溯到唐宋时期。

唐宋传奇小说有《仪光禅师》(出牛肃《纪闻》)、《李氏》(出戴孚《广异记》)、《唐俭》(出李复言《续玄怪录》)、《李和子》《叶限》(出段成式《酉阳杂俎》)、《荥阳郑又玄》(出张读《宣室志》)、《李使君》(出康骈《剧谈录》)、《张祜》(出冯翊子《桂苑丛谈》)、《却要》(出皇甫枚《三水小牍》)、《张相夫人》(出张齐贤《洛阳缙绅旧闻记》)、《琼奴记》(出刘斧《青琐高议》)、《米张家》《董汉州孙女》(出洪迈《夷坚志》)、《莫氏别室子》(出周密《齐东野语》)等。宋元话本小说则有《快嘴李翠莲》(见《清平山堂话本》)、《崔待诏生死冤家》《计押番金鳗产祸》(见《警世通言》)、《张孝基陈留认舅》(见《醒世恒言》)等。这些作品所写的主要都是市井百态或家庭纠纷,涉及人生最基本的问题,诸如衣食住行、财产继承、婚姻后嗣、人际关系、民俗风情等。

大要而言,市井家庭小说在题材选择时有一个先"市井"后"家庭"的发展过程。上述唐宋传奇和宋元话本中的那些作品,基本上是以市井为主而偶涉家庭;自晚明及清初,以《金瓶梅》为代表的一批作品已开始将描写重心由市井向着家庭转移;到清代中后期,如《红楼梦》等作品,则更是将绝大部分笔墨用于家庭描写之中了。

明清章回小说中的市井家庭一类完整保存至今者约有一百部左右,其中,较为著名的作品有《金瓶梅》、《醋葫芦》、《春秋配》、《金云翘传》、《续金瓶梅》、《闪电窗》、《醒名花》、《姑妄言》、《世无匹》、《炎凉岸》、《惊梦啼》、《快心编》、《隔帘花影》、《醒世姻缘传》、《林兰香》、《金石缘》、《红楼梦》、《疗妒缘》、《金兰筏》、《雪月梅传》、《歧路灯》、《后红楼梦》、《合锦回文传》、《续红楼梦》(秦续)、《蜃楼志》、《续红楼梦》(海续)、《绮楼重梦》、《红楼复梦》、《红楼圆梦》、《补红楼梦》、《清风闸》、《红楼梦补》、《增补红楼梦》、《小奇酸志》、《红楼幻梦》、《儿女英雄传》、《明月台》、《红楼梦影》、《一层楼》、《泣红亭》、《绘芳录》、《玉燕姻缘全传》、《泪珠缘》、《劫馀灰》、《情变》等等。

这里将《金瓶梅》列为章回小说中最早的市井家庭之作,乃是因为它是第一部以几乎全部的篇幅描写市井家庭生活的作品,但这并不意味着《金瓶梅》以前的章回小说作品中没有市井家庭的描写。其实,在《水浒传》《三遂平妖传》《西游记》等其他类别的章回小说作品中就已经有了某些描写市井家庭的片断,只不过没有占据这些作品叙事的主导地位而已。

就章回小说的发展大要而言,明代有四大潮流此起彼伏。最早是以《三国志通俗演义》为代表的历史演义小说,随即是以《水浒传》为代表的英雄传奇小说,接着就是《西游记》为代表的神魔怪异小说,最终才是以《金瓶梅》为代表的市井家庭小说。延至明末清初,历史演义小说已成强弩之末,英雄传奇小说则蔚为大国,神魔怪异小说堪称异军突起,而市井家庭小说则呈方兴未艾之势。

明清章回小说虽有四大潮流,但就叙事方式、作品意趣、艺术手法、社会功能、审美效应等各方面的大体情况而言,前三类比较接近,而市井家庭小说则体现了一种极大的转折甚至是逆向的变异。

前三类小说都是一种"积累型"的作品,它们的成书过程大都经历了四大阶段:①历史真实;②民间传说;③话本、戏曲的演述;④文人搜集、整理、加工、再创造最后形成文本。《三国演义》《水浒传》《西游记》等均乃如此,《新列国志》《杨家府演义》《封神演义》等亦概莫能外。而市井家庭小说则属于"原创型"的作品,大多呈现"三无"状态:一无历史事实作根据,二无民间传说为基础,三无通俗演唱可借鉴。它们只是以现实生活(甚至是作者亲历见闻)为依据,从而衍成数十百回的鸿篇巨制。从这个意义上讲,这些作品并不存在一个由民众创作到文人加工的过程,而是由文人单独完成的作品。这样一来,也就使得市井家庭小说能在创作上获得更大的自由,因为它逐步摆脱了前三类小说羽翼正史以显身价、作意好奇以求生存、追猎神异以惊世俗的重重桎梏,而以布帛菽粟的日常生活和尘寰世界的芸芸众生作为描写对象。较之历史演义小说,它消解了时间隔阂;较之英雄传奇小说,它消解了空间隔阂;较之神魔怪异小说,它消解了虚幻隔阂。这样一来,市井家庭小说的创作就达到了一种历时与共时相结合、个别与一般相结合、平凡与深刻相结合、真实与虚构相结合的高级境界。

如果我们换一个角度看问题,则市井家庭小说的叙事者与此前各种类型的小说相比也有了很大的转变。此类小说的叙事者再也不是如同历史演义小说那种史官式的,或如同英雄传奇小说那种传奇式的,或如同话本小说那种说话式的,而是充分个性化的。

这种叙述对象和叙事者的双重转换,使得市井家庭小说在叙述角度和趣味方面也产生了巨大的变化。此前诸多类型的小说所追求的乃是外在化的矛盾冲突——事之奇,而市井家庭小说则进一步追求内在化的矛盾冲突——情之奇。

所谓外在化的冲突,主要指的是人与自然、人与社会、人与人之间的冲突。这种冲突的结果是产生了许许多多的"奇事":如金戈铁马的战斗故事,如血溅火燃的江湖纠纷,如变幻莫测的神仙手段等。这些故事给人的乃是一种强烈的感官刺激以及由此而产生的对历史、社会、人生的直观、局部、粗浅的认识。而所谓内在化的冲突,主要指的是书中人物灵魂深处的情绪变化、心理矛盾、思想斗争等方面的内容。这种冲突的结果是导致了形形色色的"奇情":如《金瓶梅》中潘金莲、李瓶儿、庞春梅等女性对"色欲"的各具特色的痴迷,如《金云翘传》中王翠翘"孝道"与"爱情"不能两全的矛盾心理,如《醒世姻缘传》中薛素姐的变态心理、童寄姐的冷酷心理和珍哥儿将耻辱当做光荣来炫耀的无耻心态等等。至于《红楼梦》,对"奇情"种种表现形态的描写就更加充分了。贾宝玉的"情不情"、林黛玉的"情情"、薛宝钗动人的"无情"、贾探春的"高情"、史湘云的"豪情"、尤三姐的刚烈之情、柳湘莲的冷漠之情、妙玉的矫情、香菱的痴情、晴雯的激情、袭人的柔情,还有鸳鸯、司棋、芳官、惜春、金钏儿、薛宝琴、尤二姐、邢岫烟……在这些奇特的精灵身上,无时无刻不闪烁着奇情异趣的光芒。此类书中人物的种种表现,给读者留下的乃是一种深层次的心灵触动以及由这种触动所带来的对历史、社会、人生的更为理性、系统、深刻的思考。

总之,市井家庭小说中那些优秀之作的创作主体,是将一支又一支"内窥镜"送进了那远比自然、社会的大宇宙要复杂得多的人心小宇宙之中,从而探视、分析着笔下人物的心灵,由"内视角"来解读着芸芸众生的个体生命。

二

就叙事结构而言,市井家庭小说对以前的小说创作也是一个很大的突破和进步。

历史演义、英雄传奇、神魔怪异这三大类章回小说基本上都是单线结构,其中又以三大名著《三国志通俗演义》《水浒传》《西游记》代表了单线结构的几种基本形态。

《三国志通俗演义》是绳辫式结构。一开始,作品写军阀混战,犹如一团乱麻。随后,又形成了曹、刘、孙三个政治军事集团,又如三股绳辫。作者并没有对三国的故事分别叙述,而是基本按照时间顺序将它们纽结在一起展开描写。魏、蜀、吴的故事如同绳辫一般绞在一起,写甲往往离不开乙、写乙又常常离不开丙,写丙时又与甲脱不了干系,有时甚至将三国放在一起来写,其中任何一国的故事都与其他两国有着不可分割的联系。

《水浒传》是扣环式结构。尤其是作品的主体部分前七十回,描写的是一百零八条好汉通过不同的道路走向梁山的过程,更是如同故事接力赛一般。因为众多英雄好汉的故事不好混在一起来写,故而作者采取了人物故事连缀的方式,将一百零八人的事迹,或一人独传,或三五成群,除"三打祝家庄"等少数片段而外,基本按照时间顺序先后次第写来。一段故事将完,又引出下一段故事的主人公,环环相扣,最后齐聚梁山,成为一个整体。

《西游记》是珠链式结构。其主体部分主要写的是唐僧师徒在往西天取经路上所遇到的九九八十一难,一共四十多个故事。作者采用的情节线索是"五人一事"——唐僧师徒五众(不要忘了白龙马)和西天取经,而几十个故事宛如一颗又一颗的珍珠被"五人一事"连成一串,显得五光十色,绚烂多彩。同时,我们又必须看到,西天取经的故事是一个"历时"的叙事,它是严格按照时间顺序来展开的。

以上三大名著的叙事结构是同中有异的。《三国志通俗演义》的特点是扭合,《水浒传》的特点是连缀,《西游记》的特点是串接,这大概代表了中国古代长篇小说单线结构的三种常见形态。它们的共同特点是"顺叙",即按照时间先后顺序叙事,就整体而言,"平叙"(在某一时间段交叉叙事或几条线索齐头并进)用得不是太多,一般说来极少运用"倒叙"或"插叙"。

市井家庭小说则不然,此类作品更多采取复线乃至多线结构,在以顺叙为主的前提下,较多地采用了平叙、倒叙、插叙等多种叙事方式。这里,我们且以市井家庭小说中几部名著为例稍作说明。

《金瓶梅》是双轨式结构。全书的主体部分是围绕着西门庆两大方面的生活展开的,而西门庆死后对陈经济的描写,不过是一种"影子人物"的"补写"而已。因此,该书的主要故事可分为两条线索,一是西门庆的社会生活,以金钱、权势为核心;一是西门庆的家庭生活,以欲望、争宠为核心。两条线索时而分开,时而交叉,主人公西门庆则穿梭往来于两大线索之间。在叙事过程中,作者大量采用了平叙的方法,不时亦有插叙、倒叙等方法的运用。《金瓶梅》是市井家庭小说的奠基之作,这种双线结构的叙事方式,较之于上述三大名著的叙事方式无疑是一个不小的进步。

《歧路灯》是羽毛式结构。较多地采用平叙方式,是该书的一大特点。该书故事的主体是孝廉之子谭绍闻的生活经历,而这,正是羽毛式结构的羽轴。除了这根羽轴之外,书中还写了若干个大大小小的故事。在这些故事中,主人公谭绍闻都没有充当角色,但每个故事又都与他有着某种的联系。这些故事,就好比羽毛上的羽支,本身并不等于羽轴,但又附在羽轴之上,与羽轴有着直接的联系,离开了羽轴,它们就会零乱纷飞,不成为一个整体。另一方面,这些羽支反过来又丰富了羽轴。许多这样的故事加在一起,就为谭绍闻的生活道路展开了一个庞大的、五光十色的社会背景,使读者看到了主人公所生活的那个时代千奇百怪的社会状况,使主人公的故事更为丰富,更为真实。

《红楼梦》是罗网式结构。该书以宝、黛、钗爱情婚姻悲剧故事为其纲,以其他大大小小、形形色色的故事为其目,纲举而目张,经纬分明,有条不紊,形象地再现了贾府这样的封建世族大家由盛而衰的趋势。在叙述过程中,作者广泛地运用了多种叙事方式,仅就叙事时间而言,就交互运用了顺叙、预叙、平叙、插叙、倒叙等多种方式。同时,叙事角度也多种多样,叙述者也分成几个层次。这样,就使得《红楼梦》的叙事结构呈现出纷繁复杂的状态,是一种最为繁复的结构形式。《红楼梦》这种多线条的叙事结构方式,较之于《金瓶梅》的双线结构又大大地迈进了一步,如果跟章回小说最早出现的前三类之代表作如《三国志通俗演义》《水浒传》《西游记》等单线结构的作品相比,则更是不可同日而语。

除了上述这些著名作品而外,就一般作品而言,市井家庭小说的叙事结构也大多比历史演义、英雄传奇、神魔怪异这三类作品要复杂一些。所有这些,我们都应该视为中国古代小说史不断向前发展的标志。

三

叙事结构而外,市井家庭小说还在其他很多方面打破了历史演义、英雄传奇、神魔怪异三类作品的模式,而实现了中国古代小说史上的一次重大转变。

第一,就作者心态而论,是一个由"廓大"到"精深"的过程。这些小说名著从军国大事写到英雄传奇,从险山恶水写到市井百态,最终,落脚到作者们自己和他们的家庭。故事的场景是越来越小了,然而,作品的内涵却越来越深。那些伟大的文学巨匠,他们在代表广大读者而用各自的"心"阅读历史和现实的时候,是经历了一个由浅入深的过程的。一开始,他们用天真幼稚的心灵去解读历史,呼唤圣君贤臣,向往清明政治。继而,他们改换了"救世主",让江湖义侠为大家发泄愤怨,主持公道。旋即,他们又将一片愁心寄托于那神游八极的精灵,借助筋斗云来做一番心灵的远游。孰知高处不胜寒,倒不如在尘寰的热土上享受人生、翩翩起舞。他们梦醒了,同时也一步步成熟起来。他们终于明白,人生就是荆棘网罗,社会就是风刀霜剑。他们的心最终摔成了八瓣——痛苦、忧愤、无奈、感伤、反思、针砭、期待、绝望……至市井家庭小说的出现,这些小说作品所负载的绝不仅止于那动人的故事,那里面更有创作主体美丽而又破碎的方寸灵台。

第二,就人物塑造而论,是一个"大异"到"小异"的过程。在前三类小说中,作者们着重描写了不同出身、不同身份、不同阅历、不同教养的人物之间的性格差异。描写重点则在于肖像、服饰、坐骑、兵器等方面,并企图以此来拉开书中人物性格的距离。这种方法比较简易,且能十分迅速地取得效果,但容易形成"脸谱化""类型化"的弊病,尤其不利于表现那些性格大体相同的人物之间在个性上的些微差异。市井家庭小说则不然,作者们除了能写出性格"大异"的人物之外,还能写出各方面情况基本相似的人物之间性格的"小异"。甚至于能写出社会环境完全相同的同胞兄弟姐妹之间的性格差异,如《红楼梦》中的贾政与贾赦、王夫人与薛姨妈就是典型例证。这些作家们似乎明白了塑造人物的一个最基本的东西:人与人之间的差别,除了阶级地位、家庭出身、个人经历、社会教养等不同之外,还有内在秉性的不同。作为小说创作,要想写出人与人之间性格的千差万别,仅仅靠抓住人物的身份、地位、经历、外形、服饰、肖像来写是远远不够的。还应该全面地考察他所生活的大环境、小环境,他在各种情势下所处的位置,外界对他的作用力,他对外界的反作用力,甚至于先天与后天的结合,甚至于血缘关系的遗传性和变异性等,因为这些对于每一个人的个性形成起着至关紧要的作用。

第三,就环境描写而论,是一个"勾勒"到"烘染"的过程。在前三类小说中,对于环境气氛的描写,往往采用粗笔勾勒的方法。即便是诸如"温酒斩华雄""景阳冈打虎""风雪山神庙"等被后人称道不已的绝妙之笔,也只是粗笔勾勒、点到为止。然而,在市井家庭小说中,对环境气氛的描写却越来越趋于细腻。作者们已不满足于点到为止,而更愿意放笔挥洒,写够、写满、写足。如《雪月梅传》第五回到第七回写雪姐被骗卖一段,随着情节的发展,作者描写了一连串的"幽静""冷静""僻静"之处,通过这种环境气氛的烘染,使读者一步紧似一步地感觉到女主人公处境的危险。至于《红楼梦》中的环境气氛描写,就更加细腻深入了,常常使人有亲临其境之感。例如书中七次写到的潇湘馆的"竹",每一次都能做到在描写环境的同时为塑造人物服务,尤其是为深入描写人物的内心世界服务。这样一些环境描写,都不是三言两语的粗笔勾勒,而是逐步铺垫、层层渲染而最终形成的。它们所感染的已不再局限于读者的视觉、听觉、嗅觉、味觉等官能感受,而是逐渐深入到感染读者的心理、情绪的境地。

第四,就语言风格而论,是一个"阳刚"到"阴柔"的过程。前三类小说,无论是作者的叙述语言还是作品中的人物语言,从整体风格上都带有一层阳刚之气。作者们在叙述语言的各个方面都力求壮伟与雄奇。环境是沙场雄关,人物是英勇好斗,行为是驰骋纵横,情绪是大起大落。……所有这些,势必构成一种阳刚的气格。至于人物语言,男性开口说话,自然是金石齐鸣、掷地有声。即便是女性,也都或雄性化或带有几分阳刚之气。我们只要看看《三国志通俗演义》中的貂蝉、孙夫人,《水浒传》中的顾大嫂、孙二娘、扈三娘,《西游记》中的殷小姐以及若干女妖。她们的语言,全都染上几分豪壮的色彩。市井家庭小说则与上述情况相反,在语言风格方面大多注意保持一种阴柔之美。就作品的叙述语言而论,写环境多半是春花秋月,写人物多半是俏丽风流,写行为多半是温柔婉转,写心境多半是暗怨私愁。至于人物语言,女性自然是莺啼燕啭,就连书中偶尔出现的豪侠之士,在这温柔乡中也往往变得英雄气短、儿女情长。《金瓶梅》中的武松与《水浒传》中的武松就有较大的差别,他杀了潘金莲之后,在一旁的迎儿道:"叔叔,我害怕!"这位杀人不眨眼的英雄居然也对侄女说道:"孩儿,我顾不得你了!"《红楼梦》中的醉金刚倪二,路遇邻人贾芸,居然也婆婆妈妈起来:"我还求你带个信儿与舍下,叫他们早些关门睡罢,我不回家去了;倘或有要紧事儿,叫我们女儿明儿一早到马贩子王短腿家来找我。"

最后,我们来看一个微不足道的问题——回目,也经历了一种由"实用"向着"美文"的转变过程。前三类小说的回目,只是简单的人名、地名、事件的相加,这只要翻开《三国志通俗演义》《水浒传》《西游记》《三遂平妖传》《残唐五代史演义传》《封神演义》等作品一看就可明白。这些作品的回目,无论是单句还是偶句,无论是工整还是参差,大都是非常实用但很简单的。市井家庭小说的出现,使得回目逐步精致,除了实用性的叙事功能而外,还具有多项审美功能。这方面,《金瓶梅》是一个过渡,它不同的版本本身就体现了这种前进的足迹。早期的万历本虽是偶句,但却参差不齐。后出的崇祯本、张评本等,回目便逐步漂亮起来。如"见娇娘敬济销魂""吴月娘春昼秋千""潘金莲雪夜弄琵琶""弄私情戏赠一枝桃""应伯爵隔花戏金钏""守孤灵半夜口脂香"这样一些回目,便多少带有了一些诗情画意。此后,市井家庭小说的回目花样翻新,愈来愈追求形式美。如《金云翘传》第二回回目:"王翠翘坐痴想梦题断肠诗,金千里盼东墙遥定同心约。"如《醒名花》第十五回回目:"证错笺花烛话前因,脱空门情郎完旧约。"如《姑妄言》第十回回目:"狂且乘狂兴忆高官,美妓具美心讥俗客。"如《世无匹》第二回回目:"多情怜白面,干白虹潦倒醉乡;贱价买黄金,金守溪浮沉利海。"如《炎凉岸》第七回回目"我昔凌他他今制我势利徒满面羞惭,亲而不贵贵者为亲反侧儿窜身罗网。"如《隔帘花影》第十六回回目:"樱桃女有义情恋主投江,千户子无廉耻吹箫乞食。"至于《红楼梦》,像这样一些美文回目就更多了。聊举数例:"情切切良宵花解语,意绵绵静日玉生香。""琉璃世界白雪红梅,脂粉香娃割腥啖膻。""苦绛珠魂归离恨天,病神瑛泪洒相思地。"如此回目标题,已打破了单纯叙事的常规,而具有种种新鲜趣味,成为一种真正的美文。

四

　　以上,我们以叙事结构为主,又从作者心态、人物塑造、环境描写、语言风格乃至回目标题这几个方面对市井家庭小说与历史演义、英雄传奇、神魔怪异等几类不同的章回小说作了比较分析。通过这些比较分析,可以得出如下层层递进的结论:

　　市井家庭小说在叙事结构等艺术表现形式方面与历史演义、英雄传奇、神魔怪异等类小说相比有着明显的不同。这种不同,基本上是由较低级的状态向着更高级状态的演进。这种演进的基本趋向是由粗转细、精益求精。精益求精的必然结果,是进一步促进了章回小说的书面化和雅化。

"景仰关公"的文化现象溯源[①]

在中华民族的历史人物中,能与孔子并列而千百年来备受人们崇敬者,恐怕只有关公了。孔子与关公,一文圣、一武圣,给人们的影响是不尽相同的。作为思想家的孔子,其博大精深的思想,已深深地溶入中华民族传统文化的血液之中,人们在接受孔子巨大而深刻的影响时,有自觉者,亦有不自觉者;而关公,本身无所谓思想体系,他完全是作为一尊偶像而被人们所信仰和崇拜。从偶像崇拜的角度出发,孔子的形象,主要是在文庙和私塾中供奉,作为至圣先师而受到旧时读书人的崇仰;而关公的形象,除了关帝庙而外,在道观、佛寺中也能经常见到,甚至一般百姓家中也供奉着这位关老爷,尤其是在一些行会组织中,关圣人的香火更是绵延不绝、随处可见,即便在商品经济如此发达的今天,东南亚一带的某些商人家里,也往往将赵元帅的偶像换成关大王。关公,实际上已成为一种文化符号,逾越千年,名震三界,乃至远涉重洋,扬威海外,被成千上万的炎黄子孙所景仰、崇拜。因此,仅从偶像崇拜的普及性着眼,关公较之孔子,实在是有过之而无不及。这真是一种发人深思的文化现象。

其实,"关公"这一符号,代表着三个方面的含义:一是历史人物的关羽,二是文学形象的关羽,三是神圣偶像的关羽。三者之间的联系显然是无法割裂的,但如果对这三者之间的关系进行爬梳探究,便可大致找到关羽由人而神的演变脉络。

作为历史人物的关羽,只是一个经历平常、性格正常的人物。陈寿《三国志·蜀志·关羽传》的正文只有一千字左右,加上裴松之的注文,亦只有两千来字。《关羽传》除交待关羽其人的出身和子嗣等基本情况外,主要记述了他生平的几件大事。一是投奔刘备、恩若兄弟,二是守下邳城、为操所擒,三是袭斩颜良、解困白马,四是封操所赐、追寻玄德,五是乘船数百、南至夏口,六是受刘备命、董督荆州,七是寄书孔明、比才马超,八是误中流矢、刮骨疗毒,九是水淹七军、威震华夏,十

[①] 原载《湖北师范学院学报(哲学社会科学版)》1996 年第 1 期。

是轻视东吴、终被擒杀。在裴松之的注文中,引用了有关资料,补充了关羽生平中的某些细节。如裴注引《蜀记》曰:"曹公与刘备围吕布于下邳,关羽启公,布使秦宜禄行求救,乞娶其妻。公许之。临破,又屡启于公。公疑其有异色,先遣迎看,因自留之。羽心不自安。"此事又见《三国志·魏志·明帝纪》裴松之注引《魏氏春秋》,所载略同。由此可见,作为历史人物的关羽,由一个处于乱世、择主而栖的军人,尔后逐步成为刘备政治集团中的骨干。他也曾名震一时,终因目空一切而被东吴擒杀,成为一个失败的英雄。他虽然作战勇敢、禀性刚强。但又刚愎自用,自以为是。他也有七情六欲,甚至乘人之危而欲夺人之妻。如此人物,在中国历史上数以千百计,何以唯独关羽一人备受后人青睐,"儒称圣、释称佛、道称天尊、三教尽皈依","汉封侯、宋封王、明封大帝、历朝加尊号"呢?(王楚香《古今楹联大观》卷五)其中,最根本的原因有两条,一是各种文学作品的渲染,二是历代统治阶级的标榜。

早在陈隋之际,就有关羽魂游当阳的传说,人们还为之建庙以示纪念。唐人董侹《贞元重建庙记》在记述此事的过程中,已流露出对关羽的崇敬之情:"惟将军当三国之时?负万人之敌。孟德且避其锐,孔明谓之绝伦。其于徇义感恩,死生一致。斩良擒禁,此其效也。呜呼!生为英贤,没为神明。精灵所托,此山之下,邦之兴废,岁之丰荒,于是乎系。"唐以降,对关羽的赞颂之辞逐渐多了起来。如唐代郎君胄《壮缪侯庙别友人》诗云:"将军秉天姿,义勇冠今昔。走马百战场,一剑万人敌。"宋代黄茂才《武安王赞》曰:"气盖世,勇而强。万众中,刺颜良。身归汉,义益彰,位上将,威莫当。"金代张珣《义勇行》云:"忆昔天下初三分,猛将并驱谁轶群。桓桓胆气万人敌,卧龙独许髯将军。"元代宋无《关云长》写道:"一面荆州赤手擎,当时华夏震威名。平生不背刘玄德,独有曹公察此情。"在唐、宋、金、元文人的吟咏之中,关羽徇义感恩之美德、万人莫敌之神威得到了突出的体现;而他的某些缺点、弱点则逐渐被人们所掩饰或遗忘。这些文人骚客并非单纯在诗歌作品中复述历史人物关羽,而是按照中国传统的,以儒家思想为核心的意识观念来塑造自己心目中的英雄,赋予关羽以理想的人格精神。与此同时,作为历史人物的关羽的另一面,亦即他悲剧性结局的一面,也被后人不断加以渲染。宋·张耒《明道杂志》说一京师富家子,好看弄影戏,"每弄至斩关羽,辄为之泣下,嘱弄者且缓之"。而元代的几首《题大王冢》诗,则更从不同的角度评议了关羽失荆州而被擒身亡的悲剧:"俘来于禁元轻敌,衅起孙吴为绝亲。"(刘纬)"一时成败风云散,千古精诚日月明。"(程严卿)"最恨含沙多鬼蜮,堪怜失水制鲲鲸。"(程严卿)"欲除曹氏眼前害,岂料吴儿肘后欺?"(何溟)"嵯峨一冢余千年,长使英雄泪如水。"(周午)"傅糜惧罪生狂计,蒙逊阴谋谬见亲。"(李鉴)将唐、宋、金、元这些文人骚客的吟咏概括起来并加以过滤,我们可以看到,在他们笔下的关羽形象的内质结构主要有三大要素:义、勇、悲。

当这个义勇兼备、且具悲剧色彩的关羽由文人笔下转入通俗文学作品之中的时候,一个具有崇高美的悲剧英雄形象便矗立在千百万民众的心目中了。不过,其间也有一个演变过程。

刊刻于元代至治年间的讲史话本《三国志平话》的关羽形象,其主要特质乃在于"义""勇"两个方面。除此而外,这一形象还带有民众审美要求的草莽气息和历史人物所固有的骄矜之气。其写关羽之"勇",只看斩颜良、诛文丑两个片段便可见一斑:"云长单马持刀奔寨,见颜良寨中不做碍阻,一刀砍颜良头落地,用刀尖挑颜良头,复出寨。却还本营见曹公,骇然而惊,手抚云长之背,言曰:'十万军中取颜良首级,如观手掌。将军英勇之绝也!'""关公不打话,便取文丑。交战都无十合,文丑败,拨马走。关公怒曰:'焉能不战?'急追三十余里,至渡口名曰官渡至近,关公轮刀,觑文丑便砍,连肩卸膊,分为两段,文丑落马死。"(卷中)至于关羽之"义",是书写降曹约三事、千里独行等情节,亦颇充分。《三国志平话》最具特色之处是写了关羽的草莽气息与骄矜之气。如叙关羽出身一段,作者写道:"话说一人,姓关名羽,字云长,乃平阳莆州解良人也。生得神眉凤目虬髯,面如紫玉,身长九尺二寸。喜看《春秋左传》,观乱臣贼子传,便生怒恶。因本县官员贪财好贿,酷害黎民,将县令杀了,亡命逃遁,前往涿郡。"后来遇上张飞,二人气味相投,一起到酒肆中痛饮,张飞先叫:"将二百钱酒来!"二人畅饮一阵,"酒尽,关公欲待还杯,乃身边无钱,有艰难之意,飞曰:'岂有是理!'再叫主人将酒来。二人把盏相劝,言语相投,有如契旧。"(卷上)这一段描写,颇同于后来《水浒传》写梁山好汉,一片草莽之气。正因如此,当张飞怒鞭督邮之后,才会有"刘备、关、张众将军兵都往太(行)山落草"的可能。在《三国志平话》中,关羽尚未被神化,仍保持着一个活生生的"人"的某些性格缺陷。如在滑荣道上,曹操为关羽所阻,曹操美言相告:"云长看操亭侯有恩。"关羽却说:"军师严令。"曹操无奈,只好撞阵,因"面生尘雾,使曹公得脱"。关羽赶了数里复回。见刘备。诸葛亮说:"关将仁德之人,往日蒙曹相恩,其此而脱矣。"不料这话引起了关羽一腔矜气,"关公闻言,忿然上马,告主公复追之"。(卷中)再如刘备封五虎将一段,关羽得知马超被封为定远侯之后,公然表示不满:"自桃园结义,兄弟相逐二十余年,无人可当关、张二将。"并令人送信入川见军师,得到孔明回信之后,关羽洋洋自得,对手下众官说:"军师言者甚当。""马超者,张飞、黄忠并为,倘比吾,难。"(卷下)此后,关羽甚至对前来提亲的东吴使者说:"吾乃龙虎之子,岂嫁种瓜之孙!"(卷下)这些地方,都体现了关羽狂傲自大的一面,带有历史人物的本色。

通过以上分析,我们可以看到,《三国志平话》中的关羽身上所体现的正是宋元时期一般民众的审美要求,他们所喜爱的乃是一个义勇双全而又真实可信的关羽,而不是一尊偶像。

元代戏剧舞台上出现的关羽,已在历史人物的基础上有所提高,在讲史话本的基础上有所净化。关羽已被塑造成一个由常人向超人过渡的艺术典型,他身上的草莽气息和骄矜之气已大为减弱。由于特殊的时代因素,在关羽这一形象身上,带有剧作家们相当浓厚的历史观照和现实感受。甚至可以说,元代杂剧舞台上的关羽,已成为一尊寄托着剧作家们民族意识、悲剧意识且带有"理念"意味的正义之神。

在元杂剧现存作品中,与关羽相关的戏至少有《单刀会》《双赴梦》《千里独行》《三战吕布》《博望烧屯》《襄阳会》《黄鹤楼》《隔江斗智》等八种。其中,后五种中关羽俱是配角,暂置勿论。《千里独行》一剧,虽是由甘夫人主唱的旦本戏,而实际上全剧的中心人物则无疑是关羽。在这个剧本中,作者除了表现关羽勇武刚强的英雄气概之外,更突出体现了他忠、义、礼、信的内在精神。如该剧第三折写关羽灞陵桥别曹操,当张辽奉命向关羽要一件回奉之物时,关羽回答道:"丞相的恩,我报了也。我与他刺了颜良,诛了文丑,他今日又要回奉之物,我随身无甚么值钱物件。我这一去,见了哥哥,我异日借起兵来,与您曹丞相交锋,我若拿住你曹丞相,我这大刀下饶你丞相一个死,便是回奉。"在这里,关羽忠、义、礼、信四种美德俱全,但其中更突出的乃是义和信两点,这正是能为生活在那特定的悲剧时代的人民大众所接受的关羽崇高精神的核心之所在。然而,剧作者又通过关羽那既要秉持崇高的人格精神又迫于形势而不得已许诺曹操的言辞,准确地体现了关羽这一崇高形象在极端不利的环境中痛苦挣扎的悲剧个性。

如果说《千里独行》中的关羽形象已具有相当程度的悲剧意味的话,那么,《双赴梦》中的关羽形象则更被蒙上一层浓厚的悲剧色彩了。该剧第一折中,蜀国使臣唱道:"关将军但相持,无一个敢欺敌。素衣匹马单刀余,觑敌军如儿戏,不若土和泥。杀曹仁七万军,刺颜良万万威。今日被歹人将你算,畅则为你大胆上落便宜。"在极赞关羽之威风和业绩之后,忽然拖上一句悲怆的呼号、爱极的埋怨。再看第三折张飞所唱:"九尺躯阴云里惹大,三缕髯把玉带垂过,正是俺荆州里的二哥哥。""往常开怀常是笑呵呵,绛云也似丹脸若频婆,今日卧蚕眉愁定没罗,却是因何,两泪如梭?"作为鬼魂的关羽,虽仍然那么威风凛凛、相貌堂堂,但毕竟已成为鬼雄,一层悲凉之雾笼罩在他的身边。这一层悲凉之雾的内蕴是极其深厚的,它包含着生活于阶级、民族双重矛盾交织在一起的特殊历史环境中的下层民众对于"生当作人杰,死亦为鬼雄"的历史英雄的低沉呼唤,同时,也可看做是剧作家本人发自内心深处的一首英灵的召唤曲。

以上二剧,尚是从旁观者的角度写出了关羽外在的义、勇、悲,而真正能揭示关羽这一悲剧英雄内心世界的则是《单刀会》。我们且看该剧第四折所展现的关羽的悲壮情怀:"水涌山叠,年少周郎何处也。不觉的灰飞烟灭。可怜黄盖转伤嗟,破曹的樯橹一时绝,鏖兵的江水犹然热,好教我情惨切。这也不是江水,二十年流不尽的英雄血。"抚今追昔,言志抒情,十二分的壮志豪情,十二分的幽怀悲诉,崇高的关羽、悲剧的关羽,在这里真正地合为一体。在这么一个悲壮而崇高的关大王身上,已寄托着剧作者对历史的观照,甚或隐约的民族意识。而这一个关羽本身,已不复是那一个历史人物或一般的舞台形象,而成为一位超越历史的"巨人",一个在"人"的基础上带有神化痕迹的"超人"。

元代杂剧舞台上关羽形象身上所体现的悲剧色彩,自有其特殊的历史背景所致。但,这种悲剧英雄一旦定型,一旦积淀成为民族精神的一部分,必将引起后人更多的同情、惋惜和讴歌。中国的民众是崇拜英雄的,尤其崇拜那些为正义奋斗不息而终归失败的悲剧英雄。关羽之所以成为一个被后人崇拜的神明,与元杂剧中这种大力渲染关羽之悲壮的舞台效果有着密不可分的关系,因为无论何种文化层次的人都可以看戏,而直观教育的力量是无穷的。

当然,文学作品中的关羽形象的最终定型,还在《三国志通俗演义》之中。在这部被称为中国章回小说开山之作的巨著中,作者对关羽这一人物形象进行了多侧面、多层次的刻画和描写,使之成为一个威勇其表、忠义其里且又带有浓厚悲剧意味的艺术典型;同时,作者又给后世留下了一位气贯日月、睥睨万物的足以令人高山仰止的"尊神"。

《三国志通俗演义》写关羽之勇,不是粗莽之勇,而是带有十足的大将军气概的"威"勇,而对其威勇的具体描写又往往体现在临阵杀敌之迅猛异常。沂水华雄、徐州车胄、白马颜良、延津文丑、五关六将,乃至古城外之老蔡阳,多少能征惯战之将,只要碰上关云长,或上马只一合,或交手仅一刀,片刻功夫他们就一个个尸横尘埃、血溅长空。这便是作者有意突出关羽无与伦比的神将之"威"。与此同时,作者还在封金挂印、夜读兵书、单刀赴会、刮骨疗毒等片段中,以重笔描写了关羽异乎常人的恢宏气度和状貌风神。通过这样反复的渲染,一个充满阳刚之气、神威无比、超群绝伦的关羽就矗立在读者面前了。

在充分描写关羽威武雄壮的风采的同时,作者更以细腻的之笔赋予关羽以忠、义、礼、信和正大光明的内在美德。许田射猎,欲斩遮于天子之前迎受万岁呼声之曹操,是关羽对汉室之忠。千里走单骑,追寻兄长刘备,是关羽不忘桃园之义。嫂居其内,自居其外,是关羽牢记人伦之礼。斩颜良、诛文丑以报曹操知遇之恩,是关羽的大丈夫言而有信。不杀马失前蹄的黄忠,则正是关云长的正大光明之处。作者一方面大力张扬关羽的美德,另一方面,又将正史、野史中某些有损关羽形象的情节进行删改遮饰。《三国志》裴注所引关羽乘人之危欲夺人妻一事,在这里已不见踪影,反而写他将曹操送来的十名美女"尽送入内门,令服侍二嫂嫂"。(卷五)《三国志平话》中写刘、关、张曾落草于太行山,在这里却变成"关、张各自收得些人马,往山住扎,如落草一般。"后来又干脆让张飞一人"在砀山落草为寇"。(卷四)《三国志平话》中那华容道未曾有心放曹,受孔明一激怒而再追的关羽,在这里不仅有意放了曹操,并且被誉为"傲上而不忍下,欺强而不凌弱"的"义重如山之人"。(卷十)由此,关羽便成为一个威勇其外、美德其内的崇高美的典型,成为千古名将中的典范楷模。诚如毛宗岗在《读三国志法》中所言:"历稽载籍,名将如云,而绝伦超群者莫如云长。青史对青灯,则极其儒雅;赤心如赤面,则极其英灵。秉烛达旦,人传其大节;单刀赴会,世服其神威。独行千里,报主之志坚;义释华容,酬恩之谊重。作事如青天白日,待人如霁月光风。心则赵抃焚香告帝之心而磊落过之,意则阮籍白眼傲物之意而严正过之。是古今来名将中第一奇人。"

毛宗岗这一番热情洋溢的赞誉之辞,可说是对《三国志通俗演义》中关羽形象的人格总结。然而,这一总结并不全面。《三国志通俗演义》中多次写到关羽性格的若干缺陷,诸如刚愎自用、目中无人、狂傲自大,以及由这些悲剧性格所造成的悲剧结局,毛氏在这里有意回避,只字未提。这似乎给我们透露了一点时代信息:在《三国志通俗演义》产生的元末明初之时,文学作品中的关羽形象虽已逐步偶像化,但仍带有相当程度的历史人物固有的痕迹;而到了毛宗岗所处的清代,关羽已被提到了神圣不可侵犯的地步,对他的评价,只能褒、不能贬,只可颂扬,而不可损抑。换言之,关羽之由人而变成神的决定性阶段,正在于明中叶至清代。这种文化现象之所以产生,与历代封建统治阶级、尤其是明中叶至清代的统治者对关羽的层层加封、不断升级的做法有着不可分割的关系。下面所列举的关羽死后所受的封号的简明统计,正向我们证实了这一点。

关羽死后,蜀汉后主刘禅于景耀三年追谥他为"壮缪侯",宋徽宗时,始封为"忠惠公"和"崇宁真君"。后又加封为"武安王"和"义勇武安王"。宋高宗时加封为"壮缪义勇王"。宋孝宗时改封为"英济王"。元文宗时加封为"显灵义勇武安英济王"。明太祖时复侯元封。明宪宗时封为"壮缪义勇武安显灵英济王"。明神宗万历二十二年,始从道士张通元请,进爵为帝,庙曰"英烈";四十二年又敕封"三界伏魔大帝神威远镇天尊关圣帝君"。清世祖时封为"忠义神武关圣大帝"。清高宗时加封为"忠义神武灵佑关圣大帝"。清仁宗时加封为"忠义神武灵佑仁勇关圣大帝"。清宣宗时加封为"忠义神武灵佑仁勇威显关圣大帝"。

关羽封号的演变是很有意味的，从中似乎可以窥见不同朝代的统治者们各自的心态。刘禅封之以"侯"，名正言顺。自魏晋六朝直到隋唐及北宋中期，关羽并未引起统治者们多大兴趣。宋代"靖康之变"前后，关羽突然发迹，一跃而为"王"，其间大概多少带有社稷危亡需神灵护卫之意。元文宗时，成吉思汗的儿孙们锐气已将尽，故又重新对关羽亡灵进行认定。明太祖马上得天下，连亚圣孟子都敢于不恭，何在一关大王？故复侯之元封。明宪宗承大明之盛世，然已渐趋尾声，故又旧调重弹。至神宗，则大明之势已逞强弩之末，因使关羽封号大放光彩，进爵为帝，且越封越高、越封越玄。清入主中原，以汉治汉，抬高关羽以为楷模，从而定世道、正人心，何乐而不为？故而关帝封号越加越长，但变来变去，"忠义"为之首，则永为定格。

在官方的大力张扬之下，民间对关羽的崇拜亦成为社会风习。明末时，关羽被称为"关夫子"（佚名《老圃丛谈》）。清代，有人干脆称关羽为"关忠义"（王侃《江州笔谈》）。民国三年，关羽与岳飞合祀于武庙。

关羽一介武夫，何以能与孔子并列而被称"夫子"？对此，清人张鹏翮有一段话说得明白："夫侯生于千载之上，千载之下，无论贵贱智愚，闻侯之名，莫不敬之畏之；夙夜骏奔，若有所惕，然而不容自已者，何也？天理之不泯于人心，而三代之直道尚存也。充是心也，以之事亲则孝、事君则忠、交友则信。如万斛涌泉，取之不尽而用之无穷，则是侯之大有造于名教也，称之曰夫子，谁曰不宜？於戏！夫子者，孔子之盛德而甚美之称也。侯虽未登洙泗之堂，而刚大之气、忠义之概，暗与道合。"（《关夫子志序》）这段话，真可看做是对关羽那一连串美谥的最好注脚。对此，历代帝王领会之深者无过于清高宗，他在乾隆四十一年七月二十六日给修《四库全书》的馆臣们特地下了道谕旨，略谓："夫以神之义烈忠诚，海内咸知敬祀，而正史犹存旧谥，隐于讥评，非所以传信万世也。今当钞录四库全书，不可相沿陋习，所有志内关帝之谥，应改为忠义。"（据《四库全书总目》卷首）这里，清高宗所谓"正史犹存旧谥，隐于讥评"，指的是史载刘禅谥关羽以"壮缪"一事。其实，"缪"与"穆"通。这一点，明代郎瑛在《七修类稿》中早已辨明："但传公谥壮缪，乃为不学者所疑。当读为穆，如秦缪、鲁缪是也，予已辨于缪字下。谥法：壮为克乱不遂，穆为执义布德，此非神之行乎？"可见，"壮缪"之谥，的确很符合关羽的实际，只是像乾隆那样的统治者们认为"壮缪"不如"忠义"来得明白，因此，他们才不惜篡改史书以突出关羽的"忠义"。

在封建统治阶级的大力提倡下，关羽作为"人"的一面逐渐消磨，作为"神"的一面却逐步扩大，而"忠义"二字，则是这尊神道头上最耀眼的光环。在明清两代文人对关羽的歌咏声中，这"忠义"的主旋律显得越来越鲜明嘹亮。请看："黄壤一抔盖忠义,空余遗恨失吞吴。"(明·刘巽《题大王冢》)"古来不没称忠义,吊客常过荐酒卮。"(明·赵璞《次何州判韵》)"百万貔貅属指挥,死生忠义总无亏。"(明·黄玄《谒解州庙》)"一片忠心扶帝胄,千寻义气压奸权。"(明·刘翔《谒解庙》)"揆义不妨权报魏,摅忠直欲再兴刘。"(明·俞浩《谒武安王庙》)"当其忠义发,直欲凌太行。"(清·果亲王《谒解州庙》)"可叹孙曹甘僭窃,何如忠义万年芳。"(清·乔庭挂《修志有感》)"忠贞垂宇宙,浩气塞苍穹。"(清·张鹏翮《谒荆州庙》)"心契麟经昭大义。志维汉鼎矢孤忠。"(清·乔寿恺《谒帝庙》)

　　在封建统治阶级和各阶层文人大力表彰关羽之"忠义"并将其神化的过程中,自然离不开封建文人的鼓捣:"张遂宁先生平生极爱关夫子。……总河行署川堂后,有厅事三楹,南面供奉关帝像,旁周将军持刀侍立,西面设几案,遂宁先生端坐办理公务。幕中无一友,一应案牍,俱系亲裁。有时集寮属商略,稍有私曲,即拱手曰:'关夫子在上,监察无遗,岂敢徇隐?'"(刘廷玑《在园杂志》卷三)关羽既被神化,由一个普通的将领侯而王、王而帝、帝而神,那么,他的圣像便不容亵渎,自然备受崇敬。九州大地关帝庙中的圣像自不必说,就连戏剧舞台上亦即如此。焦循《剧说》卷六云:"吾郡江大中丞,每于公宴,见有扮演关侯者,则拱立致敬。"周剑云《剑气凌云庐剧话》云:"三麻子生平崇奉壮缪最笃,每于演剧之先,对其像焚香膜拜,然后化装。"周寿昌《思益堂日扎》卷九云:"今都中演剧,不扮汉寿亭侯,或演三国传奇有交涉者,即以关将军平代之。则由人心敬畏,不烦法令者矣。"齐如山《增订再版京剧之变迁》云:"戏中每遇关羽的戏,皆不许直呼其名,本人则称关某,通名时则只称关字,别人或敌方则都称他为关公。""乾隆中,有一位唱老生的,名米喜子,演关公的戏极出名。一日都老爷团拜,约米喜子演《战长沙》。出场时用袖子遮脸,走到台前,乍一撒袖,全堂观客,为之起立,都说是彷佛真关公显圣一样,所以不觉离座。""宫里头演关公的戏,每逢关公一上场,皇上与西太后均要离座,佯为散行几步,方再坐下。"从皇帝太后到一般庶民,从演员到观众,关羽的形象竟然如此受到人们的崇敬,真可以称得上古今来第一神明了。

　　在这场"造神"运动中,上自帝王,下至百姓,士农工商,三教九流,都在出着一份力,但也都想沾上一点光。或者说,"造神"的终极目的其实不过是社会各阶层各自的为我所用而已。读书人请关圣示闱题(徐珂《清稗类钞》卷七十三),督军者请关圣占战事(林昌彝《海天琴思录》卷一),求终身前程者可问关圣(袁枚《子不语》卷十三),想免去军籍者亦可求关圣(褚人获《坚瓠集续集》卷四),甚至连邻居间偷窃一鸡的小事,也得去麻烦神圣关老爷(《子不语》卷二)。至于清代的一些会党,如三合会、哥老会等,也都以关羽相号召(《清稗类抄》卷六十六)关圣人不仅血食遍九州、而且服务遍九州了。

大要而言,在封建社会,统治阶级抬高关羽,关键在于表彰其"忠义",将他作为忠义的楷模,让人们效法,从而维护自己的统治;而被统治者们崇拜关羽,则主要着眼于他的"信义",并将他作为正义的化身,通过这尊正直之神来保护弱者,调解、评判纷纭人世的各种纠纷,加强人与人之间的信赖感,增强群体内部的凝聚力。总之,社会各阶层崇拜关羽的表象虽大体如一,而其真正内涵却是极其复杂而丰富的。

《西游记》及其三种续书的哲理蕴涵[①]

本文旨在探究《西游记》与其续书之间的内在联系。

《西游记》的续书有两大系列：一是明末清初的一批，主要有佚名《续西游记》一百回、董说《西游补》十六回、佚名《后西游记》四十回等，可称之为本色的"西游"续书；一是晚清的一批，主要有陆士谔《也是西游记》二十回、李小白《新西游记》三十回、冷血《新西游记》五回（未完）等，可称之为变异的"西游"续书。此所谓本色续书，指的是按照传统的续书方式，与原著保持着基本精神的一致，至少在主旨上有密切联系；而所谓变异续书，则指的是仅仅借用原著的名头而另起炉灶，写成别出心裁的作品。对于《西游记》变异续书系列作品，我们暂置勿论，这里主要针对明末清初的《西游记》本色续书三种与原著的关系来谈谈它们之间在寓意方面的联系与区别。

一

众所周知，《西游记》的主要故事是唐僧师徒到西天求取真经。那么，什么是"真经"呢？从文献的角度讲，当然就是书中所写的唐僧在佛祖那儿取得的"三十五部""五千零四十八卷"（第九十八回）佛教经典。但是，如果换一个角度追问，《西游记》所谓"真经"的文化密码所指何物？那可就要费一番周折了，而且每个人的答案很有可能见仁见智，大相径庭。

笔者认为，《西游记》所谓"真经"的文化密码正蕴藏在书中的头号主人公身上，那就是"悟空"，真心的悟彻空灵。究其实，整部《西游记》只写了"悟空"二字。九九八十一难是"悟"的过程，取得真经是"空"的结果。因为"真经"其实就是一个字："空"。

孙悟空是"人心"的象征，关于这个问题，笔者在一些拙著、拙文中早已屡屡言及，此处再将此意补充发明之。

[①] 原载《内江师范学院学报》2010 年第 11 期。

孙悟空是"每受天真地秀,日精月华"(第一回)而化作的石猴,这是人类"自然之心"的象征。

孙悟空学道的地方乃是灵台方寸山,斜月三星洞,这都指向一个"心"字。灵台:指心。《庄子·庚桑楚》:"不可内于灵台。"郭象注:"灵台者,心也。"方寸:亦指心。唐·贾岛《易水怀古》诗:"我叹方寸心,谁论一时事。"斜月,乃一斜勾;三星,乃斜勾上的三点。"斜月三星"加在一起,仍然是个"心"字。可见"灵台方寸山,斜月三星洞"实乃心灵修炼之所在。

孙悟空的师父是须菩提祖师。须菩提:梵语 subhūti 的音译,意译为"善现""善见""善吉""空生"等。须菩提是古印度拘萨罗国舍卫城长者鸠留之子,出家为释迦牟尼十大弟子之一,以"解空第一"著称。请注意,这位须菩提祖师实际上就是"解空"大师,也就是悟空大师、觉悟大师。不然,他为什么给那位最能得到其真传的弟子猴儿取个法名叫"悟空"呢?

《西游记》第二回的回目"悟彻菩提真妙理",写的就是孙悟空得到须菩提祖师真传的过程。什么叫做"菩提"?乃是佛教名词梵文 Bodhi 的音译,意译则为"觉""智""道"等。佛教用以指豁然彻悟的境界,又指觉悟的智慧和觉悟的途径。唐·玄奘等著《大唐西域记·婆罗疴斯国》:"太子六年苦行,未证菩提,欲验苦行非真,受乳糜而果正。"

我们不妨再看孙悟空那几样与众不同的本领,其实也都与"心"紧密联系。他的七十二般变化,想变什么就变什么,正是人类随心所欲的追求的幻化。他的拔一根汗毛变作千百个小猴,正是人类分身有术亦即分心有术的期望。他的十万八千里的筋斗云,正是人类心灵远游的象征。

至于孙悟空的闹三界,也是人类心灵欲望的变形表现。一闹龙宫,最后结果是得到"如意金箍棒"。所谓"如意"者,当然是如人心意。二闹地府,最后结果是使自己和"全猴类"都得到解放,想活多久就活多久。这难道不是人心解放的另一种表现吗?三闹天宫,更是"人心"极度膨胀的结果。请看第四回的回目:"官封弼马心何足,名注齐天意未宁"。关键词就是心意的不满足、不安宁。既然不满足、不安宁,那就要继续"闹"下去。闹到什么程度呢?按照孙悟空的说法:"皇帝轮流做,明年到我家。"(第七回)这真是心比天高、胆大妄为了。

从《西游记》第一回到第七回,看似五彩缤纷,令人目不暇接。其实只写了一件事:孙悟空的所作所为象征着人心的大放纵。紧接着,便是人心在压抑状态下经受的重重磨难以及一步一步的收束。或者说,是人类充满欲望之心经历过一次一次的"悟",最终"悟"到"空灵"的过程。

首先是"五行山下定心猿"。所谓五行山也者,乃佛祖"将五指化作金、木、水、火、土五座联山"。（第七回）进而言之，金、木、水、火、土是古人认识范围内的物质世界的总和。孙悟空被压在五行山下，象征着人心在经受着物质世界的重压。而且，一压就是五百年。这里的五百年，其实也就是一个"长时间"的代名词，我们可以理解为五千年甚至五万年，总之是很久很久。正如同那西天路上经历的九九八十一难一样，那不过是一个"多重灾难"的代名词。因为"九"是个位数中最多的数，"最多"乘以"最多"，当然是"最最多"，也就是无穷无尽的意思。

孙悟空被一位得道高僧从五行山下拯救出来了，代表人心的猿——"心猿"摆脱了来自物质世界的重压，下一步，他该面临着什么呢？答曰：去掉种种欲望的心灵纯洁的革命。君不见，孙悟空举起了自由之棒一下子就打死了六个毛贼吗？那六位剪径的大王唤做什么名讳？曰：眼看喜、耳听怒、鼻嗅爱、舌尝思、意见欲、身本忧是也。所谓"六贼"，就是每一个人对外界交流的六个渠道，或者说是人类宣泄欲望的六个端口。孙悟空打死了六贼，正象征着人心向着眼、耳、鼻、舌、意、身这六大"心魔"的宣战。因为"六贼"并不在身外，它们正深藏在我们每一个人的心中。

人心的净化是一个艰难的过程，仅仅战胜六贼是不够的。因为人心本身也会有不时的越轨和冲动。那么，用什么东西来约束人心呢？答曰：紧箍咒。观音菩萨骗孙悟空戴在头上的金箍儿以及教会唐僧念的紧箍咒，其实正是人心新的牢笼。如果说，孙悟空被压在五行山下是代表着人心受到物质世界重压的话，那么紧箍咒则象征着人心受到来自精神领域的圈束。

在漫长的西天路上人心遭受磨难的痛苦过程中，还有两件事尤其值得注意。

一是书中第十九回，乌巢禅师给唐僧送来了一部《多心经》。这部经典，"乃修真之总经，作佛之会门也"。（第十九回）其实，此《多心经》就是"无心经""空心经"，它是使人类从多欲之色心转变成为无欲之空心的经典。因此，它最能代表汉传佛教的内在精神实质。尤其是经文中的这几句："色不异空，空不异色；色即是空，空即是色。……是故空中无色，无受想行实，无眼耳鼻舌身意，无色声香味触法。"简直就是汉传佛学的精髓。《西游记》中，紧接着"心猿归正""意马收缰"之后，乌巢禅师突然给取经队伍的"禅主"唐三藏送来这部"心经"是大有用意的。从最浅的层次来理解，就是给唐僧约束孙悟空等人送来了思想武器。因为西游的过程，其实就是由"多心"趋向"无心"的"悟空"过程。

二是书中第五十七回，写一个六耳猕猴幻化为孙悟空，搅得天翻地覆。面对两位美猴王，谁也分不出真假。没有办法，最后只好找佛祖解决问题。果然佛祖十分了得，一句话就向众弟子点出了问题的实质："汝等俱是一心，且看二心竞斗而来也。"（第五十八回）原来六耳猕猴是"真心"孙悟空分化出的"假心"，或者说，六耳猕猴与孙悟空共同完成了"人心"对立统一的两个方面：真与假、善与恶、正与邪、是与非。原来人类的心灵一辈子都是在这真假、善恶、正邪、是非之间竞斗。

经历了千辛万苦，唐僧师徒终于到达了西天佛地，并取到了真经。然而，他们所取得的不过是"纸上真经"，而真正的"真经"却并非写在纸上。

那么，"真经"在哪里？或者回到我们一开始的那个话题：人心的"悟空"过程是否也随着纸上真经的取得而最后完成了呢？非也！"真经"在心中，而人类阅读"真经"也不是用眼看、用耳听，而是用心悟！代表"人心"的孙悟空感悟真经的最后一道关口，其实是他与师父将纸上真经送到大唐后又回归西天时的一段对话。当佛祖将孙悟空封为"斗战胜佛"之后，孙行者对唐僧说："师父，此时我已成佛，与你一般，莫成还戴金箍儿，你还念甚么紧箍咒儿揞勒我？趁早儿念个松箍儿咒，脱下来，打得粉碎，切莫叫那什么菩萨再去捉弄他人。"唐僧到底是曾经当过师父的人，认识自然更为深刻一些。他回答："当时只为你难管，故以此法制之。今已成佛，自然去矣。岂有还在你头上之理！你试摸摸看。"(第一百回)行者举手去摸一摸，果然无之。表面上看，孙悟空的箍儿是观音菩萨给他套上的，而实际上却是孙悟空自己套上的。因为他的"难管"，所以招来了"管"他的箍儿。如今他不需要"管"了，箍儿也就消失了。当然，如果碰到一位较真的读者，一定要问孙悟空头上的金箍儿究竟哪里去了。那答案其实也是现成的：箍儿还在孙悟空身上，不过没戴在头上，而是深入到心中去了，或者说已经"内化"到他的三魂六魄之中去了。质言之，此时的孙悟空并非完全不需要管束，而是不需要来自他人"外力"的管束，因为他的内在定力足以管束自己。他完全可以自牧，而不需要"他牧"。只有到了这种境界，他才算是名副其实的"悟空"了。

然而，《西游记》写到这里，还是遗留下了一个大大的问题。在这本书结束的时候，真正"悟空"的只有孙悟空等人，而他们给大唐的芸芸众生送去的只是纸上真经。那么，东土的人们是否也能"悟空"呢？或者说，他们是否也能领会到"真经"之"真谛"呢？《西游记》没有回答这个问题。这就给《西游记》续书的作者们提供了驰骋想象的广阔天地和艺术创造的无垠空间。

二

《续西游记》一书对"真经"的理解主要是"机变"，亦即万事万物永远都是变化的，有的时候甚至向着对立面发生相反相成的变化。这种理解是基本符合汉传佛教精神的，至少是符合《西游记》里所谓佛教精神的。谓予不信，我们且看《西游记》中写佛祖如来在甄别"二心"时正在给弟子们宣讲什么："那如来正讲到这：不有中有，不无中无。不色中色，不空中空。非有为有，非无为无。非色为色，非空为空。空即是空,色即是色。色无定色,色即是空。空无定空,空即是色。知空不空,知色不色。名为照了,始达妙音。"(第五十八回)这是什么?这就是"变",对立统一的"变"。这就是"变"中的"不变","不变"中的"变"。这与《西游记》中乌巢禅师送给唐僧的《多心经》的核心内容也是一致的。

最为有趣的是,在《续西游记》中,作者居然能将"变化"与上述理论融为一体,向读者展示了对汉传佛教精髓的形象解释。

我们还是先从佛祖及其弟子说起。《续西游记》第二回,写佛祖欲选一人暗中协助唐僧师徒将"纸上真经"护送回东土大唐,有人推荐善于变化的灵虚子。于是,如来便令灵虚子当面变化。当灵虚子变成极大之物"顶天立地横阔四隅大汉子"后,如来道:"此何足为大?凡吾所言大者,外无所包。今子所变,尚在乾坤之内,非大也。"当灵虚子又变成极小之物"焦螟虫儿"后,如来又道:"此何足为小?凡吾所言小者,内无所破。今子所变焦螟,尚有肠腑,食微尘,何以为小也。"

该书第三回,有这么一段耐人寻味的描写。当佛祖认为孙悟空难取真经时,行者听了,急躁起来道:"佛爷爷呀!我弟子千辛万苦,随师远来,如何取不得?"如来道:"只因你本一机变,与吾经一字也不合,怎么取得?"行者乃向如来前,抓耳挠腮,打滚撒泼,道:"弟子这机变心,纵不如师父的志诚,却胜似八戒的老实。就是机变,也不过临机应变,又不是奸心、盗心、邪心、淫心、诈心、伪心、诡心、欺心、忍心、逆心、乱心、歹心、诬心、骗心、贪心、嗔心、恶心、瞒心、昧心、夸心、逞心、凶心、暴心、偏心、疑心、奸心、险心、狠心、杀心、痴心、恨心、争心、竞心、骄心、媚心、谄心、惰心、慢心、妒心、忌心、贼心、逸心、怨心、私心、忿心、恚心、残心、兽心!"行者一气随口说出许多心,如来闭目端坐,只当不闻。比丘僧到彼乃屈指说道:"悟空不可多说了,你说一心便种了一心之因,种种因生则种种怪生。"

这就是所谓"心生,种种魔生;心灭,种种魔灭"。(《西游记》第十三回)上述这么多"心",都是人类心头的魔鬼。而孙悟空的"机变心",则具有两重性。一方面,它也是人类心头的魔鬼,是所谓"内魔";另一方面,它又是人类心灵的利器,可用以战胜"外魔"。当然,到"机变心"战胜了外魔的最后时刻,它还得自燃自焚,将自身烧得个干干净净。或者说,人类战胜外魔,仅仅是皈依佛门的第一步,最后,必须战胜内魔,才进入灵山圣境。《西游记》将孙悟空封为"斗战胜佛",大体也是这个意思。

明白了这一点,我们就可以进一步明白《续西游记》所讲的故事是:历尽机变,战胜外魔,方护真经。《续西游记》所包含的内蕴是:历尽机变,焚烧内魔,方见真心。

机变描写差不多贯穿了《续西游记》全书,我们且看几次最具哲理蕴涵的片段。

书中有一个隐士陆地仙,与正邪两派人物俱有来往。孙悟空为了深入妖精鸾箫、凤管的巢穴,变成陆地仙想蒙混过关,不料被妖精诈言说破:"凤管妖听了,向鸾箫笑道:'魔王错认了定盘星。俗说:瞧着灵床,与鬼说话。你看这隐士,可真乃陆地仙?分明孙行者变化来的!'凤管妖原非看破,乃是故意猜疑,提出这句话。行者一时装假,自惊道:'是妖魔认出来了!'忍不住的露出本相来,往洞外飞走。……凤管妖道:'……如今他又弄假来愚我,我便弄个假去捉他。'说罢,飞走出洞,摇身也变了个陆地仙。……行者听得,忙把慧眼放出一看,笑道:'好妖精,又来弄老孙。'乃擎出禅杖劈面就打,女妖飞星走了。行者急跟将来,女妖却不回洞,一直只往陆地仙洞中走,道:'长老,我分明要与你去洞中说方便,你如何倒怪我,赶打将来?'行者哪里答应,只是赶着。却不知比丘僧与灵虚子,在院后树林远远见行者赶着隐士、口里骂着妖精,灵虚子窃来听知,随变了陆地仙迎上路来道:'唐长老的高徒,赶的是哪里妖魔,假变我真形。'凤管女妖只当是真隐士来了,自觉没趣,他现了原相,飞奔回洞去了。行者忙上前,又把妖魔拿了唐僧三个、抢去经担的话说出,求隐士方便。"(第二十五回)

敌、我、友三方都变成了"中间人物",这说明什么呢?说明"中间人物"的活动余地是最大的。任何一场战争,都必须有缓冲地带,"中间人物"就是敌、我、友三方之间的缓冲地带。这是一层哲理。再者,孙悟空变作陆地仙,被凤管妖识破;而凤管妖变成陆地仙,又被孙悟空识破;最终灵虚子也变成陆地仙,孙悟空与凤管妖却都没有识破。这体现了什么呢?孙悟空、凤管妖与灵虚子之间的关系是"异",而孙悟空与凤管妖之间是"同"。进而言之,凤管妖识破孙悟空是"无意"的,而孙悟空识破凤管妖却是"有意"的,这又是在"识破"的前提下的"同"中之"异"。可见万事万物之间不仅有"同"有"异",而且"异"中有"同","同"中有"异"。这是第二层哲理。还有,凤管妖无意间识破孙悟空,是瞎猫碰见死老鼠,道行最低;孙悟空有意间识破凤管妖,当然比凤管高出一等;然而,凭着孙悟空如此高的道行居然无法识破灵虚子,说明灵虚子的道行最高。那么灵虚子的道行究竟高在什么地方呢?除了他"主观"上的因素以外,还有一个客观因素,那就是他乃"旁观者"。俗话说:当局者迷,旁观者清。这便是这段描写的第三层哲理。但不管是多少层哲理,都是因为"机变"而造成的。

更为有趣的是在该书第二十九回,作者干脆让妖魔概念化。且看孙悟空等人这次遇到的三个魔头:"只见寨中设着三张交椅,正中坐着三尸魔王,左右坐着七情、六欲两个强人。"何谓"三尸"?道家称在人体内作祟的三种神叫"三尸"或"三尸神",每于庚申日向天帝呈奏人的过恶。也有人认为"三尸"指的是人类自身的三种不良性格:倨傲之性、质见之性、矫戾之性。何谓"七情"?指的是人类七种感情或情绪:喜、怒、哀、惧、爱、恶、欲。何谓六欲?指的是人的六种欲望或欲望载体:生、死、耳、目、口、鼻。

这还不算,紧接着,作者居然让"七情"与"八戒"相互变化:"八戒见了把自己脸一抹,即变了七情模样。行者见八戒变了七情,便把七情喷了一口气,随变了八戒。那众喽啰认错了,一齐上前把七情变的八戒棍棒乱打。"(第三十回)

什么叫做"七情",上面已经清楚。那什么叫做"八戒"呢?佛教指在家信徒一昼夜受持的八条戒律。即:不杀生,不偷盗,不邪淫,不妄语,不饮酒食肉,不着花鬘璎珞、香油涂身、歌舞娼妓故往观听,不得坐高广大床,不得过斋后吃食。《西游记》里将其简化为"五荤三厌"。(第十九回)

由上可知,"七情"者,人类欲望也;"八戒"者,清规戒律也。殊不知"七情"可变"八戒","八戒"亦可变"七情"。连人类欲望与清规戒律这永远斗争的两极都可以互相变化,人世间还有什么东西不能"变化"?

只有把"变化"推演到极尽绚烂的状态之后,它才有可能回归"不变"的宁静状态。这种状态是"初始"的,也是"终极"的。万事万物,其生存、生长到终结的全过程,都是这么一个大大的"圆圈"。人生如此,人类如此,大自然如此,全世界都是如此。《续西游记》告诉我们的"真解",亦乃如此。

三

《西游记》续书中,《西游补》是颇为难懂的一部。是书虽然只有短短的十六回,然其中的哲理蕴涵却是非常深刻的。

读《西游补》,少于三遍不可能得其中三昧。读一遍,得到两个字:魔幻;读两遍,又得两个字:现实;读第三遍,庶可得到最后两个字:哲理。这至少是笔者再三阅读《西游补》的感受。

《西游补》是时空交错的魔幻。书中有天上世界、人间世界、地下世界,还有过去世界、现在世界、未来世界。书中人物所做之事,也令人匪夷所思。孙悟空化斋居然来到什么"新唐国",灵霄宝殿忽然间被盗失落,孙悟空找秦始皇借什么"驱山铎",美猴王又跑到古人世界变成虞美人,孙行者又到了未来世界当了半日阎罗天子,孙大圣又到蒙瞳世界,唐僧交桃花运竟然娶了一位美人,这位圣僧又官运亨通当了杀青大将军,猪八戒参军当了伙夫,孙悟空混进部队当了先锋,一交战就遇上波罗蜜国大蜜王,谁知这位王爷居然是孙悟空与"嫂嫂"铁扇公主的私生子,谁叫孙猴子随便钻到女人肚子里去呢?大蜜王趁着生身之父的尴尬杀死了小月王和唐僧……正在万分无奈之时,孙悟空听到一声断喝:"住在假天地里久了!"(第十六回)断喝者乃虚空主人。原来孙悟空刚才所见统统都是幻象,而之所以产生幻象乃是被"鲭鱼气"所迷。当猴王回到师父身边时,不料"鲭鱼精"变成小和尚,正在欺骗唐僧。最后孙悟空消灭了鲭鱼精,继续保护唐僧西天取经而去。

透过《西游补》的魔幻描写,我们可以看到它对现实的影射和批判是异常强烈的。例如第四回写那群看榜的举子的丑态,几乎可以与《儒林外史》相媲美。而且,还有一段借太上老君之口发出的相当沉痛的批评文字:"哀哉!一班无耳无目,无舌无鼻,无手无脚,无心无肺,无骨无筋,无血无气之人,名目秀才;百年只用一张纸,盖棺却无两句书!做的文字,更有蹊跷:混沌死过几万年还放他不过;尧、舜安坐在黄庭内,也要牵来!呼吸是清虚之物,不去养他,却去惹他;精神是一身之宝,不去静他,却去动他!你道这个文章叫做什么?原来叫做'纱帽文章'!会做几句,便是那福运,便有人抬举他,便有人奉承他,便有人恐怕他。"再如第九回,作者又借阴间高总判之口,骂尽了天下高官:"爷,如今天下有两样待宰相的:一样是吃饭穿衣娱妻弄子的臭人,他待宰相到身,以为华藻自身之地,以为惊耀乡里之地,以为奴仆诈人之地;一样是卖国倾朝,谨具平天冠,奉申白玉玺,他待宰相到身,以为揽政事之地,以为制天子之地,以为恣刑赏之地。秦桧是后边一样。"

更为引人注目的是,在书中第二回,作者借一个宫女的自言自语,道出了下面这些令人触目惊心的话语:"只是我想将起来,前代做天子的也多,做风流天子的也不少;到如今,宫殿去了,美人去了,皇帝去了!……这等看将起来,天子庶人,同归无有;皇妃村女,共化青尘!"《西游补》为明末清初时董说所写,该书最早版本为明崇祯间刊本。也就是说,这部小说出版时明代还没有灭亡。但是,明亡时的惨状却被董说于数年之前不幸而言中了。联系明代亡国之君崇祯帝自缢于煤山的惨状以及他临死前在宫中追杀妃子、公主的恐怖情景,我们再来阅读"天子庶人,同归无有;皇妃村女,共化青尘"的话语,难道没有一种倾听"预言"的感觉吗?所以说,《西游补》在极其魔幻的同时,也是极端现实的。

然而,《西游补》的价值更在于它深邃的哲理蕴涵。

相对于《西游记》和《续西游记》而言,《西游补》更重视对"情"的描写。书中所写的"青青世界"其实就是"情情世界","鲭鱼精"就是"情欲精",而"小月王"三字组合在一起,仍然是一个"情"字。孙悟空象征人心,进入了情欲世界,为"情"所迷。因此,他所看到的一切都是情欲世界的色相。孙悟空为这些欲界的色相所迷惑、所感动、所痛苦,也就是佛家所谓心魔缠结。因此,只有在虚空主人的断喝之下,心猿孙悟空才能跳出魔障,回归取经征途。

这样的理解,绝非笔者胡言。在《西游补》的正文和序言、评点中,可以看到大量的这方面的文字。

先看全书最后虚空主人将悟空唤醒后对他说的偈子:"也无春男女,乃是鲭鱼根。也无新天子,乃是鲭鱼能。也无青竹帚,乃是鲭鱼名。也无将军诏,乃是鲭鱼文。也无凿天斧,乃是鲭鱼形。也无小月王,乃是鲭鱼精。也无万镜楼,乃是鲭鱼成。也无镜中人,乃是鲭鱼身。也无头风世,乃是鲭鱼兴。也无绿珠楼,乃是鲭鱼心。也无楚项羽,乃是鲭鱼魂。也无虞美人,乃是鲭鱼昏。也无阎罗王,乃是鲭鱼境。也无古人世,乃是鲭鱼成。也无未来世,乃是鲭鱼凝。也无节卦帐,乃是鲭鱼宫。也无唐相公,乃是鲭鱼弄。也无歌舞态,乃是鲭鱼性。也无翠娘啼,乃是鲭鱼尽。也无点将台,乃是鲭鱼动。也无蜜王战,乃是鲭鱼阕。也无鲭鱼者,乃是行者情。"说到底,一切都是"鲭鱼",而鲭鱼是什么呢?就是孙悟空或曰每一个人的"情欲"。

与作者鼓枻相应的还有一些《西游补》评论者所写的序跋、批语中的说法。

嶷如居士在《西游补序》中说:"补《西游》,意言何寄?作者偶以三调芭蕉扇后,火焰清凉,寓言重言,觉情魔团结,形现无端,随其梦境迷离,一枕子幻出大千世界。"

静啸斋主人在《西游补答问》中说:"四万八千年俱是情根团结,悟通大道,必先空破情根;空破情根,必先走入情内;走入情内,见得世界情根之虚,然后走出情外,认得道根之实。《西游补》者,情妖也;情妖者,鲭鱼精也。"

至于三一道人在评阅《西游补》时所写的评语中,也多有这方面的言论。例如:"救心之心,心外心也。心外有心,正是妄心,如何救得真心?盖行者迷惑情魔,心已妄矣;真心却自明白,救妄心者,正是真心。"(第十回回末总评)"收放心,一部大主意却露在此处。"(第十一回回末总评)"五色乱是心猿出魔根本,乃《西游补》一部大关目处。"(第十五回回末总评)"一部《西游补》,总是鲭鱼世界;结处才见,是大手笔。"(第十六回回末总评)

四

如果说,《续西游记》和《西游补》还只是在具体描写过程中体现出对《西游记》唐僧等人所取"真经"的一些各自的解释的话,那么,《后西游记》则公开打出了求取"真解"的旗号。

《后西游记》第五回的回目是"唐三藏悲世堕邪魔,如来佛欲人得真解"。该回书中如来佛与唐三藏有这样一段对话。如来道:"我这三藏真经,义理微妙,一时愚蒙不识,必得真解,方有会悟,得免冤愆。可惜昔年传经时,因合藏数,时日迫促,不及令汝将真解一并流传,故以讹传讹,渐渐失真。这也是东土众生,造业深重,以致如此。"唐三藏又合掌礼拜道:"世尊既有真解,何不传与弟子,待弟子依旧传送到长安,以完前番取经的善界。"如来道:"东土人心,多疑少信,易于沉沦,难于开导。若将真解轻轻送去,他必薄为不真,反不能解了。必须仍如求经故事,访一善信,叫他钦奏帝旨,苦历千山,劳经万水,复到我处求取真解,永传东土,以解真经。使邪魔外道,一归于正。……"唐三藏道:"谨领金旨!"如来道:"来之程途,汝所经历,自然知道,不须再记。但要叮咛那求解人,求解与求经不同。求经文字牵缠,故生多难。求解须直截痛快,不可迟疑,又添挂碍。"

那么,如来要东土大唐之人求取的解释"真经"的"真解"之精神实质是什么呢?其实,佛祖在以上对话中已经给唐僧作了暗示:"求解须直截痛快"。关键就在这"直截痛快"四字。

我们不妨看看"取解"集团四个人物的法号名讳。代替唐三藏的是唐半偈,言外之意就是解释三藏真经的实乃半句偈语,这不是"直截痛快"是什么?接替孙悟空的是孙履真,乃祖千辛万苦悟到空灵,此孙一步到位脚踏实地,岂非又是"直截痛快"?猪八戒的接班人是猪一戒,阿爹之"戒"有八,何等繁琐?阿儿之"戒"以一当八,又何等"直截痛快"。沙和尚之名必须经过解释,人们才明白"和尚和尚,和为尚也",而小沙弥取名沙致和,一语道破,何等"直截痛快"!

当然,对于师徒四众法号名讳的解释还只是一种文字游戏般的暗示。如果我们进一步追究则可发现,汉传佛教的"教下八宗",若论"直截痛快",则统统赶不上"教外别传"的禅宗,尤其是禅宗中的南禅"顿悟"。因此,笔者认为,《后西游记》中的所谓"真解",就是南禅顿悟之说。

南禅顿悟之说,其实与"心学"有着血脉关系。或者应该反过来说,心学之实质就是南禅顿悟之说与儒、道两家的相关理论相互渗透、有机结合的结果。

《后西游记》中这种内心之学的描写,其根源当然在《西游记》。然而,《后西游记》对《西游记》的这一点并非简单的模仿或继承,而且是有过之而无不及的发扬光大。

《西游记》中,斗战胜佛的斗争对象主要是来自自然界和社会中的敌人,但到了《后西游记》中,小行者的敌人却是一些"概念"。为了说明问题,我们不妨先看几个例证。

唐半偈师徒在书中第十三回碰到了一个"缺陷大王",这大王从何而来又干了些什么呢?请听书中人物的介绍:"只因葛藤两姓人多了,便生出许多不肖子孙来,他不耕不种,弄得穷了。或是有夫无妻,或是有衣无食,活不得。他不抱怨自家懒惰,看见人家夫妻完聚,衣食饱暖,他就怨天恨地,只说天道不均,鬼神偏护。若是良善之家,偶遭祸患,他便欢欢喜喜,以为快意。……又不期这一片葛藤乖戾之气,竟塞满山川,忽化生出一个妖怪来,神通广大,据住了正西上一座不满山,自称缺陷大王。""若是富贵人家,有穿有吃,正好子子孙孙受用,不是弄绝他的后嗣,就是使你身带残疾,安享不得。若是穷苦人家,衣食不敷,就偏叫你生上许多儿女,不怕你不累死。夫妻相好的,定要将他拆开。弟兄为难的,决不使你分拆。"

"缺陷大王"的这种性格,是一种劣根性。具有这种劣根性的人,看见别人"进步",他不是自己努力赶上或超过别人,而是拉着别人的腿、抱着别人的腰,让别人和自己一起"落后"。

第二十八回,唐半偈们又碰到"阴阳"二大王。他们又是什么德行呢?且看知情人的介绍:"前面这座山,东边叫做阳山,西边叫做阴山。合将来总名叫做阴阳二气山。阳山上有个阳大王,为人甚是春风和气。阴山上有个阴大王,为人最是冷落无情。他二人每和一处,在天地间游行。若遇着他喜时,便能生人;撞着他怒时,便能杀人。"

这种按照自己的喜怒哀乐处分众生的权豪势要,不要说在古代中国那个"人治"的时代泛滥成灾,就是在追求"法治"过程中的今天也存在。

更可怕的还是书中第第十七回出现的"解脱大王",请看这位魔头手下小妖对着孙履真的吹嘘:"你原来不知我这解脱山,天生了一个解脱大王,曾对天发下洪誓大愿,要解脱尽天下众生,方成佛道。故今守定此山,逢人便杀。""我这解脱大王,身长体壮,两臂有万斤力气,使一口无情宝刀,砍筋劈骨,如摧枯之易。又据着三十六坑,七十二堑的天险,任是英雄好汉,走到此山,也要骨软筋酥,心昏意乱,只好延颈听我大王斩戮。"

那么,这"三十六坑,七十二堑"究竟有哪些厉害呢?且看以下名目。

三十六坑依次为:斩头,沥血,刖足,劓鼻,剥皮,剔骨,脔身,裂身,剜眼,烧眉,截腰,断臂,刎颈,吮脑,吸髓,刳心,屠肠,割肚,剖腹,刺喉,破胆,穴胸,折肋,犁舌,敲牙,噬脐,射影,抽筋,抠睛,分尸,钳口,鞭背,抉目,灭趾,刲肝,磔肉。

七十二堑依次为:喜,怒,哀,乐,酒,色,财,气,悲,痛,伤,嗟,爱,惜,叹,悔,愁,苦,怨,恨,怜,念,思,想,惭,愧,笑,骂,诅,咒,仇,谤,疑,虑,昏,迷,贪,嗔,狂,妄,邪,淫,蛊,惑,谄,佞,媚,诞,暴,虐,残,忍,骗,诈,陷,害,骄,傲,矜,夸,惊,慌,私,诡,惨,刻,毁,誉,酷,恼,欲,梦。

明眼人不难看出,上面这么多坑堑都是有所寓意的。三十六坑多半指的是对人类肉体的摧残,而七十二堑则指的是对人类精神的束缚。所谓解脱,也就是对上述这些坑堑"失陷"后的"脱离"。但是,对于佛家弟子而言,这种"解脱"还是有"牵缠"的,不算彻底干净。那么,"佛"所谓的解脱又是一种什么样的境界呢?请看唐半偈与解脱大王的一段对话。

老怪听了大笑道:"你要解脱不难,我这解脱法儿,甚是捷径,只消一刀,包管你万缘皆尽。"唐半偈道:"如斯解脱,愈入牵缠。此大王所以万劫为妖也。"老怪大怒道:"贼秃,怎敢骂我为妖!"唐半偈道:"贫僧非敢骂大王为妖,但大王所说解脱之义,与我佛所说解脱之义大相悬绝。佛既为佛,则大王自未免为妖也。贫僧不敢打诳语,故直言有触大王之怒,望大王真正解脱,赦贫僧之罪。"老怪道:"你且说佛的解脱又是怎么?"唐半偈道:"佛的解脱,比大王的解脱更捷径。大王只消回过心来,将宝刀放下,不独这三十六坑、七十二堑一时消灭,即大王万劫牵缠缚束,亦回头尽解脱矣。"(第十八回)

这就是所谓"苦海无边,回头是岸","放下屠刀,立地成佛"。也就是一种最简洁、最干净的解脱方式——回心转意。

然而,人类如果在碰到坑堑以后再回心转意尽管也可以解脱,但实际上已经陷入"第二义"。能否防患于未然,在还没有碰到坑堑时就脱离开去呢?当然可以!但基础是"清心寡欲""绝圣弃智",如此方能达到枯淡之心、空灵之心。关于这方面,《后西游记》也有十分深刻的表述。

书中第三十回,孙履真他们碰到了一位造化小儿,这位奇怪的魔头使用的武器也是万分奇怪——各色各样的"圈儿"。当孙小圣与其交手时,就尝到了这些"圈儿"的厉害。

我们不妨先看造化小儿对他秘密武器的介绍:"我的圈儿虽只有一个,分开了也有名色,叫做名圈、利圈、富圈、贵圈、贪圈、嗔圈、痴圈、爱圈、酒圈、色圈、财圈、气圈,还有妄想圈、骄傲圈、好胜圈、昧心圈,种种圈儿,一时也说不了。"

小行者不知好歹,偏要挑战"圈儿"。好在他不是一般人物,好不容易跳过了若干圈儿。但最后终于还是被一个圈儿牢牢套住。那么,这是一个什么圈儿,小行者又是如何"脱套"的呢?且看孙履真与路过此地的李老君的一段对话。

李老君道:"与你说明白了吧,造化小儿那有甚么圈儿套你?都是你自家的圈儿自套自。"小行者道:"这圈儿分明是他套在我身上,怎反说是我自套自?"李老君道:"圈儿虽是他的,被套的却不是他。他把名利圈套你,你不是名利之人,自然套你不住;他把酒、色、财、气圈儿套你,你无酒、色、财、气之累,自然轻轻跳出;他把贪、嗔、痴、爱圈儿套你,你无贪、嗔、痴、爱之心,所以一跳即出。如今这个圈儿我仔细看来,却是个好胜圈儿,你这泼猴子拿着铁棒,上不知有天,下不知有地,自道是个人物,一味好胜。今套入这个好胜圈儿,真是如胶似漆,莫说你会跳,就跳遍了三十三天也不能跳出。不是你自套,却是那个套你?"

最后,孙小圣在李老君的教诲之下,平心静气"转了好胜之念",果然轻轻跳出这"好胜圈儿"。不!应该说是好胜圈儿自动离开了他。于是,这小猴儿喜得抓耳揉腮,满心快活道:"原来无边解脱,只在一念,那些威风气力都用不着。"

这一段书的回目叫做"造化弄人，平心脱套"。我们生活在现实世界的芸芸众生，哪一个不受到"造化"的愚弄，哪一个不在连续不断地跳着生活中的圈儿，但又有多少人能够平心静气地脱离"圈套"呢？能够做到这一点的人，就立地成佛了。

读到这个时候，我们应该大致明白《后西游记》对《西游记》是怎样一个"后"法了。《西游记》主要写象征人心的"心猿"是怎样与天斗、与地斗、与人斗而其乐无穷，《后西游记》则告诉我们更重要的则是与"己"斗。《西游记》告诉我们应该怎样战胜那些来自自然界和人类社会的魔鬼，《后西游记》则告诉我们应该如何战胜自己的"心魔"。《西游记》虽然也涉及"心生，种种魔生；心灭，种种魔灭"，但《后西游记》则通过大量的描写告诉我们人心的"内魔"是多么可怕。

前面讲过，《后西游记》中孙履真的敌人大多是一些概念，这些概念其实就是内魔，也就是人类与生俱来的种种欲望、劣根性和心理缺陷。缺陷大王、阴阳大王、解脱大王、造化小儿难道不都是如此吗？《西游记》告诉我们，历尽磨难方能取得真经；而《后西游记》则告诉我们平心便可脱套，回头就可解脱。一句话，《后西游记》就是《西游记》明心见性、悟彻菩提的"快捷方式"。

综观《西游记》及其"本色"续书三种，《西游记》写了"悟空"的艰难历程，《续西游记》写了"变化"的最高境界，《西游补》写了"情欲"的终将磨灭，《后西游记》写了"解脱"的快捷方式。然而，不管它们从哪一个角度，哪一个层次来展开象征性的描写，它们的终极目标却都指向了一个充满禅机的去处——空无。

贾宝玉·杜少卿·谭绍闻[①]

——《红楼梦》《儒林外史》《歧路灯》中的"败家子"比论

一

产生于清代乾隆年间的三部章回小说作品——《儒林外史》《歧路灯》《红楼梦》之间有许多有趣的共同点值得我们注意。

第一,三位作者是同时代人。

《儒林外史》的作者吴敬梓,生于1701年,卒于1754年。《歧路灯》的作者李海观,生于1707年,卒于1790年。《红楼梦》的作者曹雪芹的生卒年有些争议,取其中一种说法,生于1715年,卒于1763年。他们三人生活在同一时代,尤其是从1715年到1754年这40年时间里,他们共同生活在世界上。但是,直到今天为止,没有任何材料能证明他们之间有过任何往来,更不用说见面切磋了。进而言之,三位未曾谋面的作者在大致相同的时间里思考着大体相同的问题——传统、现实和未来,并且用各自的生花妙笔艺术地展示了这一切。他们再也不是如同过去的小说家那样通过小说创作来"娱人"或者"自娱",更不是为了牟利或者媚俗,而是为了探讨问题:历史的、社会的、人生的、未来的……种种重大的问题。这是中国古代小说创作真正的成熟,也是小说创作主体真正的觉醒。而且,这种觉醒并不是个别的,也不是偶然的,而是三位未曾谋面又不约而同的三位。这些,恰恰可以说明中国古代长篇章回小说的创作已进入一个新的历史时期——自觉时代。

第二,三部小说作品都是作者"不惑"之年后长时间劳动的结果。

《儒林外史》是吴敬梓"近四十岁之际,即乾隆五年左右(1740年),开始创作"的(陈汝衡《吴敬梓传》),花了近十年时间,于1749年"可能全部脱稿"。(孟醒仁《吴敬梓年谱》)《歧路灯》乃李海观"大约在42岁时"动笔,中间"一度停顿,七十一岁时脱稿于新安。共历时三十年"。(栾星《歧路灯校本序》)至于《红楼梦》,既

[①] 原载《河南教育学院学报(哲学社会科学版)》2008年第2期。

是"十年辛苦不寻常",(《脂砚斋重评石头记·凡例》)又是"壬午除夕,书未成,芹为泪尽而逝",(《脂砚斋甲戌抄阅再评石头记》第一回朱笔眉批)可知曹雪芹也是近40岁才开始创作的。以上情况至少可以说明三个方面的问题:其一,40岁左右开笔创作的一致性,说明三位作者都是长时间积累生活素材,都是概括了自己饱经人世沧桑的阅历,都是成熟之年的作品,绝非意气冲动的好奇之作、游戏之作;其二,历十年、几十年而为一部小说,说明他们创作的严肃和艰辛;其三,写小说直到垂暮之年、甚至到生命的终结才写成或尚未完成,说明这小说作品就是他们的生命,是血泪之作。

第三,三部小说所描写的地域极有代表性。

《儒林外史》写作于南京,书中所描写的地域也主要是我国南方的长江下游一带。《歧路灯》最终脱稿于新安(今属河南),书中所描写的地域,主要是以祥符(今开封市)为中心的河南一带。《红楼梦》则写作于北京,描写的地域也以京师为主。三部小说所写的三个地方,一是京城(文化中心),一是中原(理学名区),一是今天的长江三角洲(开放地区),是否对这三部作品的思想内涵有什么影响,我们暂置勿论,但无论如何,这几个地区是极富代表性的。结合这三部作品一起来读,对我们了解当时中国广大地区人们的生活状况、思想水平、社会风尚等问题,均有极大的帮助。

第四,三部小说分别以不同的社会阶层作为主要描写对象。

《红楼梦》主要描写以贾府为代表的上层贵族家庭的生活,《儒林外史》则主要描写以一般知识分子和普通官吏为主的中层社会,《歧路灯》的描写对象却以处于社会下层的市井众生为主。三部作品加在一起,正好全面反映了当时社会各阶层的生活,堪称康熙、雍正、乾隆年间的生活百科全书。

第五,三部作品的主人公身上都隐含了作者的身世经历和思想。

《儒林外史》中的杜少卿之于吴敬梓,学者多有论及,不少人认为杜少卿就是将作者的亲身经历打入其间而写成的,陈汝衡先生甚至将杜少卿携眷游山的故事写进《吴敬梓传》之中。《红楼梦》中的贾宝玉与作者曹雪芹的关系,更为许多人所探究,胡适先生甚至认为"《红楼梦》是一部隐去真事的自叙:里面的甄、贾两宝玉,即是曹雪芹自己的化身"。(胡适《红楼梦考证》改定稿)此说虽可再讨论,但在贾宝玉身上渗入了作者曹雪芹的某些生活经历和意识形态则是谁都不能否认的。《歧路灯》中主人公谭绍闻的故事,也与作者李海观的身世经历有着极其相似之处。如二人的家庭都是以"孝"传家,谭绍闻七岁时就由父亲口授读《孝经》,李海观的祖父"李玉琳被世称'寻母李孝子'"。(栾星《李绿园传》)如二人均终身未中进士,谭绍闻以乡试副榜身份任浙江黄岩县令,而李海观则以恩科乡试举人的身份任贵州印江县令。如二人均有儿子大发迹,谭绍闻的儿子谭箕初中进士、点翰林,李海观的儿子李蘧也中进士、做高官。最有趣的是小说中写谭绍闻自13岁父亲死后,逐渐学坏,直到30多岁取中儒童第一名,足足堕落了十多年,而在李海观的《年谱》中,自13岁有应童子试的记载以后直到30岁中举,其间事迹根本不可考,"空白"了十多年。李海观这十多年是否也像他笔下的主人公一样堕落,而亲朋好友或后代儿孙为之隐讳,因而成为一大段生命历程的"空白"呢?

第六,三部小说都写了"败家子"类型的人物形象。

三部小说作品不约而同地给我们塑造了一大批"败家子"类型的人物形象,而三部小说的主人公——《儒林外史》之杜少卿,《红楼梦》之贾宝玉,《歧路灯》之谭绍闻,都可以称之为"败家子"的典型,当然是不同类别的典型。这一点,正是本文所要讨论的主要问题。

二

我们不妨先来看看《儒林外史》中的世家子弟杜慎卿是怎样评价他的堂弟杜少卿的:"他是个呆子,自己就像十几万的。纹银九七他都认不得,又最好做大老官,听见人向他说些苦,他就大捧出来给人家用。"(第三十一回)再看邻县名流高翰林对杜少卿的介绍:"这少卿是他杜家的第一个败类。……和尚、道士、工匠、花子,都拉着相与,却不肯相与一个正经人!不到十年内,把六七万两银子弄的精光。天长县站不住,搬在南京城里,日日携着乃眷上酒馆吃酒,手里拿着一个铜盏子,就像讨饭的一般。不想他家竟出了这样子弟!学生在家里,往常教子侄们读书,就以他为戒。每人读书的桌子上写一纸条贴着,上面写道:'不可学天长杜仪。'"(第三十四回)如此杜少卿,败家子无疑。

再看《歧路灯》中的败家子。这里有抛弃学业、混迹于妓女赌徒之中的孝廉之子谭绍闻,还有"守着四五十万家私,随意浪过"(第十五回)的布政使后裔盛希侨。关于他们的劣迹,我们没有那么多篇幅来一一列举,只扫描一下相关"回目"文字就可见一斑了:"盛希侨酒闹童年友","谭绍闻醉哄孀妇娘","绍闻诡谋狎婢女","盛希侨明听耳旁风","绍闻一诺受梨园","绍闻愚母比顽童","谭氏轩戏箱优器","绍闻楼上吓慈帷","盛希侨豪纵清赌债","谭绍闻护脸揭息债","谭绍闻滥交匪类","谭绍闻吞饵得胜警","谭绍闻赢钞夸母","盛希侨骄态疏盟友","谭绍闻还债留尾欠","谭绍闻买物遇赃","盛希侨助丧送梨园","碧草轩谭绍闻押券","退思亭盛希侨说冤","谭绍闻幸脱埋人坑","谭绍闻倒运烧丹灶","谭绍闻筹偿生息债"。如此等等,不一而足,可见这两位公子哥儿真是败家高手。尤其是谭绍闻,直到他悔过自新,决定重新做人而进入科考场中时,仍然被邻里间瞧不起："谭相公明明是个老实人，只为一个年幼，被夏鼎钻头觅缝引诱坏了。又叫张绳祖、王紫泥这些物件，公子的公子，秀才的秀才，攒谋定计，把老乡绅留的一份家业，弄的七零八落。如今到了没蛇弄的地步，才寻着书本儿。已经三十多岁的人，在庄稼人家，正是身强力壮，地里力耕的时候；在书香人家，就老苗了。中什么用里。"（第八十七回）这位谭相公，不是败家子又是什么？

至于《红楼梦》，其中被作者精心描写的败家子就更多了，如"终日惟有斗鸡走马、游山玩水而已，虽是皇商，一应经济世事，全然不知"（第四回）的薛蟠；如"国孝家孝之中，背旨瞒亲，仗财依势，强逼退亲，停妻再娶"（第六十八回）的堂国舅爷贾琏；如父子乱伦，狼狈为奸的贾珍、贾蓉；如年过半百，觊觎母婢，夺人所爱、致人死地的贾赦；还有"参星礼斗，守庚申，服灵砂，妄作虚为，过于劳神费力，反因此伤了性命"（第六十三回）的贾敬；等等。至于那"潦倒不通世务""富贵不知乐业""于国于家无望"（第三回）的贾宝玉，对于封建大家族而言，就更是一个大败家子了。

《儒林外史》于1749年左右脱稿于南京，《红楼梦》的作者曹雪芹于1763年初（农历壬午除夕）在北京郊外逝世辍笔。《歧路灯》则于1778年完成于中州河南之新安。在不到30年的时间里，南、北、中三位素昧平生的作家为什么不约而同地都在自己的作品中写下了这么多的"败家子"呢？

《儒林外史》《红楼梦》《歧路灯》都产生于乾隆时期，三部小说虽都假托明代为背景，但实际上反映的却都是清代康熙、雍正、乾隆时期的社会生活。

康、雍、乾三朝，史称清代的"鼎盛"阶段。然而，在这"鼎盛"的画皮掩盖下的却是一种令人焦虑的社会危机。

首先是统治者极端的挥霍。这方面的例证在昭梿《啸亭杂录》、姚元之《竹叶亭杂记》等书中多有记载。如乾隆皇帝驻跸怀柔郝氏家，一日之餐费至十余万。如某湖南布政使在任上家属四百余人，外养两个戏班子，争奇斗巧，昼夜不息。如乾隆时的权相和珅，生活极端奢华，他垮台后被抄家，其家产折合白银竟高达八万万两之多，相当于清廷十多年的总收入，以至于当时有"和珅跌倒，嘉庆吃饱"的民谣。

其次，在意识形态领域，文字狱的迭兴和八股文的风行，则充分体现了统治者对知识阶层所实施的镇压和怀柔相结合的政策。而这种政策的施行，只能使封建世家子弟思想苍白、灵魂空虚，陷入极端的精神危机之中。他们要么顺着科举的道路向上爬，要么逃避现实而远离官场。更有趣的是有人还到了一种仕进不成而为僧道、做官之后又入空门的奇怪境地。据《啸亭杂录》载，当时有一个王树勋，幼年入京应试，不售，乃于广慧寺为僧，后来反而得到京师士大夫的崇信，不少人甘列其弟子之位,达官贵人成为其门人者不计其数。这种精神危机,在最高统治者皇帝身上同样得到反映,据《清史纪事本末》卷二十三所载,雍正皇帝自谓信天敬神,他所执政的十多年时间内,祷祠林立,封神殆遍。

与此同时,反封建的启蒙民主思想也不断出现。从清初到乾隆年间,一些杰出的思想家如王夫之、黄宗羲、顾炎武、唐甄、戴震等,他们或反对君主专制,提出"民主政治"的要求;或反对程朱理学,向往自由平等、个性解放;或反对残酷的封建经济剥削,主张均田减赋;等等。总之,他们以各种"异端邪说",从不同的角度对当时的主流意识形态进行了猛烈的抨击,从而,使异端逐渐成为新潮,主流终究走向末路。

在这么一个新经济、新思想即将取代旧经济、旧思想的时代,封建世家子弟怎么办呢?他们当中的相当一部分人在人生的歧路上徘徊,也有不少人在寻求出路。然而,寻来觅去的结果,有些人却成为了"败家子"。如曹雪芹、吴敬梓、李海观,其实在一定程度上都是他们各自家庭的"败家子"。而当他们拿起笔来进行长篇小说创作的时候,尤其是在创作过程中将自己的身世、生活、情感渗透于作品之中的时候,"败家子"情结就会在他们的胸中凝聚、笔下纠缠,在这么一种心态的影响下,他们将各自作品中的主人公写成"败家子"又有什么奇怪呢?

三

败家子与败家子并不一样。即如上述三部小说中数以十计的败家子,也是各有特色的。但如果从最大的层面划分,则有物质型的败家子和精神型的"败家子"两大类。

物质型的败家子是浅层的、普通的、直截了当的败家子。因为他们主要是从物质生活上,或曰是从经济的层面上来败坏自己家族利益的。他们在封建豪门的败家子中占绝大多数,是非常普遍的一群。他们的罪恶,是很快就能被家世利益的维护者们所观察、感觉到的,甚至会因此而产生迅速而又强烈的反感。如《歧路灯》中的谭绍闻、盛希侨,《红楼梦》中的薛蟠和贾府的纨绔子弟等,均属此类。这种类型的败家子,无论在什么时代,无论处于什么意识形态占主流地位的社会背景,无论在何种道德评判的"语境"中,他们永远是被人唾弃和谴责的。

然而,对于封建世家而言,还有更深层、更特殊、表现形式更为隐晦曲折的"败家子",从而也是一种对封建世家威胁更大的"败家子"。他们在"败家子"中也属凤毛麟角,是颇为罕见的几个。他们的"罪恶",家世利益的维护者们必须经过反反复复的体察、探究,才能真正认识到。他们,就是那种精神型的"败家子",或者说就是极少数出身于世家豪门而又呼吸着新鲜空气从而具有反叛要求的贵族青年。随着家庭的腐败,随着沉闷社会空气压抑的加重,随着民主思想火花的喷溅,随着对黑暗现实逐步加深的认识,他们思想中叛逆的因素日益增多,终于使他们逐渐从家世利益的牢笼中破茧而出,走上自新的道路。他们从精神领域败坏了封建的"家",从某些特殊的角度给封建传统思想以猛烈的冲击,从精神上宣告了家世利益的贬值乃至破产。贾宝玉是这样的人,杜少卿也是这样的人。不过,杜少卿还兼有一定程度的物质型败家子成分。

这样,我们就给《红楼梦》《儒林外史》《歧路灯》这三部小说作品的主人公分别找到了在败家子群体中的个人定位——谭绍闻,物质型的"败家子";贾宝玉,精神型的"败家子";杜少卿呢? 精神型兼物质型的"败家子"。

谭绍闻是很典型的不具备精神因素的物质型败家子,关于他的劣迹,我们在上面列举了一些回目文字作为证明,这已经足够了。并且,像谭绍闻这样的败家子,既具有普遍性,又具有长期性。不仅在清代的康、雍、乾时代会出现这样的败家子,就是在当今社会,就是在社会的明天,这样的败家子也是很难绝种的,只不过这些后继败家子们所败之"家"与他们的前辈有些不同罢了。

我们在这里重点讨论贾宝玉和杜少卿这样的精神型"败家子"。

贾宝玉和杜少卿具有很多相同之处:他们同是在现实生活中刚刚孕育但尚未定型的时代新人。在接受了新思想的洗礼之后,他们又都以自己的言行来反抗那个使他们诞生的母体——家世利益以及维护这种家世利益的主流意识形态。他们都反对男尊女卑,提倡男女平等;都蔑视仕途经济,不愿走科举的老路;都受不了沉闷空气的重压,主张人性自由。然而,他们在性格和行为上却有着明显的差别。

在家世利益的捍卫者们看来,贾宝玉、杜少卿都是不肖子孙,但贾宝玉是被认为痴、呆、疯、傻,而杜少卿则直接被指斥为败类。对贾宝玉,世俗者多是嘲笑,而对杜少卿,世俗者则多是谩骂。这主要是由于他们二人在对待旧事物、旧思想和新事物、新思想的态度上侧重点不同、方式不同因而显示出的性格不同而造成的。造成这种种区别,还有一个重要因素,因为贾宝玉是比较纯粹的精神型"败家子",而杜少卿却在精神之外还带有若干物质败家的因素。

如对待男女平等问题,贾宝玉反对男尊女卑,但他并未直接提出男女平等的主张,而是以"女尊男卑"论来对抗之,这就出现了他的"水泥骨肉说"。而杜少卿呢? 却是直接携着妻子的手同游清凉山,使路人"目眩神移,不敢仰视",(第三十三回)以超常的行动鲜明地体现了自己的男女平等的思想。在这里,两人的言行是不可互换的,贾宝玉不会携着薛宝钗(或林黛玉)的手去大庭广众中游山,杜少卿也无须用"女清男浊"一类的话来给自己男女平等思想蒙上一层带童稚意味的先验色彩。

贾宝玉和杜少卿在反对封建传统思想时,侧重点也各有不同。二人虽然都对封建社会的官僚制度、科举制度、婚姻制度、教育制度等进行了不同程度的反思和批判,但贾宝玉最关心的是妇女解放问题,而杜少卿最突出的则是对功名富贵的鄙弃和蔑视。之所以如此,主要是因为贾宝玉所接触的多半是女子,而杜少卿则更多地生活在男性世界之中。

由于特殊的地位,贾宝玉终日在内帏厮混。与贵族少女和婢女们长时期的接触,使他看到的封建制度对妇女尤其是女奴的摧残和折磨。面对这些无辜的受害者,他表示了极大的同情和不平。金钏儿之死,使他"心中早又五内摧伤"。(第三十三回)后来又"遍体纯素"撮土为香祭奠死者。(第四十三回)贾赦逼鸳鸯为妾,宝玉知道后,"心中自然不快,只默默的歪在床上"。(第四十六回)尤三姐自刎、尤二姐吞金、柳五儿被监禁这一系列的事情,又使宝玉"情色若痴,语言常乱,似染怔忡之疾"。(第七十回)至于他以《芙蓉诔》祭晴雯,如"钳诐奴之口,讨岂从宽;剖悍妇之心,忿犹未释!"(第七十八回)则更可看作是他对被压迫、被凌辱的妇女的悲惨命运不平之气的总发泄。

杜少卿呢?平生最讨厌讲做官、有钱、举业、权势。当盐商汪某家酬生日请县太爷,下帖子要他去陪客时,他说:"这人也可笑得紧,你要做这热闹事,不会请县里暴发的举人、进士陪?我那得工夫替人家赔官!"(第三十一回)有人劝他去拜访王知县,他又说:"王家这一宗灰堆里的进士,他拜我做老师我还不要,我会他怎的?"(第三十一回)而后来当臧蓼斋在他面前大谈什么"做知县、推官,穿螺蛳结底的靴,坐堂、洒签、打人"这一套官经时,他甚至当面嘲讽:"你这匪类,下流无耻极矣!"(第三十二回)

总之,贾宝玉在更多的时候是把满腹柔情、仁爱之心寄托给受压迫受欺凌的弱者,尤其是那些柔弱的女性,而杜少卿则是将一腔傲气、鄙夷之心投向压迫人、凌辱人的匪类,尤其是那些无耻的男人。相比较而言,贾宝玉的"败家"行径表现得潜在一些、复杂一些、深沉一些,而杜少卿则显得更为外露、干脆、明了。那么,处于同样的社会,同是精神型的"败家子",贾、杜二人性格何以如此不同?原因当然是多方面的,但有一点是很清楚的,即他们所处的大环境(社会环境)虽然是一个,但小环境(个人境遇)却很不相同。

大要而言,贾宝玉所生活的小环境决定了他只能是一个精神型的"败家子",因为他在经济上尚未独立,还不够物质上败家的资格。而杜少卿则是独立支撑门户,他已经从父辈那儿接过了经济独立的权杖,他的生活小环境远比贾宝玉要宽松得多。因此,他在进行精神"败家"的同时,还可以进行物质败家。需要说明的是,杜少卿的物质型败家与谭绍闻的物质型败家又是不一样的。表面看来,他们都是在"挥霍"祖上的产业,而实际上此"挥霍"与彼"挥霍"却有着本质的区别。谭绍闻的"挥霍"是一种堕落,杜少卿的"挥霍"是一种豪举;谭绍闻的"挥霍"是重蹈覆辙,杜少卿的"挥霍"是标新立异;谭绍闻的"挥霍"是所有的物质型败家子所共有的,杜少卿的"挥霍"则具有个性特征;谭绍闻是一种感性的"挥霍",杜少卿的"挥霍"则带有理性色彩;谭绍闻的"挥霍"是一种不自觉的行为,杜少卿则是自觉的。总之,谭绍闻的"挥霍"是道道地地的物质型败家,而杜少卿的"挥霍"则是在一定程度的精神型"败家"思想指导下的(至少是不知不觉影响下的)物质型败家。

还是回到贾宝玉与杜少卿生活小环境的比较。具体而言,贾宝玉除了受到强大的封建思想重压之外,还有一个严厉的父亲时时训斥、管束他,他没有跳出大观园这个小圈子而独立生活,极少接触到侯门大宅以外的社会。他并不熟悉、也不了解新兴市民阶层的生活方式和思想状况。他的进步思想的形成,主要靠阅读那些带有煽动性、启发性的小说、剧本,新的思想对他的影响只能是间接的。杜少卿则不然,他并无家长的管束,生活上的自主权较之宝玉要大得多。他能够为所欲为地干一些轻财重义、慷慨施舍的事情。他比较早地直接面对大城市的中下层社会,对新兴市民阶层的生活状况、思想动态比较熟悉,新思想对他的影响比较直接一些。因此,他的败家行为以及导致这种行为的反叛性格便显得裸露、鲜明一些,而不像贾宝玉那样自觉不自觉地在败家行为和反叛性格外面罩上一层似傻如狂的烟雾。

就这样,共同的生活大环境,决定了他们之间的同,本质上的相同;而各自的生活小环境又决定他们的异,个别上的差异。唯其如此,他们才能都称为既具共性又带个性的精神型"败家子"的代表。

四

由上可见,在封建社会后期,封建的家世利益受到了来自各方面力量的冲击,在这种巨大冲击波的影响下,尤其容易产生形形色色的败家子,封建世家接班人的问题已经不以人的意志为转移地成为纠缠于社会诸矛盾之中的一个重大问题。《儒林外史》《红楼梦》《歧路灯》的作者们正是从历史的、时代的、社会的高度探讨了这个问题,因此,他们才能够在各自的笔下创造了形形色色的带有浓厚时代气息的败家子。

同时,我们更应该看到,《红楼梦》《儒林外史》《歧路灯》中败家子形象的出现,不仅是时代使然,更是这几位作家主观努力的结果。曹雪芹、吴敬梓、李海观并不是"无意"之中与时代气息相通而写出败家子的。尽管他们写败家子的目的不尽相同,但对于封建世家接班人的危机,他们都是看得很清楚的。他们笔下的败家子形象,都是有意而为之。

在《红楼梦》中,作者不止一次地表示封建世家的"一代不如一代"。尤其是在第五回中,作者通过荣宁二公之口说出了这样的话:"吾家自国朝定鼎以来,功名奕世,富贵传流,虽历百年,奈运终数尽,不可挽回者。故近之于子孙虽多,竟无一可以继业。"更有趣的是,在甲戌本这段话的下面,有脂批云:"这是作者真正一把眼泪。"可见,封建世家的接班人问题正是《红楼梦》中所反映的一个重大问题。

《儒林外史》是一部深刻揭露和批判科举制度的作品,而科举制从它产生以来,一直都是封建统治阶级培养、选拔接班人的温床和途径。《儒林外史》写了科举问题,实际上也就是写了接班人问题。有一篇署名闲斋老人的《儒林外史序》说道:"其书以功名富贵为一篇之骨,有心艳功名富贵而媚人下人者,有倚仗功名富贵而骄人傲人者,有假托无意功名富贵自以为高,被人看破耻笑者,终以辞却功名富贵,品地最上一层,为中流砥柱。"在这里,闲斋老人一口气说了四大类型的人,这几种人,基本上概括了《儒林外史》中所描写的一些主要人物。但这四类人,包括那"中流砥柱"者在内,都不可能成为封建世家的接班人。

《歧路灯》的作者李海观对于这个问题说得更加明白,他在开卷第一回劈头就说:"话说人生在世,不过是成立覆败两端,而成立覆败之由,全在少年时候分路"。"古人留下两句话:'成立之难如登天,覆败之易如燎毛。'言者痛心,闻者自应剔骨"。显然,这是给败家子们当头棒喝,呼吁他们要做一个封建世家的接班人。《歧路灯》所反映的社会生活面虽然十分广阔,但说到底,仍然离不开封建世家接班人问题。

《儒林外史》《红楼梦》《歧路灯》中出现的这些败家子形象,正是他们的作者通过对当时社会状况深入细致的观察、分析的结果,是当时社会中形形色色的败家子的集中和概括,甚至是包括将自己写进书中的集中和概括。从某种意义上讲,曹雪芹、吴敬梓、李海观难道不都是败家子或者曾经当过败家子吗?

这些败家子们,无论大量挥霍的也罢,精神空虚的也罢,起而反叛的也罢,他们的所作所为都是当时的一种社会现象。而曹雪芹等作者,正是通过对这些现象的集中、概括的描写,暴露了封建世家腐朽没落的本质,揭示了当时的主流意识形态日趋反动、每况愈下、土崩瓦解的历史趋势。这一个个鲜明、生动的败家子形象,集中反映了处于末世的封建世家后继无人这一实质问题,反映了封建制度终将灭亡的必然性,同时也标志着在那个天崩地坼的时代旧思想灭亡、新思想崛起的不可逆转性,具有时代的、社会的、历史的真实性。

　　至于作者们是怎样成功塑造这些败家子形象的?这些败家子形象具有何种美学价值?作者们在塑造败家子形象时又是怎样将自己的经历和思想打入其中的?诸如此类的一些问题,笔者将另撰文讨论。

黛玉品格及其文化承载①

林黛玉是一个艺术典型,而黛玉品格则是一种精神文化的结晶体。精神文化可分为社会心理和社会意识形态两大层面。社会心理是尚未经过理论加工和艺术升华的民众心态,诸如人们的愿望、要求、情绪、趣味等。而社会意识形态则经过系统加工,由各方面的"文化人"对社会心理进行理论上、逻辑上、艺术上的归纳、整理和完善,使之通过某种固定形式而保存下来并传诸后世。黛玉品格就是她的作者曹雪芹以及许许多多《红楼梦》的读者通过审美加工后而形成的一种放射着熠熠光芒的美丽形态。

《红楼梦》中的林黛玉有其自身独特的品格,这种品格是前所未有的,也是不可重复的。但是,这种品格却不是与生俱来或凭空而降的。她的形成,扎根于中华民族传统文化的土壤之中。正是林黛玉以前诸多历史人物和文学人物个性品格的涓涓细流,才在《红楼梦》这一艺术世界里汇成了黛玉品格的一泓清水。黛玉品格,有着深厚的文化承载,而且是一种极度升华状态的文化承载。

"品格"一词,在《红楼梦》里曾经出现。书中第七回写周瑞家的拉着香菱的手仔细看了一会,对金钏儿说:"倒好个模样儿,竟有些像咱们东府里蓉大奶奶的品格儿。"意谓香菱的相貌长得有些像秦可卿。但是,我们这里所谓"黛玉品格",则不仅止于"模样儿",还包括禀性、气质、风度、情感等各个方面,总之是黛玉其人精神状态与物质状态的总和。

一

黛玉品格包含有众多的层面,本文主要对以下层面进行探究:纯情、自恋、孤傲、多才、敏感、尖刻、柔美、聪慧。

1. 纯情

庚辰本第十九回脂批:"后观《情榜》评曰:'宝玉情不情,黛玉情情。'"我理解

---

① 原载《铜仁学院学报》2008 年第 5 期。

所谓"情不情",乃是钟情于一切事物,包括对自己有情和无情的;而所谓"情情",则是钟情于对自己有情之人。质言之,黛玉的"情情"就是只钟情于对自己一往情深的宝玉,也就是对宝玉的纯情。

黛玉对宝玉在生活上的关心无微不至,且看这样一些细节:"黛玉用手整理,轻轻笼住束发冠,将笠沿掖在抹额之上,将那一颗核桃大的绛绒簪缨扶起,颤巍巍露于笠外。整理已毕,端相了端相,说道:'好了,披上斗篷罢。'宝玉听了,方接了斗篷披上。"(第八回)"黛玉因看见宝玉左边腮上有钮扣大小的一块血渍,便欠身凑近前来,以手抚之细看,又道:'这又是谁的指甲刮破了?'……黛玉便用自己的帕子替他揩拭了。"(第十九回)

尤其是自己的心上人经受痛苦和灾难的时候,林黛玉更是心如刀割。且看宝玉挨打以后:"从梦中惊醒,睁眼一看,不是别人,却是林黛玉。宝玉犹恐是梦,忙又将身子欠起来,向脸上细细一认,只见两个眼睛肿的桃儿一般,满面泪光,不是黛玉,却是那个?……此时林黛玉虽不是嚎啕大哭,然越是这等无声之泣,气噎喉堵,更觉得利害。听了宝玉这番话,心中虽然有万句言词,只是不能说得,半日,方抽抽噎噎的说道:'你从此可都改了罢!'"(第三十四回)

黛玉对宝玉的情感是一片赤诚的,也是深入骨髓的,当她听到心上人的真情表白以后,自然而然会进入一种痴迷状态:"林黛玉听了这话,如轰雷掣电,细细思之,竟比自己肺腑中掏出来的还觉恳切,竟有万句言语,满心要说,只是半个字也不能吐,却怔怔的望着他。"(第三十二回)

这样的深情是不容亵渎的,也是不容辜负的。于是,当黛玉误以为宝玉将她的一片赤诚之爱丢在脑后的时候,她就会以激烈的举动来捍卫自己的纯情:"林黛玉听说,走来瞧瞧,果然一件无存,因向宝玉道:'我给的那个荷包也给他们了?你明儿再想我的东西,可不能够了!'说毕,赌气回房,将前日宝玉所烦他作的那个香袋儿——才做了一半——赌气拿过来就铰。"(第十七、十八回)

当然,处于纯情状态的黛玉更不允许宝玉移情别恋,哪怕只有一点小小的苗头,她也会竭尽全力扑灭之:"你也不用说誓,我很知道你心里有'妹妹',但只是见了'姐姐',就把'妹妹'忘了。"(第二十八回)

纯净水一般的爱情世界里当然容不得沙子,林黛玉就是这样看问题的。

2. 自恋

黛玉不仅深深地爱着宝玉,而且同样深深地爱着自己。这就是一种自恋,古人称之为自怜。这种自恋情结具有很多层面,但在林黛玉身上却主要体现在对自身青春、美貌、才情的珍惜和悲剧命运的感伤。

在《红楼梦》中,林黛玉有两种"物化"形态,一是"花",二是"诗"。因此,也可以将林黛玉视作"人""花""诗"的集合体。进而言之,黛玉对诗歌的热爱和对花木的痴情,正是她自恋情结的深刻表现。正如作者所言:"颦儿才貌世应希,独抱幽芳出绣闺;呜咽一声犹未了,落花满地鸟惊飞。"也正如黛玉自己的谶语:"冷月葬花魂。"(第七十六回)尤其是《葬花吟》《桃花行》等作品,简直就是"花魂""诗魂"同构的黛玉生命之歌。

且看:"昨宵庭外悲歌发,知是花魂与鸟魂?花魂鸟魂总难留,鸟自无言花自羞。愿奴胁下生双翼,随花飞到天尽头。天尽头,何处有香丘?未若锦囊收艳骨,一抔净土掩风流。质本洁来还洁去,强于污淖陷渠沟。尔今死去侬收葬,未卜侬身何日丧?侬今葬花人笑痴,他年葬侬知是谁?试看春残花渐落,便是红颜老死时。一朝春尽红颜老,花落人亡两不知!"(第二十七回)

再看:"胭脂鲜艳何相类,花之颜色人之泪,若将人泪比桃花,泪自长流花自媚。泪眼观花泪易干,泪干春尽花憔悴。憔悴花遮憔悴人,花飞人倦易黄昏。一声杜宇春归尽,寂寞帘栊空月痕!"(第七十回)

黛玉的这些诗篇,哪儿是在写花,她所写的分明就是自己,幽闺自怜的自己。

除了让黛玉作自我表白以外,作者还反反复复提醒读者注意她这种"花""诗""人"相结合的自恋。例如:"因把些残花落瓣去掩埋,由不得感花伤己。"(第二十八回)"走至镜台揭起锦袱一照,只见腮上通红,自羡压倒桃花,却不知病由此萌。"(第三十四回)

当然,有时候林黛玉的这种珍爱自我的情结又是与悲剧命运的感伤融为一体而得以表现的:"一进院门,只见满地下竹影参差,苔痕浓淡,不觉又想起《西厢记》中所云'幽僻处可有人行,点苍苔白露泠泠'二句来,因暗暗的叹道:'双文,双文,诚为命薄人矣。然你虽命薄,尚有孀母弱弟,今日林黛玉之命薄,一并连孀母弱弟俱无。"(第三十五回)

3. 孤傲

林黛玉又是十分孤傲的,书中写她"孤高自许,目无下尘"。"那些小丫头子们,亦多喜与宝钗去顽,因此黛玉心中便有些悒郁不忿之意"。(第五回)

孤傲的林黛玉,还说刘姥姥"是那一门子的姥姥,直叫他是个'母蝗虫'就是了"。并且将惜春准备绘制的大观园行乐图称之为《携蝗大嚼图》。

当然,最能体现林黛玉孤傲性格的还是第十六回的一个片段:"宝玉又将北静王所赠鹡鸰香串珍重取出来,转赠黛玉。黛玉说:'什么臭男人拿过的!我不要他。'遂掷而不取。"须知,在贾宝玉的心目中,北静王"水溶是个贤王,且生得才貌双全,风流潇洒,每不以官俗国体所缚"。(第十四回)况且,北静王送给贾宝玉的鹡鸰香串乃"系前日圣上亲赐"(第十五回)。如此贵重的礼物,林黛玉却说"什么臭男人拿过的！我不要他。"竟自"掷而不取"。可见以"孤傲"二字冠之黛玉品格，真是再恰当不过了。

4. 多才

大观园是一个女儿国，同时也是一个诗的国度。然而，在这个诗国的众多女性诗人中（包括女性化的贾宝玉），潇湘妃子毫无疑问是执牛耳者。黛玉是多才女子，尤其是其诗才，在中国古代小说所创造的人物形象中，堪称前无古人、后无来者。谓予不信，请看以下描写：

> 原来林黛玉安心今夜大展奇才，将众人压倒，不想贾妃只命一匾一咏，倒不好违谕多作，只胡乱作一首五言律应景罢了。……此时林黛玉未得展其抱负，自是不快。因见宝玉独作四律，大费神思，何不代他作两首，也省他些精神不到之处。……早已吟成一律，便写在纸条上，搓成个团子，掷在他跟前。（第十七至十八回）

> 黛玉道："你们都有了？"说着提笔一挥而就，掷与众人。李纨等看他写道是："半卷湘帘半掩门，碾冰为土玉为盆。"看了这句，宝玉先喝起彩来。（第三十七回）

> 黛玉笑道："这样的诗，要一百首也有。"宝玉笑道："你这会子才力已尽，不说不能作了，还贬人家。"黛玉听了，并不答言，也不思索，提起笔来一挥，已有了一首。（第三十八回）

> 黛玉忙拦道："这宝姐姐也忒'胶柱鼓瑟'，矫揉造作了。这两首虽于史鉴上无考，咱们虽不曾看这些外传，不知底里，难道咱们连两本戏也没有见过不成？那三岁孩子也知道，何况咱们？"（第五十一回）

5. 敏感

黛玉是敏感的。这种敏感主要源自她孤苦伶仃的身世和寄人篱下的生活，当然，还有那要命的青春恋情。在那"风刀霜剑严相逼"的日子里，在那"都说是金玉良缘"的氛围中，黛玉的敏感是被动的、自卫的、不得已的，同时，也是十分可怜的。

> 薛姨妈送来宫花，黛玉却当着来人的面冷笑道："我就知道，别人不挑剩下的也不给我。"（第七回）

> 宝玉上学来辞行，黛玉忙又叫住问道："你怎么不去辞辞你宝姐姐呢？"（第九回）

尤其是看到别人骨肉至亲的和融欢乐，林黛玉更是感慨万千、珠泪涟涟。"黛玉看了不觉点头，想起有父母的人的好处来，早又泪珠满面。"（第三十五回）"黛玉见了，先是欢喜，次后想起众人皆有亲眷，独自己孤单，无个亲眷，不免又去垂泪。"(第四十九回)"黛玉听说,流泪叹道:'他偏在这里这样,分明是气我没娘的人,故意来刺我的眼。'"(第五十七回)"惟有林黛玉看见他家乡之物,反自触物伤情,想起父母双亡,又无兄弟,寄居亲戚家中,那里有人也给我带些土物?想到这里,不觉的又伤起心来了。"(第六十七回)

更为严重的是,当黛玉感觉到自己受到人格侮辱并且自认为宝玉站在其他女孩子一边而没有呵护自己的时候,她由敏感转化而成的愤怒简直有点像火山喷发了:"你为什么又和云儿使眼色?这安的是什么心?莫不是他和我顽,他就自轻自贱了?他原是公侯的小姐,我原是贫民的丫头,他和我顽,设若我回了口,岂不他自惹人轻贱呢。是这主意不是?这却也是你的好心,只是那一个偏又不领你这好情,一般也恼了。你又拿我作情,倒说我小性儿,行动肯恼。你又怕他得罪了我,我恼他。我恼他,与你何干?他得罪了我,又与你何干?"(第二十二回)这连珠炮般的质问,乃是心头郁积已久的一次大发泄。

6. 尖刻

黛玉纯情、自恋、孤傲、多才、敏感多重品格的组合,导致了她语言的尖利刻薄。这一点,《红楼》中人早有评价。李嬷嬷道:"真真这林姐儿,说出一句话来,比刀子还尖。"(第八回)宝钗道:"真真这个颦丫头的一张嘴,叫人恨又不是,喜欢又不是。"(同上)红玉道:"林姑娘嘴里又爱刻薄人。"(第二十七回)

当然,林黛玉的语言并非永远尖利,也不是对谁都刻薄,其机锋所向,主要在"金玉良缘"。请听这落玉盘的"大珠小珠":

> 也亏你倒听他的话。我平日和你说的,全当耳旁风;怎么他说了你就依,比圣旨还快些!(第八回)
>
> 蠢才,蠢才!你有玉,人家就有金来配你,人家有"冷香",你就没有"暖香"去配?(第十九回)
>
> 今儿得罪了我的事小,倘或明儿宝姑娘来,什么贝姑娘来,也得罪了,事情岂不大了。(第二十八回)
>
> 我没这么大福禁受,比不得宝姑娘,什么金什么玉的,我们不过是草木之人!(第二十八回)
>
> 他在别的上还有限,惟有这些人带的东西上越发留心。(第二十九回)
>
> 他不会说话,他的金麒麟会说话。(第三十一回)

千万不要厌恶这种酸溜溜、苦涩涩、火辣辣的言辞,这种"林黛玉式"的尖刻,其实是她唯一的武器。

7. 柔美

从本质上讲,林黛玉是柔美的,而且是千古柔美之典型。对这种柔美最经典的介绍,是在《红楼梦》第三回林黛玉进贾府时,作者借他人之眼的几段描写:"众人见黛玉年貌虽小,其举止言谈不俗,身体面庞虽怯弱不胜,却有一段自然的风流态度,便知他有不足之症。""宝玉……细看形容,与众各别:两弯似蹙非蹙罥烟眉,一双似喜非喜含情目。态生两靥之愁,娇袭一身之病。泪光点点,娇喘微微。闲静时如姣花照水,行动处似弱柳扶风。心较比干多一窍,病如西子胜三分。"

随后,作者还对林黛玉的柔弱之美进行了多次补写。如:

> 那林黛玉严严密密裹着一幅杏子红绫被,安稳合目而睡。(第二十一回)。

> 那林黛玉倚着床栏杆,两手抱着膝,眼睛含着泪,好似木雕泥塑的一般,直坐到二更多天方才睡了。(第二十七回)

> 林黛玉笑岔了气,伏着桌子嗳哟。(第四十回)

> 林黛玉禀气柔弱,不禁毕驳之声,贾母便搂他在怀中。(第五十四回)

无论是坐姿还是睡态,无论是欢笑还是惊恐,几乎在所有的时候,林黛玉给人的都是这种弱柳扶风、惊鸿照影的印象。

8. 聪慧

林黛玉不仅秀乎其外,而且慧乎其中,她是红楼女儿中最为聪慧的一个。其实,林黛玉对人际关系并非纯然不懂,只不过她不愿意去迎合那些流俗的礼节罢了,只不过她不愿意去刻意做"人"罢了。因为她的生命是充满诗意的,而诗意的生命不属于现实生活,只属于"天尽头"。然而,当这诗意的生命尚未曾涅槃之时,她仍然要在红尘世界中艰难行走。

且看林黛玉对现实世界方方面面的警惕和领悟。

> 这林黛玉常听得母亲说过,他外祖母家与别家不同。他近日所见的这几个三等仆妇,吃穿用度,已是不凡了,何况今至其家。因此步步留心,时时在意,不肯轻易多说一句话,多行一步路,惟恐被人耻笑了他去。(第三回)

> 黛玉心中料定这是贾政之位。因见挨炕一溜三张椅子上,也搭着半旧的弹墨椅袱,黛玉便向椅上坐了。王夫人再四携他上炕,他方挨王夫人坐了。(第三回)

> 一进来,黛玉便笑道:"宝玉,我问你:至贵者是'宝',至坚者是'玉'。尔有何贵?尔有何坚?"……黛玉又道:"你那偈末云,'无可云证,是立足境',固然好了,只是据我看,还未尽善。我再续两句在后。"因念云:"无立足境,是方干净。"(第二十二回)

林黛玉听见,越发闷住,着实细心搜求,思忖一时,方大悟过来。……这里林黛玉体贴出手帕子的意思来,不觉神魂驰荡。(第三十四回)

宝玉忙吃了一杯,冒雪而去。李纨命人好好跟着。黛玉忙拦说:"不必,有了人反不得了。"(第五十回)

从豪门大族的步步留心到禅宗境界的当头喝问,从怡红公子的奇情分析到方外畸人的心理琢磨,这每一次警惕和领悟都渗透着潇湘妃子的聪颖明慧。

林黛玉,纯情而自恋、柔美而多才的黛玉,就是这样以其孤傲之气面对混浊世界,以其敏感之心体验险恶人生,以其尖刻言辞抵敌风刀霜剑,以其明心慧性领悟惨淡尘寰。在林黛玉生命的字典里,当然还有很多词汇在这里被省略,但笔者依然认为,以上所言乃是黛玉品格的主旋律,其他的,不过是协奏和声而已。

二

《红楼梦》中有很多奇迹,林黛玉就是其中一个。黛玉之奇,不仅仅在于其自身品格的光彩夺目,还在于她身上承载着太多的中华民族传统文化积淀。

我们先看最表面的东西。只要翻开诸多正史、野史、艳史等各类书籍以及古人的诗歌、戏曲、小说作品,黛玉品格的方方面面就纷纷映入我们的眼帘。

黛玉之纯情,难道没有刘兰芝、韩凭妻、绿珠、祝英台、关盼盼、刘翠翠、杜丽娘等众多女性人物的遗传因子?她们中间,为情而死者有之,为情死而复生者有之,灵魂与丈夫同变鸳鸯者有之,精魄与情人共化蝴蝶者有之。这些人物,不管是历史真实还是艺术虚构的,都以其纯洁而单一的爱情悲歌而震撼千古。

黛玉之自恋,我们可从下列女子身上略见端倪。"后宫女侯夫人有美色,一日,自经于栋下。臂悬锦囊,中有文,左右取以进帝,乃诗也。……'砌雪无消日,卷帘时自颦。庭梅对我有怜意,先露枝头一点春'。……'妆成多自惜,梦好却成悲。不及杨花意,春来到处飞。'"(佚名《迷楼记》)"皇太叔重元妃入贺,每顾影自矜,流目送媚。"(王鼎《焚椒录》)"师至,命写照。写毕,揽镜熟视,曰:'得吾形似矣,未尽吾神也。'姑置之。又易一图,曰:'神是矣,而风态未流动也。若见我目端手庄,太矜持故也。'姑置之。命捉笔于旁,而自与姬指顾语笑,或扇茶铛,或简书,或自整衣摺,或代调丹璧诸色,纵其想会。须臾图成,果极妖艳之致。笑曰:'可矣!'师去,取图供榻前,焚香设梨酒奠之,曰:'小青,小青,此中岂有汝缘分乎?'抚几,泪潜潜如雨,一恸而绝。时年十八耳。"(《情史》卷十四)至于古代文人歌咏女性之自恋自怜的诗词之作,则更是不胜枚举。陈后主《洛阳道》、汤僧济《渫井得金钗》、权载之《薄命篇》、陆士衡《又赴洛道中二首》、畲翔《明妃曲四首》等都是例证。

黛玉之孤傲,在李师师、严蕊、徐妙锦、张红桥、杜十娘、李香君等女性身上亦可找到痕迹。这些女子,或面对君王倨傲无礼,或漠视皇宫荣华富贵,或经受严刑而绝不诬服,或却奁骂筵而大义凛然,或厌弃轻薄而深居不出,或投江自尽以捍卫尊严,总之,都以清高孤傲之气灌溉着绛珠仙草。

谈到黛玉多才之渊薮,我们更可以开列一串无穷无尽的古代才女名单:卓文君、蔡文姬、谢道韫、鲍令晖、卫夫人、苏若兰、上官婉儿、刘采春、薛涛、鱼玄机、杜秋娘、李清照、朱淑真、王清惠、萧观音、管仲姬、珠帘秀、黄峨、郑妥娘、叶小鸾、柳如是……至于文学作品尤其是才子佳人小说戏剧中的才女形象,更是不胜枚举。或诗词歌赋,或琴棋书画,或吹拉弹唱,或射覆藏钩,总之,在她们身上蕴含着无穷无尽的才华,也孕育着她们的集大成者林黛玉的出现。

黛玉的敏感与尖刻是紧密相连的,历史上的和文学作品中的美女也多半是伤春悲秋、敏感善妒的,"蛾眉曾有人妒"已成为中国文化史上的一个基本事实。只要是美人,似乎不妒忌别人就是被别人妒忌。吕太后、戚夫人、王昭君、陈阿娇、赵飞燕、杨玉环、江采苹……还有那些文学作品中敏感善妒的女性。至于她们语言之尖刻,只要看看《飞燕外传》《金瓶梅》《醋葫芦》《醒世姻缘传》《长生殿》《聊斋志异》《连城璧》等文学作品中的一些描写就能领略一二了。

柔美而聪慧的女子,史籍和文学作品中更是大有人在,我们不妨先来看些史料记载。《后汉书》卷十上:"和帝阴皇后……少聪慧,善书艺。"《晋书》卷三十一:"武元杨皇后……少聪慧,善书,姿质美丽,闲于女工。"《晋书》卷九十五:"王浑妻钟氏,字琰。……数岁能属文,及长,聪慧弘雅,博览记籍,美容止,善啸咏。"《陈书》卷七:"高祖宣皇后章氏,讳要儿。……少聪慧,美容仪。"《隋书》卷三十六:"宣华夫人陈氏,陈宣帝之女也。性聪慧,姿貌无双。"《辽史》卷七十一:"太宗靖安皇后萧氏,小字温淳。……性聪慧洁素。"《金史》卷六十四:"昭圣皇后刘氏……性聪慧,凡字过目不忘。"《元史》卷一百十六:"顺宗昭献元圣皇后,名答己弘吉刺氏。……性聪慧。"《明史》卷三〇一:"月娥,西域人,元武昌尹职马禄丁女也。少聪慧。"接下来,我们再看几则野史杂记之所云。《太平广记》卷六十六《女仙类·卢眉娘》:"眉娘幼而惠悟,工巧无比。"(出《杜阳杂编》)《太平广记》卷六十八《女仙类·裴玄静》:"裴玄静……幼而聪慧。"(出《续仙传》)《太平广记》卷四百八十六《杂传记类·无双传》:"震有女曰无双……端丽聪慧。"(薛调撰)吴自牧《梦粱录》卷十七:"宋吴越忠懿王妃孙氏,讳太真,性端谨而聪慧。"这些女性,无论是生活在宫廷还是民间,无论是炽烈恋爱还是求仙学道,有一点是共同的,她们都聪慧无比。而聪慧与柔美的结合,则更是中国古代对佳人最基本的要求。

三

综上所述,黛玉品格具有多层次的特色,而且是对几千年文化传统的厚重承载。但是,黛玉品格绝不是她以前某些历史人物或文学人物的拼凑和杂烩,她是一种升华,在厚重的文化承载基础上的升华。

前代美人变鸳鸯、化蝴蝶,为情而死、死而复生,而黛玉则是向爱恋自己的人归还宿世的眼泪。变鸳鸯变蝴蝶是"人的物化",而绛珠还泪则是"物的人化"。是纯情的传说由"物质"向着"精神"的挺进。

前代美人的自恋是顾影自怜,其侧重面在于对自身容貌、形体的自我欣赏。林黛玉的自恋则除了顾影自怜以外,还有身世之悲,是对自己这种孤苦伶仃、寄人篱下的悲剧女性的自我怜悯和珍惜。前代美女告诉世人:我是一朵美丽的花。林黛玉则自言自语:我是风刀霜剑中美丽的花。前者让我们认识到美,而后者则让我们认识到美的"无奈"。

前代美人的孤傲,多半停留在生活层面,或傲视权贵,或鄙弃世俗,或大义凛然,或庄严自卫,黛玉的孤傲则深入到灵魂深处,她厌弃的是整个现实生活,她渴望的是天尽头的香丘。她掀开了生活的底蕴,"傲"到了自家的骨髓。

前代美人的敏感尖刻多半来自春花秋月的自然环境或争风吃醋的男女之情,黛玉的敏感尖刻则除了自然物候和男女之情而外,更是一种生命的感受、生命的悲哀,是一种主观意识与客观环境格格不入的大恨大恸。

前代女性的柔美、多才、聪慧往往被史学家或文学家放在一起大加表彰,这本身就是一种具有中国特色的文化现象。而林黛玉则是这种文化现象的极限。她是柔美的极境、多才的极境、聪慧的极境,是一个女性柔美、多才、聪慧综合的极境。

然而,上述分析仍然是表面化的。

如果我们站在更高的层次来看问题,就可发现,黛玉品格对中华民族传统文化的承载其实是一种逆向运动、负面接受。

中华民族传统文化的精神格局在汉代便以正式形成,那是一种以儒家思想为核心,其他诸家思想(包括外来文化)为补充的矛盾而统一的思想体系。对照这样一个庞大的体系来检查黛玉品格,就会发现这种品格虽然谈不上与传统文化格格不入,但却有不少超常脱俗之处。

传统文化讲温柔敦厚,黛玉品格却显示其极端偏激。

传统文化讲完美无瑕,黛玉品格却显示其缺陷遗憾。

传统文化讲集体意识,黛玉品格却显示其卓然独立。

传统文化讲理性思维,黛玉品格却显示其炽烈情感。

例子还用多举吗?一部《红楼梦》中比比皆是。曹雪芹在缔造他心中的女儿国大观园的时候,运用的就是这种超常思维,展现的就是这种逆向运动,其结果就是对传统文化的负面接受。

其实,曹雪芹创造这种黛玉品格对传统文化的负面接受是有历史根据的,因为几千年的文明史中就有那些逆向运动的反主流文化的因子以供作者吸收、改造,同时,几千年的文学史上也有不少冲越传统文化轨道的艺术典型以供作者选择、借鉴。那拒尧帝的洗耳翁,那笑孔圣的楚狂人,那御风而行的列御寇,那投水自沉的屈灵均,那竹林七贤,那饮中八仙,那祢衡、陶潜、李煜、王冕、唐寅、卢柟,还有赵飞燕、杨玉环、王娇娘、潘金莲……他们或极端偏激,或缺陷遗憾,或卓然独立,或注重情感,可谓千姿百态、五彩缤纷,但有一点是相同的:都具有强烈的反主流文化的个性。

上述这些黛玉品格所构成之文化因子实在太过丰富复杂,我们无法条分缕析,只能以两个小小的例证来收束本文。

例之一:

明末清初,有一大批才子佳人小说涌现在《红楼梦》即将出现之际。毋庸讳言,曹雪芹在写作《红楼梦》时,是借鉴、学习了这些作品的。但是,在最根本的问题上曹雪芹却和这些小说的作者大相径庭。因为这些小说的女主人公都是完美的:才、貌、情、智、侠……全面的结合,是符合中国传统文化心理的完美。这种描写,乃是对传统文化的正面接受,因为作者们所用的是正常思维,展现的是顺向运动。林黛玉则不然,她的美不仅是残缺不全的,而且不符合传统文化心理。然而,正是因为她的残缺,她的不符合,导致了她的"新",她的出人意料,她的对传统文化的冲越力,她的对未来"美"的指向。

例之二:

《金瓶梅》中的潘金莲是一个极其敏感而言辞又极端尖刻的女性形象。这个形象给人的印象是可鄙、可恨、可恶、可怕的,但同时又带有几分可怜,甚至还有少许的可爱。可爱处何在?尖利刻薄而又妙趣横生的语言。说句得罪"拥林派"红学家们的话,潘金莲尖刻的言辞在《红楼梦》中却被曹雪芹分配给了两个卓绝的女性而又各自发扬光大之。潘氏语言的低俗俏皮的一面分给了凤辣子,而潘氏语言的高雅风趣的一面则分给了林潇湘。薛宝钗对此认识得最为透彻:"世上的话,到了凤丫头嘴里也就尽了。幸而凤丫头不认得字,不大通,不过一概是世俗取笑。更有颦儿这促狭嘴,他用'春秋'的法子,将世俗的粗话,撮其要,删其繁,再加润色比方出来,一句是一句。"(第四十二回)取材于潘金莲而塑造林黛玉,曹雪芹真敢

"弄险"。然而,不到钱塘江潮中去翻滚的人能叫弄潮儿吗?

　　从一定意义上讲,弄险就是逆向思维,就是走偏锋。就文化承载而言,若想呈现极度升华状态的承载,也必须进行逆向思维。而就文学创作而言,逆向思维的成功率却大大超过了顺向思维。谓予不信,曹雪芹就是例子,《红楼梦》就是例子,林黛玉就是例子,黛玉品格更是最典型的例证。